实用主义者的爱情

孟中得意 著

四川文艺出版社

实用主义者的爱情

那只手一直没人去握，可也没收回去，就这么向后悬着。

就是在念这首诗的时候，方穆扬的眼睛动了动。

费霓激动地去触碰方穆扬的眼睛，动作很轻，好像怕稍微重一点儿就不动了。

她又继续念：

我也不羡慕那百合花的洁白，

也不赞美玫瑰花的一片红晕；

它们不过是香，是悦目的雕刻，

你才是它们所要摹拟的真身。

因此，于我还是严冬，而你不在，

像逗着你影子，我逗它们开怀。

实用主义者的爱情

目录

实用主义者的爱情

我爱你。我从未爱过别人。

第一章 筒子楼

1

但凡提前一年恢复高考，费霓有别的机会改变命运，她就不会跟方穆扬结婚。

费霓是家里第三个孩子，她打小身体不好，大哥二姐都惯着她，三个人分一个苹果，她一个人就要吃一半。

哥哥高中毕业后响应号召去了内蒙古插队，本来他可以顶替父母进厂的，但他舍不得两个妹妹吃苦，家里最多两个进厂名额，他得留给妹妹。费霓的二姐顶替爸爸进了纺织二厂，过了两年，费霓顶替妈妈进了制帽厂做帽子。

费霓工作后，每月的工资、粮票除了给家里交伙食费，剩下的都攒起来。遇上认识的内蒙古知青回乡探亲，她就把之前攒的钱和粮票拿出来，去商店买普通饼干，论斤买，分开装，一斤一个铁罐，罐子用做好的新衣服包着。剩下的地方粮票也换成全国粮票，请人随饼干、衣服一起给大哥捎过去。她还贴心地给大哥捎了新毛巾和香皂，让他洗脸用。大哥每次来信，都说他能吃饱，不要再带饼干给他了，周围一堆饿死鬼，还不够分的；粮票也不要给他，他自己有饭辙；衣服更别寄了，一年也洗不了几回澡，好衣服纯属浪费。

大哥当知青的第六年，费霓的二姐结婚了，和纺织二厂的一个同事。彼此知根知底，爸妈都没意见，只有费霓不同意，怕二姐嫁过去吃苦——姐夫是家中独子，父亲早年就没了，和一个瘫痪的老娘住在筒子楼的一间小房。

二姐说有感情比什么都重要，费霓说感情是精神层面的事，她不和他结婚也可以一直想着他，但她的身体不能和瘫痪的老太太常年住在一间房。费霓这套精神物质分离理论并没有打动感情至上的二姐。二姐像哥伦布发现新大陆一样，发现了小妹隐藏在清纯面孔下的势利。

二姐还是和会计同事结了婚，费霓用她攒下的布票买了一块布料，那料子她一直想买又舍不得，如今她一狠心买了，和之前收藏的扣子做成了一条连衣裙和一件衬衫，作为二姐的新婚礼物。

原先一家五口挤在十几平方米的筒子楼，一间房被隔成两间，费霓上了初中，家里就开始按性别分房间，她、二姐、妈妈住在里屋，爸爸和大哥住外屋。大哥插队、二姐结婚后，家里终于不那么拥挤了。父母心疼小女儿，把里间让给了她单独住，老两口住在外面。

厨房和厕所共用，去水房洗个衣服周围也是一堆人，在人群中沉默是一件很奢侈的事情，费霓被动学会了和人寒暄。

她最受不了的是菜籽油和猪油混合的味道，每次晚饭时间，这股味道都要从过道飘进来，钻进她的鼻子。

只有书能给她一些安慰。书店卖的书也就那几种，她从收废品的老爷子那里淘来了大学课本，翻烂了以后就开始背词典。英文词典和俄文词典，她甚至能从例句中找到趣味。有一次，她竟从一堆废品里发现了莎士比亚。看书是她唯一的乐趣，书里并没黄金屋，虽然她从小到大没考过第二名，但推荐工农兵上大学，就是没她的份儿。天一亮，她还得在制帽厂日复一日地做同一个样式的帽子。有时她想，还不如插队下乡，至少乡下很大，不会这么挤。

宣传里说，广阔天地，大有作为。

但也只是想想而已，她听说乡亲们并不欢迎知青们去乡下和他们抢粮食吃。她的大哥在乡下连温饱都成问题。大哥已经插队七年了，回城没有任何指望。她给大哥写信，让他好好努力，争取拿到工农兵推荐入学的名额。

不上班的时候，费霓除了看书，都在踩缝纫机帮人做衣服，用挣来的钱和换来的布票，给母亲、二姐各做了一件的确良衬衫，给父亲买了两双尼龙袜子，还给大哥做了一条连衣裙，让他拿去送给村支书的女儿，以增加获得推荐入学的概率。她把洗发膏、雪花膏、香皂都留着让大哥送礼，自己用肥皂洗头。

厂里领导跟她谈话，说她有机会调到厂办。可后来就没信了，另有人调到了厂办，财务科科长的女儿——一个把“澄澈”念成“登辙”的人。再过了些日子，科长女儿被推荐去上大学，费霓继续在制帽厂做帽子。

自从取消高考后，大学里多了许多只有小学文化程度的半文盲，费霓愤愤地想。但如果让她和这些半文盲去当大学同学，她乐意之至。

并没人给她这个机会。

尽管她会英、俄两门外语，会背莎士比亚的十四行诗，还自学了微积分，也没人推荐她去上大学。而如果别人知道她在看莎士比亚，反而会将她作为落后分子的典型。

她在报纸上看到有一个女孩子，两年里一直坚持在工作之余护理同厂意外致残的青工。女孩子在厂里评了先进，获得了推荐上大学的资格。

费霓并不是一个高尚的人，但如果能去上大学，她也愿意尽心尽力地自费去照顾陌生人。

她厌倦了每天都做帽子，那不是她想要的生活。

费霓想起方穆扬也评上了先进，她决定去医院看看她的同学。

在和方穆扬做同学的时间里，费霓并不喜欢这个人。那帮子弟里，他其实是最有平等意识的，别的子弟嘲笑工人家庭的孩子没见识，让方穆扬别跟他们一块儿混，他能直接把话顶过去，说：“我太姥爷当初也是个捡破烂儿的，最纯正的无产阶级，你跟这儿看不起谁呢？”他整天以“捡破烂儿的重孙”自居，让人忽略了他父母的职业。他的姥爷曾是大资本家，他爷爷是大儒，往上翻五辈，都是有名有姓、能上教科书的。

他认为大家都是一样的，但其实并不一样。虽然方穆扬的衣服时常有窟窿，远没费霓的衣服干净整洁，甚至他爸妈为了让他体验生活，连派发给他的零花钱都比不上费霓的，但他可以跟这个国家最好的画家之一学画，教他拉琴的是乐团的首席，他能看到特供的内部电影、内部杂志，以及各种外面的书，去只对少数人开放的友谊商店买东西。

这种特殊化只持续到方穆扬小学毕业。他的父母被划为右派，他也成了右派子女，并没人因为他太姥爷曾经从事拾荒行业就把他划归为无产阶级。

方穆扬不再强调他来自普通家庭，普通家庭成了他高不可攀的愿望。

方穆扬和费霓一样也有一哥一姐，兄姐都比他幸运，没怎么被波及，哥哥在核研所工作，属于紧缺人才，姐姐废除高考前已经在读大学。而他成分不好，不能上大学，不能当兵，不能进厂，初中没毕业就下了乡。

转机出现在半年前，方穆扬休探亲假，因为无亲可让他探，暂住在别的知青家，正赶上特大暴雨，倒了许多小平房，他在大雨里救了好几个人，自己却被砸伤。

他因为救人成了先进，还上了报纸。

费霓和以前的同学去看了他一次，看他的人太多了，隔着好几层人，她连他的脸都没看清。

这次费霓去医院，买了桃酥当礼物。她本来想剪几朵花带过去，又怕别人说她搞资产阶级情调。

病房比她想的要冷清得多。

这个城市每时每刻都在产生英雄，不可能每个人都记着他。他原先在的医院病房太紧俏，上个月转到了这家小医院，自己住一间。

病房里只有他们两个，他的女朋友不在。费霓得以近距离看清方穆扬的脸。她本来想把桃酥送给他女朋友吃，但她来了半小时，也没等到他的女友。她听人说，方穆扬的女友是工农兵大学生，这个推荐入学的名额是方穆扬让出来的。

费霓并不信这种说法，她不信方穆扬这种出身的人在救人前会有人推荐他上大学。

费霓问护士，这段时间有人常来看方穆扬吗？

护士说没有。

她又问，方穆扬的女朋友呢？护士说没听过他有女朋友。

费霓猜，应该是掰了，要是有感情，就算工作日忙，周末也该来看看。

很明显，最近这段日子，护士也对他疏于照顾，他的头发和指甲太长了，胡子也该刮了。

她想起那个评先进上大学的女孩子。

第二天，费霓再来看方穆扬，带了两把剪子，一大一小，给他剪头发和指甲，用她爸的刮胡刀给他刮胡子。她还带了海鸥牌洗发膏，用医院的脸盆帮他洗头发。水不小心溅到他的眼睛里，她发现他的睫毛很长。做完这一切，她又用香皂水浸了毛巾，帮他擦脸。他又变得好看了，虽然这个年代，一个男人长得好看没有任何用处。她告诉护士，她之所以来这里，是被方穆扬的英雄事迹所鼓舞，她愿意尽一切努力帮他醒过来。

从此以后，费霓每天下班就去医院里做好人好事，周末也去。她实在太想进步，太想当先进，太想上大学了。

为了看上去进步，和小布尔乔亚彻底划清界限，这几年她没给自己做过一条裙子，连头发都剪短了。

没人比她更希望方穆扬醒过来。

听说植物人也需要交流，费霓每次去都给他读书，都是一些很进步的书。她把自己栽种的花移植到小花盆里，再用自行车运过来。病房窗台上都是她种的花，各种颜色的长寿花。

渐渐，医院里的护士都知道了她。知青办派人来看方穆扬，费霓正在给方穆扬读书，医院领导向知青办的人介绍了费霓的感人事迹，大家都很感动。但她的照顾没有取得实质性成效，还是没有评先进的资格。

来看方穆扬的人不多，有两个漂亮女人令她印象深刻。

一个是他的姐姐，临走时拿出两百块钱给她。费霓说她不要，能够照顾方穆扬这种英雄就是她最大的幸福。她说得很真切，对方信了，好久才对费霓说："他能有你，真幸运。"

可费霓觉得现在躺着的方穆扬一点儿都不幸运。

另一个是他的女朋友，说"前女友"可能并不确切，没准儿方穆扬醒来，他们就可以和好如初。她被忧伤笼罩着，站在窗前，很像费霓看过的一张法国不知名画家画的人物画。费霓问这位女友，方穆扬以前都喜欢什么书和音乐。她读的书都没有成效，她应该读点儿他爱听的。她没有得到任何回答，这时才知道自己问错了，他喜欢的应该都是“毒草”，说了等于交代罪行。

送走女朋友，费霓开始给方穆扬剪指甲，两天不剪，又长出来了。他的手又瘦又长，大概是经常在乡下干农活，糙了许多。她边给他剪指甲边跟他说，这个冬天实在太冷了，门口结的冰很厚，她今天来看他的路上还滑倒了，磕掉了好大一层皮，可这样她还是要来看他。她实在太想进步了。她马上就要二十二岁了，如果不被推荐上大学，五十二岁她还要在制帽厂做帽子。

做帽子也很光荣，但她一点儿都不适合做帽子。她想去上学。

说着，她的一滴泪落到了方穆扬的眼睛里，费霓拿手指去擦，触到他的长睫毛。她对他说：“快点儿醒吧，要不你女朋友就跑了。”

2

费霓再去看方穆扬，一进病房就锁好门，给他背莎士比亚的十四行诗。怕别人听见，她低头将嘴附在他的耳边，一句句顺着他的耳朵传到他的脑子里。

她背完一首就马上去把门打开，继续给他念很进步的书，给他读报纸，一版版念过去，领会最新精神。

费霓有两把指甲剪，一把给方穆扬剪脚指甲，另一把给他剪手指甲。每周给方穆扬理一次头发，让它总是保持一个长度，头发太长，很费洗发膏。她自己用肥皂洗头，却给他用洗发膏，海鸥牌的。她低头给他念诗的时候，会闻到他的洗发膏味。他一直躺着，完全不需要袜子，但她还是给他买了一双新袜子，修完脚指甲就给他穿上。

费霓看方穆扬的时候，有一种她自己都没察觉到的温情。她把所有对未来的希冀都寄托在眼前这个男人身上。

他醒了，她就能上报纸评先进上大学了。

费霓废寝忘食地跑到医院做好事，引起了家中二老的好奇。知女莫若父母，他们的小女儿虽然从没给人使过绊子，也从没占过别人便宜，但从没这么好心。费霓对家人的说辞也是，她是出于对方穆扬的敬佩才去帮助他的。

她的父母根本不懂她在制帽厂做帽子有多苦闷，也不知道她多想上大学，她从没说过。这个机会是她哥哥下乡换来的，她哪里有资格嫌弃？家里三个孩子，她是最小的，要是大哥顶替了父母任何一人，下乡的就是她。大哥主动下乡，说是为了两个妹妹，其实是为的她。

费霓的好事从冬天做到第二年暮春。

她偷偷给方穆扬念诗：

我离开你的时候正好是春天，
当绚烂的四月，披上新的棉袄，
把活泼的春心给万物灌注遍，
连沉重的土星也跟着笑和跳。
可是无论小鸟的歌唱，
或万紫千红、芬芳四溢的一簇簇鲜花，
都不能使我诉说夏天的故事
……

就是在念这首诗的时候，方穆扬的眼睛动了动。

费霓激动地去触碰方穆扬的眼睛，动作很轻，好像怕稍微重一点儿就不动了。

她又继续念：

我也不羡慕那百合花的洁白，
也不赞美玫瑰花的一片红晕；
它们不过是香，是悦目的雕刻，
你才是它们所要摹拟的真身。
因此，于我还是严冬，而你不在，

像逗着你影子，我逗它们开怀。

费霓多日的努力终于获得了回报，方穆扬醒了。

她以为这是幸福的开始，后来才发现这是幸福的错觉。

方穆扬醒了，但醒来的他连自己是谁都知不道。他忘记了自己的出身，忘记了自己的英勇事迹，也忘记了他的年龄、他的父母，甚至连他自己的名字都不知道。

医生不确定他是否有语言理解能力，因为他一句完整的话都说不出，他醒来后第一句话是对费霓说的，还是一个个字往外蹦的，他问费霓："你是谁？"

旁边的医生告诉方穆扬："这是费霓，在你醒来之前，都是她在照顾你。"

正常人应该说谢谢，而他只是重复了一遍费霓的名字。

知青办的人得知方穆扬醒了，派人来看他，医生说方穆扬的情况并不乐观，他失去了记忆，这记忆不光包括他是谁，他干了什么，还包括以前习得的生活和学习技能。

费霓当然不能半途而废，她继续每天去医院做好事。她一切从头开始，先教他的名字，一遍又一遍重复，又教给他怎么写，试图唤醒他的记忆。她将讲述他救人事迹的报纸拿出来，一遍遍给他念，她越念，越惊心，他已经救了三个人，他只要不去救第四个人，就不会在医院里躺这么久。救三个人，他也是英雄。

费霓不再给方穆扬剪指甲，他虽然现在只有六七岁孩子的意识，但身体上毕竟是个成年男人，醒来的和睡着的，是不一样的。她教他剪指甲，通过剪自己的给他演示，然后问他是不是会了，会了就点点头。方穆扬点点头，费霓把指甲剪给他，他抓住费霓的手，拿着剪刀去寻她的指甲。费霓的手急忙往回缩："我是让你给你自己剪，不是给我。"然而他跟听不懂似的，继续剪她的指甲。

费霓的手被方穆扬捏红了，耳朵也红了。她还没和别的男人牵过手，倒是和好几个男的看过电影、遛过马路，但遛过一次就没下文了。

她不是不想通过婚姻改变命运，但当机会送到她手边的时候，她又轻易把它们放过去了。她总觉得还有别的上大学的路。

她让方穆扬自己洗头，水不小心进了他的眼睛，她骂了一声："真笨，还是我来吧。"

知青办出钱负担方穆扬的伙食费，平时有护士帮着他打饭。一到周末，费霓就自己做肉、炖汤，盛在饭盒里，去给方穆扬加餐。

方穆扬夹了一块排骨送到费霓嘴边："你也吃。"

排骨是肋排，买的时候不用肉票，她的肉票都花完了。

她躲过去，笑着说："我不吃，给你的。"这些天，她一点儿荤腥都舍不得沾，连个鸡蛋都舍不得吃。钱票就这么多，她吃了，他就没的吃了。

他们这么一推拒，排骨掉到了地上。

费霓动了气："我都说了，我不吃，你烦不烦？！"

她将掉了的排骨拿水冲了，又放到方穆扬的饭盒里，以一种哄小孩子的语气说："快吃吧。"

"你瘦了。"

费霓很高兴，方穆扬的理解能力又有了提高，他已经知道吃肉会变胖了。

她说："瘦点儿好，瘦点儿健康。你要是好了，咱们就都好了。"

夏天来了，方穆扬说他想吃冰激凌。

费霓从没教过方穆扬什么是冰激凌，她自己这么多年都没吃过。但这三个字让她乐观，或许他的记忆正在恢复。她没闲钱给他买冰激凌，只给他买了小豆冰棍儿。

然而除冰激凌之外，方穆扬再没想起别的，如果不是费霓提醒，他甚至都不知道自己有姐姐和哥哥。

方穆扬已经掌握了基本的生活技能，他甚至不想在医院继续住了，问费霓他的家在哪儿。

他家原来的房子早被分给别人住了，现在那里住了十多户人家。他的父母还在接受审查，他在这个城市没有家。

为了让方穆扬恢复记忆，她开始给他讲过去的事。她对他的了解太粗浅了，要不是他的祖父母、父母太有名了，她根本不知道他们叫什么。她把自己的全部记忆调动出来，讲的内容也不超过十分钟。

费霓决定去找方穆扬的女朋友。他们是典型的青梅竹马，打小就认识，一起上学，一起下乡，他们之间的故事肯定特别多。要是他的女朋友过来讲一讲，方穆扬就想起来了呢？

费霓特地去方穆扬女朋友的宿舍楼楼下等她，看着来往的学生，她又生出了一种不忿。她一点儿都不比他们差，要是放到一起考试，她肯定比他们更有资格上大学。但现在他们读大学，她在制帽厂做帽子。

只要方穆扬恢复了记忆，她铁定能评先进，评上先进，没准儿就有推荐名额了。

她等了仨小时，终于等到了方穆扬的女朋友凌漪。

费霓确定凌漪对方穆扬还是有感情的，她听到方穆扬醒过来时的欣喜不是假的。

方穆扬看到凌漪来，没等费霓介绍，就笑了。

这个笑多少让费霓有些不舒服。她主动退了出去。她照顾他这么多天，他都没这样笑过，女朋友一共没看过他几次，他一见就笑。不过这样也好，没准儿他女朋友和他多聊一聊，他就恢复记忆了呢。方穆扬如果在她的帮助下恢复了记忆，她肯定是能评先进的。评了先进，就能上大学了。

费霓在病房外等烦了，去外面给他俩买汽水。

她自己也渴了，但她只买了两瓶。

费霓刚进走廊，就看到凌漪出了病房，她的眼圈是红的，很明显哭过。

费霓递给她一瓶汽水，问她什么时候再来看方穆扬。

凌漪没接，语气很伤感："他不认识我了。"

"可他一见你就笑啊。他康复得很快的，你多跟他说说话，没准儿他就恢复记忆了。你下周还来吧。"

下周，下下周，凌漪都没来。

3

知青办又派人来看方穆扬，医院说方穆扬已经能生活自理，但恢复记忆是一个长期的过程，可能明天就会恢复，也可能永远不会恢复。现在他已经不适合住在医院里了。

知青办的领导找费霓谈话，先是肯定了她的善良，接着又提到了方穆扬的安置问题。既然费霓对方英雄有这么深厚的感情，又年龄相当，不如两人结为夫妻，她以后就可以名正言顺地照顾方穆扬。

“你们结婚的话，组织上可以给你们特事特办，手续一切从简。”

费霓没想到她半年多来的努力换来的竟是这种结果，现在的方穆扬对各方都是一个包袱，他们想了一圈，决定丢给她。

她不但评不了先进，还要和这样一个智商相当于孩童的人结婚，命运可真会跟她开玩笑。

她按捺住脸上的惊讶和不平，尽可能平静地说：“我配不上方穆扬。”

“费霓同志，你这观念很不对，都是革命青年，有什么配不配得上的？”

无论知青办的人怎么说，费霓都咬定她不能和方穆扬结婚。

照顾一个没什么交情的英雄，是有觉悟，值得评先进；但照顾丈夫就是分内之事，根本算不得好人好事。

和方穆扬结婚，她收获了一个智力相当于孩童的丈夫，同时又抹杀了之前照顾英雄的成绩——怎么算怎么吃亏。

她的心里话不能说出来，她只说方穆扬在受伤之前有喜欢多年的女同志，这个女同志不是她。她希望有情人终成眷属，她越是欣赏崇拜他，就越不能剥夺他获得幸福的机会。

对方说：“方同志生病这么多天，这个女同志都没来照顾一次，她哪里比得上你？和你结婚，方同志才能获得幸福。”

费霓心想：方穆扬的青梅竹马都不愿和现在的他结婚，她凭什么？就因为她连肉都不舍得吃一块，都留给方穆扬吃？她一直照顾他，她就应该受这个累？

她面上微笑，语气却无比坚定。无论对方说什么，她都说为了方穆扬的幸福，她不能同他结婚。

直到对方说起制帽厂分房子的事。他们已经调查了费霓的工作背景，制帽厂现在正分房子，如果费霓和方穆扬结婚，虽然以费霓的职级和工龄肯定排不上，但因为她和英雄结了婚，这次分房肯定有她的份儿；为方便费霓照顾方穆扬，他们可以和制帽厂联系，帮费霓调动岗位，让她去做财务或者行政工作。

这个条件，费霓确实心动了一下，大学毕业参加工作也是住两人间的单位宿舍，即使结婚了也未必能分到一间十多平方米的筒子楼。她和方穆扬结婚，就可以马上进入新的生活阶段。

但她还是不肯跟方穆扬结婚。

他恢复不了记忆，她相当于嫁了一个智力有障碍的人；他恢复了，他就会想起他的前女友。能在一起这么多年，说明前女友对他有持久的吸引力，记忆恢复了，旧情复燃，哪里还有她的事？

和方穆扬结婚，于她百害而无一利。她的人生就一次，不能为别人做嫁衣。

她一旦拒绝，方穆扬陷入无人照顾的状态，她半年多的好人好事就白做了。她希望有人能主动接收方穆扬。

方穆扬的女朋友注定是前女友了，看都不来看，何况把他接过去主动照顾。

费霓想起方穆扬的姐姐上次来时给她留了单位电话，她打过去。

方穆扬的姐姐方穆静听说她弟弟醒了，坐火车来看他。她在南方一所大学教书，因为家庭成分不好，和她同样出身的前男友与一个祖上八代贫农的女同志结婚了；也因为家庭成分不好，单间宿舍没她的份儿，她和别人同住在两人间。

本地知青办的能力也有限，不可能把手伸到方家二姐工作的大学。

她根本没照顾方穆扬的条件。

费霓又问，方家大哥呢？

方二姐告诉她，大哥做的是保密工作，大嫂已经好几年没看见大哥了。

方穆扬看见他的二姐穆静，又开始笑。

费霓给他介绍："这是你二姐。"

方穆扬问他二姐他们家在哪儿，他要回家。

穆静开始也笑，笑着笑着就哭了。

他们哪儿还有家啊？

二姐只请了三天假，当天还要坐火车回去。临走之际，穆静又拿出了上次费霓没收的两百块钱和全国粮票，费霓还是不要。

"拿着，给他置办两身新衣服。"费霓穿的旧衣服洗得都发了白，但还是给方穆扬买了新衬衫。

"用不了这么多钱。"费霓知道他的二姐也不容易。

"上次来，你还没那么瘦。把他交给知青办吧，他们总得管他，你不能为了他赔上一辈子。"

费霓照顾方穆扬这么多天，无论多难，一次都没哭过，即使知道她的大学梦又破碎了，也只是心里难受。但听到这句话，她的眼泪终于忍不住掉了下来。那是另一个同样受苦的人对她发自真心的体谅。

如果穆静不说那句话，等穆静走了，她也不会再来医院。但因为穆静的体谅，她决定再给方穆扬置办几件衣服。

方穆扬住进医院就穿病号服，病号服之外的衣服都是费霓给他准备的。除了一件衬衫是新买的，裤子、罩衫都是费霓用她哥哥穿不上的旧衣服改的，裤子用碎布头接了一大截。但他人好看，穿着也不难看。费霓还给他做了两个衬衫假领子，让他换着戴。

费霓现在有了钱，拿粮票跟人换了布票，买了布，开始给方穆扬做新衣服。衣服晚上做，平常她仍去医院。她不再给方穆扬打饭，而是让他自己去买。一两米饭要两分钱，他要吃三两；一块排骨一毛钱，要买两块；一盘白菜三分钱，一碗汤一分钱——一顿饭要花三毛钱。她把三毛钱数出来，跟他一起去窗口，盯着他买。晚饭是一碗排骨面加上两个肉包子，也是三毛。他的伙食费比一般人要多，平常一天要花八毛钱，如果早饭想吃馄饨，还要多花一点儿。

衣服彻底做好的第二天，费霓早早就去了医院。她给方穆扬做了两条卡其布裤子，两件衬衫——一件是棉麻的，夏天穿正合适。还带来了两双鞋——一双皮鞋，一双球鞋，她比了他的鞋码在鞋店买的。她把剩下的钱和粮票都放在一个包里交给方穆扬，她告诉他，一定要收好，千万不要给别人。

费霓关上病房门，让方穆扬换新衣服。等他换好了，费霓说今天带他去看电影。费霓怕方穆扬走丢了，让他走前面，他走两步就回一次头，走着走着向后伸出一只手给她。费霓的手插在口袋里，那只手一直没人去握，可也没收回去，就这么向后悬着。费霓打量了一下四周，递上了几根手指，方穆扬一把抓住，两人开始并排走。

这天是周末，乘公交的人太多，他俩挤在人群里，费霓试图把自己的手抽回来，可被他握得死紧。她怕被人认出来，一直低着头，后悔没戴口罩。

司机紧急刹车，费霓没踩稳，向后仰，方穆扬揽住了她的腰。他就这么揽着，手没收回去，费霓急红了脸，手肘向后捶他的胳膊，低声说："方穆扬，赶快拿开你的手。"

电影院门口有人卖汽水，费霓掏钱买了一瓶北冰洋汽水，让摊主打开瓶盖，又用手肘捅了捅方穆扬的胳膊："喝吧。"

"你怎么不喝？"

"我不喜欢。"

电影是罗马尼亚的，一个救灾片，但能在年轻男女中掀起波澜，还是因为那几个男女亲密接触的镜头。费霓对这种镜头缺乏兴趣，她请方穆扬来看，是为方穆扬恢复记忆做的最后努力。即使到现在，她还没死心，她太想当先进了。这个片子并没有唤醒方穆扬关于他自己救灾的记忆，但它好像唤醒了别的，在那给人联想的搂抱镜头出现后，方穆扬又抓紧了费霓的手。

她一颗心跳得厉害，心里骂他不要脸，以前不知道跟他女朋友耍过多少流氓呢，连自己爸妈都没想起来，这个倒没忘。她用很短的指甲去扎他的手心，妄图让他把手松开，然而他一直握着，握着她的手心出了汗，两人的汗混在一起。她怕说话引起周边人的注意，只能默默忍着。

费霓想，过了今天，她一定不能再来看他了。

出了电影院，费霓没忍住踩了方穆扬的脚两下，她用气声低着嗓子说：“以后你不准再牵我的手！”

“那你牵我的。”他把手伸出去，等着费霓来牵。

“把你的手放进你的裤兜里。”

方穆扬比费霓高一个头，他的衬衫袖子卷到手肘，两只手插在裤兜里，走在街上，没人怀疑他的智力有问题。

他俩穿的都是白衬衫，费霓的裤子和斜挎包是军绿色的，太旧了，绿得发白，周身散发着肥皂味。两个人并排走着，中间离着半米远。

谁也没说话，她在来之前已经下好决心，如果他看完电影仍没恢复记忆，她就带他吃一顿俄国馆子，以后再也不见。

费霓让方穆扬点菜，他点菜的姿势很娴熟，点了炸猪排和红菜汤，还要再点，费霓马上对服务员说点好了。

方穆扬切好猪排让费霓先吃，费霓说她不喜欢。

方穆扬叫服务员再把菜单拿过来，问费霓喜欢什么。

费霓点了一个冰激凌，告诉服务员餐后再上。方穆扬说冰激凌不能算正餐，让她再点，费霓勉强笑笑，请服务员把菜单拿走。

她都被他气笑了，这么多天什么都没想起来，点菜的派头倒是没忘。怕方穆扬再点菜，她只能和他分享一份猪排。

冰激凌上来的时候，费霓把它推到方穆扬这边：“你不是老要吃冰激凌吗？快吃吧。”

方穆扬舀了一勺递到费霓嘴边：“你先吃。”

“我不吃。”她永远犟不过一个精神不清明的人，那把勺子就堵在她嘴边。

她一把抢过方穆扬的勺子，把冰激凌往嘴里送。太甜了，好像确实比小豆冰棍儿好吃。

两人分食完一份冰激凌。

结账的时候，方穆扬拿出费霓给他的包，一张张地数钱，他现在认得钱上面的数了。他拦住了从包里掏钱的费霓，很大方地付了账。

费霓不知道他是真傻还是假傻，照他这么个花法，没多少天就把钱花没了，倒不如现在换点儿实在的。她带方穆扬去服装店，夏天，店里还有冬天的衣服，一件呢绒短大衣，要八十块。他现在一件冬天的衣服都没有，知青办管他伙食，却不会帮他添置衣服，冬天总不能还穿衬衫，大衣显得很必要。她刚拣中呢绒大衣，方穆扬就指着另一排衣架上的开襟连衣裙对费霓说："买那个吧。"

费霓心里骂道，真是个傻子，哪有男的穿裙子?

她又不能当着别人的面这么说，只能把方穆扬拉到一边，一字一句地告诉他："你是男的，男的不能穿裙子。"

"你穿。"

结账的时候，两人发生了分歧，方穆扬要买裙子，费霓要买呢绒大衣。钱在方穆扬那儿，他要费霓听他的。

"我一个月都挣不到一条裙子钱，哪里有钱还你？"她怎么能用一个傻子的钱给自己买裙子？明天她就不会去看他了，总得给他留点儿东西。

"不用还。"

"不是跟你说了吗，今天出来都听我的，你是不是听不懂人话？"她一把抢过方穆扬手里的包，从包里拿出钱数给店员，很强硬地说，"就要那件呢绒大衣。"她拿着钱又为他买了一件罩衫和两双袜子。

两人因为这件事闹得很不愉快，回医院的路上一句话都没说。

到了病房，费霓将方穆扬的衣服一件件叠好，又把装钱的包还给他。

她对方穆扬说："你是英雄，救了四个人，知青办的人管你是应当应分的，你有什么要求就跟他们说。你每天有一瓶牛奶的供应，他们要是忘了，你就跟护士讲……"

她这一天和他说的话比过往加起来都多，方穆扬不回应也不影响她继续。

"你说这么多我记不住，要不明天来再说吧？"

"记不住，我重说一遍。"

她明天不会再来了。

4

起身要走的时候，费霓想起她还没教方穆扬洗衣服。她盯着他洗衣服，告诉他怎么洗不费肥皂。他洗衣服没什么耐心，绞几下就说洗好了，费霓说不行，衣服不是这么洗的，她拿起衣服给他示范，示范完就让方穆扬跟着她学。

“我不会，还是你给我洗吧。”

“想得美！我又不欠你的。”她连自己爸爸妈妈的衣服都没洗过，这些天照顾他比照顾自己亲人还尽力。她照顾了他大半年，把自己的存款都贴进去了，结果只得到了一个和他结婚的机会。

她这么努力地想要进步，结果适得其反，好事做一半还不如不做，她把他照顾醒了又走了，人们只会认定她是个失败的投机分子。可她怎么能跟他结婚？一个连自己衣服都不会洗的男人……

费霓想到这儿竟掉下泪来，眼泪吧嗒掉在水盆里，和浸过衣服的水混在一起。她使劲拿肥皂搓衣服，好像肥皂不要钱一样，心里想着：你不是让我给你洗吗，我给你洗，你自己不学，看你以后靠谁去。

方穆扬拿手背去给她擦泪：“别哭了，我洗还不行吗？”

在费霓的监督下，方穆扬洗完衣服又去晒。天已经黑了，他问费霓明天几点来，费霓说她最近一段时间很忙，以后就不来了。

他又问费霓家在哪儿，她不来，他可以去看她。

费霓说：“你不要去找我，我要有空了会来看你的。”她从包里翻出一本字典，放到方穆扬手里，说等他把整本字典都背会了，她就会再来看他。

方穆扬把他之前认的字都忘了，现在只认识他和费霓的名字，以及钱和粮票上的字。

费霓走的时候，方穆扬坚持要送她到住院部门口，拐弯的时候，费霓回头，发现方穆扬还站在那儿，高高大大的。

她明天是肯定不会来了，凭什么呢？他亲爹、亲妈、亲哥、亲姐都顾不上他，以前的女朋友看看他都不肯，她跟他非亲非故，照顾了他半年多，什么都没捞着，还得继续在制帽厂做帽子。她对他已经仁至义尽。

转过来，她又为他心酸，为的也是同样的事：他亲爹、亲妈、亲哥、亲姐都顾不上他，以前的女朋友看看他都不肯。

心酸归心酸，她决定再不去看他。

转天，费霓一早又骑车奔了医院，快到医院的时候，她才想起来她决定不再去了。

费霓妈因为女儿老往医院跑，怕她真嫁了那个精神不清明的方穆扬，每日耳提面命："英雄是用来崇拜的，不是用来过日子的，他现在这样，还得你照顾他，找男人还得找会心疼人的。"

费霓听烦了，就说："我自个儿会心疼自个儿，用不着男人来心疼我。"

费霓的哥哥费霆休探亲假，费霓带他逛公园、看电影、喝北冰洋汽水，吃比饼干贵一倍多的奶油卷，买她平时绝不会买的荔枝罐头。这个城市没什么变化，但费霆每次回来都要适应一番。

费霆一回家就找活儿干——地面不平，找来水泥抹平；挨着窗的白墙又漆了一遍；家具修修补补——就没闲着的时候。费霓要帮他洗衣服，他忙夺过来，说脏兮兮的，让费霓一边待着去，他的衣服怎么能让妹妹洗。

费霓让费霆请他女朋友来家吃饭，她买了排骨和鱼。费霆的女朋友林梅本来和他一起当知青，今年年初回了城，在糕点铺当售货员。

费霆说没女朋友，他和林梅散了。

"怎么就散了？你昨天吃的萨其马还是人家送你的。"

"你怎么不跟我说那是她送的？"

"我现在不跟你说了吗？你们俩到底怎么了？你不会移情别恋了吧？哥，你可不能这样，梅姐对你多好。"

"你这脑袋瓜一天到晚都在想什么？"费霆叹了口气，去摸自己的裤兜，翻出全部家当给费霓，"吃了就吃了，把这钱给她，多了也别要了。"

费霓和哥哥说不通，决定亲自请林梅到自己家吃饭。林梅很委屈，她根本没提分手的事，就是让费霆想想办法尽快回城，再过两年，她都要三十岁了，总不能一直这么耗着，说完又抱怨了几句，要不是为了费霆，她才不在家和爸妈挤这么一间小房呢，早和有房的男的结婚了。她家和费家格局一样，两间小房，里面一间她姐姐、姐夫、外甥女住着，她只能和爸妈挤在外面。费霆听了，就让她赶快和有房的男青年结婚去吧，他就算回了城，也没房子结婚。

“你说你哥说的是人话吗？我也不是非要他回来，我就要他句准话，他连句好听话都不给我。”

费霓实在没法儿当着林梅的面骂她哥哥。他话说得不好听，可是实话。别说他现在回不了城，就算回来了，街道也不能给他安排工作，就算有了工作，他也分不了房，只能在家里跟他们挤着。他不可能为了结婚让她和爸妈挤一间。

“我哥不识好歹，我跟你道歉，他已经后悔了。跟我去吧，我给你烧了排骨。你心里还是有他，要不干吗送他萨其马？”

“我那是可怜他！我不去你们家吃饭。我怎么这么上赶着啊？你哥要是不跟我道歉，我明天就去相亲，看看谁后悔！他在乡下连间土坯房都没有，别看农村大姑娘跟他眉来眼去的，真到结婚了，谁也不跟他。我让他想办法回城，不是为了他好？他就知道为自己家，这个家谁为他……”林梅意识到坐她对面的是费霆的妹妹，把到嘴的话又咽了回去。

费霓的笑容再也挤不出来：“要是当初下乡的是我，他现在工作有了，你们结婚的房子也有了。”

林梅忙为自己辩白：“我不是这个意思，你别这么想。他是个男的，又比你大，把机会留给你也是应当应分的。”

费霓狠狠心继续说：“梅姐，我哥今年铁定能回城，结婚也有房子。他说的都是气话，你别跟他一般见识。他今年要是回不了城，你愿意跟谁相亲，我都不拦着。”

“这么多年，他都没回来，今年怎么能回来？”

“他肯定能回来。我爸去年还因为心脏问题住了一个多月的院，医生说他不能干重活儿，这个医院能开证明。我结婚了，从家里搬出去，家里需要他回来照顾父母。他这个情况，应该能办困退回城，到时候，房子也有了。”

“你跟谁结婚？”

费霓没想好跟谁结婚，但她肯定是要结婚的。她马上想到了方穆扬，只要跟他结婚，她哥肯定能回来。她照顾方穆扬，不能兼顾家里，知青办肯定能给她哥办困退，让他回城；和方穆扬结婚，制帽厂也能给她分房子，她就能搬出去住了。但方穆扬只在她脑子里停留了几秒，就被否定了。

费霓的眼神让林梅发怵，林梅的气也撒得差不多了，让费霓千万别干傻事。

“就算没我哥这事儿，我也要结婚的。”这年头，不管男女，只有结婚才有分房的资格。而分房又跟职级、工龄分不开，她哥就算能回城工作、结婚，分房的事儿也且轮不到他。她比她哥更可能通过结婚住到新房，所以家里那一间房要留给他。

费霓让林梅先别把她要结婚的事儿跟她哥说，她要给她哥一个惊喜。

费霆一走，费霓就跟她妈说：“您不是要给我介绍对象吗，现在有人选了吗？”

费妈不知道女儿怎么就突然着急起来，但着急总比不着急好，她问女儿有什么要求。

费霓一点儿没扭捏，直接甩出了四条标准：大学毕业，在机关工作，不能超过三十二岁，长相端正。费霓知道，满足前两点的男人结了婚，单位一般会给解决住房问题。

费霓这时才关注起自己的打扮来。她几年没给自己做衣服，攒下的存款又都给方穆扬花了，也没钱给自己置办新的。她想起母亲还有块陈年的格子土布，翻出来做了条半裙，长度没过膝盖十公分[①]。她的一双白球鞋拿刷子刷了又刷，白得像罐子里的苏打粉。她借了熨斗把裙子和衬衫熨了一遍，白衬衫束在裙子里面，太显身段了。费霓又把衬衫翻到外面，这样腰就显得没有那么细了。

① 公制长度单位，厘米的旧称。

她破天荒地描了眉毛，搽了口红，穿着熨烫好的衣服去照相馆照相，一张全身照，一张半身照，她的相亲对象看到的就是这两张照片。

满足她条件的男人并不算多，但她年轻，身段好，长得也标致，有正式工作，长板很长，短板没有，很快，她就找到了超出她标准的男青年。

叶锋比费霓大五岁，年纪轻轻就做到了科长。他爸妈都在医院工作，万一家里人有个头疼脑热的，也能帮得上忙。

他长相不只是端正，比费霓的要求高不少。

总之，以各种标准审视，他都是一个不错的男青年。

多的是人给叶锋介绍对象，他一个都没见，费霓的照片递到了他手里，他多看了两眼。

第一次见面，约在公园，叶锋没来得及看清费霓的脸，就看见费霓手里的两瓶汽水。费霓递给他一瓶，请他喝。

为了感谢费霓的汽水，他请费霓去点心店吃黄油面包。

出了点心店，叶锋送费霓回家，到了家门口，费霓出于礼貌自然要请人进去喝杯水。费霓妈对叶锋格外殷勤，一定要留叶锋在家吃饭，本来晚饭是青菜配稀粥，她硬是拿出钱票偷偷让老费去店里买了熟牛肉和火腿。

送走叶锋，费霓让自己妈不要那么热情，才第一次见面就这样，那样子就好像高攀人家似的。

“我还以为你对他满意呢。”

“其实也没什么不满意的。”

费霓不讨厌叶锋，答应了下次一起看电影。

电影是白天的场，费霓不和男的在晚上见面。

电影是救灾电影，罗马尼亚的，有几个亲密镜头，她和方穆扬看过一次。

看到电影里的亲密情节，叶锋的手也很规矩，不像方穆扬那么流氓。

看完这场，他们又约了礼拜天下午看下一场。

第二次看的是国产电影，电影结束，叶锋请费霓一起下馆子。费霓说她爸今天过生日，她必须回去吃。叶锋听了，主动提出要去她家给老费过寿。费霓想不出什么拒绝的好理由，就同意了。

费霓上楼的时候，她母亲正在过道做饭。

这次费霓妈看见叶锋并没上次那样热情，反而一个劲儿地对费霓使眼色。

可费霓妈怎么使眼色，费霓也猜不出，方穆扬来她家了，正在屋里坐着等她，还带了礼物给她。

方穆扬每天在医院里背字典，有当年的初中同学来看他，他从自己和费霓共同的同学嘴里，知道了费霓家的住址。他又让那人把地址写出来，拿着字条去坐公交，一路路问过来，真找到了费家。

他一点儿都听不出费家父母请他离开的潜台词，坚持要在家里等费霓。

5

方穆扬带来了一台老式德国照相机，来的路上他在信托商店买的。在信托商店买旧货不仅便宜，还不用凭票。他这次来准备给费霓拍几张照片。

除此之外，方穆扬还给费霓带了麦乳精、美国奶粉、巧克力和五个苹果。苹果是他之前攒的，麦乳精是他让护士帮他买的，至于巧克力和美国奶粉，是他妈妈的朋友看他时带的。

这个朋友有海外关系，手上有不少侨汇券，可以买一些普通国人买不到的东西。

一大包巧克力方穆扬只吃了一颗，他抓了两大把藏起来，其他的都分给了一个楼层的病人和护士们。

方穆扬在费霓走后第三天开始画画，那天凌晨，他一直做梦，各色人物一一登场，可他一个都不认识。偌大一个世界，他认识的人寥寥无几。他最熟的就是费霓，可她不来了。凌晨四点他从梦里醒来，开灯抓起字典就背，费霓说他背完字典就来看他。背了半页，他就开始用费霓留下的笔在字典上画，眼睛、鼻子、嘴巴都是费霓的，三天前来看他的费霓。

他忘了自己打四岁就开始画画，小学时拿过国际少儿比赛的大奖，但肌肉有记忆。费霓不来看他，他就在字典上画费霓的像。他靠记忆给费霓画了十多幅速写，记忆里的费霓是动的，走进病房，手里总拎着东西，进来的时候是笑着的。她放下手里的东西就开始拷问他，大概他说得不好，她的脸又严肃起来。她洗衣服的动作也是很连贯的，沾满肥皂沫的手搓他的衬衫领子。如果这时他发现了她鼻头上的汗珠，帮她去擦，她就会很灵活地躲过去；倘若躲不过去，她就会瞪他一眼。他必须在记忆里让她暂停，定格在某一刻，才能开始画，而这很不容易。画多了，方穆扬发现费霓有一套独特的身体语言，这套语言比她嘴里说出的话更有意思。

他在回忆费霓的过程里又把她认识了一遍，比之前更深入更细致。之前费霓来看他的时候，他并没注意到她最上面的扣子扣到哪个位置。

画画成了方穆扬认识世界的方式，他托护士帮他买了纸、笔。画完费霓，他又开始画窗外的树，画完窗外的树，他开始画窗里的小护士。方穆扬的人物速写要比风景画更得人心。他最开始画的是一个姓胡的小护士。小护士拿到画，之后的一个星期，一见到方穆扬就脸红。那幅画虽然是速写，却精确地画出了她身体的曲线。

方穆扬看人的眼光很毒，画笔更毒，他对护士们特征的把握，精准到让人怀疑他的动机。年轻护士们并不关心方穆扬的动机，她们只关心方穆扬笔下的自己好不好看。方穆扬成了一架人形照相机，以至于小护士们看到他，都要下意识地调整自己的姿态，脊背也会比之前更直，甚至会刻意放慢动作留给他用脑子构图的时间。画画的人总不免要拿眼睛捕捉人的特征，一个男人老盯着女孩儿看，很难显得不猥琐。但方穆扬的眼睛帮了他，他的睫毛很长，观察人时眉心微蹙，等到别人注意到他的眼神时，他便微微笑一笑，幅度很小，也不说话。词汇匮乏造成的沉默寡言让别人以为他是一个正经人，反而是被看的人不好意思，缓缓背过身去不看他。

知青办看在方穆扬是病号的分上，每月给他一份补贴，费霓在的时候，这笔钱都花在了吃上。等费霓走了，方穆扬的伙食就降了级，他每天花四毛钱也可以吃饱。他把省下来的钱拿给与他关系较好的小护士，请她们买一些瓜子、蜜饯和水果，这些东西最后又进了护士嘴里。他有时也会拿着这些东西去同楼层的病房串门，给其他病人画像。

一个青年男子除了吃饭睡觉就是观察女孩子，还不只是画一个女孩儿，这件事传到医院领导那里，考虑到这件事可能造成的严重后果，当即下了命令，禁止护士在常规护理之余和方穆扬有额外接触。

但这些年轻的护士并不认为方穆扬在耍流氓，她们吃了方穆扬的巧克力、从医院门口买来的蜜饯花生和小豆冰棍儿，也很讲义气地回报他，帮他买纸、笔；有好吃的，也拿去跟方穆扬分享，甚至有好心的护士主动提出把方穆扬的衣服带回家洗。方穆扬说他自己可以洗。夏天了，他每天都洗衣服，绞几下就晒，连肥皂都懒得打。洗衬衫的时候他想起费霓，她是很会洗衣服的。

领导找方穆扬谈话，说会帮忙解决他的婚恋问题，但请他不要操之过急，还是要注意影响。

方穆扬并没否认，因为他答应不再画年轻女人，院里还送了他一副画架子，允许他去院外写生。

这期间看他的人不多，有一个是他的同学林格，插队时和方穆扬在一个知青点，在知青点的时候得了方穆扬不少帮助，这次探亲特意抽空买了苹果来看他。

插队的第一年他们住在老乡家里，村里给了他们木材让知青自己盖房子住。知青里最大的也不到二十岁，还有像方穆扬这种十五六岁的，离开父母也就算了，连房子都要自己盖。本来大家都没盖房的积极性，结果方穆扬出了一张图纸，图纸里的房子比他们现在住的毛坯房要好不少，于是大家又有了盖房的动力。方穆扬对盖房的事也一窍不通，可房子一盖完，竟成了半个专业的瓦工和木工。房子落成了，是十里八村最好的房子。

方穆扬并不像其他知青那样反感乡下，他在村里简直如鱼得水，谁家房子漏雨了，需要打家具了，他都去帮忙。村里的老太太也喜欢他，因为他会画门神，灶王爷也画得好。他的灶王爷是油画的那一派画法，和传统的不太一样，但大家并不在乎，好看就行。一幅画可以换两个摊鸡蛋和一张猪油烙饼，烙饼是发面饼，很厚，油很多。

村支书让他去村小教书，他教孩子们算术、画画，还用柳条给孩子们做了柳笛，教他们吹苏联小曲。没多久，他就让一个不能干重体力活儿的知青顶了他的位置，继续去田里挣工分。

他们村很民主，推荐知青上大学也是全村投票，方穆扬虽然出身不好，但大家一致推荐他去上，结果他把名额让给了凌漪，理由是她文化水平更高。在此之前，方穆扬的感情生活一直不明朗，他和哪个女知青的关系都不差，谁有困难他都帮，请人帮他缝衣服、拆被子的时候也不难为情。但这事之后，大家都认为方穆扬和凌漪在谈恋爱，要不是男女朋友，方穆扬发了癔症才会把名额让给别人。

林格问方穆扬，凌漪经常来看他吗。

“凌漪是谁？”

“你当初就不该把名额让给她。”林格为方穆扬抱屈，他把大学名额都让出来了，结果他出了事，凌漪都不来看他。

方穆扬没有接话，问：“你知道费霓家在哪儿吗？”

等他和费霓的共同同学走了，方穆扬把柜子里的东西都收拾到一个包里，拿着字条出了病房。因为他时常在住院部外面画画，护士也没问他去哪儿。

老费为了招待女儿的客人，拿出了费霓给他买的碧螺春，平常他只喝高末儿。自提前退休后，他到手的钱就少了一截，处处节省。

老费客气地说，茶不是什么好茶，就凑合喝吧。

方穆扬现在已经可以独自生活、和人交谈，但他还分不出客套话，他问这是不是陈茶。多年不喝茶，他的口舌还保留着对茶叶的敏感。

茶确实不是新茶，放了有两年了。老费听了心里不太高兴，有茶喝就不错了，大家现在都是无产阶级，好好地拿平时舍不得喝的茶招待你，怎么还挑三拣四的？

老费不好干晾着客人，只能没话找话，聊着聊着就聊到了费霓。方穆扬问费霓做什么工作，几点上班，几点回家，一周歇几天假，了解清楚了，又问费霓最近在忙什么，妨碍了她去看他。

老费也不藏着掖着，直说费霓现在有了交往的对象，今天和这对象看电影去了。

方穆扬没再继续问下去，从包里掏出巧克力，剥开纸请老费吃。

老费咬了一口巧克力，又客套道："你这孩子，来就来吧，带什么东西，下次来可千万不要带东西了。"

方穆扬说："行，下次来不带了。"

老费怕方穆扬下次还来，又说："我们也不是经常在家，你这次也是巧，碰到我在家里，要不就白跑一趟了。"

"那你们平常什么时间在家？"

"这个……"老费端起茶杯喝了一口茶。

费霓让叶锋先进门，她把买的酱肉和小肚儿放在过道厨房的桌板上。

她妈妈附在她耳边说："医院那个小方来了。"

"谁？"

"就那个方穆扬。"

"是吗？"

费霓声音里的兴奋简直掩不住，费妈听了直皱眉："你到底怎么想的？你这正跟叶锋谈着呢，咱们可不兴脚踏两条船，让人戳脊梁骨。"

"根本就不是您想的那样。"费霓以为方穆扬恢复了记忆。要是病没好，医院怎么会放他出来呢？他好了，她也许就能评先进了。可她这一个月都没去，没准儿已经被认定为投机失败分子。无论如何，他恢复了都不算坏事。

"你去哪儿？"

"我去买个西瓜。"

"别买了，今天吃打卤面，又这么多菜，哪里有胃口吃西瓜？"费妈又放低了声音，"你快点儿进去吧，那个小方要是说了什么不该说的，把你的事儿搅黄了怎么办？"

费霓没理会母亲的说辞，下了楼，骑车去商店买西瓜。她习惯了那个开始连剪指甲都不会的方穆扬，他现在要真是恢复了记忆，她还真不知道怎么面对他。

方穆扬并没有搅黄费霓的事，他向叶锋介绍自己是费霓的同学，为感谢费霓对他这些天的照顾，特意来看看她。得知费霓下去买西瓜，他让老费把他带来的包交给费霓，老费客气惯了，留他吃饭，方穆扬说不吃了，他还得赶时间回医院。

6

方穆扬出来的时候，楼道里有户人家还在做西红柿酱。夏天，西红柿不值钱，到了冬天，西红柿可就成了稀罕物——北方冬天的应季蔬菜少得可怜。有人在夏天趁着便宜买一堆西红柿，洗净，切块，蒸了，再把做好的酱灌进输液瓶子，灌完了拧紧橡皮塞，等着冬天吃。瓶子是用开水煮沸消毒过的，此刻装好西红柿酱，在桌子上排了一排。还有人在炸小黄花鱼，味儿直冲鼻子。

傍晚有风，吹得树叶子直响，蝉不停地叫，一楼有户人家在树荫底下支了张桌子吃晚饭，一家人围在一起，年长的男人拿筷子蘸了散装啤酒递到孩子嘴里。

方穆扬在门口站了好一会儿才拍了一张照片。直到一个女孩子出现在镜头里，一分钟的时间，他连着拍了好几张。

费霓骑车的时候始终和车座保持一段距离，晚风钻进她的后脖领子，白衬衫鼓胀起来。她穿短袖白衬衫配工装裤，典型的工厂女工打扮，脚上是回力白球鞋，很白，不是新鞋的白，而是刷了好多次的那种蔫儿白。

她停了车，抬眼就看见了方穆扬。他也穿一件白衬衫，最上面的两颗扣子开着，衬衫是长袖的，袖子卷到手肘。通常像他这种卷法，手腕上都会有一块全钢手表，但他没有手表，只有结实的小臂。他手持照相机，冲着她笑，介于宽厚和无赖之间的那种笑。费霓也对他笑笑，方穆扬的相机拍下了这一幕。费霓低头锁车，车把上挂着一个网兜，网兜里盛着西瓜。

方穆扬走近费霓，费霓的五官在他眼里越发清晰。

他从裤兜里掏出一张纸，展开递给费霓："你给我的海棠花开得很好，没相机，我就画了下来，让你看看。"

方穆扬本来是用铅笔画画，但有画中人要求给画上色，特意买了颜料给他。于是这幅海棠也有了颜色。

费霓从画里看出了方穆扬画这张画时的天气，以及方穆扬的浇水方式，因为画上的海棠叶子上有水珠，好像随时要滑下来。她让方穆扬浇花的时候不要从花上往下倒。

"你怎么知道的？"

"你的画告诉我的。这些年你一直在画画吧？"

费霓记得有一年方穆扬画画得了大奖，他的姥姥还请同学们去家里做客。方穆扬动不动就说自己太姥爷是捡破烂的，到了他姥姥家，费霓才发现局部的事实和真相有时是天壤之别。方穆扬的姥姥自己住一幢小洋楼，她的儿子们在国外定居，唯一的女儿，也就是方穆扬的母亲，嫌她是一个不事生产、靠吃定息生活的资产阶级，很少同她来往。

方穆扬生在新中国，长在红旗下，一出生，资本家就已经慈眉善目起来——至少表面上是——他并未亲眼见证过资本家对普罗大众的压迫，所以也无法对他们产生刻骨的仇恨，只把他们当作可以团结的对象，所以他经常到自己姥姥家玩。

虽然时代变了，他的姥姥也俭省起来，但这种节俭只不过是把家里的花匠辞了，由他人兼任，花园里的玫瑰一样开得烂漫，家里布置一样地讲究，最不讲究的就是把齐白石的画和外孙的涂鸦挂在一起。

后来方穆扬的姥姥去世，房子留给了他，姥姥头七没过，房子就被他母亲捐了出去，如今也不知道房主变成了谁。去年，费霓骑车经过那个院子，眼睛顺着铁门的缝瞥过去，哪里还有玫瑰？蜜蜂落在黄瓜花上，已是另一番风景。

"以前我也会画画吗？"

方穆扬问得随意，费霓听起来却不是那么一回事。他还没想起来，是她误会了。费霓看着画想，肌肉记忆比什么都深刻，他没恢复记忆，却恢复了画画的能力。她抬头看他，想这人也不知道什么叫伤心，又想他这样也没什么可伤心的，烦心事儿都忘了，每天有吃有喝能画画，还能有余钱给人照相，四处溜达。都记起来也未必是什么好事。

方穆扬见费霓一直盯着画看，觉得她是真喜欢，很慷慨地表示：“我反正天天能看见真花，这画你留着吧。你要是喜欢，我再给你画一幅。”

费霓的思绪这才从画里拔出来：“你怎么下来了？”

“你们家人太多，我怕你看不到我。”

费霓忍不住笑：“你这么大个子，我怎么会看不到你？”

“你看周围这么多人，但我拍照的时候只能看到你一个，其他人都是背景。”

费霓不知怎的听出了他这话的言外之意，又觉得自己想多了，直接把话题转向了相机：“你的相机是怎么来的？”

“在信托商店买的。你要是喜欢，等我把胶卷取出来，就送给你。”

“你自己留着吧，别什么都随便送人。你怎么想起买相机了？”

“我想给你多拍几张照片。”

一时间费霓无话可说，还是方穆扬打破了沉默：“这么热，你干吗把扣子都扣上？解开两粒吧。”

费霓并没多想，只说：“我不热。”

方穆扬并不照相，只是看着她笑，他的目光就像晚风一样在她身上扫，所到之处，旁人看不到，费霓却感觉得到。风把她吹凉了，方穆扬的目光却让她耳根发热，她哪儿哪儿都不自在。

“真不热？”方穆扬记得费霓锁骨上有颗红痣，但此时被衬衫遮住了。

“我说了不热就是不热，你烦不烦？”费霓很顽固地不解扣子，方穆扬只好随她。

她想起方穆扬不算乐观的未来，问：“你今后打算怎么办？”

“我还没想好。”方穆扬在取景框里看费霓的眼睛，随口提起了凌漪，“你认识凌漪吗？”看他的老同学提起凌漪的频次过高，方穆扬不能不好奇。

相机记录了费霓错愕的表情。

“你问这个干吗？”

“我和她很熟吗？”

“很熟，非常熟。她以前是你女朋友，你很喜欢她，喜欢到把上大学的名额让给了她。”费霓从别人那里得知，方穆扬确实为了凌漪放弃了上大学的机会，她听说时并不为他的深情而感动，只觉得他幼稚、可笑，“你当初要想跟她在一起，就不应该把名额让给她。你上了大学，她在乡下当知青，你愿意同她结婚，她会感激你；你把名额让给她，她上了大学，你在乡下挣工分，她反而会嫌弃你配不上她。她现在不来看你，虽然不近人情，但也是意料之中。要是我，我才不会把我已经到手的名额让给任何人。帮助人也不是这么帮的。是你自己把她推远的，你要是自己要了名额，她没准儿正不辞辛苦地照顾你呢……”

方穆扬并不觉得自己错过了多重要的东西，提起凌漪，颇有点儿满不在乎的劲儿：“我有你了，不需要她来照顾我。”

这话丝毫没有让费霓感到欣慰，她反而动了气：“我是欠你的吗？她占了你上大学的名额，她才应该照顾你。凭什么好处她都占了？倒霉……”费霓及时住了嘴，再说下去就伤人了。

方穆扬完全搞错了重点：“你很想上大学吗？”

“你就是个傻子。”因为觉得他是个傻子，所以她更加忍不住教育他，“医院估计是治不好你了，你也不要在医院待了，让知青办的人赶快想办法给你解决工作和宿舍。你不是会画画吗？宣传队里跟你这么大年纪、比你画得好的也没几个，你语气强硬一点儿，一次不行就多找几次。你要是有了正式工作，你和凌漪没准儿还有回转的余地……”

费霓长了一张恬淡清俊的脸，如今她说话的表情与她的五官有些不般配。方穆扬的相机正好捕捉了她这表情。

“不要老拍我了。”费霓衬衫的扣子仍扣到最上面，她伸手挡住自己的脸，光顺着指缝透进来。

方穆扬伸出指头顺着她的指缝去戳她的脸，笑着说：“好了，不拍了。”

“别老动手动脚的，我不喜欢你这样。”费霓偏过脸不看他，“你怎么知道我住这儿？”

“我想要找，总会找得到。明天有空吗？我请你吃冰激凌，还原先那地儿。”

“我没空。”费霓忍不住劝他，“把你的钱留着吧，总归是越花越少。你以后多的是用钱的地方。”

“你爸说你最近正忙着跟人看电影，电影好看吗？”

费霓想辩白，她并没有忙着跟人看电影，到嘴边却成了：“还行。”其实电影她已经和方穆扬看过一次了，再看时她对剧情毫无兴趣。

“你是不是因为跟人看电影才不去看我的？”

“是又怎么样？”费霓从这句话里读出了质问的味道。她又不欠他的，她愿意和谁看电影就和谁看，愿意和谁交往就和谁交往，没义务总去看他。

方穆扬很宽容地笑笑：“你要想看电影，我可以和你一起去看。”

风越来越大，树叶被吹落到地面上。

费霓在心里又骂了句“傻子”，她的眼睛从一朵云转向另一朵云：“你知道怎么回医院吗？”

“知道。”

“那你回去吧，再晚，食堂就没饭了。”

两人沉默了好一会儿，都说要走，但谁也没转身，还是方穆扬先开了腔：“你赶快上楼吧。”

费霓往前走了几步，要进楼道的时候，她抬头看天，这是要下雨了，回头正看见方穆扬站在那儿，手里拿着相机。

她冲他喊：“等我一下，我去给你拿伞。”

费妈看见费霓慌慌张张地跑上来，问她：“你不是去买西瓜了吗？西瓜呢？”

费霓跟没听见似的跑进屋里，从门后拿了伞，又直奔手摇留声机旁边的书架，半跪在地上找她爸经常看的连环画。许多有点儿名气的画家都在画连环画，只知道画海棠是没前途的。

她把搜罗的小本连环画用一张报纸包起来，抱着就向门外走，忘了客厅里还有客人坐着。

刚出门，她就看见方穆扬背着相机包、拿着网兜站在楼梯口。他大概来了一会儿了，却没往前再走一步。

“你的西瓜。”

“你现在最好的出路就是去画连环画。你拿回去研究一下。”

墙上悬着蒜头和辣椒，两人在狭窄的楼道默默交换了伞、连环画和西瓜。

“你知道怎么打伞吧？”

“我没这么笨。”方穆扬冲她笑，“砰”的一声打开伞，罩在两人头上，要多怪异有多怪异。

费霓说：“我回去了。”

“嗯，你走吧。”

费霓想等方穆扬走了再转身，可他就站那儿不动，于是她也只能站在那儿。

窗子关着，空气很闷，他们俩之间的空气好像停止了流动。

还是方穆扬等不及了，催费霓走：“你拎着西瓜不累吗？赶快回去吧。”

费妈看着站在楼梯口的女儿长长叹了口气。

费霓先转身，她拎着西瓜放到铁皮桶里，接了凉水，把西瓜拔上。进屋的时候她又往楼梯口看了一眼，正瞅见她的二姐、二姐夫上楼。

方穆扬已经不见了。

费妈怪小女儿不通人情：“人家都来了这么长时间，怎么到了饭点也不留留人家？”

“您不是怕他坏了我的事儿吗？”

7

二姐和二姐夫带来了水果罐头和三瓶啤酒。瓶装啤酒也是凭票供应，平常老费要想喝酒，都是拿着凉水壶去饭店打散啤。

饭吃到一半就下起了雨，越下越大，到叶锋走的时候也没有停的意思。家里统共两把伞，一把给了方穆扬，另一把给了叶锋。费霓送叶锋出门，下楼梯的时候主动提起了自己插队当知青的哥哥。

“我哥回了城，要是街道办不能给他解决工作，我就把自己的工作让给他。”

“是你家人让你这么做的？”

“不是，我的主意。”

小时候，她身体不好，爸妈从牙缝里挤出一笔钱给她订牛奶，哥哥姐姐不但没有份儿，还得每天给她热牛奶。牛奶热了，倒进碗里，她的大哥用筷子挑起表面的奶皮送到二姐嘴里，说“这是牛奶的精华，必须给我们老二吃”，接着又监督费霓把碗里的牛奶喝完，务必一滴不剩；而他自己，拿暖壶的水浇在没洗的奶锅里，仰头品尝这残留的奶味。

费霓本来应该和她的哥哥姐姐上一所小学，但那所小学冬天没暖气，只有煤炉子，一到下课，全班的同学就把炉子围了个里三层外三层，挤不到前头烤火的也凑在人群里，靠着彼此的体温取暖。费霓从小身体弱，爸妈为了小女儿冬天能暖暖和和的，费了好大力把她弄到了一个有暖气的小学。在那个小学，费霓这种普通工人家庭的孩子反而是少数。

兄妹三个，家里最好的东西永远都是她的。费霓不是占便宜没够的人，况且她不喜欢制帽厂的工作，真到了那时候，倒不如让给真正需要的人。

“那你怎么办？”

“我会做衣服，也可以挣钱。”钱能换粮票、布票，她照样能养活自己。不过像她这样想的人，终究是少数。这年头，全民所有制企业的看不起集体企业的，集体企业的看不起没正式工作的。费霓知道，这么多人愿意跟她交往，不仅是因为她年轻、长得不错，还因为她有一份正式工作。迟到的告知有时和欺骗无异，倒不如提前说清楚，要是叶锋能接受，他们就继续交往；不能接受就到此为止。

叶锋沉默。

费霓对这沉默早有预料，脸上依然保持着笑容，站在楼栋里和叶锋说再见，让他路上注意安全。雨点儿顺着叶锋手里的伞落在地面，费霓看着落下的雨滴，心想这雨也不知何时会停。方穆扬大概早回了医院，也不知道他赶没赶上食堂的饭点。她忘了跟他说伞不用还了，真怕他再过来还伞……

费霓上了楼，水房的门开着，她一眼就看见二姐在水房里洗碗。

费霓关了二姐面前的水龙头，把她面前的盆拉到自己这边："你去歇着吧，我来洗。"

二姐取笑她："怎么送了这么久，有什么悄悄话刚才不能在饭桌上说？"

费霓没说话，二姐以为她是不好意思。

"我们厂处理有问题的布料，我给你带回来了一块，够你做两件衬衫的了，这两年你一件新衣服都没做吧？"

"我上个月还做了条裙子呢。"

"都多少年前的土布了，你那裙子，妈都嫌花色老，不过穿你身上怪好看的。叶锋这人我看挺不错的，吃相也好，一看就是没挨过饿的人，不像你姐夫，就跟个饿死鬼投胎似的，一看小时候就经常饿着。"

费霓硬是从这嘲笑里听出了心疼。

"我也觉得他不错，但他不一定满意我。"

二姐笑着说："你是没看见他看你那眼神，他对你可是满意极了。"

费霓不说话，此一时彼一时。

送走老二两口子，老费拿出方穆扬带来的包，跟费霓说："这是小方给你的。"

费霓打开包，就看到了麦乳精、美国奶粉、巧克力，还有五个苹果。

"爸，你干吗收他东西？你又不是不知道，他连个工作都没有，就靠补贴过日子。"

"我也不知道他这么大方啊。要不，你告诉我他住哪儿，我给他送回去？这孩子也是，怎么送这么些东西？"

"别了，还不够乱的。您自己留着吃吧。"

老费今天高兴，决定使用自己许久不用的手摇式留声机。这台留声机还是他为了听周璇的歌声买的，现在周璇的歌不被允许听了，他从橱柜里翻出一张《社员都是向阳花》。

屋里洋溢着奋发向上的希望之气。

一摞唱片里夹杂着一张外国货，用二十世纪六十年代的报纸包着。唱片上面的外国字母分开来，老费还认识几个，合在一块儿，老费心想这是什么玩意儿?

老费问女儿:“这张哪儿来的? ”

费霓接过唱片，正反面各看了一眼，又用报纸重新包上，拿着进了里间，从角落里翻出上了锁的箱子。

这个箱子和里面的东西是她从方穆扬那儿骗来的，上次开锁还是去年。

锁好箱子，费霓端盆走向水房，此时水房门紧闭着，大概是男人在里面冲凉。楼里没洗澡间，要洗澡还得到大众浴室，要不就在工厂的澡堂。门开了，三个男的从水房里出来，其中一个十来岁的小男孩儿光着膀子，费霓偏过脸当没看见。她拧开水龙头，狠狠搓了一把脸，挤牙膏的时候挤了半天。明天得买新牙膏了。

水房里有只苍蝇，嗡嗡声惹人厌恶。

费霓一度讨厌苍蝇，理由并不同于大多数人。小学时代，费霓每门功课都是满分，但也有不如意的地方。学校里号召除四害，当学生的每天要上交死苍蝇。上下学的路上，费霓背着花书包，拿着玻璃瓶和苍蝇拍寻找苍蝇，可她一只都没打死过。每次除四害光荣榜，她都是班里倒数第一。

她和方穆扬的那点儿交集也是因苍蝇而起。他们学校的学生，中午饭在学校吃，农村粮食歉收影响到了学校伙食，蔬菜粥里的米粒能数得清。一般孩子都会从家里带点儿花卷或者其他吃的，没带吃的的孩子会拿家里给的钱和粮票自己买。

费霓吃完中午饭就拿着苍蝇拍在校园里寻觅苍蝇，苍蝇没拍到，不小心拍到了一个高年级男同学肉滚滚的胳膊，她还没来得及说对不起，那男生就踩了费霓两脚，让她长点儿眼睛。那男生的体形在当时并不多见，一看家里就不缺油水和细粮，那样滚圆的胳膊单靠蔬菜粥和窝窝头是绝对养不出来的。费霓说："你怎么踩人？"那男生说："小丫头，踩你怎么了？你要是再不长眼睛，我还踢你呢。"方穆扬碰巧看见了后半部分，认出梳两条辫子，穿着白衬衫、花裙子，拿着苍蝇拍的女同学是他们班的费霓，没等费霓求救，就冲上去踹了那男生几脚，边踹边宣称，下次再看见他欺负自己班女同学，指定打得他把吃进去的东西都吐出来。

那男生认出了方穆扬，威胁要告诉方穆扬的家长，方穆扬一脸满不在乎，让他赶快去告状。

费霓背着拿着苍蝇拍和玻璃瓶的手，向方穆扬说谢谢，方穆扬很豪爽地表示，"同学间互相帮助是应该的，我有了困难，你肯定也会帮助我的"，他反问费霓是不是这样。费霓当然不能说不。方穆扬说他现在很饿，想吃一个螺丝转儿烧饼，问费霓能不能借他五分钱和一两粮票。费霓说她身上没钱，方穆扬看上去很失望。费霓有些不好意思，毕竟她刚得了方穆扬的帮助。她把苍蝇拍给方穆扬，手里拿着空无一物的玻璃瓶去翻书包，翻出一个蜡纸裹着的维生素面包。这是她攒了一个多星期钱才买的，明天就是哥哥的生日，她准备当作哥哥的生日礼物。

在将面包交给方穆扬之前，费霓紧紧握着由蜡纸包着的面包，把面包都捏小了。她说："如果你明天能把买面包的钱给我，我就可以先给你吃。"

方穆扬答应得很爽快。

第二天，方穆扬并没还钱，而是拿来了一个印有"made in England"的铅笔盒给费霓，告诉费霓，这个铅笔盒完全可以抵得上十个面包的价钱，现在，他愿意拿铅笔盒来为面包买单。

费霓说她有铅笔盒，只想要钱和粮票，方穆扬只要把钱和粮票还给她就可以了。

方穆扬还是没有还钱的意思，他告诉费霓他现在没有钱，如果费霓想要钱和粮票，他得过段时间才能还，可以先把这铅笔盒当抵押物，到时有了钱，他再换回来。

"你答应今天还我钱的。"她知道他有钱。以前午餐的时候他经常吃肉罐头，他的姥姥坐着车来看他，还给学校捐了一架钢琴。

方穆扬冲她笑，露出一排白牙齿，很无赖地说：“可计划赶不上变化，信托商店不收我的铅笔盒，我也没办法。你不是说同学间要互相帮助吗？”

费霓被他的无赖气哭了，方穆扬哄她：“别哭了，过几天我还你双倍的粮票和钱。”

“真的？”

“真的，不骗你。我姥姥去印尼了，等她回来我就有钱了。”

“你爸妈不给你钱吗？”费霓虽然年纪小，但也知道方穆扬父母的工资要比她爸妈多不少，她爸妈都能每天给她几分零花钱，方穆扬何至于一分钱都没有？

方穆扬用沉默代替了回答。他被父母送来住校，一天三顿在学校吃，连回家吃顿好点儿的都不能，更别说有零花钱了。

费霓没办法，只好让方穆扬写了欠条，她拿那个“made in England”的铅笔盒给哥哥当生日礼物，好在哥哥收了铅笔盒，也很高兴。

第二天早晨，费霓找到方穆扬，问他：“你还借钱吗？要是能还双倍，我还借给你。”

“没问题，你借我多少我都还你双倍。”他问费霓，“你能借我多少？”

费霓从裙子兜里掏出一枚两分钱的硬币。

方穆扬虽然没钱，但并不妨碍他对两分钱不屑：“这点儿还不够买一个螺丝转儿的。”

“你真还我双倍？”

“真的，快把钱拿出来吧。你要不信，我把我的小提琴抵押给你怎么样？”

“我不会拉琴，给我也没用。”

“我真的会还你的。”

费霓信了，犹疑着拿出五分钱的硬币和一张粮票。

方穆扬抢了过去：“你还有多少钱，都给我吧，等我姥姥回来，我请你吃巧克力和奶油蛋糕好不好？”

“你还钱就行，不用请我吃东西。”

费霓也想多借给方穆扬钱，毕竟他能还双倍，但她之前攒的钱都买了面包，面包又让方穆扬给吃了。她只能从爸妈那里想办法。她说中午饭不够吃，爸妈信了，每天给她五分钱和一两粮票，她把钱和粮票转送给方穆扬，收获一张欠条。

欠条越来越多，费霓心里越来越没底，问方穆扬何时能还钱。

每次方穆扬都说：“快了，别着急。”

费霓担心方穆扬没还钱就饿死了，家里买了饼干，她不吃，偷偷用纸包了，吃午饭的时候递给方穆扬，方穆扬差点儿就着纸和饼干一块儿吃了。花卷她吃一半，剩下的一半也给他带来。

一天，费霓给了方穆扬一毛钱，方穆扬问今天钱怎么多了。

费霓说有五分是她的电影票钱。

方穆扬说：“你真够意思。花钱看电影干什么？我带你看免费电影。外面看不着的，你要想看，我也能带你看。”

“什么时候能看呢？”

“下个礼拜天吧，我去你家找你。你家在哪儿？”

费霓说了一个地址。

到了约定那天，费霓特地换上了白衬衫、蓝裙子，两根辫子用蓝底白点的蝴蝶结扎着，花书包里有妈妈给她买的话梅，她预备着看电影的时候和方穆扬一起分享。她决定不再要他双倍还钱了，借多少还多少就行。可她等到天黑，也没等到他。第二天她才知道方穆扬把之前的承诺豪爽地忘记了。费霓发誓不管方穆扬如何请求她，她都不再借钱和粮票给方穆扬，让他买螺丝转儿烧饼了。可方穆扬并没给费霓这个机会。他的画获了奖，他又和父母恢复了友好关系，不用住校，可以天天回家吃饭；最重要的是他的姥姥回来了，他又可以吃到面包房里法国师傅做的糕点，哪里稀罕她的螺丝转儿烧饼？

他不仅双倍还了费霓的钱，还给了她一个满满的牛皮纸袋子，里面装的都是巧克力和糖果。

费霓没要他的巧克力和糖果，虽然她也很想让自己家人尝尝。

费霓看着到手的钱和粮票，对着方穆扬挤出一个笑容：“下次，你要借钱，还可以找我。还我两倍钱，其他的我都不要。”

费霓拿着钱和粮票进到副食店买了五个维生素面包，爸爸、妈妈、哥哥、姐姐，还有她，一人一个。付账的时候费霓很是豪气。

五个面包把费霓的花书包都要撑破了，到了家，她把面包从书包里翻出来，放在餐桌上。为防家人给她留着以后吃，她把包面包的蜡纸都撕了，将面包放在碟子里。

费霓并没说自己“放贷”的事，只说钱是自己攒的。

她的家人听了都很心疼。能攒这么多钱，意味着费霓一分零花钱都没花过，这么热的天，她连小豆冰棍儿都没吃过一根。但费霓把包装都撕了，他们也只能享受费霓买的面包。

费霓看着家人吃自己赚来的面包，很是满足。

方穆扬之后还请费霓去自己姥姥家吃水果奶油蛋糕，费霓拒绝了。她心里还有点儿失落，这人估计是不会再跟自己借钱买螺丝转儿烧饼了，她去哪儿赚两倍利呢？

8

费霓不是方穆扬，要想看电影，必须买票。费霓经常会花上五分钱买张电影票，看苏联人、匈牙利人，以及中国各个地方的人都在过什么生活，除了书，她只能靠电影了解世界。

她二姐和二姐夫是青梅竹马，两家离着不远，两人经常在一块儿玩，等到二姐上初中，这份交情有增无减。未来的姐夫请姐姐看电影，费霓怕姐姐被人拐了去，非要一起去看。别人看电影，费霓看着自己的姐姐。黑咕隆咚的影院，费霓一双眼睛很亮，眼看着姐姐旁边的男生伸出手覆在自己姐姐手上，费霓立即伸手去赶。那段时间，费霓像盯贼一样盯着未来的姐夫，他越是拿冰棍儿、糖果来腐蚀她，费霓越是觉得他对自己的姐姐不安好心。

不过她也有看电影看出神的时候，姐姐被她忘到了一边，她出了电影院只记得里面的吉他。她也想像电影里的主角一样拥有一把吉他。

她知道自己买不起新的，直奔信托商店，里面最便宜的一把吉他也要十五块。十五块钱，一天攒五分钱，三百天才能攒够。

这之后，每天吃午饭，费霓就把目光瞄向方穆扬，他现在不住校了，一天只需要在学校吃一顿饭。费霓想，他只要吃得不好，她就有赚钱的希望。可她每次看他，他不是在跟人分享鱼罐头，就是在吃法国师傅或者广东师傅、苏州师傅做的点心，他大概嫌北方的点心太糙了，从不吃豌豆黄之类的。方穆扬也注意到了她，问她要不要吃点心。费霓摇了摇头，咬了一口窝头，就着蔬菜粥吃下去，黯然神伤。

费霓以为赚不到方穆扬的钱了，结果他又来找她，有偿雇用她编一只镯子，要跟她手腕上一模一样的，不，颜色不能一样，他要蓝色的。

费霓手腕上的镯子是她用白色塑料丝编的，还挂了三个银铃铛。她给自己的姐姐也编了一只。

“你要它干什么呢？”虽然费霓想赚方穆扬的钱，但她还是建议他最好不要戴这个，一个男孩子戴这种东西，看起来多少有点儿怪。

“送给一个女孩儿，和咱们差不多大。”

“好吧，你打算给我多少钱？”

方穆扬说了一个数字，费霓没想到他这样大方，很干脆地同意了。

她又想了想说：“我给你编两个颜色的吧，白色和蓝色拧在一起，比我戴的这个好看。”

费霓买了蓝白两色塑料丝，一有时间就编，很快就编好了，两股颜色的塑料丝混在一起，果然比费霓戴的那个好看。

这次方穆扬没有拖欠费霓的钱，一手交钱一手交货。费霓拿着钱思考还差多少才能买一把旧吉他。

“你要不送她一对吧，我再给你编一只？”

方穆扬拒绝了费霓的提议：“一对就太俗了。”

“要不你送你妈妈一只？”

“这种东西不适合她。”

“好吧。”费霓认定无法再和方穆扬做成一笔生意，但仍不忘说，“你要还想要的话，我也可以给你编。”

过了几天，方穆扬请班里所有同学到他姥姥家做客，费霓作为班里同学之一，找不到拒绝的借口，也跟着大部队一起去了。

方穆扬的姥姥是个很热情的人，她特地从面包房叫了两个很大的水果奶油蛋糕请外孙的同学们吃。费霓并不知道吃蛋糕用的那些叉子都是银器，只注意到盘子里的蛋糕，奶油入口即化，可费霓一点儿都不舍得它化，闭上嘴巴回味。她坐在一把椅子上，和同学们围坐着一张长桌，桌子上摆着一只很大的花瓶，颜色复杂却和谐，里面的切花并不是出自某个市场，而是来自家里的花园。费霓的塑料凉鞋踩在地毯上，抬头是水晶吊灯，电唱机里不知道哪个国家的儿童在合唱，和费霓在合唱团唱的曲子完全两样。

姥姥对外孙的同学们很大方，为了让大家消暑，特地让人送来了冰激凌给他们吃。费霓恰巧被遗忘了，但她没说，她觉得在别人家主动要东西吃不好。

她表现得确实像对冰激凌无动于衷，她在家，不仅要抑制胃里的馋虫，还要控制眼馋。因为家里人都惯着她，看见她爱吃的，都先紧着她吃。渐渐地，她养成了习惯，一个东西，不管多想吃，也绝不多瞟一眼。

别人吃冰激凌的时候，费霓拿眼去欣赏窗外的风景。

吃完冰激凌，大家又开始了其他的娱乐活动。客厅很大，一个女孩儿在弹钢琴，别的女孩子围在她旁边合唱。弹琴的女孩儿叫凌漪，她穿一件白色连衣裙，手上戴着一只蓝白相间的塑料丝编的镯子，还缀着三个银色铃铛。

至于男生，客厅里一个人影都没有。费霓独坐在椅子上本分地当着客人。费霓很有职业道德，趁别人不注意，把手上的塑料镯子褪下来塞到了裙子兜里。

她那天梳了两根辫子，两根辫子用一根细绸带绑到了一起，绸带是白色的，和衬衫是一个颜色。她坐的位子斜对着窗户，窗外的风送进来，她挺直了背端坐在椅子上，读一张落在边儿的俄文说明书。

有人拍了拍她的肩膀：“跟我来一下。”

她听出是方穆扬的声音，迟疑了一下就跟着他走到了一个房间。

是一间书房，书柜直通屋顶，里面还放着一个爬书架的梯子。里面有两张沙发，方穆扬让费霓坐在其中一张沙发上。费霓纳闷儿，不知道他叫自己来干什么，还没问，就见方穆扬拿了一个玻璃瓶子，拿起子开了瓶子，随后葡萄汁就被送到了费霓手里。

“葡萄汁，冰的。”

费霓有些不解地望着方穆扬，不懂他为什么要单独请自己喝葡萄汁。

方穆扬误会了她：“你们女孩儿真够麻烦的，喝个汽水还要单独拿杯子。”

他走到一个橱柜面前，俯身打开柜门，掏出一只玻璃杯，递到费霓手边。

方穆扬已经跳坐到了桌子上，见费霓还不喝，无奈道：“你不会还想要吸管吧？”

费霓摇头，把葡萄汁倒进杯子里，低头喝了一口。

方穆扬坐在桌子上打量费霓：“你怎么不和她们一起唱歌？”

“我不喜欢唱歌，而且我也不适合唱。”

“可我记得你是合唱团的。”

“我就是里面充数的。人家是生怕自己的声音被压住了，我是唯恐自己的声音被人听见。”费霓对唱歌跳舞既不感兴趣，也不擅长，但她因为长得好，文艺会演总被挑进去充数。这在外人看来可能是一种荣誉，于她却是折磨。她也想过退出，但辅导员王老师说她这样是知难而退，对她好一顿批评，她为此还写了一份检讨书。

“那你喜欢什么？不会是喜欢看说明书吧？”

“和唱歌相比，看说明书简直是种享受。”虽然说明书她也不怎么看得懂。

方穆扬搬出了一个盒子给她看，里面有一个小巧的匣子和一堆小零件，他告诉费霓这是世界上最小的收音机，刚才她看的就是这个收音机的说明书。

“我想看看它的构造，就把它拆了，但我重新组装它的时候出了问题。你能不能把你看的说明书给我翻译成中文？”

费霓只是随便看看，好多字她根本不认识，更谈不上翻译。

“翻译这张说明书你要多少钱？”

好像他觉得费霓不翻译是因为他不给钱。费霓并没解释方穆扬对她的误解，她乐得赚这笔钱。

她说了一个数字，方穆扬也没讨价还价。

“你不想出去的话就在这里听听音乐。”书房里也有一架电唱机，方穆扬随手放了一张莫扎特的唱片，又拉开了下面装碟片的柜子，他告诉费霓，要是想听别的，就自己换。方穆扬把一台小电扇拿到书桌前打开，又打开抽屉取出一筒饼干放到她手边，让她当零嘴儿。

“你能给我一本词典吗？说明书上有些单词我不认识。”岂止是有些，大多数她都不认识，但她会查词典。

方穆扬对书架上的书很熟悉，一眼就找到了词典的位置。檀木书桌上摆着一个文具匣子，一共三层，方穆扬抽出第二层抽屉，取出一只盒子，盒子里躺着一支派克钢笔。他吸了墨水，递到费霓手里，又拿了纸给她。

外面有人叫方穆扬去打球，方穆扬关上门，留费霓一个人在房间里翻译。

费霓坐在一张皮椅上，埋头翻译收音机的说明书，遇到不认识的单词就查词典，不认识的很多，好在她查词典的速度够快。她脑子里都是怎么赶快翻译完，甚至没来得及打量这间书房，饼干筒也没顾得上打开，方穆扬进来她也没察觉。

直到灯亮了，费霓的视线才转到窗外，外面，太阳早就落了山，再不走，天就彻底黑了。

方穆扬打开饼干筒，里面的饼干一块不少。

“你不喜欢吃这种夹心饼干？”

她不是不喜欢，她是根本忘了，况且她提供的是收费服务，总不好再吃人家的饼干。

方穆扬拿了一块递到她手边：“尝尝，味道没那么差劲。”

“谢谢。”费霓拿了，扔到嘴里，还没来得及咀嚼，就起身收拾东西。她合上笔帽，跟方穆扬告辞，“我得回家了。我没翻译完，明天给你行吗？不过词典我得带回去。我会尽快翻完给你的。”她有一本词典，但很小，没现在这本全。

“饭马上要做好了，你吃完，司机送你回去。”

“谢谢，不过我现在就得回去了，否则我爸妈会着急的。”

“那你给家里打个电话。”

“我家没电话。”费霓并不为此难为情，这个城市的大多数家庭都没电话。她只是意外，方穆扬为什么会默认她家有电话。

临走时，姥姥送了费霓一份面包，说这个方穆扬最爱吃，现在味道虽然不如刚出炉的，但用烤箱热一下，吃着也不错。

费霓下意识地回复：“谢谢您，但我家没烤箱，您留着自己吃吧。”

费霓在方穆扬姥姥脸上看出了一股尴尬之色，但这尴尬只维持了几秒，姥姥又恢复了原先的姿态：“我让人用烤箱热好给你带回去。”

费霓发现对物质缺失的坦诚，在这里竟成了一种变相的讨要。她接过了面包，说自己用锅热一热也很好吃，就不麻烦了。

费霓最后推却不过这对祖孙的好意，加上她急着回家，就上了方穆扬姥姥常坐的那辆车。司机到了她家楼下，多少有一点儿意外。费霓根本顾不上看司机的表情，道了谢就往家跑。

她回来得很及时，再晚一步，全家就该出动去找她了。

第二章

收音机

9

费霓半夜睡不着，又起床去开那个行李箱。

里面都是唱片和画册，全是她不需要的东西。

费霓上小学的最后一年，全国开始闹停课。方穆扬家也没消停。费霓隐约听说了方家的事，他的父母都在接受审查，工资被冻结，房子也被分给了别人，方穆扬自个儿住一间小平房，饥一顿饱一顿地过日子。费霓的哥哥姐姐坐免费火车去外地串联了，她也想去，但爸妈怕她在外面出事，让她在家里好好待着。白天，她爸妈在厂里工作，只留她一个人在家。

费霓不出门，在家糊纸盒子。她最开始糊的是一种点心匣子，得是好点心才能用这盒子，平常的用纸一包，麻绳一捆就得了。有时候，她也去废品收购站。图书馆能看的书一下子变得很少，废品收购站成了费霓新的“图书馆”，那些旧社会的腐朽作品和外国资本主义“毒草”都被扔到了废品站。但在废品站找到想看的书并不容易，她必须装作对她的目标不感兴趣，有时候买五斤废纸才能找到一本自己想看的书。

自停课后，她就没和方穆扬见过面，没想到又在废品收购站见着了。这个年龄的男孩子一个月不见就能高出一截儿，费霓发现方穆扬又高了，精瘦精瘦的。他们家没了，但他的自行车还在，她不知道他是怎么在恶斗中守住他的自行车的，但他确实守住了，还全须全尾地站在那儿，嘴角的伤无所谓地展示给别人，他冲着费霓笑笑。费霓有点儿怕他的笑，她怕方穆扬向自己借钱，她知道要是这次借钱给方穆扬，他不但不会还她双倍，还可能一分钱都不会还她。

费霓问方穆扬来废品收购站干什么，方穆扬说他家窗户玻璃没了，想买废纸回去糊窗户。他问收购站的人有没有旧画，没有的话，画册也行，拿回去糊窗户不至于太难看。

费霓在废品站找书，越找越绝望，她猜方穆扬不会乖乖就范，尽管家没了，但他们家那么多书，他不会一本不留。她低声对方穆扬说，她可以帮他处理一些用不着的旧书，话里还带着暗示：她家是根红苗正的工人家庭，不会有人来她家翻东西的。她的精神生活太匮乏了，决定铤而走险。她已经做好了两手准备：如果方穆扬举报她，她就说自己是故意引蛇出洞，其实并不想要那些书；如果方穆扬愿意把珍藏给她一些，她可以把自己糊纸盒的钱都给他，让他好好吃顿饭。他那样，一看就是天天吃不饱，饿的。

方穆扬没举报她，他在第二天天没亮的时候按照约定到她家楼下，交给了她一只箱子。费霓把自己攒的两块五毛二分都给了方穆扬，但方穆扬一分钱都没要，让费霓好好保管箱子，千万不要交给别人。费霓强行把钱塞到了方穆扬手里。

费霓等到父母都去上班才敢偷偷摸摸打开，觉得她这钱花得实在冤枉。箱子里的东西没一个是她想要的，里面不是唱片就是画册，唱片她根本没办法放，至于画册……有一本里面的男女甚至是不着寸缕。费霓当然知道这是艺术，但不妨碍她觉得他不害臊。

这个箱子她一直锁着，等他来管她要，没想到一放就是这么长时间。

雨下到后半夜，起来已经是个大晴天了。

早饭是稀饭配馒头，还有一小碟腌豆角，昨天的酱肉有剩，费妈掰开馒头，夹了两片酱肉递给费霓，让她别光喝粥。

费霓走后，老费又提起了昨天的事："小方昨天大老远来咱们家，还给咱们闺女送了这么些东西，咱们没留人家吃饭就让人走了，这事儿我总觉得过意不去。"

“怎么留？叶锋不得多心啊？小方又愣，不知道什么该说什么不该说。咱闺女去医院照顾了他这么些天，知道的是她深明大义，不知道的还以为她和小方有什么事儿呢。”

“有什么事儿？就小学同过班，俩毛孩子，能有什么事儿？咱们三丫头就不能做好人好事了？”

“以前没事儿，那备不住现在照顾出感情来。就说小方，现在爹妈都忘了，就跟咱们孩子熟，他也知道咱们家在哪儿了，要天天来怎么办？咱们还能直接轰人家走？传出去了，哪个男的不多心？咱们闺女也甭想跟别人结婚了。昨天费霓买的西瓜还没吃，你给小方送了去，再买点儿桃，昨天他送来的东西留两件，表示咱们心领了，剩下的奶粉、麦乳精也给他拿回去。顺便告诉他，让他别来了，就说这是咱们闺女的意思。”

“这话怎么说得出口？”

“为了你闺女，你说不出也得说！我看小方也不是个不明白事理的孩子，你跟他说明白了，他也就不来了。”

老费带着奶粉、麦乳精、西瓜去了医院，回来的时候，这些东西也跟着。除此之外，他还拿回了自家的伞，以及一个收音机，还有专门配收音机的耳机。

老伴儿数落他：“你哪儿来的钱买的收音机？”

“小方送我的，说是卖了相机换的。我说不要，他死乞白赖地非要我给费霓带回来。我带去的东西他也非让我拿回来。”

“你这办的是什么事儿？他要你收你就收啊？！”

“他说我要是不收，他就再到咱家把东西送过来。要是我收下，他就不再来咱家了。”

费妈叹了声气：“你啊！活这么大岁数，是啥都不明白啊！你闺女天天听他送的收音机，这事儿能这么结束吗？”

“那怎么办？”

“你就说这收音机是你买的。”

“这怎么合适？”

“管不了这么多了，等费霓结了婚，咱们再给小方送份礼，现下不要跟他来往了。”

费霓回来就看见了她昨天送给方穆扬的伞，不禁问：“方穆扬来咱们家了？”

费妈踢了老费一脚，老费笑着说：“我去医院看了看他，顺便就把伞带回来了。他在医院还挺好的，跟正常人也差不多，我去的时候他正画画呢，画的是医院里的护士，甭说，画得跟真人差不多。他跟里面的护士处得都挺不错的。”

“是吗？”费霓心里有些恨铁不成钢，画连环画没准儿能换来一份工作，画小护士能换来什么呢？只能把自己挣下的好名声一点点都败坏了。

“那可不，还有小护士给他缝衣服呢。小方是救人英雄，长得好，护士里有姑娘喜欢他不稀奇。我看他没准儿还能在医院里踅摸个媳妇儿。”

“哪个护士给他缝衣服啊？”

老费没想到费霓会问这个，愣了一下才说：“我倒是不清楚是谁，他衬衫线开了，进来的护士让他把衣服换下来，她拿回家给他补。”老费省略了一点：方穆扬说不用了，他自己能缝。

费霓没搭茬儿，看见了躺在五斗橱上的收音机，问：“爸，您买收音机了？”

“嗯。”这声“嗯”很短促，“我看好多人家里都有，我想着也买一个。”

老费说谎说得不太自然，费妈怕他露了馅儿，转而对费霓说：“你姐给你的那块格子布，你给自己做件衬衫吧，我看现在好多姑娘都穿格子衫，是不是电影里有人这么穿？”

“好像吧。”

“你跟叶锋这礼拜天还去看电影？”

费霓没回，继续问她父亲：“爸，您这收音机在哪儿买的？”

“就离咱们家最近的那个信托商店。本想买个新的，可谁叫咱没票呢。”

叶锋隔了一天来还伞，还带来了一张交响乐的票，约费霓礼拜天去听《沙家浜》。

费霓听过一次，但她还是收下了票。她喜欢不喜欢这音乐不重要，重要的是她觉得叶锋不错，可以继续发展下去。

礼拜五那天格外热，费霓上班时积了一头汗，下了班直奔女浴室，好在排队的人不是很多。

一间浴室有两排花洒，一排十五个，花洒间没有任何隔断，彼此都能看见。

浴室里没有任何隐私。

费霓在浴室里知道了老赵乱搞男女关系被调到了锅炉房；大刘因为在家组织舞会被降了级；潘莉莉的丈夫很有本事，最近搞到了一台九寸黑白电视机……

费霓作为倾听者，从未参与这类话题。她始终面对着墙，每次洗完了就迅速穿好衣服，毫不留恋地离开这个水汽腾腾的房间。

有人说她："小费怎么老背对着我们？"

另一个女工为她解释："结了婚就不这样了。其实有什么不好意思的，大家都是女的，谁也不比谁多什么，没结婚前总抹不开这个面儿来。要说谁要是娶了我们费霓，可真是有福气，你看这细皮嫩肉的……"

费霓的脸被热水冲红了，匆匆洗好，去穿衣服，头发上的水珠落在锁骨上，费霓扭手系背后的扣子。费霓的组长刘姐凑过来同她说话："三车间的潘莉莉非说你罩子里垫了东西。她这人吧，自己骚就算了，非把别人想得和她一样，哪个正经姑娘会往里面垫东西，都恨不得别人看不见。我跟她说，费霓要是不用罩子勒着，看着更大，我和她在一个浴室洗澡，见过多少回了。"

刘姐说的每个字都那么亲切，那么热气腾腾，可费霓实在没法子感谢她为自己澄清。她面上平静，手忙着系扣子。她因为在家里只能简单擦洗，经常在厂里的浴室洗澡，但洗了这么多次，她也没学会应付这股子没有界限感的亲切。

费霓把头发擦了有五分干，为避开刘姐，就急着出了浴室。

一出厂门她就看见了方穆扬。

10

费霓早上来的时候，还在塑料凉鞋里穿了双袜子，下了班，这袜子就被裹到了旧报纸里，夹在后车座上。她们车间有一位很讲究很根红苗正的大姐，最看不得女孩子露脚指头，看见了就骂“成何体统”。费霓开始不太懂大姐为何激愤至此，后来看了些腐朽读物才模糊地意识到，大姐并未如她所表现的那样进步，实际上封建得很，只有旧社会的人才会把女人的脚看成具有浓重性意味的器官，一个脚指头都露不得。

她也只是在心里认定车间里的大姐不进步，穿凉鞋的时候仍自觉在里面穿袜子。今天她出来得急，脚没顾上擦，直接穿了凉鞋就出来了，脚踩在凉鞋上还有些黏腻。她的脚指甲昨天刚刚修剪过，很圆；脚踝很细，裙子和凉鞋之间露出一截小腿。傍晚的风滑过她的小腿，风干了上面残存的水分，卷起裙子的一角。

费霓离近了看，发现方穆扬竟然出洋相出到了他们厂门口。他仍穿着一件白衬衫，袖子卷到手肘，两手插在裤兜里，胳膊贴身夹着一把花，和他有身体接触的是花的茎，大概占了花的四分之一；花瓣用报纸包着，隐约能看出里面是白色的。是夹不是捧，在厂外捧花固然有些傻里傻气，但总不会让人怀疑是流氓，方穆扬这姿势不免有些流里流气。

费霓真想装作不认识他，但方穆扬并不给她这个机会，他拿了花凑近她的鼻子让她嗅。

原来是白色剑兰。

费霓问他：“你在哪儿弄来的？”这几年市场里根本没有卖切花的。

“在市场买的。送你的。”

方穆扬这几天没在医院里待着，净坐电车了，他手里拿着新买的地图，坐着电车逛遍了整个城市，遇到感兴趣的地方就下来走走。他今天逛市场准备给费霓买点儿礼物，恰巧碰见南郊的老乡捧着篮子偷着卖花，想起费霓家里的花瓶放的假花，决定给她买点儿真的。

什么年头还送花，让人看见了，她没准儿又成为浴室里的谈资。那把花太显眼，费霓夺过来，放在车筐里。

方穆扬的衬衫洋溢着一股阳光晒过的肥皂味，但同时费霓注意到他的衬衫并不干净，还有黑色的污渍。他哪里是洗衣服，分明是把衣服在肥皂水里泡一泡就捞上来晒上。这种洗法，一天洗八次也干净不了。

“你怎么找到这儿来的？”

“你不希望我来吗？”

三车间的潘莉莉看见费霓，走过来同她招呼，又上下打量方穆扬，笑着问费霓：“这是你新处的对象？”

费霓不耐烦地说了两个字：“不是。”

潘莉莉是厂里出了名的漂亮人儿，但费霓跟她不在一个车间，平时就连接触都很少。她想不通这人为什么要在背后那样说自己。

潘莉莉并没就此离开，她笑着对费霓说：“那我给你介绍一个。我有同学是缝纫机厂的……”

潘莉莉不喜欢费霓，因为她的丈夫——宣传科讲一口流利普通话的杨干事，在追求她之前曾不止一次请费霓看电影，都被费霓拒绝了。她是结婚后才从别人嘴里知道这件事的，她一向骄傲，但她的丈夫让她受了挫，这让她觉得自己是拣了费霓不要的人。要是婚前知道了，她是绝对不嫁的。因着这个，她格外关注费霓的婚恋状况。

费霓打断了潘莉莉的话：“我有正在交往的人了，你不用给我介绍了。”

潘莉莉心里不屑：有正在交往的人了，还跟不知哪儿冒出来的小白脸勾勾搭搭的。

潘莉莉面上仍是笑，追问：“谁啊？哪个厂的？怎么没听你说过？”

方穆扬代费霓回答：“以后你就知道了。”

费霓想，方穆扬应该是知道她和叶锋交往的事了。他知道了，还拿着花到厂门口等她，别人见了，不知又传出什么闲话来。

等潘莉莉走了，费霓问方穆扬：“你找我有什么事？”

“没事就不能来找你吗？”

一股花香钻进费霓的鼻子，她沉默着，推着自行车往前走。

“你不是爱看电影吗？这礼拜天，咱们去公园看露天电影？”

“我没空。”

“那你把下礼拜的时间留出来给我吧，我过些天就回知青点了，走之前想和你一起看场电影。”

费霓听到“知青点”三个字，声调不由自主提高了：“你回那儿干什么？”

“我看附近有家馆子，咱们去那儿吃吧，我请你。”

小饭馆里最热销的是散装啤酒，一堆人排队等着买啤酒。费霓找了个靠窗的位子，还没落座就问：“谁让你回去的？”

“你要喝啤酒吗？”

“不喝。是知青办找你谈话了吗？”

“那就喝汽水吧。”方穆扬让费霓看墙上的菜单，问她想吃什么。

费霓不说，方穆扬便代替她点餐，当方穆扬点到第四个菜的时候，费霓拦住了他，说够了。

“是我自己要走，我不想再在医院待了，一个健康的人待在医院可太没劲了。林格你知道吧？我和他是一个知青点的，他回来探亲，我想着等他的探亲假休完，和他一块儿回去。”

“多少人把自己弄成肺炎、肾炎也要回城，你倒好，好不容易回来了，还要往乡下跑。你这个样子，到了乡下，谁管你？你真以为老乡需要你？你插队的那地方，什么都缺，就是不缺劳动力，人家自己的粮食还不够吃的，哪有余粮分给你？你以为你这次回去了，还能回得来？”费霓很快又恢复了理智，压低了声音说，“你这几年都在乡下接受教育，也该回来建设城市了。”

方穆扬笑。“难道要在医院里建设？”他为费霓盛了一勺砂锅豆腐，“吃吧。”

“知青办就应该给你解决工作。他们要是不给你解决，你就去找他们，一次不行就找两次，两次不行就三次……”

“可除了你，这个城市我没什么可留恋的。”

费霓不信他的话：“前两天你不是还在医院画小护士吗？”

11

费霓没给方穆扬回答的时间，半是嘲笑地说："你还是在医院里待着吧。在别的地方天天画漂亮姑娘，就是作风问题了，你在医院住着，别人当你是病人，也不愿意跟你计较。去了乡下，可就没那么容易了。"他在乡下受了这么多年教育，一失去记忆就又恢复了被改造前的性子。想来这改造的作用很有限，就没必要再去接受一遍了。

"你是不是想让我一直画画？"

费霓每每怀疑方穆扬彻底恢复了记忆，都要因为他不同于常人的逻辑而否定掉之前的想法。

"其实想画在哪儿都能画的。"方穆扬挪了挪他和费霓中间的盘子，留出一块空地，用手指在桌上比画。费霓以为他要跟自己写些不能让别人看的话，盯得很仔细，很快，费霓发现方穆扬在画画。他的手指头此时充当了画笔，桌子成了画布，上面的图，别人看不见，但费霓能，费霓慢慢发现方穆扬画的是一个女人，男人没有这么大的胸脯，男人的线条也不是他画的线条，这个女人正在喝汽水。

费霓放下汽水瓶，拿眼去看四周，四周都是人，小饭馆里没电扇，空气黏腻腻的，她耳朵越发地烫。她拿筷子的另一头去敲方穆扬的手指："快点儿吃饭吧。"

方穆扬揪住筷子头，仰头看她，费霓避过他的眼睛，放开了那支筷子，低声说："你还吃不吃饭？"这声音里有一点儿恼羞成怒的味道。她以前以为他虽然不算什么正经人，但胜在有一双正经的眼睛，不该瞅的地方绝对不瞅一眼，可现在她发现了他眼睛和睫毛的欺骗性。他不动声色地把她从上到下观察了个遍，而她竟没发现。

方穆扬把筷子还了回去，给费霓夹了一筷木樨肉，让她多吃点儿。

"上次我见你的时候明明在脑子里把你画了一遍，回去的时候再画总觉得差点儿什么。"

费霓打断了他："我给你的连环画，你是不是没看？"

“看了。”

“那你能不能画差不多的？”

“应该可以吧。”

“那你就去画那个，别老画女的了。”

方穆扬其实也画男的，但他没澄清。他对费霓说可以。

“你爸说你要结婚了。”

费霓想说“哪有这么快”，但没说就咽了下去。她迟早要结婚的。

“你是不是因为怕别人让你和我结婚，才不去医院的？他们如果问我的意见，我一定不会让他们和你提这种要求，这对你不公平。”医院领导因为方穆扬画小护士的事，主动提出要帮他介绍对象，问他喜欢什么女孩儿，他说费霓，领导咳嗽了两声，说费霓就算了，之前跟她提过结婚的事情，她不同意，因为这个，她现在都不来了。

虽然费霓确实认为同方穆扬结婚她很吃亏，但此刻这种话由方穆扬说出来，费霓没来由地觉得他有些可怜。

“他们是提了结婚的事情，在你只认识我的情况下，对你也不公平。”大概她自己都觉得这话没说服力，又换了话题，“回知青点的事不要再提了，让知青办给你解决工作，你多去找几次，他们会给你解决的。你有了正式工作，凌漪或许会回心转意。”

“她不需要回心转意，我也不需要。如果我有正式工作，你愿意和我去看电影吗？”

“我现在其实不怎么想看电影，翻过来倒过去就那么几部。”

“那你礼拜天和他去看什么？”

费霓又给方穆扬夹了一筷子小青菜：“以后不要再到厂里来找我了，你现在觉得我重要，不过是因为和我熟悉而已。以后你有了工作，接触的人多了，就会发现我对你没什么特别的。”

“你和别人是不一样的。”

费霓并不信他的话：“等你有了工作，见的人多了，再说这话也不迟。”

“无论什么时候，你对我都是不一样的。”

“快点儿吃吧，天不早了，吃完了我该回家了。”

费霓低头扒拉碗里的青菜，她想，两个人点三个菜还是多了，都吃不完。

等费霓发现方穆扬也没吃饭的胃口时，她说："那咱们走吧。"

两个人出了馆子，方穆扬和费霓往一个方向走了好一会儿，费霓指了指东边："你得去那边等车。"

"我送送你。"

"我骑车，你要送我，我反而还得等你。你快回医院吧。"

转身前，方穆扬对费霓说："那等我有了工作，我再来找你。我找你之前，你千万不要跟别人结婚。"

"你右胳膊有灰，拍一拍。"费霓没有说"好"，她不知道方穆扬胳膊上怎么蹭了一块白灰，她本来想给他拍拍，但手距离他胳膊还有十厘米的时候又缩回放在了车把上。

方穆扬并没有低头看他的胳膊，他说："你骑上去吧，我看着你走。"他怀疑费霓会趁他低头的时候离开。

如果方穆扬不说看着她走，费霓也许会回一次头。

到了家，费霓也没回一次头。

老费看见费霓手里的花，问是谁送的。

费霓说："好看就行了，谁送的一点儿都不重要。"她拿出假花，把白色的剑兰放进花瓶里。

第二天，她去邮局，把买来的纸和颜料邮给方穆扬，寄件人没写自己的名字。

剑兰在花瓶里待了两周，也没怎么蔫掉。

这两个星期，费霓和叶锋听了《沙家浜》，看了芭蕾舞，在公园里划了一次船。

叶锋请费霓去他家做客，说是做客，其实是见家长。费霓没犹豫就答应了。

叶锋很符合费霓对丈夫的想象，那种搞艺术的浪子从不在她的考虑范围内。不过这些年，浪子都隐藏了起来，个个成了良民，平常是见不着了。如果方穆扬家没发生变故，他大概会成为这么一个人。无论方穆扬恢复不恢复记忆，都与她想象中的丈夫相差甚远。

费霓头一次去叶家，和家人商议带什么礼物。

老费说要不送巧克力和美国奶粉，方穆扬带来的巧克力还在阴凉处放着，没怎么吃，美国奶粉也没有开封。费霓说把客人送的礼物转送不好，奶粉和巧克力还是自己留着吧。

这年头，家家都不富裕，客人送的礼舍不得吃，转送给别人是常有的事。有时候，一盒点心能过十几家的手，费家也常干这种事。但费霓说“不好”，老费不好反对。

最后费霓拿着刚发的工资去副食店买了八样点心，装了一个点心盒，盒子里的点心满得都要被颠出来。去叶家当天，费霓换上了她刚做好的格子衫，下面穿的是之前的蓝布裙子。

叶家住三楼，一层两户人家。

费霓到的时候，只有叶锋母亲一个人在客厅，保姆在厨房择菜。这时候即使有人请了保姆，一般也会说成是亲戚来家里帮忙。叶家就是这样。

叶锋问他爸在哪儿，他母亲说正在书房，让他不要去打扰。叶锋的母亲只有在费霓叫“阿姨”的时候冲她点了点头，之后就再没同费霓说过话。保姆过来倒了茶，叶锋的妈妈坐在沙发上看报纸，连基本的寒暄都没有。

费霓知道，叶锋在她来之前，一定和父母交代了她的身份，他的父母不像是不知礼数的人，如此怠慢她，一定是故意的。他们在她来之前就这样对她不满，一定不是因为她本人，而是因为她的家庭和工作。

12

很明显，叶锋父母看不上费霓，连表面客套都懒得做。

叶母看她的眼神，好像费霓不是来见家长，而是上赶着送礼求人办事的，偏偏礼物微薄，叶母连看都懒得看一眼。

没个百八十人上赶着来叶家送礼，养不出叶锋母亲这种不屑一顾的高傲态度。

叶锋的母亲虽然在医院工作，但不是业务岗，所以她对费霓的傲慢也不是医生对病人的，而是负责资源调配的后勤领导对巴结她的人的。她甚至不需要说一个字，只用一个眼神就能表示对对方的看不起。

费霓并不觉得自己高攀了叶锋，她和叶锋所差的不过一纸文凭。如果能高考，她绝不会考不起；即使她没文凭，也能自食其力，她身上穿的、嘴里吃的，都是自己一点点挣来的。但当谈婚论嫁，两个人的条件被放在天平上称量时，对方的家长明显觉得她不够分量。

叶锋突然向费霓提议："你上次不是说你用钢琴也可以弹《沙家浜》吗？这儿正好有钢琴，能不能让我饱饱耳福？"上次听完交响乐《沙家浜》，费霓说她用钢琴也能弹。

费霓马上接收到了叶锋的意思，他想让自己在他母亲面前露一手，以此证明他找的女朋友不是他母亲想的那样上不得台面的，虽然她只是个中学生，是一个普通的车间女工，但她会弹琴，还会边弹边唱《沙家浜》的选段。

费霓是在学校里学会的弹琴，曲子都是用方穆扬姥姥捐的那架钢琴练的。中午，别人休息，她偷偷去练琴，偶尔也可以弹一些不太进步的曲子。那时候她想着，等她工作了，有了自己的房子，一定要买架钢琴放在家里。那时候钢琴对她是个遥不可及的梦想，她一天只有几分的零花钱，而一架钢琴再便宜也要几百块，况且她家太小了，根本放不下一架钢琴。工作后，她手里有了能支配的钱，信托商店的旧琴几十块就能买到，比一辆新自行车要便宜得多，她终于买得起了，但还是没地方放。

于是她只能去信托商店弹琴，弹的都是很进步的曲子。信托商店的员工拿固定工资，客人买不买都不影响他们的工资，加上钢琴是大件，无法在光天化日下被偷走，所以他们对来看琴的客人盯得并不很勤。费霓利用了这点，以看琴之名行练琴之实。由于她弹的曲子很进步，别人不耐烦也拿她没办法。可自从上个月被认出后，她就不再去了。

费霓并不想弹《沙家浜》，尤其不想通过弹琴证明她配得上叶锋。难道她不会就该理所应当地受冷落吗？

费霓笑笑："我现在不想弹。"

她看到了叶锋眼里一闪而过的失望，她因为这失望对他也有些失望。

叶锋的母亲把费霓的"不想弹"理解成"不会弹"。大概她在学校里上过几节音乐课，就把这当成优点炫耀了。

"平时经常在家练琴？"

费霓知道，叶母是明知她家里没琴，故意让她难堪，但还是坦诚答道："我家没琴。"

她的眼神和语气没有一点儿不好意思。

叶锋母亲不再看报纸，嘴上的话也变得多起来："琴要是一个星期不弹就手生了。这琴原先要给叶锋的姐姐做陪嫁，但她说她回家也要弹琴，所以我们只能留着。叶锋姐姐结婚，叶锋出了不少力，电唱机、电视机、收音机的票都是他包办的。"

费霓开始觉得叶母后一句话突兀，但她马上理解了潜台词：叶家嫁女儿妆奁丰厚，不仅要陪嫁钢琴，还要送电唱机、电视机、收音机，不像别人家嫁女儿，都指着男方出钱。

保姆陈阿姨从厨房出来，叶母对她说："糖醋鱼先不要做，那是滢滢的拿手好菜，等会儿她来了要露一手。"

叶锋问："她怎么来了？"

"我一直把滢滢当亲女儿待，这儿就是她自己的家，她什么时候不能来？我倒是希望她能一直住在咱们家。"

费霓终于明白，为什么叶家明明不欢迎她，保姆却一大早就在厨房忙活，原来是为别的客人。这个叫滢滢的女孩子应该是他们中意的儿媳。

叶锋此时也无法忍受他母亲的态度，但他不想和母亲直接起冲突，便对费霓说："去我房间看看有没有你想看的书。"

他知道费霓受了委屈，但她脸上并没有委屈的神色，仍是很柔和的一张脸。这柔和是一种不动声色的傲慢，和这种不动声色一比，他母亲直接表现出的傲慢明显落了下乘。当初打动他的也是这柔和，当他得知费霓在制帽厂工作时甚至有些意外，到她家时就更加意外。她家太窄了，甚至没有他的卧室大，但他为了费霓，一而再，再而三地忍受着狭窄和逼仄。

电话铃响，听叶母的口气，是叫滢滢的女孩儿打来的。

叶母在电话里说，她特意留了荔枝，等滢滢过来吃。

费霓来了半天，也没见荔枝的影子。她记得自己第一次吃荔枝，还是方穆扬拿给她的，他说他们家没人爱吃荔枝，再放下去就坏了。班里好多人都吃到了方穆扬送的荔枝，她是其中一个。

“不了，这个点我也该走了。”人家不欢迎自己，费霓也懒得再留。

“不是说好在这儿吃饭吗？等吃完饭，你想去哪儿，我陪你一起去。”

“我回家吃。”

叶锋还要再挽留，他母亲开了口：“既然人家有事，就不要勉强了。”

叶母此时脸上终于有了点儿笑容，她指了指费霓提来的点心说：“这个你还是带回去给你父母吃吧。”

费霓也没推辞，直接拎起了点心匣子，转身转到一半，突然说：“茶杯里的茶我没喝，您直接倒了，不用特意消毒了。”

刚才阿姨倒茶，叶锋和他母亲用的都是白瓷杯，特意给费霓用了玻璃杯。

费霓走得毫不留恋，叶锋追了出去。他拉住费霓的胳膊，用半是挽留半是请求的语气说：“回去吧，就当给我一个面子。”

他的爸妈可没给她一点儿面子，但费霓不想戳破这件事，仍是笑着：“我还是喜欢吃自己家里的饭。我要是用了你家的碗筷，你妈妈还得特意消毒，那多麻烦？”

“杯子是陈阿姨随手拿的，不是你想的那样。”

“没什么，讲求卫生也没什么不好，毕竟她也不知道我有什么传染病。只是她没必要做得这么明显，生怕我不知道。”

叶锋明知他母亲是故意的，仍坚持说这是一个误会。他不希望费霓和母亲闹得太僵，毕竟将来结了婚，还要一起住。如果他结婚后坚持搬出去组织小家庭，单位也会给他一间房，但是他在家里房子完全够住的情况下还和别人去争有限的房子，对他的名声不利。何况家里的条件比外面好太多。

费霓不想再和他争，声音里是掩饰不住的厌倦："对，你妈不是故意的，你回去吃饭吧。"

"不是说好了一起吃吗？要不咱们去馆子吃，我请你？"

叶锋没和家人打招呼，就跟着费霓下了楼。

见叶锋真要和自己一起走，费霓的语气和缓了些："你回去吧，我今天不想在外面吃。"

"你去哪儿？我跟你一起去。"

"叶锋，我觉得我们都应该重新考虑一下。"

"我没什么可考虑的。我妈的态度不代表我的态度，以后和你结婚的是我，不是我父母。你因为他们否定我，是不是对我很不公平？"

叶锋长了一张适合做丈夫的脸，好看得很可靠。他在无线电工业局做科长，在这个电视机、电唱机、收音机都要凭票买的时代，多的是人求他办事，但他脸上没有一丝盛气凌人的劲儿。费霓觉得他和他的爸妈还是不一样的，决定再给他一次机会。

费霓最终还是和叶锋一起吃的饭，在她和方穆扬第一次去的那家馆子。

费霓看了好几秒，才确定离她两桌的年轻男人是方穆扬。

她很清楚他长什么样，她想不通的是他怎么又来这儿了。坐他对面的是一个穿蓝色便服的男人，头上的白发表明他至少五十岁。

方穆扬也看见了费霓，两人对视了几秒，是费霓先避开的。

对面的男人问方穆扬："看见熟人了？"

中年男人姓傅，是美术出版社的负责人，也是方穆扬妈妈的老同学。出版社下面有一个工农兵美术创作培训班，市面上有影响的连环画很多出自这个培训班。

"一个朋友。"

方穆扬叫来服务员，为费霓这桌加了一个奶油烤鱼、一个罐焖牛肉，还有两盘冰激凌。

他对服务员说："加的这些记我的账上。"

傅社长问他："要不要过去打个招呼？"

“她现在未必想理我。”

傅社长不由得对这位方世侄多了一分佩服，这十年物是人非，只有方穆扬，受再教育这么多年，仍是浪荡公子哥儿的做派，今天手里有两个钢镚儿，绝不留到明天。人家不想理他，也要特意给人家加菜，去招惹人家。

他很想和方穆扬谈谈方穆扬的母亲，当年他和方穆扬的母亲是大学同学，她请他到西餐厅里吃东西，那家餐馆的菜品比这里的要地道得多。往事有太多需要避讳的地方，许多不适合在公开场合讲，于是他只能挑挑拣拣。

多年来的沉浮养成了傅社长私下说话绝不让无关人士听见的习惯，他的声音准确送到了方穆扬的耳朵里，第三人却听不清他说的是什么。

“你爸妈当初嫌家里知识分子太多，就想让你初中毕业后去当工人。你如果能进工厂，也算实现了他们的愿望。”

傅社长说的都是真的，但他没点明的是，方穆扬现在去培训班，只能是知青的身份，随时可能回到乡下。如果先去工厂当工人，再调到培训班画连环画，就是另一番情形。

“培训班不能给你提供宿舍，你看能不能让知青办帮你和房管局反映一下，让他们把你家原来的房子划一间给你。”

傅社长心里也清楚，要房子不是容易的事，方家的房子早就住了别人，这些人好不容易住进去，怎么会主动搬出来？此一时彼一时，当初方穆扬的姥姥去世时留给他两个宅子，上百个房间，都被他母亲豪爽地捐了出去；现在想要一间房，却是如此艰难。

方穆扬却没把这个当大事。“要是他们不给我房子，我就去睡房管局的办公室，反正那儿晚上也空着。”

13

罐焖牛肉送上来的时候，费霓第一反应是：“我们没点这个。”

服务员指了指另一桌的方穆扬：“这是他送给你们的。”

叶锋顺着服务员指的方向看过去，回头对费霓说：“这是不是你那个同学？”

叶锋只见过方穆扬一次，但他长得很有识别度，再次见面，叶锋马上想起了第一次见面的情景。

费霓想方穆扬这人真是没救了，这么穷还要摆阔，她对服务员说：“这个我不要，你送到他们那桌。”

“这个还是你亲自跟他说吧。我们只负责上菜。”

奶油烤鱼上桌的时候，费霓忍不住说：“他到底点了几个菜？”

“还有两盘冰激凌，正餐结束后上。”

“冰激凌无论如何不要再上了。”

服务员无奈，走到方穆扬身边转达了费霓的话。

方穆扬说：“听她的，不要了。你帮我告诉她，不用为我担心，这两个菜我暂时还能请得起。”

服务员不知道这两人在搞什么，但还是把方穆扬的话转述给了费霓。

费霓的眼睛转向方穆扬，方穆扬冲她笑了笑，她瞪了他一眼，低头吃鱼。

叶锋觉出了不对劲，问费霓：“这人不会在纠缠你吧？”

“没有，我之前帮过他一个小忙。”

“什么忙？”

“不值一提。”

方穆扬掏钱买了两桌的单，费霓当初把他的钱按面值大小排布，现在这些钱早没了大小之分。他掏出一把钱，看都没看就递给服务员，在脑子里飞快地算了一遍账，又从服务员手中抽出一张两分钱的纸币塞回自己裤兜。服务员还在数钱，“谢谢”已经从方穆扬嘴里流了出来。等服务员确认付钱无误后，方穆扬早就离开了桌子。

傅社长做好了请客的准备，没想到被方穆扬抢了先。

“怎么能让你请客？”

“等我没钱了，就去你家蹭饭。”

他这么一说，傅社长想起了方穆扬的父母。他父母一直都很慷慨，不过那时他们有慷慨的资格。方穆扬其实是没有这个资格的。

结账时，费霓才得知方穆扬已经付了钱。她本来打算连方穆扬点的菜都自己买单的。

从餐厅出来，叶锋问费霓：“你这个同学在哪儿工作？”

“他是知青。”

叶锋这下放了心，一个知青对他毫无威胁。

“你哪天把他约出来，咱们一起请他吃饭。”

“算了，没必要见面。”

叶锋送费霓到她家楼下，破例没有上去坐坐。他上去了就得解释，费霓为什么又把给他父母的礼物拿回来了。

费霓没有立即回家，而是拿着点心匣子骑车去了方穆扬所在的医院。礼物她是不能拿回家的，拿回家就会暴露她在叶家发生的一切。她吃了方穆扬的饭，把点心送给他也是还礼。

方穆扬的病房里空无一人，他床头上挂着一张人体结构图，以前她来的时候是没有的。床头柜上摆放着一摞画，上面的画都是临摹的她送他的连环画，他模仿得很到位，不知道的还以为连环画的作者是他本人。最下面几张都是小护士的像，她以前只听说过他画小护士，现在眼见为实，又是一番心情。这几张和连环画是不同的风格，费霓觉得方穆扬画小护士更有热情些。费霓马上发现了方穆扬眼睛的歹毒，这些天他一定没少盯着小护士看。

他的床上摆着一件叠得方方正正的衬衫，仔细看的话会发现衬衫的第一颗扣子和下面的扣子稍微有些区别，一看就是第一粒扣子掉了，又被人缝了新的。那么细腻的针线活儿，肯定不是方穆扬自己做的。他的房间还算干净，但这干净也是粗枝大叶的，枕头罩都罩反了，他也不知道。费霓相信，很快这个枕头罩会被翻过来，只不过翻枕罩的人应该不是方穆扬。在她走后，他马上找到了接替她照顾他的人。

他可真是个人才。

她不在的日子，他的生活丰富多了。他不回乡下也不是听她的话。这好日子，怎么舍得离开？

他唯一没骗她的是，窗台上的花都被他养得很好。

她没再看下去，就把点心匣子放在床头柜，下面压着一张字条，写明这是她和她男朋友送给方穆扬的礼物。

费霓并未从医院直接回家，而是去了她心里认定的大嫂的家。她大哥在乡下插队，林梅回城后仍坚持等他，在费霓看来是很难得的。因为难得，所以要珍惜。梅姐正用缝纫机做枕巾，一家六口人挤两小间房里，等到家人都出门，她才能够获得短暂的清净。

费霓一到林家，林梅就给费霓看她在做的枕巾："看看怎么样，这花样你还喜欢吧？"

"好看。"

"喜欢就好，你不是快要结婚了吗，你的枕巾、枕套、桌布、沙发巾，我都包了。"林梅又去翻柜子给费霓看沙发巾，"对了，你今天不是去叶锋家了吗？怎么样？"

费霓看得出，林梅很高兴她能尽快结婚。她结婚，费霆才可能回城。她不忍心破坏林梅的好心情，就说还行。

"要我说，叶锋这人条件可真不错。你们结婚，不用求人，电视机票都有了。你不知道，我们店里的王主任为了买个十二寸的电视机，求爷爷告奶奶，不知找了多少关系，最后也只能买个九寸电视机。不过就算是九寸的，也有人羡慕。"

一周只歇一天，周日过了又得去厂里上班。

周一中午，费霓在食堂吃饭，厂里广播员汪晓曼突然凑了过来。汪晓曼是宣传科徐科长的老婆。当初宣传科广播员竞争上岗，费霓输给了汪晓曼，理由之一据说是广播员代表厂里工人的精神面貌，费霓的形象和声音太单薄了，一点儿不能体现工人阶级的力量感。费霓也想不通，怎么汪晓曼一嫁给徐科长，一向娇俏的她就突然有了力量。

因为叶锋在厂门口等了费霓几次，厂里不少人都知道费霓有了一个在无线电工业局工作的男朋友。

无线电工业局的人自然能搞到电视机票。

她先跟费霓客套了两句，就马上转到正题。她想要一台十四寸的电视机，但她没有电视机票，想请费霓的男朋友帮帮忙。

汪晓曼穿了一条碎花连衣裙，袖子是七分袖，正好露出腕上的女士手表，她那只戴手表的手将一只水晶发夹递到费霓面前。

费霓无功不受禄，又将发夹推了回去。

汪晓曼做好了第二手准备，问费霓想不想去宣传科，科里刚有人调走，正好有空缺。

费霓马上明白了汪晓曼的意思，她要拿宣传科的职位交换电视机票。

费霓当然想去，但她不能替叶锋答应。昨天叶锋母亲话里话外暗示她高攀，转头她就请叶锋办事，岂不是上赶着印证叶母的判断？

见费霓不表态，汪晓曼笑着让费霓考虑考虑。

找费霓搞票的不只一个人，还有同一车间的刘姐。

刘姐要求不高，只需要一张电唱机票。

刘姐是在浴室说的，热水淋在费霓身上，刘姐主动过来给她擦背，费霓还没来得及拒绝，刘姐已经给她擦上了，边擦边感叹年轻就是好，自己年轻时也是一身细白的皮子，但现在不行了。

费霓说了好几次“够了，可以了”，刘姐才停下来。

刘姐的要求很温和，她说这票要得不着急，什么时候给她都行，要是不方便，也没事。她理解费霓男朋友的苦处，求他帮忙的人实在太多了。这要求远不像她的毛巾那么强硬有力，毛巾把费霓的后背都给搓红了。刘姐在心里感叹，皮肤糙也有糙的好处，不至于搓一下就红成这样，要是结了婚，谁敢碰？

刘姐一面洗，一面称赞费霓的眼光。

14

费霓把头发擦到八分干才出浴室，叶锋在门口等她。

今天难得看见火烧云，费霓的脸也被浴室的水浇红了，颜色没彻底淡下去。

两人像往常一样去了厂子附近的馆子。

叶锋主动提起了他的母亲："别人送了我《黄河》的票，礼拜天咱们和我妈一起去听。"

"你们去吧，我有事儿。"费霓能理解叶锋和他母亲母慈子孝，但她一点儿都不想参与进去。

"还为昨天的事情不高兴？"

"没有。"

"你多和我妈接触接触，她这人很好，一旦了解你，一定会喜欢你的。其实昨天你真应该露一手，我妈喜欢会弹琴的女孩子。"

"我不需要他们喜欢我，我只需要他们尊重我。"

"昨天我妈是不周到，她以后不会那样了。她是长辈，不好意思说道歉的话，你也体谅一下。以后我和你结婚，你们还要在同一屋檐下生活，我希望你们能好好相处。"

"我以为你结婚后会搬出去住。"

"我们家有足够的空间让我们住，这种情况下我去和别人争分房名额，其他人怎么看我？再说，和我爸妈住在一起，彼此也能照应。操持一个小家庭并不容易，你和我爸妈同住，有保姆帮忙，也能轻松不少。"

费霓发觉自己误会了叶锋，他和她的利益并不一致。

结婚后住在家里对他百利而无一害，分的房子自然不如他现在的家好，住在家里，从买米、买面、买菜，到做饭、洗衣服、换煤气罐，都不用自己操持，他除了工作，回家只需要享受服务就好。他享受了住在家里的好处，当然要寻找一位父母满意的儿媳。

而她，被人讨厌，还要厚着脸皮住进别人的家，以后被当面嫌弃，连还嘴的资格都没有。谁叫她住的是人家的房子。

叶锋见费霓沉默，安慰她："住在家里只是一个过渡，咱们迟早会有自己的房子，等我升了职，分的房子也会比现在的好。"

"你准备过渡几年？"

叶锋只是为了劝慰她，并没有具体的打算，听费霓这么问，他没有正面回答，而是说："到那时候，没准儿你还不愿意和我妈妈分开住。"

"我尊重你和你父母的感情，但我永远不会和你的父母一起生活。"

住在人家的房子里，享受人家的福利，怎么有资格要求被尊重?

叶锋没料到费霓会这么坚决，他知道自己今天无法说服费霓，便转换了话题：“你哥回城工作的事你不用太担心，我有朋友在劳动局，或许可以帮忙。”

“谢谢。”费霓说。他这话早不说晚不说，偏偏赶在这时。叶锋的选择已经明明白白告诉了她，只差说出口。费霓的“谢谢”说得毫无热情，她知道一旦接受叶锋的好意，就得在另一方面妥协。

“不用这么客气，以后就是一家人。”

费霓用力挤出一个笑：“叶锋，我们到此为止吧。”

费霓的话让叶锋猝不及防，他愣了一会儿，才调整好脸上的表情，将费霓的话理解为赌气。

“这个事情以后咱们再讨论，你先吃饭。”叶锋用勺子为费霓舀了一勺蛋花汤，“哪天你去我家尝尝陈阿姨做的汤，我跟你保证，绝对不会再有不愉快的事情出现。”

这些馆子里掌厨的不是手艺最好的，做饭的目的也是让客人吃饱，而不是吃好。就菜的色、香、味而言，远不如他家阿姨做的，如果不是为了和费霓多点儿相处时间，他才不会来这里。

“你怎么不吃？”

“我下午去无线电厂，已经吃过了。”厂长专门请他吃的小灶。

费霓从军绿色挎包里掏出今天的晚饭钱和需要的粮票。在这家馆子吃饭要预付，叶锋已经付过了。

她把钱和粮票放到叶锋手边：“既然你不吃饭，钱就应该我付。”说完，费霓就不再说话，低头吃自己的饭。她闭嘴咀嚼，不再发出一点儿声音。

叶锋又把钱推过去：“于情于理该我付账。”

等咀嚼完嘴里的食物，费霓蹦出两个字：“谢谢。”

她想叶锋是喜欢自己的，在不影响他利益的情况下，他会对她很好。她找其他的人大概也不会更好。

这个发现让她失望。

更让她失望的是，她住什么样的房子取决于她未来的丈夫，她的职级决定了目前分房没她的份儿。就算叶锋真为了她搬出去，住的也是叶锋单位分的房子。她今后能否住到更好的房子，得看叶锋是否升职，升到哪级。即使一家五口住在十几平方米的房子时，她也从没失望过，她以为将来靠自己就会有房子。那时的她对未来很乐观。

费霓没心情吃菜，一直在咀嚼碗里的白饭。

叶锋没离开，就这么看着她，间或给她夹一筷子菜。

“你和我母亲之间或许有些误会。你和她多相处，就会发现她不是你想的那样。”

费霓仍是笑着：“我对她没有任何误会。如果我是她，我也希望未来和我住在同一屋檐下的人符合我的喜好。如果这个人不满足我的期待，我的风度或许不会比她好多少。她没做错，错的人是我，我和你在一起是个错误。今天，这个错误应该结束了。”

“费霓，你不要急着下定论，先和她试着相处一段时间再决定也不迟。”

“如果无法相处呢？你打算怎么办？”

“假设没有发生的事情没意义。”

“这不是假设，这是以后必然会发生的事，很可能每天都会发生。相信我，如果你跟我结婚，我搬到你家住，迟早有一天你要怪我不够懂事，不懂礼敬长辈……”

“费霓，你太悲观了，你是个善解人意的女孩子，我相信这些事情都不会发生。”

费霓苦笑，他已经给她扣了个“善解人意”的帽子，倘若以后发生矛盾，就是她不够善解人意了。

“你误会我了，我从来都不善解人意。你妈妈比你早发现了这一点。”费霓低头喝碗里的汤，努力调整情绪，等她抬起头，脸上又带着笑，“我要是像你在家里住得这么舒服，我也不愿意搬出去。你应该找一个你父母都喜欢的女孩子，这样你会生活得更轻松。你和我在一起，咱们都不会有好结果的。”

“费霓，你为什么不愿意试一试？如果不成功的话，我们再考虑别的解决办法。”

“别考虑了，我知道你的想法不会变，你只想让我改变。你妈妈不喜欢我，我也不喜欢她，并且我在见她第一面时就确定，这件事永远不会变。”

叶锋因为长相、家世、工作无一不好，多的是向他示好的姑娘和姑娘家长。费霓一而再，再而三的拒绝让他不快，他本以为费霓是个善解人意的姑娘，但她现在一点儿不体谅他的难处。

他克制住不快，尽可能理智地同费霓分析：“你就算和别人在一起，也可能遇到同样的问题。遇到问题不能逃避，而是要解决。”

费霓马上明白了叶锋的潜台词。像她这样家世、工作都一般的姑娘，在男方家受到冷遇并不罕见。

口不择言时说的才是真心话，他也认为她高攀了他。

“那我得到别人家试试才知道。”

回到家，老费问女儿：“怎么不请叶锋到家里坐坐？”他以为像以前一样，也是叶锋送费霓回的家。

费霓不说话，直接进了里屋。灯没开，帘子外的光透进来，她倒在床上，头埋进被单。以前她在洗漱之前是绝对不会沾床的。

帘子阻挡不住任何声音，她在里面听见父母谈论她，他们认为她和叶锋结婚是迟早的事，已经在考虑陪嫁。

“叶家条件这么好，咱们也不能给孩子丢脸，我拉了一个单子，你看看。”

窗帘、桌布、被子、床单、被单、枕巾、热水瓶、冰瓶、白瓷盆……男方负责大件，这些小件加起来也够他们张罗的，陪嫁也是一笔不小的花费，更麻烦的是有些东西要凭票，他们手上没有。

“要不冰瓶就算了，咱们没票。”

“我看老张家嫁闺女就陪送了，闺女就这么一回，别抠抠搜搜的。你不是有同学在水瓶厂工作？找找人把东西给买了。”

费霓双手捂住脸，但没用多久，她就调整好了情绪。她拉了灯绳，从床头柜子里摸出镜子照了照，理好头发，出了屋。

她在外屋对父母宣告："我和叶锋彻底结束了，不过我今年一定会结婚的。"

"怎么回事？昨天不还好好的吗？他欺负你了？"

"没有。我觉得他不适合我。"

"那你觉得谁适合你？"

老费还要再问下去，就被老伴儿掐了一把。

"霓啊，咱不能因为人家有一点不好，就把整个人都否定了。叶锋条件挺不错的，我看他对你也挺好……"

"我决定了的事情不会变。"

等费霓拿着白瓷盆出了门，老费才偷偷和老伴儿说："怎么回事？怎么突然就对叶锋不满意了？不会是小方捣乱吧？"

"她是不是知道收音机是谁送的了？你是不是告诉她了？"

"没有啊。"

费霓站在门外等水房里面冲冷水澡的男人离开，耳朵里又响起叶锋的声音："我现在分的房子不会比你家的房子好多少，洗澡可能都要到公共浴室。我想你不会希望再继续过那种生活。"

就连他请她到他父母家去住，也是为了给她改善生活。

她拒绝，是她不识好歹。

她也确实不识好歹，她对叶锋说不劳他担心，她会有自己的房子。

他们厂马上就要分房，这个消息让厂里许多在一起无可无不可的男女急着打结婚报告。为了及时拿到结婚介绍信，有人甚至开始送礼。按理说以她的职级，分房不会轮到她。

但她记得知青办的人跟她说，只要她跟方穆扬结婚，厂里分房就有她的份儿。

厂里分给她房子，就算以后她和方穆扬离婚，房子也不会离开她。

方穆扬同她结婚也并非没有好处，她可以分半间房子给他，这样他就不用住在医院了。

屋里闷得很，凌晨三点费霓又醒了，大概是被热醒的。她下了床，趿着鞋，悄没声儿走到水房，拉开灯绳，拧开水龙头，闭上眼睛，冷水淋在她脸上，透过手指头缝漏在水池里。抬头，顺着那扇窄窄的窗户，她看到了星星。

天刚亮，费霓就骑车去了医院，方穆扬又不在病房里，她匆匆留了张字条，上面约他晚上六点在公园门口等她，她请他去看露天电影。

费霓等到六点半，方穆扬也没来。公园门票加电影票要两毛钱，她付完钱进了公园，里面有三个点在同时放电影，影片都是外国的古董货，电影院早就放过。费霓在边上找了一个位置，从包里掏出一张报纸，垫在地上。是苏联电影，里面的主角正在弹吉他，混合着电影外的蝉鸣和风吹树叶的簌簌声。费霓抬头看天，星星很亮。

15

林格要回知青点，方穆扬去火车站送他，一起相送的还有傅伯母送他的牛肉干和糖果。林格不要，方穆扬说他要是不吃，可以分给村里的小孩子。随着林格一起离开的，还有方穆扬自制的矿石收音机。他本来想自己听，但没办法弄天线，于是送给当年一起插队的朋友，太寂寞了可以听一听。

林格发现，他第一次去医院看见的方穆扬和现在的方穆扬有很大差别，现在这个和他以前认识的简直一模一样。

“你是不是都想起来了？”

方穆扬不说话。想不起来有很多好处，人们对蒙昧的病人的要求要低得多，虽然他也会丧失很多权利。

林格没再问下去，进了车厢，挤在人群里朝他挥手。很快，车子驶离，留方穆扬一个人站在原处。

方穆扬坐电车去了他最早住的老宅。他姥姥是新派人，美国留学生，喜欢住洋房，三层楼也要花大价钱安电梯，每间房都要配浴室；他父亲这一脉则很老派，老宅子一代传一代，到他六岁，他爸把这宅子捐出去，他们姓方的人家已经在这座四进的院子里住了一百五十年，除了必要的修缮，连家具的摆放方式都是一百多年前的。他家的房子越换越小，从四进的院子换到两进，再换到公寓房。他在空间上倒是没什么感觉，他不喜欢在家里待着，家再大，也拦不住他出去玩；唯一的缺点是小房子里一家人低头不见抬头见，他爸爸想打他，随时都能找到他。以前住大院子的时候，他随时都能逃，那时东西少了也很难发现，不像他在公寓楼，把床上的皮褥子拿去换了进口的溜冰鞋，第二天就被逮到。

方穆扬发现他以前常爬的那棵李子树还在，只不过已经成了公产，禁止路人采摘。

他咬着根小豆冰棍儿，坐在阴凉地观察过往的男女老少。离老宅不远，就是一个公园，里面的荷花开得正盛，要不是答应傅伯母给她画幅荷花图，方穆扬还要在老宅门口再待一会儿。

快到晚饭点，他才从公园出来去了傅家。

凌漪也在。

方穆扬的父亲曾是凌父和傅社长的老上级，这些年只有傅社长靠着妻子根红苗正的出身，战战兢兢地勉强维持着原来的生活，虽然降了级，但比昔日的领导和同事都要好不少。

凌漪梳着一条法式粗辫子，因为她祖母的异族血统，她的五官比常人要深刻些，连带着让人觉得她有一个深邃的灵魂。

她如果知道方穆扬要来，一定会换个时间再来拜访。她不是方穆扬的女朋友，但因为方穆扬把推荐名额让给了她，旁人总觉得她有照顾方穆扬的义务——虽然方穆扬进医院不是为她。就连她自己，背着人的时候，也未尝不于心有愧。

当她觉得前途无望，想要了结生命的时候，是方穆扬把她救了下来，又把推荐上大学的名额让给了她。那时的她是真心喜欢方穆扬，为了让他相信自己上大学后也会一直等他，她甚至准备毫无保留地把自己献给他。

后来方穆扬住进了医院，她并非不想去看顾他，只是人言可畏。她不想让人知道是方穆扬把大学名额让给她的，已经知道的就算了，要是她总去，这个范围肯定会扩大。一个男的把名额让给女孩子，总会让人想到别的方面。传言经过种种改造，她就和方穆扬一辈子绑定了，这个方穆扬又不是她以前认识的那一个，她不甘心。

凌漪一开始连脸上的笑都透着勉强。方穆扬却很坦然，完全把她当成个昔日朋友相待。

凌漪很快意识到方穆扬不是她上次见到的那样，他说话的方式、举止，都是她以前认识的那个。

她激动得几乎要落泪：“你终于好了。”她还以为再也见不到以前的那个他。

方穆扬却不觉得以前的自己有多珍贵，也不能够理解凌漪的激动心情。

傅家夫妻越看越认为这对小男女般配。

饭毕，方穆扬被傅伯母要求送凌漪回学校。

一路上，凌漪都在解释自己为什么没有经常去照顾方穆扬。

方穆扬认为她的愧疚全无必要。“没必要纠结这个，你完全没有照顾我的义务。”

他当初让出名额，只是想让她好好活着，并没有想从她这里获得什么回报。

费霓的眼睛直愣愣地盯着屏幕，心思却全在电影外。她已经看完了一场电影，又换了一场。

她又想起小时候被方穆扬放鸽子，那天爸爸、妈妈、哥哥、姐姐都去电影院看电影了，她因为方穆扬答应请她去看免费电影，固执地一个人在家里等，等到家人从电影院回来，方穆扬还没来。姐姐要带她去逛百货商店，她也不去，仍要等他，等到太阳落下，也没等到。她晚上没吃饭，是被气饱的，很生气，一半是为他不守承诺，另一半是因为自己当了真，家里人还都知道她当了真。但这气也生得很有气势，因为她自认为能够惩罚他。第二天她才知道，他又有了钱，不需要再把虚幻中的蜜糖涂在嘴上哄她换一个真实的螺丝转儿，更不需请求她的原谅。那天她得出一个结论：虽然她和方穆扬同为社会主义接班人，但两个人的关系本质还是资本主义的金钱关系；他偶尔会戴上层温柔的面纱，但关键时刻就露出獠牙。

有求于她和没求于她的方穆扬是两个人。

她今天倒不生气，失望也是意料之中的失望，因为她只是单方面地邀请，他并没有承诺。

可她仍是失望，没他配合，她就分不到属于自己的房子。

不结婚永远不能有自己的房子，可结了婚也未必有。与其到别人家里寄人篱下，还不如在自己家里打一张地铺，再难，也不用看别人脸色。但十几平方米的房子，住五个人，以后她哥哥嫂子再在房子里给她添个侄子侄女，就算是亲人，也有诸多不便之处。

想来想去，都是烦恼。

费霓干脆不想以后，耐心欣赏起电影。明天再难，现在风把从树上卷来的清新气息灌到脖领子里也是舒服的；电影里，窗帘和打蜡的地板以及桌布，都那么合乎她对未来的想象——其实色彩也有不和谐之处，但房间的宽敞足以弥补。

费霓的头搁在膝盖上，眼睛盯着屏幕，她的耳朵突然一阵发痒，有人拿草搔她的耳朵，那草还带点儿地上冒出来的湿气。她忍不住咳了一声，待要骂才发现，那人不是别人，正是方穆扬。

一股热气钻进她的耳朵："等久了吧？"

和这句话一起送过来的还有一个冰瓶。

方穆扬不知从哪儿冒出来的，此时已经坐到了她身边。他大剌剌地坐在一块砖头上面，低声同她说："快点儿吃，久了就化了。"

冰瓶里装着冰激凌，方穆扬没忘了递给她一只勺子。

有星星的夜里，银幕散出的光，辐射到他们这里，让费霓能够看得清方穆扬的侧脸。他正全心全意地看着电影，不知前因后果也不妨碍他看下去。她看到了他半湿的头发，是被汗浸的。

费霓又把冰瓶送回到方穆扬手上："你吃吧。"

"我吃过了。"

费霓将冰激凌送到嘴里，为不惹人注意，她的动作很小，嘴巴紧紧闭着，任冰激凌在嘴里融化。

她怕蚊子咬，脖子、胳膊、手腕，一切露出来的皮肤都抹了花露水，味道随着风散开，钻进方穆扬的鼻子。

也许是怕打扰别人，方穆扬没再和她说话。两个人贴着坐，离得很近，手肘时不时碰到一起，都是费霓先缩回来。

直到电影散场，两人才说话。

出了公园门，费霓把冰瓶递给方穆扬，又从自己包里翻出饭盒，饭盒里有一把中午洗过的勺子。她拿了勺子给方穆扬："我吃不下了，剩下的你吃吧。"

"我就用原来的勺子。"

费霓想提醒方穆扬，勺子她用过，不卫生，可方穆扬已经舀了一勺冰激凌放进嘴里了，拿的是费霓刚用过的那把，费霓只能把她刚拿出来的勺子又塞回饭盒。

"也不知道擦擦。"

"我没那么多讲究。"

但费霓看着自己用过的勺子此刻被方穆扬用着，总觉得不好意思。

"你怎么进来的？你来的时候不是已经不卖票了？"

方穆扬冲她笑笑："我想进来当然有办法。"办法就是跳墙。因为这个方式不太体面，所以他没有直接说出口。他直接翻进了公园，因为是想买票而不能买，所以心下坦然，遇到巡逻的人一点儿都没畏惧的神色，在人家眼皮子底下走到了费霓的旁边。

"你今天去哪儿了？"一大早就不见了，这么晚才来。

"去了一个伯伯家。我回到医院看见字条的时候已经晚上七点多了。"

"那你怎么还来？电影只能看个尾巴。"

"你好不容易请我，我怎么能不来？"

"要是我已经走了呢？"

"你走了，我来看看电影也不吃亏。"

"都知道晚了，干吗还去买冰激凌？"从医院到公园挺远的，中途还要买冰激凌，怪不得出那么多汗。

“我知道你肯定生气，特意买冰激凌给你下下火。”

“你就贫吧，我哪有那么大火？”方穆扬买了至少四盘冰激凌，把冰瓶都装满了。

“他们给的勺子太短了，我怕买少了，你够不着。今天迟到是我不对，我明天请你去另一个公园看，这次肯定准时。”

费霓“嗯”了一声，表示同意。

“你工作怎么样了？”

方穆扬也不瞒着费霓：“工作倒是有个现成的，但是这家水泥厂不提供宿舍，我得自己解决房子。”知青办不负责工作分配，他们只能给方穆扬办回城，至于工作，得找劳动局。劳动局的人也很为方穆扬的事情上心，马上为他提供了一份在水泥厂当搬运工的工作，并说，如果他不满意，可以先等一等，有合适的工作再联系他。方穆扬倒不介意去水泥厂扛大包，但他去的厂子是集体企业，没食堂，也不提供宿舍，他又没房子，总不能一直住在医院。

“你要想解决房子问题，我倒有一个办法。”

“什么办法？”

星星很亮，但夜色足够模糊费霓脸上的热度。她努力平复自己的心跳，法子从嘴里不急不缓地挤出来：“我们厂里正在分房，你跟我办个结婚手续，到时分了房，咱俩一人一半。”

厂里想要分房的男女早就打好了结婚报告，她不能再等了。昨天夜里她就已经想好了，房子隔成两小间，她住里间，方穆扬住外面，房子里一切需要置办的东西都由她想办法，方穆扬只要出一个人就好。

他帮了她，她也不会让他吃亏。

16

方穆扬正捧着冰瓶吃冰激凌，一时错愕，勺子从手上溜到了地面。

费霓又从饭盒里翻出自己的勺子给他，递给他时，两人的指头碰到了一起，费霓迅速缩了回来。她低头看着地面上方穆扬的影子，低声说："你再考虑考虑，明天答复我。你要有别的办法搞到房子，就当我没说过。其实你就算能弄到房子，你也得想办法自己置办家具，你要是同意我的提议，家具我来办。"

她并不希望方穆扬做其他选择。

"怎么能让你一个人都包办了？又不是你一个人住。"

"那你花钱可别这么大手大脚了，以后多的是花钱的地方。"大到床柜桌椅，小到面盆碗筷，没一样不要花钱的。她也没什么储蓄，只能跟爸妈借，以后省俭一点儿，每月还一部分。方穆扬要是能出一点儿钱，也是好的。

方穆扬答应得很爽快。

费霓突然意识到，方穆扬直接省略了同意的那一步，进入新阶段。

他这样痛快，反而让费霓准备的许多话无用武之地，于是陷入了短暂的沉默。

方穆扬打破了沉寂："咱们什么时候办结婚手续？"

今天见面，方穆扬没一点儿不正常的地方，费霓起了疑心，便问他："以前的事情，你想起多少了？"

"我记得你跟我说，咱俩是同学，小学同班，初中还在一所学校，咱俩真是有缘分。"

只要他俩早上一年学，就不会有中学同校的机会。全国大规模停课前，他们这个城市的重点中学大都是要男女分校的，小孩子懵懵懂懂、性别意识不强的时候，男女尚可做同桌，可到了青春期就要分开。即使是男女同校，男生女生接触得也不多，大多是各自为政。

费霓接着问："我没跟你说的，你有想起来吗？"

方穆扬还记得，他在坐火车去外地串联前，把全部家当都装到一个箱子里交给了费霓。箱子随身带走太不安全，留在家里也可能被人翻走，恰好费霓主动提出给他保管，她的出身又根红苗正，不会睡着觉就有人来翻她的家，他就都交给了她。箱子里面还有一枚祖母绿戒指，装在唱片套里，那是他姥姥生前亲自交给他的，让他结婚时交给他的另一半。方穆扬拿到的时候，结婚离他还很遥远，他只想着这是姥姥留给他的，不能丢了。凑串联的盘缠时，他把小屋的窗户玻璃都卸了，偷偷拿去换钱，也没打戒指的主意。

他一交给她，就没再见过，也不知道这戒指如今还在不在。在的话，倒是可以戴在她手指上。

方穆扬突然换了语气：“你以前非常喜欢我。因为没有人像你这样喜欢我，所以我一直记得。”

方穆扬的记忆里并没有这件事。但费霓太冷静了，他想看她不冷静的样子，忍不住拿话逗她。果然他这话一说，费霓失却了平静。

“根本没这回事！”

费霓继续推车往前走，前方路灯照在她脸上，暴露了她脸上的颜色。这人可真不知羞，怎么能这样自以为是地想当然？他大概神经错乱了。

费霓嘿了声，方穆扬偏偏不肯放过她：“你不喜欢我，为什么去医院照顾我？”

他仍是那种不知羞的语气。

“那是两回事。”她怕方穆扬不信，又补充道，“我去照顾你是因为我有觉悟，你不要把这种事庸俗化。”

“那你是什么时候喜欢上我的？”

费霓说得很坚决：“没有，你误会了。”

“你不喜欢我，为什么和我结婚？”

方穆扬也知道有七成是为了房子，她以前不理他，和别人去看电影，也是为了房子，但他喜欢看她发窘，尤其是现在，路灯的光斜照在她脸上，把她的脸色衬得越发红润。

“我需要房子，你不是也需要吗？”

方穆扬一点儿不恼，继续问她问题：“我记得，别人结婚是要住一张床的，咱们怎么还要分开？”

费霓乍一听到这个问题，惊得心脏猛跳了几下。又走到了没路灯的地方，费霓借着夜色里方穆扬看不清她的脸，心安理得地由着火从耳根烧到脸颊。费霓知道，方穆扬早不是刚醒来的样子了，他在医院待了这么多天，懂结婚的实质意义也不稀奇。

“别人是别人，咱们是咱们。别人结婚是为了一起生活，咱俩是为了房子。”

“就不能都为吗？”

“不能，房子你一半我一半。”

“好，听你的。”

方穆扬想，她可真放心他，这放心也不知是看不起自己还是看不起他。他转念又想，她大概是太想要房子了，把别的都丢到了一边。

“你总看我干什么？”费霓看地面上影子的时候，发现方穆扬一直在盯着她瞧。她被盯得面皮发紧，这才意识到他是一个年轻男人，以后分了房子住在一起，她要和他朝夕相对，不由得脸更红了些。好在有黑夜遮掩，她不怕方穆扬瞧见。以后再说以后，起码和他住在一起，不必放弃自由。等她有了钱，在房间里添置一架钢琴，想弹什么弹什么，没人能管她。

方穆扬笑：“你不看我，怎么知道我在看你？”

他正大光明地借着那点儿光观察她，费霓即使不看方穆扬，也能感觉得到。她两只手攥着车把，越来越紧。

“你平常经常看小护士吧？”

“你不高兴了？”

“没有。”

“要画人家，总不能不观察。”

“怕不是为了能够仔细观察，所以才去画画？”

“你这理解也有意思。”

费霓没想到他竟然不反驳，提醒他：“那是以前了，现在就算是为了画画一直盯着人家女孩子看，也能被认为是作风有问题，你还是小心一点儿。”

“要是咱们结了婚，女的我就只画你一个，无论怎么画，想必都不会有作风问题。”

他这话跟她吃醋了似的，可全不是那回事。

“你爱画谁就画谁吧。”

“我偏爱画你，可你根本不让人家看。多看几眼，你就毛了。”

费霓不再理方穆扬，又走了会儿，她才意识到方穆扬走反了，他要坐车回医院，得去相反的方向。

她提醒他，方穆扬说：“我送你回去。你自己，我不放心。”

“我不需要。你赶快回医院吧，再晚你就进不去了。”这几年这一片很少有治安问题。

“要是回不去，我就睡在你家楼下。夏天，睡在外面也挺凉快。”

费霓恼了：“你有什么不放心的？我都二十多岁了。”

“那我也担心。你要是出了事，我跟谁结婚？我带你回去吧。”

方穆扬说得理直气壮，好像因为他俩要结婚，他就有了保证她安全的责任和权利。

“你会骑自行车了？”

费霓想，现在的方穆扬和正常人也没什么分别，除了没恢复记忆。费霓一直不确定方穆扬有没有想起往事，但又觉得他如果真记起来了，瞒着于他没有任何好处。

“在医院跟别人学的。快上来吧，我带你还快一点儿。”

费霓拗不过方穆扬，最终还是上了后座。

风灌进方穆扬的后脖领子，衬衫瞬间鼓胀起来。费霓仰头看着天，好几种昆虫一起叫，反而更觉安静。遇到有路灯的地方，她低头注意到方穆扬的衬衫好像跟以前有些不一样。

“你怎么洗衣服的？不会把衬衫往搓衣板上戳吧？”

“怎么了？”

“你再这样洗，估计洗过几次就烂了。”

“那改天你给我打个样，我跟你学学。”

“你自己琢磨吧。”她又不是没给他示范过，她甚至怀疑方穆扬给她下套，示范得多了，洗衣服就成了她的责任。

她忍不住问：“你以前就没洗过衣服吗？你当知青的时候总得自己洗衣服。”

他打小就自己洗衣服。为了消耗他无处安放的体力，请人洗衣服时，他母亲向来把他的衣裳刨除在外。没人帮他洗，他便只能自己洗。他姥姥家有一台洗衣机，功能太粗糙，根本洗不了质地好一点儿的衣服，用过一次后就被丢在一边。他的衣服正好适合这一台粗糙的机器。他有时自己懒得洗，就把衣服攒到一起，带到他姥姥家。他自己洗的时候，比这台洗衣机还要粗糙暴力。他当知青的时候，反倒没怎么洗衣服，因为可以干别的活儿交换。

费霓没得到答案，也没再追问下去，她对方穆扬说："反正以后我是不会给你洗衣服的。"

"互相帮忙嘛，你要是不愿意洗衣服，我给你洗也可以。"

"不用，咱们各洗各的，你顾好自己就行。"她总共没多少衣服，洗烂了，她穿什么？

"分那么清干什么？"

费霓想，要不分清，吃亏的恐怕是她。

"你真的要去水泥厂？你干得了吗？"

"哪有什么干不了的？就怕没房。可现在这房子的事情不也解决了吗？"他一双手挖过渠、种过田、打过家具，他既然能扛粮食，扛水泥也不是个大问题。

费霓突然感激起这夜色，有些话只能这时候说："咱们结婚的事也抓紧吧，我明天上午请假，下午咱们一起去知青办，给你开结婚介绍信。"不光是房子，还有她哥哥办困退的事情，没有知青办，她的哥哥根本回不来。

怕显得自己太着急了，费霓又说："你也不想一直住在医院吧？"

"我当然想赶快和你一起住。"

方穆扬说的话，费霓找不出问题，却又觉得不自在。

好在方穆扬骑得很快，没多久就到了费霓家楼下。

"我把这车骑走吧，明早我再给你送过来。"

"不用送了，你明天中午骑车去找我。我早上坐车去。你赶快回去吧。"

"我看着你进去再走。"

费霓有点儿恼："都到这儿了，我还能丢了？"

“你背过身，我多看你几眼，你还不愿意吗？”

费霓不想再和他理论下去，转了身，连再见都没说，因为知道明天肯定是要再见的。

走到楼里也就十多步，费霓每步都迈得很急，好像她真怕方穆扬多看一眼似的。

进了楼栋，心跳得比刚才厉害些，她走到三楼，才借着楼道的窗户往外看了几眼，可惜楼道里的光线微弱，只能看得到方穆扬的一个人影。

她心里嫌他磨蹭。再这样磨蹭，不知道几点能回去。

“费霓！”

费霓扭头看见了老费，虽然她早说今天会回来得晚一些，但今天太晚了，她爸爸怕她出事，正准备下去接她。

“看什么呢？”

“没什么。”

“怎么这么晚才回来？”

“我和方穆扬去看电影了。”

“方穆扬？你不是和叶……”

“我和叶锋结束了。”

老费觉得自己脑子有点儿乱，他得冷静冷静。

费霓并没给他冷静的机会，直接告诉了爸妈她要和方穆扬结婚的事。

“你上礼拜不是还去叶锋家了吗？”

“叶锋的妈妈对我没有任何好感。”费霓的话很平静，“当然这并不重要，重要的是叶锋准备婚后也和他爸妈一起生活，他妈妈明明白白地讨厌我，我总不能上赶着去住人家的房子。”

老费忍不住说：“叶锋都快三十岁的人了，怎么还这么没主见，他妈说什么就是什么？”

“他倒不是没主见。他只是知道什么对他是最重要的。”费霓并不想在背后说叶锋的坏话，“他在家住得这么舒服，我让他搬出来，反而不近人情。人各有路，我和他不是一条路。以后咱们不要再提人家了。”

老费和老伴儿交换了眼神，同时说：“你还年轻，不用这么着急结婚。”

费妈又补充：“当初你二姐结婚的时候，你不是劝她要慎重吗？怎么轮到自己，就这么草率？你当初让我给你介绍对象的时候提了四条要求，小方除了年龄和长相，都不满足。你再和别人接触接触看看。再说，你刚和叶锋分了，就马上和小方结婚，不知道的还以为你以前脚踏两条船呢。”

“外人怎么看我并不要紧，我心里知道我不是那种人就行了。”她知道外人的看法其实也是重要的，她要进步，就不能不在乎别人怎么看她。可她在乎了这么多年，最大的好处也不过是混迹于群众中间，安全地活着，并没有人觉得她如何进步。

费妈听出了这是气话。“我当然知道你的人品，你只是赌气，可你就算是赌气，也应该找个比叶锋条件更好的，你找了小方……”

“结婚不是打土豪、分田地，别人条件再好，也是别人的，就算我一时占了别人的好处，那人家也是想收就能收回去的。”她又说，“我们厂现在分房，错过这次不知还要等多长时间。我要找人结婚，方穆扬最合适。我不觉得方穆扬比谁差。他这个出身，下乡插队还能被推荐上大学，回来探亲还能顺便救人，一般人可做不到这些。”除了房子，她也有别的好处，她想看什么书、听什么唱片，都不用遮掩。他那样一个人，在这个夫妻都可能互相检举的年头，只有她举报他的份儿。

“是，小方不错，我也知道。可和别人结婚也能有房啊。以你的条件，找个能分到房的男的又不困难。”

“这个房子是我的。别人分的房，我住着不硬气。”只要有了房子，别的以后慢慢都会有的，暂时没有也能找到替代品。没有床，两个箱子拼在一起也能睡，大不了打地铺。

费霓知道她父母担心什么，又加了一句：“方穆扬现在也要有工作了，我们以后生活不会太困难的。”

费妈还要再说，老费按住了她的手，对费霓说：“时间不早了，有什么事儿，咱们明天再说，都去休息吧。”

等费霓去水房洗漱，老费才对老伴儿开了口：“你又不是不知道她的脾气，她自己决定的事儿，什么时候变过？”

“可怎么就选中了小方？你看小方那长相，天生就是一张吃不了苦的少爷脸，就是家里落魄了，也得去招驸马……”

“都什么时代了，还驸马？”

费妈不屑地看了老费一眼：“我是说他适合给有家底的人家当上门女婿，不适合咱们家。他那样子就不像是能做活儿、能顶门立户的，费霓跟了他，以后有的是苦头吃。”

“我看小方不像你说的那样，人家不还在乡下当了几年知青吗？还救了人，怎么就不能吃苦？”

“不管他能不能吃苦，以后都有的苦了，他爸妈都下放了，一点儿忙都帮不上，别人家结婚要三十六条腿，小方自己的腿再长，加起来也就两条。三大件都是基本的，现在有人结婚都要电视机了。”

老两口说到电视机时沉默了，叶锋是无线电工业局的，和他结婚一定是有电视机的。可因为叶锋的母亲看不上自己女儿，他们也不觉得这是门好亲事。

费霓捧着水进来时听到父母在提电视机，她以一种很平淡的语气说：“电视一周也没两个节目，还不如收音机实用。”

这话很有一种吃不着葡萄嫌葡萄酸的味道，老两口看着五斗橱上方穆扬送的收音机，默默无言。

费霓并不知道这收音机是方穆扬送的，谁也没告诉她。

一大早，费霓匆匆吃了几口早饭就下了楼，方穆扬就在楼下等她。

“不是跟你说了，中午再去找我吗？”

“坐车还得花钱，我送你不是免费吗？”

费霓想，他说得也不无道理，可这实在不符合他的作风。“你什么时候这么节俭了？”

“咱们置办家具也得花钱，能省则省。”

费霓跳上了车座，清晨的风吹散了她额前的头发，她闻到了方穆扬衬衫上的一股肥皂味。肥皂大概放多了，他洗衣服总是洗得这么差劲。

但她没提醒他，提了，他又要她示范，她决不会给他洗的。

第三章
喜糖

17

费霓包里塞着方穆扬之前送她的巧克力，去自己厂里开结婚介绍信的时候，她捧出一把巧克力，笑着请领导吃她的喜糖。

巧克力用烫金纸裹着，很喜气的样子。

她这边的介绍信开得很顺利。

方穆扬那边却出了问题。

这次知青办接待他俩的不是别人，正是上次劝费霓和方穆扬结婚的那位大姐。

到了这儿，费霓才知道，结婚不像她想的那样简单，方穆扬的户粮关系在他插队的地方，他必须回那儿开结婚介绍信，或者等他的户粮关系转回来再办。总之，不可能马上办妥。

大姐为方穆扬想得很周到："如果你不回去，我们这边可以发函给他们，让那边帮你处理。"

费霓忍不住问："那得多长时间？"

"我也不太清楚。"

最后方穆扬决定回插队的地方亲自办。出了知青办，方穆扬打趣费霓："咱俩不能马上结婚，你是不是很失望？"

方穆扬本来是逗她，费霓却不否认，她提议兵分两路，她骑车去医院帮方穆扬收拾行李，方穆扬拿着买火车票的介绍信去买票，争取能买到今天的票。她收拾完行李就去火车站同他会合。

方穆扬见她真急了，马上同意了她的提议。

“你有钱买火车票吗？”

“有。”

“你有行李袋吗？”

“用不着，床单一卷就行了。”

“你可真能凑合。我家里有行李袋。”

“别那么麻烦，纸笔帮我带过来，我的钱和粮票还在原来你给我放的地方，都帮我拿来，你给我的点心也带上，其他的，你看着拿就行，衣服随便带两件就行了。”

“你哪有时间画画？咱们这事，你办好了就得回来。”

“在火车上不是有时间吗？”

“你可别在火车上随便画人家姑娘，万一被人当流氓抓起来……”

“既然你对我这么不放心，我向你保证，我以后再画女同志，小到刚会走，大到九十九，都向你打报告，好不好？你要是不同意，我就只画你一个。”

费霓觉得方穆扬在取笑她，但她因为有要紧的事要办，只说：“你有分寸就好。”

费霓一只脚刚蹬上踏板，还没来得及骑上去，方穆扬趁她慌张，挑了一下她的鼻子，名义是给她擦鼻子上的汗珠。费霓因为着急，也没跟他计较。

费霓去医院前先回了趟家，老两口正在糊盒子，他俩内退后收入少了一大截，加上生活无聊，平常就做些副业赚钱。费霓进去和他们打了招呼后，就进屋翻出了行李袋，把方穆扬之前送她的奶粉和麦乳精都放在行李袋里。他回去请人帮忙，多少要带点儿东西。军用水壶被翻找出来，装了水让方穆扬路上喝。巧克力得留着，结婚的时候请人吃。

“你这是干什么？”

“方穆扬今天要坐火车走，我给他收拾要用的东西。”

老费心想：收拾东西怎么收拾到咱们家了？

“他去哪儿？”

“他以前插队的地方。”

费妈此时插了话：“我觉得这是再给你一个考虑的机会，你和小方可能不是那么合适，你不要太冲动……”

费霓拦住了母亲要出口的话：“我已经考虑好了。”

老费还要再说，费霓从巧克力袋子里抓出一把放在桌子上：“爸、妈，提前请你们吃我和方穆扬的喜糖。”

老两口没想到方穆扬以前送的巧克力有了新作用，还没发表意见，费霓已经提着行李袋出了门。

从副食店买了些糖，费霓又急匆匆去了医院，到了病房，她第一时间去找方穆扬的钱和粮票。还放在原来的包里，和钱、粮票放在一起的还有一个纸袋子，打开看到都是她的照片。

那次方穆扬去她家给她拍的，没想到拍了这么多。

和她以前去照相馆拍的样子完全不同。她不怎么拍照，也不喜欢照镜子，她相当于在方穆扬的照片里发现了一个新的自己。这新的自己于她有点儿陌生。原来她见了方穆扬是这个样子，没她想象中自然。

应该不是在照相馆洗的照片，有几张明显没洗好。也不知道他在哪儿洗的。

费霓对照片里的自己不是很满意，把纸袋放到包里，决定收回去亲自保管。

她发现方穆扬虽然在洗衣服上很笨，但是个勤快人，床单枕巾都是新洗过的，有肥皂味，但肥皂明显没用对地方，颜料染过的地方根本没洗。

她微微叹了口气，把点心匣子里的点心转移到她带来的饼干筒里，思量这些东西够不够他路上吃。他要在乡下住上几天，这次不能和其他知青一起吃大锅饭了，想来点心肯定是不够的，没准儿还要送别人一些。于是在路过酱肉店的时候，她买了一点儿熟食，让他夹烧饼吃，她知道火车站有卖烧饼的，还不用粮票。酱肉没多买，以后结婚，多的是用钱和票的地方，让方穆扬嘴里沾点儿荤腥就行了。

费霓去了好几个地方，到火车站的时候，头发稍稍有些发湿，脸上浸着一层汗。

她见到方穆扬第一句就问："票买着了吗？"

搁往常，方穆扬没准儿会跟她猜个谜，现在看她这样着急，他照实说买到了，晚上的车。

费霓把行李袋给方穆扬："你拿着，我去给你买些烧饼，路上吃。"

"我自己买吧，你好好歇会儿。"

方穆扬让费霓坐着，他去买。

过了会儿，方穆扬拿了瓶开好的汽水递给费霓。

"不是让你去买烧饼吗？"

"烧饼什么时候都能买，你先喝了。"

"你买汽水干什么，不是说能省则省吗？"

"我确实是能省则省，只买了你一个人的。"

费霓拿他没办法："我不喝，你喝吧。"

"既然这样，咱俩一人一半，你先喝。"

费霓想，那还不如他一个人喝呢。可周围这么多人，她和方穆扬两个二十多岁的成年人为了一瓶汽水谦让也够可笑的。她捧着汽水瓶喝了一口，确实凉快了许多，她喝了小半瓶，掏出新洗过的手帕小心擦拭瓶口，擦了两遍，才递给方穆扬。

"你跟我不用这么讲究。你要是不擦，其实我根本不会想别的。你这样，反而让人想多了。"

那意思，好像费霓对两人同喝一瓶汽水想到了不该想的，并且想象力也富有传染性，传给了方穆扬。

费霓没问他现在到底在想什么，瞪了他一眼，不说话。

喝完了，费霓再次清点方穆扬行李袋中的东西，一一告诉他这些东西要发挥的作用。酱肉要配烧饼吃，她特意在店里请人切了，一个烧饼配一小片，夹多了就不够了。

"你可真周到。不过怎么买这么多糖？"

"你说为什么？"

方穆扬一脸无知。

“咱们结婚，不应该发些糖给人家吗？”

方穆扬忙道歉：“多亏有你，要不我什么都不懂。”

方穆扬掏出一颗糖，打开糖纸，送到自己嘴里，感慨费霓这糖买得好。

他又打开一块，送到费霓手上，费霓碍于周围有人，不想为糖的事跟他推让，只好吃了。

太甜了，甜得几乎马上要生蛀牙。

“你晚上吃什么？”

“不是有烧饼吗？”

“你这些天都要吃这个，要不晚饭你先去小馆子里吃点儿？”

“算了，这会儿人多，没准儿位子都没有。他们做的还不如烧饼呢。”他确实应该能省则省，以后多的是花钱的地方，况且费霓给他准备的吃的实在说不上差。小学住校，学校里的那份供应吃完了，没钱和粮票吃别的，掺着沙子、混着白菜帮子的窝窝头他都吃过。他爸妈都很看得过去，理由是别人家的孩子吃得，你怎么吃不得。他不是吃不得，他是嫌不够吃，吃完了还想再来一个，多亏了那时候费霓借钱给他买烧饼。

方穆扬找了一个没人的地儿啃烧饼，费霓坐在他旁边，叮嘱他一些细节。

方穆扬突然问费霓：“你想要什么样的家具？”

“那得看信托商店有什么便宜货。”她现在没什么积蓄，新家具自然买不起，也没钱买木料请人做；就连旧的，恐怕也要从家里借些钱才能买。

“咱们要新的。”

“这种梦就不要再做了。”费霓知道方穆扬的根底，他还不如自己。

方穆扬没多长时间就拿纸画了一张床给费霓看。

因为知道没钱弄这样一张床，费霓也就忽略了方穆扬画的是一张双人床。他们的房间根本放不下这样一张大床。

费霓笑着同他说：“你以后打地铺的时候，可以把这张纸钉在墙上，假设你睡的是这样一张床。”

方穆扬不说话。

费霓以为他是想到了旧事，他以前没准儿就有这样一张床，没有实物，光凭想象，也不至于画得如此快。可惜这张床和他的房间都没了，靠和她结婚才能分得半间房，家具也没钱置办。

她鼓励他："有了房子，以后其他的都会有的。"当务之急是结婚，结婚才能分房，于是她又重复了一遍之前说过的话，让他快去快回。

方穆扬又问她想要怎样的沙发。

费霓决定配合他的想象："咱们那样的小房间，就不要沙发了，坐椅子就可以了，椅子一定要舒服一点儿。"

还没分到房，费霓就把房里的陈设想象了一遍。

方穆扬根据她的想象给她画了图。

费霓看了图，觉得确实很合乎理想。

距发车时间还有两个小时，方穆扬让费霓回家吃饭。

费霓想，她确实该回去了。

转身时还没张嘴，方穆扬便看着她笑："放心吧，我会尽快回来的。"

18

当费家人认识到费霓的决定不会再变，就开始帮她准备结婚的应有之物。

费霓作为当事人，却说用不着，准备了也没地方放。

费妈坚持要去百货商店买织锦缎做被面，因为两个女儿结婚的陪嫁要一样。

费霓二姐结婚的时候，家里陪嫁了两床新棉被，被面是软缎绣花的，一床八斤棉花，一床六斤棉花，现弹的棉花，都很松软，枕头、枕套、枕巾各两对，费霓还用姐姐厂里淘汰的瑕疵布帮姐姐做了窗帘和床单。到费霓结婚，费霓主张一切从简，她就算搬了家，被褥、床单还用以前的。就是方穆扬，从医院出来，他得准备新的铺盖。费霓代方穆扬做了主：不求好看，能用就行。她问姐姐能不能搞到一些有质量问题的便宜布，她用这布给方穆扬做被单、床单。

费妈第一个反对："你这一辈子就结一次婚，怎么能这么随便？"

费霓在心里说，她未必只结一次婚，即使只结一次，被子长什么样也是很无所谓的事。

她将问题推到方穆扬身上："小方这人，粗犷的东西才对他的胃口，他嫌织锦缎太女孩儿气了，不喜欢，就喜欢粗布。我自己呢，还是喜欢自己之前的老被子。"

"他什么都不出，还挑三拣四。"

费霓为方穆扬辩护："我要不同他结婚，房子是分不到的。妈，结婚当天咱们一家人吃顿饭就好，其他的什么都不用准备。"

费妈一听就急了："什么都不用准备？你们爱要不要，我一定得做。我们家的姑娘，不比谁差，结婚怎么能这么窝窝囊囊的？外人知道了，不知道怎么笑话我。"

费霓知道母亲早从她决定要和方穆扬结婚起，就憋着气，觉得她受了委屈，此时终于忍不住了。

她给母亲倒了杯茶，笑着同母亲说："房子还没下来，东西准备了也没地方放。到时候搬家买东西，我少不了跟您借钱，您这钱，想花还怕花不出去？再说，我哥今年回来没准儿也要结婚，到时候，再节省也是一笔不小的花销。"

费妈狠拍了一下自己大腿："你这么着急结婚，不是为了你哥吧？"

"跟我哥没关系。"

费妈不相信她的话，继续在那儿感叹："我说你怎么这么着急呢。可咱们再着急，也得好好挑一挑，这可是一辈子的事。"

"我挑了，我觉得方穆扬挺不错的。"

费霓的二姐为了她结婚，给她弄了一块上好的料子，让她做了衣服结婚那天穿。

虽说现在一切从简，但费家人都认为酒席该办还要办，要么在食堂请客，要么把馆子里的大师傅请来办婚宴，总之都得办。

费霓的意思是，请人吃块喜糖就好，置办酒席大家都麻烦。

方穆扬并不是费家二老心中理想的女婿，但他们能接受女儿和方穆扬结婚，却不能接受女儿和方穆扬结婚不办酒席。

“家里也要好好拾掇一下。”费妈又抱怨，“结婚这么急，连墙都没来得及刷。”

老费说：“让小方刷，新房子没到手前，小方总要过来住的。他也应当为咱们这个家效一份力。”

费霓忙说：“他不搬过来住。”

“他又没房，难道他结了婚，还在医院住？”

“他有别的办法。”大不了住厂房，过一阵子就能有新房住了。她家这么小，他搬过来怎么住？

“他有什么办法？他要是有，现在还在医院住？霓啊，不是我们说你，结婚这事儿不能赌气。我们不支持你和小方结婚，你现在反悔，我们也赞成，但你要是非跟他结，咱们就得对他好点儿。我们有点儿积蓄，现在也能贴补你们一点儿，酒席是要办的；结了婚，就不能让他在外面漂着。咱们不能跟人家结婚又嫌弃他，这样你两头落不着好，到头，吃亏的是你。”

费霓做惯了好孩子，打小，父母别说批评她，就连意见都很少。这次她一结婚，父母就觉得她有一堆要纠正的地方。

可无论如何，她不能跟方穆扬挤一张床，她那间房说起来其实是半间，只能放得下一张床和上下两个箱子，箱子充当了储物柜、床头柜、梳妆台和写字桌，剩下的空间极窄，连打地铺的地方都没有。床倒是不小，以前她们母女仨睡在这张床上，哥哥去插队后，妈妈搬到了外间和爸爸住，睡里面这张床的人就变成了她和姐姐，现在只有她。哥哥探亲回家在外屋搭一张行军床。这张床她是绝对不能跟方穆扬分享的。

不过这话只能跟方穆扬说，让方穆扬来说服她的父母。

方穆扬回来的时候，又换上了两年前他就要扔掉又没来得及扔的破烂行头。他这次回来，不光身上的钱没了，奶粉、麦乳精没了，费霓给他带的换洗衣服没了，就连他身上穿去的衣服、脚上的鞋也被他给卖了。不只这些，他在知青点这些年用的棉被、衣服、杂物，能用的都被他卖到了公社的旧货店，换来的钱被他拿去买了木料。他插队的地方有大片山林，木料比在其他地方买要便宜得多。这些木料都很适合做家具。他办完手续，托运了木料，已经分文不剩。回程前，他把费霓给他的点心和糖分给了当地的知青和乡亲。

得知他要结婚，知青点的人合起来买了一对很粗的红烛送他。他带着红烛和乡亲们送他的红薯辗转坐上了回程的火车。

他只能买到无座火车票，夏天的车厢像极了散发着各种味道的泔水桶，这股味道占领了方穆扬的鼻腔，随即把他整个人也给浸染了。

下火车时是早上八点，方穆扬连饭都没吃一口就直奔知青办，直到他露出熟悉的笑容，那大姐才认出他，很关切地问他是不是被人给抢了，怎么像逃难回来一样。方穆扬笑笑，不说话。方穆扬很感谢他身上的味道，别人因为不能忍受，以一种极高的效率帮他办理好了所有他需要的手续。他跑完手续开了介绍信，看离费霓下班的时间还早得很，就回了趟医院，找出了费霓帮他买的短呢绒大衣。他现在身无分文，要是不卖它，连饭都没的吃了。这衣服虽然没穿过，但和买的时候不是一个价钱，他急着要钱，也就没计较。

他没布票，也没办法买衣服，就在信托商店买了旧衬衣和裤子，拿着新买的旧衣服去了大众浴室。从浴室出来，方穆扬便和进去之前不是同一人了。

方穆扬又去了信托商店，请店员带他看看家具。当年的雕花大床，丝绒沙发，各种红木、楠木的桌椅被贱卖到信托商店，卖出的价格远不到原价的十分之一。

这些家具都不适合他未来的那个小家，也无法为他提供参考。

他又看了看乐器，有一把小提琴他看着莫名亲切，要来试试，拉了半首曲子。他问店员能不能为他留一阵子，店员说没问题，现在也没什么人来买这些东西。聊着聊着，店员就提到有个二十岁出头的女孩子经常到店里弹琴，上次被认出后，就再也不来了。

同样卖不出去的还有很多旧唱片，方穆扬发现，信托商店理所当然地拥有许多“四旧”的东西，并且可以边批判边享受。店里没什么人，方穆扬找了一张巴赫的唱片放到唱盘上，上次听还是十年前的事情，他想起自己放在费霓那儿的许多唱片，也不知道她现在有没有时间听。

方穆扬最终从信托商店买了一块手表和一只镯子，都很便宜，手表坏了，并且很可能不会再好了，玉镯子因为这种时候没什么人敢戴，所以也不贵。

费霓又在制帽厂门口看到了方穆扬，这几天她一直盼着他回来办理结婚手续，再不结婚，分房的事就轮不到他俩了。瞧见方穆扬的第一眼，费霓忍不住笑了起来，等她意识到自己笑了，马上收敛了笑容。

“介绍信开好了吗？”

“好了，明天咱们就可以正式结婚了。”

费霓很高兴，主动提出请方穆扬一起下馆子。

“咱们去看电影吧，上次说好的。”

“也行。”

费霓很自然地把自行车让给了方穆扬，又很自然地上了后座，在副食店门口，费霓要方穆扬停下来，进去买了两个面包。

到公园的时候，正好赶上三部电影同时开场。费霓因为没有看电影的准备，也就没带报纸垫着，方穆扬拣了块砖头擦净了让费霓坐，他自己坐在费霓旁边。两人安安静静地啃着面包。

费霓掰了一半面包给方穆扬：“我吃不了这么多。”

方穆扬很自然地接过去，连谢谢都没说。

19

空气里弥漫着花露水的味道，蚊子被这股味道吓退，找上了没擦花露水的费霓和方穆扬。费霓伸手赶蚊子，蚊子溜了，她的小指不小心磕到方穆扬的膝盖上，痛得咬了一下牙，正要抽回去，却被方穆扬用两根手指握住了，问她疼不疼。

费霓说不疼，方穆扬不信，握着她的手指从虎口检查到指甲盖。他现在的手不像冬天那样干燥，浸了一层汗，连带着费霓的手也潮了些。他又像怕她痛似的，还给她揉一揉，也不用劲儿，弄得她手指又烫又痒。她刚要发作，方穆扬往她手腕上套上了一个镯子。

那是一只翡翠镯子，在这夜色里幽幽地发着光。

她低声问：“你这是干什么？”

“先看电影。”

方穆扬眼睛盯着屏幕，时不时拿面包包装纸为费霓驱赶蚊子，看上去对电影很感兴趣。

他们只看了一场电影就出了公园，天很热，却没有风。

费霓伸手要褪镯子，被方穆扬握住了手。

费霓甩脱他，他不以为意，只是笑。

“按理说，我应该拿镯子向你求婚，你答应了就戴上。但现在你已经决定了，我再征求你的允许就显得累赘，所以就做主直接给你戴了。”

“咱们的结婚和别人又不一样。”

“可你父母觉得是一样的。上次我去你家，他们就不太欢迎我，这次我跟你结婚，再什么都不表示，他们得多反感我，多担心你？你为了咱俩的以后，也得戴上这只镯子，给你爸妈看看我不是没有任何诚意，大不了之后再收起来。”

方穆扬说得确实有理，费霓很不浪漫地问：“这只镯子花了你多少钱？我给你。”虽然她觉得这只镯子并不实用。

方穆扬笑着说：“我其实想给你买块手表的，但实在没钱，只能凑了块儿八毛的给你买了这个镯子，你要是不问我，我都不好意思说价钱，你不会嫌弃，不愿意戴吧？”他大概是第一个努力证明自己的求婚礼物并不值钱的人。这镯子搁以前值二两黄金，现在十个镯子加起来也就买一块全钢手表。有时商品的价格并不取决于它的价值，但也没有方穆扬说的那样便宜。

他这么一说，不好意思的变成了费霓，好像她是嫌东西便宜故意问价格羞辱方穆扬一样。

费霓只能重新发现镯子的好处，夸方穆扬眼光好，这么点儿钱买到这样好一镯子。她不懂翡翠，但直觉这镯子是个好的。

“你喜欢就一直戴着。”

“你看哪个工人戴这个工作？”

“等我有了钱，给你买块手表，干什么都能戴。”

“你有了钱？还是好好攒着吧，咱们搬了新家，多的是用钱的地方。”

费霓戴上镯子之后本来哪儿哪儿都觉得不适，但现在她因为顾着和方穆扬说话，忘却了这种不适，好像镯子是她身体的一部分。

“水泥厂你就别去了，能干这个的人很多，你倒不如把机会给别人，直接去出版社的美术培训班。培训班结业后你也不一定待业，没准儿别的单位需要你呢，制图设计你不也可以吗？”

“行，就按你说的办。”

方穆扬本来打算先找个厂子落脚，培训班毕竟是个临时团体，虽然有津贴，但培训随时可能结束，他还得哪儿来回哪儿去。搁以前，他户粮关系在乡下，结束了还能回乡劳动养活自己，如今彻底回了城，要是结束，他只能在费霓分的房子里待业。虽说工作迟早都会有，但他等不起。

他这一下乡，想法就变了。乡下的木材比在城里现买便宜许多，将来他脱离了培训班，靠从乡下弄来木材做家具也能养家。他去家具店和信托商店转了一圈，发现家具店的一张新的简易沙发比信托商店里一套檀木桌椅还要贵得多。他没来得及感叹买家不识货，就算好了一张沙发的成本。如果他做的沙发能找到买主，一张沙发的利润至少能抵得上他做搬运工一个月的工资。他小时候拆过一张单人沙发，清楚沙发的构造。木料等他做完费霓想要的，还有富余，不够还可以再买，其他的，花钱也能买得到。

方穆扬总说听费霓的，很少反驳她，好像她决定的都是对的。费霓在他这里找到了当家做主的愉快。

“你从医院出来住哪儿啊？”

“你不用担心，我有办法。”

方穆扬说得轻松，好像没他解决不了的事。

费霓回到家，报告了她和方穆扬明天要办理结婚手续的事。

费妈虽然生女儿的气，但嘴上怪的还是外人：“这个小方也太不懂礼数了，就算现在结婚一切从简，他也应该到我们家来拜访一下吧？现在这样算怎么回事，不是成了咱们家上赶着吗？”

“他刚才送我回来的时候，是说要来看看您二老，我让他不要打扰你们休息，明天再来。”

“明天办完手续再来？那可什么都晚了。你这么着急跟他结婚，你就不怕他看轻了你？在什么时代，女孩子都要矜持些，男的越是得之不易就越要珍惜。你得让他知道，你有的是人选，选了他是他的福气。”费妈叹了口气，“你啊，平常挺聪明的一个人。”

“他不是那样的人。”

“你倒会为他打包票。”

“我要是不了解他，不会跟他结婚的。”费霓的镯子本来藏在衣袖里，此时故意露出来给她妈妈看，还故意夸大了价钱，“他求婚时送我的，您觉得好看吗？”

“小方这个人，不是我说他，怎么这么不会过日子，镯子哪有手表有用？”

这种抱怨不同于前一个，前一个是对外人的，后一个是对自家人的。费霓想，方穆扬的镯子果然起了作用。

他这样精明，费霓不由得怀疑他是不是完全恢复了记忆。可要是恢复了，他为什么要假装没有？她想得头疼，决定不再去想。别的都不重要，重要的是她和方穆扬有一致的目的：结婚分房子。

去办结婚手续的当天，费霓上午还坚持上班，她把方穆扬送她的巧克力当成喜糖送给了车间的工友，还特意留了一把给汪晓曼。前些天汪晓曼暗示她，宣传科空出一个名额，只要她能搞到十四寸的电视机票，就能把名额给她。她哥哥马上就要回城了，正需要这样一个工作。

这时候巧克力还是个稀罕物，没那么易得，很少有人拿巧克力当喜糖发给别人。她不是给了汪晓曼一颗，而是给了一把，还是用很平常的语气，只有拿巧克力不当回事的人才那样。当得知费霓的结婚对象不是无线电工业局的那个时，汪晓曼第一反应是费霓找到了一个更好的，把原来的给踹了。她虽然不齿费霓的人品，但不得不佩服她的手段。

费霓很随意地问汪晓曼想要进口的电视机还是要国产的电视机，接着她又比较了几个国家的电视机生产技术，这是她从叶锋那里问来的，没想到现在派上了用场。她和叶锋相处的时候，与其说是聊天，倒不如说是提问。在谈话这件事上，她比叶锋还要主动，她问问题算是半个内行，但对于系统性的知识却完全外行，客观上给了叶锋展示知识的空间，她眼里的好奇被叶锋理解为对他的崇拜，让叶锋误以为她很善解人意。最后证明这只是一个误会。

汪晓曼只想要一台电视机，并不想知道这些枯燥的理论。因为无知，她便认为费霓很懂。费霓卖弄完了，用很平常的语气同汪晓曼说，进口的可能要麻烦些，不过她想要的话，也可以想想办法。

汪晓曼着急看电视，便说国产的就行。但她从费霓的话里猜测，费霓有硬关系，可以搞到外国货。她觉得费霓是个可持续的来往对象，既然能轻松吃到巧克力、搞到外国电视机，那么一定有办法帮她弄到别的东西。

费霓不到十分钟就和汪晓曼达成了交易，她哥哥的工作算是有了着落。费霓并没有渠道搞到电视机票，但她想，在黑市上只要肯出钱，电视机票肯定是能弄到的。这钱父母会愿意出的，哥哥有了工作，几个月也就挣出来了。

费霓自己也奇怪，她这样撒谎装大竟然毫不脸红。她知道刚才的过程是很不体面的，但因为纯粹的动机，她哥哥又足以胜任宣传科的工作，她原谅了自己的不体面。如果仅是以电视机票交换，汪晓曼未必会解决她哥哥的工作，只有认为之后还会有许多好处，才会帮忙。毕竟想要这个工作的人很多。

不过她得跟方穆扬说说，以后不要来接她了，若是不小心暴露了他现在的境况，她哥哥的工作没准儿就泡汤了。

到时方穆扬肯定要问她为什么，她该怎么说呢？因为她假装自己有一个很有资源的丈夫，为了不被识破，所以方穆扬不宜露面？

这种话她也不太好意思说出口。

费霓中午一下班就到厂门口等方穆扬，她远远看见方穆扬过来，就快步向他走去。熟悉她的人会认出方穆扬骑的自行车是她的那辆，让人知道了不好。方穆扬的真实情况不用瞒多久，瞒到她哥哥回来正式工作就行了，到时候有了正式编制，汪晓曼就算知道她撒了谎也只能认了。

方穆扬从没见过费霓这么主动，她主动跳上了自行车后座，拽拽他的衬衫，催他快走。

费霓主动请方穆扬下馆子，可方穆扬说以后她再出钱，今天这种日子必须他来。

方穆扬清早把费霓送到厂里，就赶去医院把买的糖分给护士、医生和他熟识的病人。为了感谢大家对他的照顾，老乡送给他的红薯也被送了出去。人们吃了喜糖，问他新娘子是谁，方穆扬发现他放在包里的费霓照片不见了，猜肯定是她拿走了，他最后还是没告诉人们费霓长什么样，虽然他床单底下就压着他给费霓画的像。

他之前画了许多护士，离开医院前，他亲手把画像一一交还了模特，留作纪念。送画的时候，每一个人他都叫出了名字。他画过很多画，但绝大多数画都不在他手里。他好像天生就缺乏当大画家的潜质，任由自己的作品流落，全不在乎。

他提着空空荡荡的行李袋去了邮局，发出了三封信，分别给他的父母、哥哥、姐姐，信上说，他结婚了，并且过得很好，信的末尾附上了他和费霓的画像，画很简单，几笔就画完了。从邮局出来，他去了傅社长家，拿出喜糖请傅社长吃。傅社长虽然很吃惊，但得知和他结婚的对象是在医院照顾他的那一个，便问怎么不带他的未婚妻一起来。方穆扬笑笑，说这礼拜他和费霓请伯父伯母吃饭。

接着傅社长又关心起了方穆扬结婚后的住房问题，考虑到方穆扬没有房子，之后又要来出版社的培训班，便做主让方穆扬和费霓办完手续后先住在出版社的招待所过几天没人打扰的新婚生活。

“不要太委屈人家姑娘嘛。”

方穆扬也不想委屈费霓，便痛快地答应了。

中午正是饭点，馆子里人很多，好几个馆子座位都是满的。两个人只能站着吃。

方穆扬的手充当着桌子，左手捧着番茄牛肉，右手捧着豌豆炖嫩豆腐，让费霓先吃。

费霓在方穆扬的注视下有点儿不好意思，她说：“要不你先吃吧。”

“我不看你了，行吗？你快点儿，有什么不好意思的。”

费霓也纳闷儿方穆扬的手怎么能那么平稳。为了减少方穆扬端盘子的时间，费霓吃得很快，很快就吃完了一碗饭，接着便轮到她给方穆扬端盘子了。她不确定自己能像方穆扬端得那样稳。

方穆扬并没给她检测自己的机会，他把两个盘子里的菜倒在一起，米饭扣在盘子上，左手拿盘，右手拿筷，很是娴熟地吃了起来。

他吃得不急不缓。

费霓的手全然无用武之地，她只能看着。

20

办公室的墙上贴着鼓励晚婚的宣传画，方穆扬并没有因没响应号召而感到羞愧，他的眼睛盯着正在签发的结婚证书，上面有费霓的出生日期。

结婚证打开很像一张奖状，在“自愿结婚”前写了费霓和方穆扬的名字。

他俩确实是自愿结婚，没有受到半点儿强迫。

费霓合上结婚证，从包里拿出一只准备好的大信封，将结婚证小心地放到信封里，又将信封放到自己包里，她嘱咐方穆扬：“你可千万别丢了。”

“这个我怎么能丢？”

“要不我帮你保管吧？”

方穆扬微笑：“你放心，我肯定丢不了。”

费霓递给方穆扬一个信封，让他也把结婚证装在信封里。

“咱们这是正式结婚了。”

费霓见方穆扬这么高兴，点了点头：“很快咱们就能有属于自己的房子了。”

她跳上了自行车后座，让方穆扬带她去知青办。

费霓到知青办帮她的哥哥办理了困退通知书，通知书寄的是挂号件，为防意外，费霓又给她哥发了电报。

这一个礼拜格外闷热，办完这一切，费霓买了两根老冰棍儿，把一根递给方穆扬。冰激凌太贵了，以后他俩有的是花钱的地方。

两人咬着冰棍儿逛百货商店，给费霓的父母选礼物，费霓给她爸妈一人买了一块布料，她还未付账，方穆扬就掏出了钱。

费霓说："这是买给我爸妈的，我付账。"

"不是以我的名义送给他们吗？撒谎不太好吧？"

"没什么不好。"

"我不喜欢撒谎。"

方穆扬说得很严肃，费霓不想在柜台前同他争吵，只能由着他。

出了百货商店，费霓跟方穆扬说："善意的谎言有时是必要的。你之前不是说要省着花钱吗？你的钱是有限的，花一点儿就少一点儿。"

"咱俩攒钱不都是为了装修新家吗？你省我省都是一样的。"

方穆扬的话乍一听有些道理，但费霓觉出了里面的不对劲，他们并不是实际上的夫妻，在钱上不能这么不分彼此。

"这个不一样，你以后如果买了椅子，我可以坐，但它的主人是你。同样，我买了东西，你有使用权，但所有权属于我。"

方穆扬笑着反驳她："不，你的是你的，我的是咱俩的。"

他这么一说，反倒衬得费霓小气了。

费霓坚持要把钱给他，方穆扬提议："既然这样，为公平起见，费霓，你也送我一个礼物吧。"

费霓一时没反应过来，这是在跟她要礼物？一般人就算要礼物，也不会如此坦然，只会暗示。他俩把钱都花了，以后恐怕只能打地铺了。但今天这样一个日子，她不能拒绝他。毕竟她的哥哥能够回城，她能够分到房子，是因为她要跟他结婚，而他也同意了。

"你想要什么？"

方穆扬骑车带费霓去了信托商店，选了一把小提琴。

费霓没想到方穆扬会选这么贵的礼物。她因为和叶锋交往，她爸妈考虑到出去约会时她有许多要花钱的地方，坚决不收她的伙食费，她才有一点儿余钱。可这点儿钱根本不够买一把小提琴，哪怕只是二手的。两块布料，加起来的钱也就够买半把琴。

她决定拒绝方穆扬的要求，可这拒绝还没说出口，就听方穆扬跟店员说："我能去后面试一下琴吗？"方穆扬说他要拉《沙家浜》，店员此时不忙，因为有免费的现场演奏可以听，便带他去了后面。

费霓的嘴角微微动了动。他对她到底有什么误解，竟然认为她有钱买这样一把琴？

立满旧家具的房间里，方穆扬无视周围的一切，自顾自地拉着琴，又是《沙家浜》。费霓并不讨厌它，但什么都架不住老听。

费霓听出方穆扬中途换了曲子，琴声马上变得舒缓起来。她立在窗前，不去看方穆扬，而专门看那轮挂在树间的太阳。树叶一动不动，她此时不再怨方穆扬不懂事，而是怨自己没有多余的钱。光从体积而论，小提琴比钢琴要好得多，起码不用担心买回去没地儿放。

曲子结束时，费霓已经准备好了拒绝方穆扬的说辞。

店员问方穆扬后来拉的是什么曲子。

方穆扬说，那是阿尔巴尼亚人的《思乡曲》。

费霓知道他是在胡说八道，正在想着怎么说服方穆扬，就听方穆扬说这把琴的音色太一般，还是不要了。

费霓一颗心落了地。

方穆扬已经如愿把他想要拉的曲子送到了费霓耳朵里，对琴不再留恋，挑了一张唱片，请费霓送给他。

费霓爽快地买了单。

"我拉的曲子你不讨厌吧？"

"很好。"如果她有钱的话，如果当初她的积蓄没因为照顾他花得一分不剩，她就会送一把给他。

"你真的没想起以前的事吗？"费霓因为方穆扬失去了记忆，到书店和图书馆特意查过相关的书，从书上看到，有一类人失忆后虽然不记得具体的事，但仍会拥有以前的生活技能。她不确定方穆扬是不是这一类。

“我总觉得咱俩之间还有别的事，你没跟我说。我以前是不是很喜欢你？”

费霓面无表情地说：“没有。咱们只是普通同学。”

“你骗我吧？你这么可爱，我那时怎么会不喜欢你？”

费霓不想和他继续讨论下去，催他骑快点儿。

21

到费家前，费霓叮嘱方穆扬，如果她爸妈谈及婚宴之类的事，他沉默就好，由她来拒绝。

费家老两口虽然对方穆扬不算满意，但在他来之前还是把家里清扫了一遍。平常中午会特意多做一点儿粥菜，留到晚上吃，今天中午的饭做得刚刚好，一点儿没剩。晚饭都是新菜，是一大早特意去市场买的。市场里的东西比副食店的要便宜些，鱼买的时候是活鱼，拿回家杀了，清蒸，装好盘正赶上费霓回来。

费霓的房间也贴了一些时下流行的墙画。

到了家，费妈问费霓办完手续有没有去照相馆照一张结婚照。

费霓知道如果说没照，她母亲又会不高兴，便说照了。方穆扬也没戳破她的谎言。回家前经过照相馆，方穆扬提议去里面照一张相，费霓直接拒绝了。她想，方穆扬对她父母的心态倒是把握得很准。

方穆扬在送上衣料之外，还捧出了一沓纸，都是家具设计图，请他岳父母指教。

“我在乡下买了些木料，过几天到了就可以开始打家具了。”

他的岳父母对他本来无甚期待，此时看他不仅会画图，还特意到乡下买了木料，顿时觉得他是个可靠的小伙子，招呼他赶紧坐下吃饭，席间不时为他夹菜。

方穆扬来之前，老两口还彼此约定，小方来了，不管对他有什么不满，都要忍着，面上一定要尽量客气，多笑，多给他夹菜，少抱怨。毕竟女儿已经和他结了婚，再埋怨也于事无补，反而不利于家庭团结。此时，他们根本不用装样，笑得很真诚，真诚地请方穆扬多吃一点儿。

老费夸他："小方，你这图画得真是有模有样的。学过画画吧？"

"以前学过一点儿。"

"我看你可以直接去家具厂当设计了，这式样我还没在别人家看见过。"老费直接做主，"木料送到了，你就不用管了。木匠我找，打家具的时候我给你盯着，反正我现在也没事儿。"钱自然也是他出的，费霓要和别人结婚，这笔钱满可以省下，但既然费霓选择了方穆扬，这笔钱就非出不可了。老费此时看方穆扬比想象中要靠谱，也甘愿出钱。

费妈一边招呼方穆扬吃饭，一边看纸上的图，她翻过来倒过去地看，忍不住同方穆扬商量："这个沙发的式样家具厂里也没有，好看是好看，可木匠不一定会打。要不要换个样子？"

"我自己打。"

一个意料之外跟着一个意料之外。

老两口异口同声地问："你还会打家具？"

费霓忍不住拿筷子的方头捅了方穆扬一下。虽然来之前她让他说些善意的谎言，但没必要说得这么大，她父母要是真信了，该如何收场?

孰料方穆扬根本不明白她的意思，只是把碟子里剔完刺的鱼肉送到她碗里。

费霓心里骂他"傻子"，谁要他剔鱼刺，她又不是没长着手。

方穆扬笑一笑，回答老两口的问题："在乡下的时候干过些木匠活儿。"

他答得谦虚，费家老两口信他真是个会做活儿的人。如果方穆扬在同费霓结婚前展示这些技能，老两口并不会觉得他多难得，因为那时费霓还有许多别的选择，她完全可以嫁给一个有现成房子和家具的男人。但现在木已成舟，方穆扬买了木料，还会做活儿，对于他们实在是个惊喜。

费妈在惊喜之余又对他多了些心疼："小方，你十五岁就去插队了吧？"

她的儿子虽然也在乡下受苦，但去插队的时候已经二十岁了。取消高考那年，正是费霆读高中的最后一年，之后停课又复课，积攒了太多毕业生，城里不能提供给他们足够的工作，只能送他们去乡下。即使费霆去乡下时已经二十岁了，当母亲的仍然觉得他是个孩子，至于十五岁的方穆扬，那倒真是孩子了。

方穆扬说是。

“吃了不少苦吧？”

“没有，我过得和村里其他人差不多。”他也没觉得自己吃多大苦，因为村里的其他青年也是这么过的，就是一个地方待得太久了，又不能去别的地方，太不自由。

这在费妈听来便是吃苦的意思，又夹菜让他多吃一点儿，好弥补过去这些年他失却的营养。

“您做的饭真好吃。”

“你喜欢吃就行。你和费霓的房子不是还没下来吗？这段时间就住在家里吧。正好给你做了被褥，都是新的，今天正好晒了。”

费妈之前准备陪嫁被褥，费霓说她是结婚，不是嫁，至于陪嫁的东西，更是用不着准备，况且大夏天的做什么被子？费霓在大方向上已经做了主，在小细节上就不能不赞成她的母亲。最后费霓拗不过自己的妈妈，说被褥由自己来做，她不想看自己妈大夏天的出着一身汗缝棉花被。费妈坚持做被面用缎子料，费霓只好在布店的一片大绿大红大粉中间拣了一个姜汁黄底子的被面，上面绣着白色的栀子花，花是机器绣的，有些粗糙，但不细看看不出来。费霓一下班就在家给方穆扬做被子，原先准备做被面的粗布，费霓做了被子防尘罩，把姜汁黄栀子花的被面给罩上了。费妈嫌弃她，挺聪明的一个人，怎么这么不会做脸，又把防尘罩撤下，把簇新的被面露在外面。如今这被子正方方正正地放在费霓的床上。

“我也想住在这儿，天天吃您做的饭。”

费霓低头吃饭，貌似无意地拿筷子头捅了捅方穆扬。方穆扬跟上次一样，仍然没能领悟她的意思，又将他剔好刺的鱼肉送到了她碗里。

方穆扬又加了个“但是”：“但是我已经请人帮我找好了临时住的地方，已经承了人家的人情，再不去不合适。”

“那也好，要是不习惯的话，就搬回来住。”

费妈提起婚宴的事情，方穆扬也应承，不过他说最好等到房子下来再一起请客，算是双喜临门。没说的理由是，他现在没钱请客。

费霓的爸妈夸他难得想得这样周全，自然同意。

在这顿饭的尾巴，方穆扬很抱歉地说他没有新房，在这样一个日子，只能让费霓和他一起住招待所。

老两口彼此看了一眼，说住招待所的法子很好。里屋一小间作为新房未免太局促了，又没来得及做个门，只一个帘子，一点儿声音都不隔，就算小两口不别扭，他们老两口也很别扭。

只是招待所要介绍信，找到单人间的房子很不容易。

方穆扬说介绍信早就开好了，房子是双人间，到时候两张床拼在一起。

费霓爸妈再没别的话可说，因为这个女婿远超他们的想象，只觉得十分满意。

费霓之前没听方穆扬说过招待所的事，此时听到晚上要和他一起出去住，当然不同意，但在桌上当着父母的面，也不好说。吃完饭，她拉方穆扬去水房跟她一起洗碗。

费妈踩了老费一脚，在他耳边说了句话，老费忍着疼，笑着说：“我和小方去吧，让你妈和你说说体己话。”

按理说不应该让新客洗碗的，哪怕是自己的女婿，但现在不说，等去了招待所也就没时间说了。

22

等方穆扬出去了，费妈把女儿拉到里屋，握着她的手，跟她说晚上要注意的地方。费妈说这个也是难为情，要不是二女儿今天有事，就让二丫头跟费霓说了。

费霓顷刻红了脸，忍着听了几句，终究没忍住：“我知道了，您别说了。”

费妈起了疑心："你从哪儿知道的？"

"我是说您已经说得够多了，不用再说了。"

费妈看女儿的脸从耳根烧到了下巴颏儿，认定她刚才是不好意思听下去，咳了一声，继续同费霓说："我也不想说这个，可你们俩孩子什么都不懂，我不说，还不知道你们要闹什么笑话。"

在费妈口中，方穆扬是一个懵懂无知的青年，有些事情要费霓来教，让她教的时候不要不好意思，教一遍，以后就好了，这种事，男的一般是一点即通。

临走时，懵懂无知的方穆扬看费霓很不愿意离开家的样子，当着费家老两口的面揽住了费霓的肩膀，对费霓说："咱们走吧，让爸妈早点儿休息，他们都忙活一天了。"

费霓想挣脱开，碍于父母的面子，只能配合。她本来是不想离开自己家的，但方穆扬这么一说，她再不走就显得她不懂事了。方穆扬的手一直搭在那儿，屋里没电扇，她的肩膀被他给抓热了。

她也奇怪，他叫"爸妈"怎么叫得这么自然？要是方穆扬的父母在她面前，她绝对是叫不出来的。

出了门，费霓刚要发脾气，方穆扬的手已经放到了裤子口袋里，好像他揽她的肩膀是刻意表现给她父母看的。他笑着对费霓说："你脸怎么这么红？"

"热的。"她因为母亲的话，此时和方穆扬相处很不自在。

方穆扬伸手去摸她的额头："是不是发烧了？"

"没有。"

"不舒服就跟我说，我带你去医院。"

"不是跟你说了吗？我就是热。"

"那一会儿我骑快点儿，招待所里有电扇。"

费霓坐在自己自行车的后座，仰头数天上的星星："招待所的介绍信，你怎么搞到的？"

"我不是要去出版社的培训班了吗？社里虽然不提供住处，但临时住几天招待所没问题。"

“你怎么没提前跟我说？”

“我想给你一个惊喜。”

“我一点儿不觉得那是惊喜。凡是涉及我的事，你都要跟我提前商量。”

方穆扬并不反驳，只是稍微解释了一下：“你跟我结婚，我没新房给你住，但也不能让你第一天就住在家里，你爸妈怎么想我？本来他们就觉得我配不上你。你跟我去住招待所，他们也安心。”

费霓又问：“你买木料的事情怎么不跟我说？”

“我是想跟你商量来着，可咱们不是离得远吗？再说，你出了房子，理所应当我出家具。家具厂的家具太贵了，我想还是该自己做。”

虽然和方穆扬结婚有诸多不便，但就凭方穆扬说房子是她的，费霓就认定她同他结婚是一个正确的选择。

她也为他考虑起来：“那得不少钱吧？我之前不是说了，咱们一点点来，先去信托商店买些旧的用。你把钱都花光了，万一以后有用钱的地方……”

“以后我在培训班也有津贴，你不要太担心。”

“你的心意我领了，但这事儿就算了。我知道有人也要打家具，正缺木料，我帮你把木料转手。你买木料和托运一共花了多少钱？你告诉我，我心里好有数。”

“要是木料有剩，也可以转给他们。”

这是不肯卖了。

费霓并不相信方穆扬会打家具，只认为那是方穆扬善意的谎言：“你不要把打家具想得那么简单。你专心画画，比什么都强。”

方穆扬本想说插队的时候自己帮人打过，但话到嘴边变成了：“我这次下乡收拾东西，跟我一起插队的朋友说我以前打过家具，我想我去书店买本木工书学学，应该就会了。相信我，我不会让你失望的。”

费霓倒不会对方穆扬失望，她从未对他有过不该有的期望。

“以前的事，你还没想起来吗？”

“你很希望我想起来吗？”

“你现在这样也没什么不好。”他现在想起来的好处实在有限。就冲他之前肆无忌惮地在医院画小护士，组织已经不可能完全信任他，对他委以重任。他现在安然无恙，反而占了失忆的好处。他真恢复了记忆，给他安排的工作也不会比现在好多少。至于她，也不会因为他恢复了记忆就能上大学。算来算去，她觉得还是没有恢复记忆的方穆扬更好，因为以前的方穆扬，她实在谈不上了解。费霓想象不到，一个会在乡下打家具、把上大学的名额让给凌漪的方穆扬会是什么样子，她也不想了解。

方穆扬在上午已经来过招待所一次，此时为了费霓能和他一起合法入住，他拿出了两人的结婚证。

一进房间，方穆扬开了灯，打开橱柜上的电扇，搬了椅子，让费霓坐在电扇前吹。房间是双人间，两张床之间是一个床头柜。床头柜上摆着一盆海棠。别的花他都送了人，只带了这一盆。费霓发现，现在这一盆，比他画上开得还要好。

“你又不在这儿长住下去，带花干什么？”

他是一种自夸的语气：“我想让你看看。我养得不错吧？”

“很好。”

电扇旁边是一面镜子，费霓在镜子里发现，她的脸仍是红的。和方穆扬独处一室，她又想起母亲说过的话，脸上的烧一直没退下去。方穆扬这时走过来，双手扶住她的椅背，俯下身来打量她的脸，一股热气呼到她的耳朵里：“你脸怎么还这么红？这电扇也不管用。”

费霓拉了拉椅子，有点儿不耐烦地说道：“太热了，能离我远点儿吗？”

房间里有卫生间，可以洗澡，方穆扬建议费霓：“要不你去洗个澡吧？里面的牙刷、香皂、毛巾、洗发膏，都是我新买的，还没用过。”

见费霓没有要动的意思，方穆扬又说：“对了，我有一个礼物送给你，我想你应该会喜欢。”

那个礼物实在太过独特，当它从包里出来的时候，费霓以为方穆扬在开玩笑。虽然这玩笑一点儿都不好笑。

那是一根细而长的棍子，上面还刻着字，大概是铁做的，不算长。

方穆扬去拉费霓的手，把东西送到她手里。那根棍子很有分量，温度比她手要低得多。

“你给我这个干什么？”

方穆扬终于在费霓脸上看到了无措，他笑着说：“今晚给你拿来防身的，我知道你不放心我。”

费霓当然要否认：“我没有，你误会了。”

“用不着解释，你不放心我很正常。知道这东西怎么用吗？”

方穆扬凑近费霓的嘴，像要吻她，费霓偏过脸，耳朵正好擦过方穆扬的嘴，费霓整个人很热，带着点儿恼羞成怒。她还没骂他，就被方穆扬搂住了腰，手也被抓住了，抓得很紧，本来还算干燥的手顿时黏腻腻的。方穆扬的嘴凑在她耳边说：“要是有人对你耍流氓，你就拿这东西砸他的后脑勺。”

费霓被迫攥着棍子的拳头跟着方穆扬的手转到了方穆扬的背部，在距他的头还有三四公分的时候，费霓忍不住骂了出来：“你有病吧？”

方穆扬这才放开她：“学会了吧？我要是对你不客气，你就拿这个打我，我决不还手。

“学会了吗？”

见费霓不言语，方穆扬笑着说：“要是没学会的话，我再教你一遍。我要是对你有不该有的想法，你对我千万不要留情。”

费霓丢开那根棍子，走到电扇前吹风，不说话。

“你要是觉得会了，就试一遍，万一真遇到了，手里使不上劲儿怎么办？我今天包你学会。要不要再试一遍？”

方穆扬嘴上这么说，身体却不动，他不想今天就把费霓惹恼了。

费霓恼了：“能不能不要开这种玩笑？”

“你难道很放心我吗？你要是很放心我，我就把这棍子扔了。”

他笑着看着费霓冲进了卫生间，还不忘提醒她：“别忘了锁门。”

费霓进了卫生间，锁门，拧开龙头，手捧着凉水往脸上扑，直到脸上的温度降下来，耳朵仍是烫的——那只被方穆扬嘴唇无意间擦过的耳朵。他刚才抓她手的时候，两人离得很近，她心跳这么快，也不知道他听没听见。她靠着卫生间的门，回想起自己刚才的没出息，可现在仍很没出息，心脏仍怦怦地跳。她努力平复自己的心情，心里认定，只要她自己行得端，坐得正，方穆扬是不会，也不敢把她怎么样的。

23

听着卫生间的水流声，方穆扬坐在电扇前翻书，是一本关于钟表维修的书，书被他翻得哗哗响，用以抵挡浴室的水流声。

这本书还是他哥哥邮给他的，信上写着祝语，愿他成为一个有用之人。

方穆扬的出生完全在他父母的计划之外。在他之前，他父母已经儿女双全，对孕育新的生命毫无热情。他母亲认为生育不可避免地会影响工作，即使有奶妈、有托儿所，也不愿再生。他父亲对自己夫人的想法全力支持，他正值壮年，很需要夫妻生活，妻子无论是怀孕还是坐月子都很影响他的生活。但事有凑巧，方穆扬出生的前一年正赶上国家严格管控避孕用品进口，人工流产也被限制，等他母亲发现他的存在时，只恨他父亲的不小心。虽已于事无补，但为发泄怨气，她还是将他父亲赶到了书房。他在未出生之前，就成了他父亲的罪证，让父亲在母亲面前一直理亏。他出生之后，在各界的推动下，避孕用品又开始解禁，管制也放开。这期间方穆扬爸妈也起了一些微薄的推动作用，父亲比母亲还要积极一些，因为他知道再不解禁，他的妻子为避免意外怀孕，将重让他过上单身汉的生活。

俗话说“一胎孩子照书养，二胎孩子照猪养”，方穆扬的二姐是女孩子，养得倒还精细，到了方穆扬，则是完全地放养。他一出生，他哥哥的旧衣服就有了用武之地。好像为证明他不配穿新衣服似的，一件衣服，他哥哥穿了几年还好好的，轮到他穿，没几天不是烧了窟窿，就是划了口子，他父母也不以为意，因为这时候小孩子的平常衣服多是打补丁的，说明他们的儿子融入了群众之中。他还是个小孩子的时候，一团可爱，他姐姐把他当成一个活的洋娃娃，把她之前的方片字拿出来，教他识字，孰料这个假洋娃娃远没有真的可爱，把盒子里的方片字都给撕了，一边撕一边笑，姐姐认为他孺子不可教，不再理他。方穆扬的哥哥初中时已经自学了大学物理，姐姐打小就长在书房，只有他，从小对知识缺乏起码的敬畏之心。

方穆扬的父母觉得这样也没什么，家里知识分子太多也不是好事，他们对儿子毫无期待，随他瞎玩，只愿他能平安健康地长大。就连方穆扬学琴、学画画，都是他自己张罗着跟家里客人学的。他也学过别的，可只有这两样坚持了下来。

等到方穆扬带着别的孩子四处惹祸时，他的父母才意识到他是一个问题，要是不好好地教育，终究会长成一个祸害。他母亲把教育他的责任给了他父亲，因为要不是他父亲那天非要从书房搬到卧房，他也不会出生。

方穆扬的父亲面上安慰自己妻子，孩子皮一点儿也没什么不好，起码健康；背地里把他叫到书房教训了一通，顺便把管束儿子的责任交给了另外两个孩子，让他们做自己的事时顺便看着弟弟。但他们对弟弟的管束仅限于丢一本书给他，让他好好看，就去做别的事了。他们对自己的弟弟关心有限，等到他都已经闯完祸回来，还没发现他出去过。他父亲终于对他失去了耐性，一旦有人来告状，连口头教育都懒得做，直接拎着他进书房打一顿板子。被打得多了，方穆扬摸索出了规律，还没挨打就已经跑了。

为了管教方穆扬，他父母没少想办法，包括把他送到学校住校，不给他零花钱，衣服让他自己缝、自己洗，变着法儿地让他吃苦。等他看上去像是受了感化、有了变化，又带着他去下馆子，给他换了很好的小提琴，为他买最好的颜料。他的生活根据他是否惹祸而反复变化。

开始，他爸妈还需要特意制造环境让他吃苦，可后来就是真的吃苦了。因为以前的多次模拟，真来了，他也没什么不习惯。家里剩下的碗碟，除了吃饭的一只碗，都被他拿来调了颜料，等到这只吃饭的碗不小心被打碎，他只能忍痛把颜料碟刷了，拿来盛红薯干蔬菜粥。别人让他揭发父母，跟父母划清界限，他不肯，他认为他爸妈除了提前让他这个社会主义的花骨朵儿接受再教育，也没犯什么不可饶恕的错误。

他和兄姐的联系紧密起来，还是在家里落难后。全国大串联，他卖了家里一切能卖的东西当盘缠，又拿出一点儿钱在有名的酱菜店里买了两瓶酱菜，坐免费火车去看他的兄姐，让他们尝尝家乡风味。兄姐要给他钱，他没要，他们比他更不习惯过苦日子。

上了初中，他和费霓同校不同班，两人见面的机会并不多。偶尔看见了，他只是看着她，并不同她打招呼，只冲她笑笑。费霓有点儿躲着他，大概是怕他借钱，他也没再向她借过钱，因为知道很可能还不上。

倒是有一次，他和费霓在路上碰见了，费霓像做贼似的塞给他一块钱，说是在他的箱子里翻到的，特意给他送回来。

他知道，他的箱子里没有藏着一分钱。

但他还是把钱花了，到馆子里要了炸猪排和两盘冰激凌，好好吃了一顿。

后来他和费霓再碰到，费霓像不认识他一样。她对他的人品大概是缺乏信任，怕他谎称箱子里还有钱，再管她要。他一心想去兵团或者农场当知青，虽然苦，但有编制，有工资，不过他因为出身不好还是没去成，只能去插队。

插队后，他再没见过费霓。

24

费霓用凉水冲了脸，平复了心情，开了卫生间的门。以后她还要和方穆扬一起生活，老躲他不是办法。她又不是害羞的小媳妇儿，没来由的害羞反而给了他捉弄她的机会，倒不如大大方方的。

方穆扬上下打量了她一眼，那意思是，怎么还没洗就出来了？

费霓没理他，翻开了自己拿来的包。

费霓来招待所之前，她妈妈贴心地给她准备了一个包，里面装了换洗衣物和睡衣。说是睡衣，其实是一条裙子，上下一般宽，没有袖子，没有腰身，那是她给姐姐做窗帘的时候，用剩下的布给自己做的，穿着倒是凉快。大概是她母亲太着急，拖鞋拿的木头的，她本来有一双海绵底儿的新拖鞋。

在方穆扬的注视下，费霓拿了睡裙和白布胸围，刚走一步，又转身拿了衬衫，才重新进了浴室，锁上了门。因为有方穆扬在外头，她一个人在卫生间洗热水澡并不比在公共浴室放松多少。水温很高，她匆匆打了香皂和洗头膏，又任由热水将这些泡沫冲走，整个过程不超过五分钟。她忙着拿毛巾擦了，开始穿衣服，因为擦得不太彻底，衣服贴在身上，她只能又去解胸围扣子，左边开扣，一共五颗，胸围是白棉布裁的，很吸水，整个粘在身上。要是在家睡觉，她是不会在裙子里套这个的，可裙子太宽了，不穿实在不成样子。她重新拿毛巾在身上擦了一遍，又把刚除掉的衣服穿上，头发擦到八分干，弯腰把自己洗掉的长发捡起来扔进垃圾桶。

一切做好了，她还没准备好怎么面对他，便挤出一截牙膏，边刷牙边调整自己的心情。

她洗澡用了五分钟，刷牙却用了十分钟。等她脸上的表情都准备好了，卷好换下来的衣服，才打开卫生间的门。她的裙子很宽，反倒显得人更瘦了，上半身又披了件衬衫，下半身露出一截小腿，小腿刚被热水滚过一遍，白得没那么纯粹，有些泛红。拖鞋与地面接触，发出“嗒嗒”的响声，她因为这声音有点儿不好意思，又努力抑制这不好意思。

方穆扬的脸转过来，对着她笑。

为了显示自己的坦荡，费霓也对他笑了一下。笑得不太自然，以致她忘记了自己刚才准备好的表情。

她趿着拖鞋走到床前，尽可能坦然地将卷起来的衣服塞进自己包里。

“换下来的衣服，我给你一起洗了吧？”

“不用，谢谢。”

“别这么客气，你以前也没少给我洗衣服。”

费霓坚持说不用，方穆扬也随她，他开了房间门，留给费霓一个背影。

费霓不知道他这个点出去干什么。电扇吹得书页哗哗响，她站在桌前，去翻书的封面，一眼就看到了“钟表维修手册”几个大字。

她的手指落在书上，听到门响，又收回来落在椅背上。

方穆扬进来，递给费霓一个吹风机：“再吹吹吧，湿着睡觉不好。”

方穆扬不仅从前台借来了吹风机，还要来了一盘蚊香和一个仅装着一支火柴的火柴盒。火光落到蚊香片上，房间里换了一个味道。

见费霓还不吹，他夺过她手上的电吹风，插好电，冲着她头发吹，费霓抢过来：“我自己来。”

方穆扬将电扇头朝向换了，掀开暖壶盖，拿杯子倒了水，放在电扇前吹：“这水烫，你一会儿再喝。离电扇远点儿，别吹凉了。”

费霓的手指拨弄着自己的头发，低头跟他说谢谢。

方穆扬指了指卫生间：“你还进去吗？”

“不去了，你进去吧。”

吹干了头发，费霓坐在橱柜前翻《钟表维修手册》，扉页上，他哥哥祝他成为一个有用之人，特意给他寄了这样一本书。可就算学会了，也没有钟表厂要他去工作。费霓又想起了家具的事，就算方穆扬会打，也是很费功夫的事，他去连环画学员班，还是应该以画画为主。她这样想着，便在脑子里琢磨谁打家具缺木材，好把木料转出去。

想着想着，方穆扬就出来了。方穆扬冲的是冷水澡，他插队的地方好处是不缺水，一年四季都可以洗澡。从春到冬，他洗澡就三个步骤，一盆水浇下去，把肥皂从头打到腿，再浇另一盆冷水冲洗干净。多年来他练就的习惯让他洗澡很快，十分钟的时间，他不仅洗好了澡，刷好了牙，连换下来的衣服都洗好了。

方穆扬比费霓坦荡多了，上半身坦坦荡荡地穿了件黑色背心，在窗台上挂他过了一遍水的衣服，就连背心，他也是为体谅费霓才穿的。他的胳膊很结实，一看就没少干活儿，典型的瘦而不弱。在油水有限的时期，成为一个胖子是件成本很高的事情，方穆扬显然没这个资本。

他挂好衣服，走到费霓背后，拿了吹风机开始吹头发，费霓想起身，发觉被方穆扬围了起来。他一手撑着橱柜，另一只手拿着吹风机。她要站起来，无疑要碰到他。费霓只能继续看他的《钟表维修手册》。

费霓双手握着水杯喝了一口，跟方穆扬商量：“家具咱们现在还是别做了，你的时间精力用在连环画上不好吗？画好了，多赚几笔稿费，买家具的钱都有了，没准儿还能找到一份正式工作。说句不好听的，你真试过了，不想画连环画，也不适合画这个，从培训班出来也找不着工作，将来有的是时间打家具，何必急于一时？”

费霓仍是那个意见：“家具有的用就好了，旧的一样用。你要是同意，我就帮你把木料转出去。钱还是你的。”

“你就这么珍惜我的时间？”

费霓心里骂他总是抓错重点，嘴上不耐烦地说了句：“你要是决定卖，明天告诉我，我给你找人。”

“放心，我分得清轻重缓急，不过家具我一定是要做的，我去家具厂看了，你想要的家具里面没有。”

费霓并不感动，只说：“你爱怎么办就怎么办吧。”她双眼盯着《钟表维修手册》，不去看方穆扬。

方穆扬问她：“我想现在就睡觉。你想睡哪张床？”

“你的嘴能不能离我远点儿？我听得见。”费霓伸手托脸，把泛红的耳朵捂住，“你睡哪张都行。”

“那我就挨着门睡了。我把棍子放你床边，你伸手就能够得着。”

“不用。”

“别这么放心我，我不值得你这么信任。”方穆扬因为费霓说她听得见，这次凑近她耳边说得很轻，“不关灯，我睡不着，你先躺下，我再关灯。”这房间有两盏灯，除了屋顶那一盏，两张床之间的床头柜上还有一盏台灯。

他说得太轻了，轻得费霓耳朵发痒。

“你先关灯睡吧，我再坐会儿。”

方穆扬没再勉强她，先关了屋顶灯，走到床前又把床头台灯关了，扯过被单盖上。

等整个房间黑下来，费霓才趿着拖鞋，摸着黑向窗前走，屋子又豁然亮了。方穆扬用被单遮着头，手却攥着台灯拉绳。

“关灯吧。”

等费霓躺在床上，整个房间又重新归于黑暗。

过了五分钟，费霓问方穆扬："你睡着了吗？"

"睡着了。"

费霓"嘁"了一声。

又过了五分钟，方穆扬刻意制造出均匀的呼吸声，这次费霓以为他真睡着了，放心地睡去。

房间很静，静得方穆扬摸清了费霓的呼吸频率。他从床上坐起来，打开了台灯。

睡着的人是很适合当模特的，尤其是像费霓这种睡相好的人，身子永远朝着一侧，被单拉到下巴颏儿以下，只露出个脑袋。她的眼睫毛很卷，好像风一吹就会飘起来，方穆扬很想吹口气试试，但他只是拿笔在距她睫毛一厘米处点了点。

费霓醒得很早，光从窗帘透进来，她发现屋里台灯还亮着，台灯已经不在床头柜上，而是被转移到了橱柜上，方穆扬正坐在椅子上，只给她一个背影。

"你在干什么？"

"学习。"

方穆扬迅速用书遮住手表："怎么这么早就醒了？再睡会儿吧。"

"睡不着。"费霓起床，拿着换洗的衣服到浴室换掉了晚上穿的裙子。

25

费霓要去上班，方穆扬要去培训班，两人在招待所旁边的小店里吃的早餐，费霓抢先结的账。她不喜欢吃肉包子，只给方穆扬买了两个。

吃完饭，方穆扬骑车送费霓去上班。

"别送我了，我坐车去。这自行车你就骑吧，晚上直接去我们家吃晚饭。"

"咱俩离着不远，我送你也不耽误时间。"

费霓想来想去，还是委婉地跟方穆扬说了电视机票的事，她好不容易帮她哥哥寻到一份工作，容不得一点儿闪失。

方穆扬看着她笑：“怎么，我是长了一张弄不到电视机票的脸吗？”

“你不让我去，无非是怕我在你同事面前说错话。不就是让我假装有电视机票吗？你就算让我假装有汽车，我也能装。”方穆扬指了指自己的车后座，“快点儿上来吧，你另坐车，多浪费钱。”

方穆扬把费霓不愿说出的话戳破了，并表示愿意配合她。费霓本来觉得这事不太体面，但经方穆扬这么一说，竟然坦荡起来。

费霓跳上了自行车后座，方穆扬又说：“我假装自己有电视机票没问题，但你准备上哪儿弄？”

“只要肯花钱，总是能搞到的。”

结婚第一天，费霓比以往上班时间还要早到，和她一样早的还有同组的刘姐。刘姐家里孩子太多，只有上班的时候能够清净会儿，所以每天都早来。

费霓刚从方穆扬车上下来，就碰见了刘姐。

还是刘姐先跟他们打的招呼：“小费，这是你爱人？”

费霓当然不能说不是，她向方穆扬介绍刘姐：“这是我们组刘姐，平时很照顾我。”

方穆扬也随费霓叫刘姐，并且感谢了刘姐对费霓的照顾。

刘姐忙说：“这是应该的，谁叫小费长得惹人疼呢？”

在刘姐的审美里，方穆扬长得算不上很好看，首先脸就不方正，刘姐喜欢国字脸，他的下巴有点儿尖了。但他身条是很好的，腿很长，一看就走得快，精气神也好，和费霓站在一起是很般配的。

刘姐品评完了方穆扬，和费霓一起进了厂。还没到上班时间，刘姐从包里掏出要织的毛衣，问费霓怎么织一朵花，费霓因为没有别的事要干，就拿过来帮她织。

刘姐很感激。

费霓昨天结婚，今天上班便进入了已婚妇女的行列，单位发放计生用品也有她的份儿。

计生用品要排队领，她本来不想去，刘姐非要拉着她一起领，说是用这个东西对女的好。费霓和刘姐排在中间，前面有个年轻女人，大概刚结婚不久，问发东西的大姐能不能多发她两个，大姐一脸看乐子的表情："你想要多少？一个月四个还不够？这个还能重复使用。"周围传来一片哄笑声，那个年轻女人为了遮掩尴尬也只能跟着笑，只有费霓闭着嘴。轮到她领时，那大姐故意问："四个够吗？"费霓说："够了。"平时她在厂里就算不高兴，也能在人前遮掩情绪，这次却显出了不耐烦，拿完就直接往外走。她本想把手里的东西给刚才那个年轻女人，想了想还是算了。被别人知道了，还不知道会传出什么闲话。

领完东西的刘姐追上费霓，问费霓怎么不等她。

费霓不好意思地说她忘了。

"老王也真是的，拿着鸡毛当令箭，发个套套还牛气起来了。"刘姐的声音又隐秘又大方，愣往费霓手上塞了两个小塑料袋，"我的给你两个。"

"你自己留着用吧。"费霓本来领东西的时候没什么感觉，现在整个人都热了一度。她要还回去，又被刘姐推了回来。

刘姐仍那么客气："我这个年纪哪用得了这么多？你刚结婚，和我不一样。我是过来人，你不用不好意思。"

费霓只能收着，两个人要是为了这个争起来，被人看见了，她丢不起这个人。

"我给你说，这个是好东西，要是当年我能用这个，也不至于生这么多孩子。我就主张，年轻人追求进步，还是不要那么早要孩子，你说是吧，小费……"

费霓含糊地"嗯"了一声。

"所以你千万不能大意了，每次都得用。"

刘姐长了一张绝不会有作风问题的脸，看着就那么正气，即使说得多了，别人也只会认为这是太过热情的缘故。

费霓岔过话去，夸刘姐的鞋子看着很好。

刘姐觉得费霓识货，连她在哪个柜台买的鞋都跟费霓说了，让费霓也去买一双。

刘姐也有很善解人意的地方，她没问费霓为什么前阵子还和无线电工业局的人好着，结婚就换了另一个，也没问费霓能不能帮她搞到一张电唱机票。

中午，费霓在食堂又碰上了汪晓曼，汪晓曼提起电视机票的事，很着急的样子，又暗示有许多人想要宣传科的位置。

费霓笑着说：“你都不知道我们家那位耳根子有多软，找他帮忙的人太多了，我回去就跟他说，下一张票必须是你的。”

她说完也不觉得脸红。只有当汪晓曼走了，她自己一个人吃饭时，那点儿火才从里往外烧。

方穆扬在培训班里看见许多熟面孔，曾经画国画的，现在画国画风格的连环画；以年画起家的，如今画年画风格的连环画……费霓说得没错，现在会画画的，尤其是年纪比较轻的，不是在画宣传画，就是在画连环画。

中午在食堂，方穆扬排队打饭，对后面的人说，一会儿一人打一样菜，凑一桌吃。大家第一天认识，他突然提这么个要求，很是突兀，可没等人答应，他就要了菜单上最贵的排骨，后面的人知道了他不是占便宜的人。四个人，五样菜，有一个人打了个素菜，太素了，不好意思，又打了一个。

半顿饭的工夫几人就熟识了，一人问方穆扬和培训班上午请来的沈老是什么关系，他在学员里直接点了方穆扬的名字，看起来还颇为赏识。

方穆扬说以前认识，很多年不见面了。

方穆扬的父亲以前是文化口的，很有些名望和声势，每天家里都少不了客人。他自己并无什么理论创见，但评论很有力量，凡是得了他夸赞的，都会领一时风气之先。他爸是很典型的文人脾气，喜欢的怎么都好，不喜欢的连看都懒得看一眼。这位沈老去拜望他爸的时候已经不年轻了，但因为没什么建树，还被称为“小沈”；小有才华，但因为这才华许久没被人赏识丧失了才子的自信，谦卑得近乎过分。这谦卑被他爸理解成没有风骨，不仅人没有风骨，画也是没有风骨的。还是“小沈”的沈老早早来了，茶也没喝，便被下了逐客令。方穆扬那时不懂风骨不风骨，从他学画几年的经验看，“小沈”的技法是很好的。他请这位“小沈”老师到自己房间喝了杨梅汽水，顺便请教了一些问题。

后来他父亲落了难，“小沈”劝他和父亲划清界限，他说不可能。至于他父亲出事，沈老有没有踩一脚，说实话，方穆扬并不是很关心，因为踩他父亲的人太多了，知道了也没意思，只有他爸好好活着才是正经事。

方穆扬在这里看见沈老并不意外，他这几天看连环画，许多有分量的作品都是沈老画的。

方穆扬将他和沈老的故事一句带过，坐在椅子上啃馒头。

四个人里，只有方穆扬一人结了婚。

其余人问方穆扬结婚感觉怎么样。

方穆扬笑着说，一个人的时候可以看书，两个人总不能拿着一本书看，他和他媳妇儿需要一台电视机共同观看，可他不知道怎么才能搞到电视机票。

他本意只是想问问有什么渠道能弄到电视机票，并不是跟人要。没想到，这里面有一个人的爸爸就是无线电厂电视机生产线的领导，说可以帮忙。

26

到了下班时间，费霓并不急着出厂子，而是站在阅报栏前看报纸。

费霓在报上的一行小字里又看到了“白卷英雄”的大名。三年前，大学在录取学生时增加了文化考试的比重，费霓刚看到了些上大学的希望，就被这位并没有交白卷的“白卷英雄”给熄灭了。英雄虽然考试不合格，但因为写的信，还是有了大学上。报上的字使她又回想起那封引起很大轰动的信，有一句她记得一字不差：“对于那些多年来不务正业、逍遥浪荡的书呆子们，我是不服气的，而且有着极大的反感，考试都被他们这群大学迷给垄断了。”

因为这句话造成的次生影响，费霓没有上大学，而是站在制帽厂的阅报栏前看报纸。

她估摸着方穆扬快到了，就向厂门口走。

叶锋出现在厂门口并不在费霓的意料之内。

叶锋只当费霓是耍小性子，想冷一冷她，她自动就会屈服。他对费霓并不是完全满意的，当子女的，希望自己未来的配偶使父母满意，不仅是希望未来家人能够和谐相处，还有一份虚荣心在，期待父母能够认同自己的好眼光。但费霓并未在他父母面前呈现最好的一面，这让他失望。他虽然对费霓的家庭不满，但仍是尽力敷衍他的父母，费霓却并没给他这个面子，还同他闹别扭。

但一周多不见，费霓的好还是战胜了她的不好。正巧下属的无线电厂有个到费霓哥哥插队的县招工回城的名额，叶锋乐意做个好人，给费霓一个台阶下。这个工作是很难得的，他相信费霓不会不知道。就连费霓自己的工作，他也是能够帮忙调动的。

费霓此时看到叶锋，心态依然很平和，同他打招呼，稍稍笑一笑，视线又转向方穆扬要来的方向。

叶锋本想叫费霓去馆子谈，但费霓直接拒绝了，她刚要说她已经结婚了，叶锋又抛出了她哥哥的工作解决方案。

如果费霓没结婚，或许会狠狠纠结一番。但结婚免去了她这一思考过程。

她知道叶锋肯定不会帮一个已经结婚的女人。

“谢谢”刚出口，她又马上补上了一句：“我结婚了。”

“你结婚了？开玩笑吧？”叶锋无法掩饰他的惊讶，他们分手也不过是上周的事情。

“我没必要骗你。”

“和谁？”

“我同学。”

“是我认识的你那个同学吗？”

费霓默认。

叶锋忍不住问，话里有掩饰不住的怒气：“你是一直在我们中间游移不定吗？”

费霓理解他的怒气，同他解释："不管你信不信，我是在和你彻底结束后，才和他交往的。在这之前，我们就是同学关系。"她并没有脚踏两条船。

方穆扬紧赶慢赶终于赶到了费霓厂门口，比工厂大门更显眼的是费霓和一个男人。

那个男的，他倒认识。

他骑到费霓面前，并未下车，单脚点地，很有礼貌地冲叶锋笑了笑。

叶锋认出了方穆扬和他骑的那辆车。

"费霓，你就嫁了这么个男人，连车都要骑你的？"叶锋因为这消息太过难以接受，从前的好风度一扫而光，话里的嘲笑显而易见。但顾及着身份，他也只是嘲笑而已。他舍下面子来找费霓，没想到她已经结婚了，凸显得他像个笑话。

如果费霓后悔了，反过来巴结他，他会看不起她。

费霓不反悔，他更看不起她，认为她蠢。就因为跟他赌气，嫁这么一个人，以后她一定要后悔。更愚蠢的是，南墙已然撞了，现在还不知道悔改。

费霓反驳他，话里带着刺："什么叫这么个男人？他好得很。我们夫妻感情好，乘一辆车怎么了？"叶锋完全没有认识到她和他分手的根本原因，居高临下地找她，赏赐她哥哥一个工作机会，她不去深想里面的逻辑，勉强理解成那是好意；即使他质问她的人品，她也能平静解释，如果到此，两人是能好聚好散的。但叶锋非要没有界限地贬损她的伴侣，她和方穆扬已经结了婚，在外人面前一荣俱荣，一损俱损，贬低方穆扬就是在贬低她。

她说了"再见"就跳上了自行车后座，伸手揽住了方穆扬的腰，催他骑快点儿。

等到拐了弯，她的手才离了方穆扬的腰。

"你的嘴不是挺能说的吗？他这么说你，你怎么不反驳？"

方穆扬笑着说："胜利让人宽容，再说，你不是替我反驳了吗？他怎么又来找你了？"

“我怎么知道？反正这次他知道我结婚了，就不会再来了。”他无疑还是认为她高攀了他，她认清状况还要回去找他；她不去，他就来提醒她。

“我明天估计能弄到电视机票，你就别忙活了。”

“怎么弄到的？”

“想弄就能弄得到。”

“你怎么老是这一句？”惊喜来得太过突然，费霓简直不敢相信，“你为了这个，欠了好大一个人情吧？”费霓知道人情是不可再生资源，用一次就少一次。没人爱理贪得无厌的人。费霓自己能用钱解决的，就尽量不去麻烦别人，但也有钱不管用的时候。

“也没那么大，就是互相帮忙。”

“谢谢。”

“咱俩感情这么好，还客气什么？”

费霓知道方穆扬是故意拿她刚才和叶锋说的话来羞她，当听不见。

“咱们买点儿挂面吧。我爸妈不知道咱俩回去吃，肯定没做咱们的。”方穆扬说带费霓住几天招待所，她的父母肯定以为她在外面吃，不回家了。

费霓买了挂面，为感谢方穆扬的帮忙，又特意给他买了叉烧。

回去，老两口果然没做他俩的饭，稀饭、馒头，还有一碟猪油渣炒洋白菜。

见费霓回来，费妈埋怨老费：“我就说他们可能回来，让你备着点儿菜，你偏不听。”

“你不是也没坚持吗？”

彼此都有问题，便不再互相埋怨。

“妈，你不用管我们，我自己煮面。”

费霓把叉烧装盘，让方穆扬端进去，她站在走廊煮面。

方穆扬催她进去：“你进去歇会儿，我煮吧。”

“你会吗？”

方穆扬心里“哼”了一声，他做饭的年头比费霓可长多了，刚下乡那会儿，他是知青点的兼职厨子，大家都爱吃他做的，油水够，花样也多，但没多久他就被选下去了，因为他只能保证一个月的前几天吃好的，剩下的日子，大家饥一顿饱一顿。

费霓没进去，在走廊监督着方穆扬做，他切的葱虽然不太好看，但香油滴得很到位，说滴三滴就滴三滴，一滴不多，一滴不少。

方穆扬将唯一的鸡蛋盛在费霓碗里，等面上了桌，两人开始吃饭，费霓又把鸡蛋夹到了方穆扬碗里，说她晚上吃不下那么多。

方穆扬也没推辞，把蛋黄掏出来夹给她。

在费家父母面前，两人友好地分享了一只蛋。

方穆扬问老两口今天有没有收到一张取货单。方穆扬填的木料收货地址是费家，他的住处老变动。

老费一拍大腿："我忘了跟你说了，今天下午到的，我明天就找人拉回来，堆在咱们家楼下。"

费妈问："那儿安全吗？"

"怎么不安全？咱们街道的小脚侦缉队多能啊，就连蚂蚁驮了粒米她们都知道，何况是一堆木头。"

方穆扬说："我还是自己找人拉吧，您老在家歇着。"

"你不是要工作吗？这点儿事我没问题。"

吃完饭，费霓拉方穆扬去水房洗碗。

方穆扬让费霓歇着，他来刷。

费霓虽然对他不信任，但也没拦着，越是不行越要锻炼，他洗不干净，她大不了再洗一遍。

水房有别的人，费霓说话很小声："今天我就不去招待所了，一会儿你自己走就行了。"

"那不好吧？"

"就这么说定了。"

"我今天也累了，不想骑车了，你爸妈应该会同意我睡在你家吧？"

"你走吧，骑车用不了多长时间。"

方穆扬笑着说："人要累了，这是一步都不想走啊。"

第四章

众里寻她

27

方穆扬见费霓脸色变了，换了一副不得不屈从费霓的语气：“好吧，我走，我就算爬也要爬回去。”

这倒显得费霓不近人情了。

费霓低声同他商量：“你要实在累的话，一会儿我睡箱子上，你睡床，不要让我爸妈知道。”两个樟木大箱子一拼，正好容下她。

方穆扬摸摸她的头发：“其实我也没那么累，勉强骑到招待所也没问题。”其实他并没想真的留下来，只是逗逗她。两个人住在一起，他并不比费霓更好过，昨晚一宿没睡，他自己回招待所正好补补觉。

他这话显得很是善解人意，费霓也就原谅了他的动手动脚，即使他的手刚洗过碗，又被水管里的凉水冲过，还没干。她怕水房里的其他人注意到他们，提醒他：“你的手。”

方穆扬主动提出自己回招待所，费家老两口以为他俩闹别扭了，拿眼看费霓。费霓对方穆扬笑，让他路上骑车骑慢点儿。看起来也不像有了矛盾。

当着方穆扬的面，费妈拿出一个红包：“这是你二姐给你们的，昨天她婆婆过生日，没时间过来。她今天一大早特意拿了份子钱和两个暖壶过来。暖壶我先给你们收着，等搬了家再拿走。”

费霓拆开看，里面是十五块钱，她一个月也就挣三十块。二姐结婚，她出了十二块的份子钱，二姐大概觉得她是姐姐，要比费霓当初给得多才合理。

方穆扬走到门口，费霓叫住了他："你在门口等我一下，我送你下楼。"

费霓进了里屋，从饼干盒里翻出自己剩下的粮票，叠好，和钱一起放在红包里。想了想，她又抽出五块，打算下次再给他。由着他花钱，多少也不够花的，别到时候没钱吃饭了，她也没的给。

两人一前一后下了楼，到楼下，费霓问方穆扬："你还有粮票和钱吗？"

没人比她更清楚方穆扬有多少钱和粮票，他这么大手大脚，又买了木料，能剩下才奇怪。

"我有。"

"哪儿来的？"

"这你就别管了。"他不好意思说他把费霓给他买的大衣当了，当初买大衣的时候，就闹得不太愉快。

费霓把红包给他："这钱是给你吃饭的，不要买别的。而且别人帮了你的忙，总该请人家下顿馆子。"她知道方穆扬不会在嘴上太委屈自己，也就没劝他不要在吃上省着。

"你把粮票给了我，你怎么办？"

"这不是月底了吗？我最近都在家里吃。"

"那你把粮票给我，钱你留着，我还有钱，没了再管你要。"

方穆扬说得如此坦然，费霓不怀疑他没钱了时会跟自己要。

"你现在也算有了工作，给你姐打个电话，报个平安吧，她挺担心你的。"

方穆扬说好，没告诉费霓他早已经给姐姐写了信，还邮了一些他早先拍的这个城市的照片，他姐姐好多年没正经看看她生长的地方了。他倒是没想到自己会比姐姐结婚早，毕竟当初串联的时候，他去看自己的姐姐，她那时就有男朋友。

天上有个月牙，费霓仰头看了眼天，对方穆扬说："你回去路上看着点儿。"

这是让他走的意思。

“我看着你回去我再走。”

费霓刚进楼，转身发现方穆扬还在这儿，只看了一眼，她就扭头上了楼。

回去费妈正在里屋等着她。

“你和小方怎么回事？”以费妈的经验，新婚第二天，很少有小夫妻愿意主动分居。但他俩黏黏糊糊的，还要送到楼下，也不像闹矛盾的样子。

“没怎么啊。”

“那你怎么不和他一起回招待所？”

“我结了婚，就不能在自己家待了吗？”

“不是不能待。”就是哪儿哪儿都透着不对劲，“小方不是有问题吧？”

“有什么问题？”

“就是……”费妈碍于长辈的尊严，没好意思问下去，心里想着明天再看看情况，对费霓说，“时间不早了，你洗漱完了就睡吧。”

没想到第二天只有费霓一个人回家吃晚饭，费妈问方穆扬去哪儿了。

费霓说：“他和朋友一起吃饭，就不过来了。”人家帮了忙，请人下馆子是应当应分的，方穆扬一早就告诉她他晚上不过来了。

“那他今天晚上还过来吗？”

“不来了，还不够折腾的呢。”

老两口刚觉得方穆扬靠谱，这会儿心里又打了折扣。尤其是老费，木料已经送到了楼下，他还想和女婿商量商量打家具的事情，结果女婿不回来了。

费霓不想父母对方穆扬有看法，就简单说了一下电视机票的事。

然而老费还是心有疑虑，请人家吃饭和到这儿找费霓并不冲突。他也年轻过，一个正常男的，刚结婚，不愿意和媳妇儿住的，他还没见过，除非那方面有病。

老费长长叹了半口气，剩下半口又生生咽了回去。他家姑娘够烦的了，他就不给她添堵了。

吃完饭，费霓收拾碗筷，老费说他去洗碗，让费霓和她妈妈谈谈。

费霓拒绝了，说她洗完碗再谈，她刚收拾完碗筷，就听见了敲门声。

一开门，她就看到了方穆扬。她还以为他不来了。

方穆扬和老两口打了招呼，很自然地接过费霓手里的碗筷，和她去水房洗碗。

“不是说你今天不来了吗？”

“我给你送电视机票。”

“明天早上咱们不又见面了吗？”她今天夜里又不会把电视机票给人。

“可我就想今天给你。”

他说得太傻气，费霓不知怎么回，扯过洗碗盆：“你歇会儿吧，我来洗。”

方穆扬扯过去：“我出了一身汗，让我洗碗凉快凉快。”

费霓这才发现方穆扬的衬衫有些透，大概是汗浸的。

今天确实热，还没风，可他要不是急着来这里，大概也不会热成这样。费霓在心里骂他傻，谁为了凉快洗碗？

她又匆匆回了房间，拿了自己的洗脸盆，接了凉水，家里没有多余的毛巾，她只能把自己的毛巾投进水里，拧干，递给方穆扬擦汗。

“我正洗着碗呢，空不出手来，要不你给我擦擦？”

“先别洗了。”

“还有俩就完了。”

费霓没办法，拿着毛巾给他擦了擦耳后和脖子，手指刻意地不碰到他的脸。

方穆扬心安理得地接受她的服务：“能不能给我擦擦鼻子？”

费霓又拿着毛巾给他擦了擦，手指无意间碰到他的嘴唇，又迅速收了回来。也不知道是他的嘴烫还是她的手指烫，反正费霓够热的。

那时间太短，费霓也不知道方穆扬有没有发现。

费霓把毛巾丢到盆里，拧干，又换了一盆水：“你自己擦吧。”这时方穆扬已经把碗洗好了，她扯过方穆扬手边的洗碗盆，端着向自家碗橱走。

费妈看着自己女儿黏黏糊糊地和方穆扬进了水房，回来时却一直避着方穆扬，她刚想问费霓怎么回事，就听费霓要下楼送方穆扬回招待所。

话音落，人已经到了门外。

这天天很热，一丝风都没有。

费霓照旧让方穆扬路上小心。

“就没有别的跟我说？”

“没有。”

方穆扬的手放在费霓的头发上：“真没有？”

“你的手。”

方穆扬收了回去，看着她笑：“今天怎么又不高兴了？”明明昨天这个动作就被她默许了。

“没有，谢谢你帮我弄到电视机票。”费霓第一个冒出来的念头不是方穆扬对她动手动脚，而是她的头发该洗了。她希望方穆扬没意识到这件事。

方穆扬判定费霓不会再跟他说别的，重复了昨天的话：“回去吧，我看着你进去。”

这次费霓没再回头。

回到家，费妈把她叫到里屋，相比上次的欲言又止，这次问得明明白白：“你和小方，第一天晚上都按照我说的做了吧？”

费霓刚开始还没反应过来，等意识到，才勉强点了点头。

“小方是不是那方面有问题？”

费霓像昨天那样，还是没领悟到母亲的意思：“什么问题？”

明明屋里只有两个人，但费妈还是觉得不好意思，偏要凑到费霓耳边同她小声说。

费妈的话就像一股火似的，把她的耳朵烤热了。

她开始说得很小声：“他没问题。”

费妈不相信，继续质疑：“没问题怎么会……”

“他就是没问题。妈，我困了，要休息了，您也回去睡吧。”

费妈几乎是被女儿半赶出屋子的。

晚上出奇地热，打开窗户，也没风吹进来。费霓不停地翻身，直到凌晨一点多才迷迷糊糊地睡着了。她是被震醒的，最先察觉到床晃动的时候，她还以为自己在做梦。但也就一秒的时间，她意识到这是真的。

28

当费霓护着父母一起到楼下的时候，她的鞋已经被踩得不成样子，耳朵里仍是隆隆的响声，像置身于一个庞大的工厂车间，机器的声音被扩音器无限放大。这声音要是在夜晚单独出现，准会招来一片骂声，而现在伴随着哗哗的玻璃碎响，带来的只有惊惶。

费霓露出来的脚后跟不小心碰到晃动中掉落的碎玻璃，地面仍在晃，这次是左右晃，费霓浑然忘记了疼痛，她抓住母亲的肩膀，防止母亲摔倒。

楼下挤满了人，楼里的人差不多都出来了，费霓耳边有汪汪声，叫得很凶，二楼的老太太抱着她家的旺财一起下来了。旺财叫得很凶，可这跟其他声音一比却显得微弱极了。

四周的人都在议论刚才发生了什么，还有人依然没识别出这是地震，认为墙体是被大货车给撞了。他们的心情还停留在对过去的惊恐中，来不及想到以后，互相交流着震动时自己的感受。有的女人此时注意到自己身上的布料过少，想要上去拿，被人拦住了。

在生命面前，羞耻心显得多余。或者说根本没有羞耻的必要，因为谁也不比谁好到哪儿去。

南边劈来一道紫光，在混乱的晃动中，费妈看见了女儿脚上的血。

可谁也没有多余的布料包扎。费霓只穿着一件单薄的睡裙，周围跑出来的人大多只穿了内衣，或用床单、被单裹着；脚上的鞋，有人一只，有人两只，还有人在下楼过程中跑掉了两只鞋，此时赤着脚站在随时可能开裂的地面上。

费妈当即指示老费把外面的背心脱掉，老费也没犹豫，一把把脱下的背心给了女儿，让她赶快包扎止血。

费霓低头包扎，脑子不停地转：“楼下不能待了，万一楼倒了怎么办？咱们去马路上避避吧。”

老费把女儿的意见告诉了邻居，一帮人向着马路走。

“怎么样，脚疼吗？”

“不疼。咱们走快点儿吧。”

费霓根本没时间思考她的脚疼不疼，那实在是无关紧要的小事。

等到地面恢复平稳，费霓的脑子越来越有时间想别的。

费家老两口很担心自己的女儿：“也不知道老二怎么样了，她还有个瘫痪的婆婆……”

老费发了话，让老伴儿和女儿在这儿待着，他去看看二女儿。

费霓自然不能同意：“您要是不放心，你们在这儿待着，我去看。”

“你不能去，你的脚本来就伤了，不能走路。天又这么黑，你去了，我们得担两份心。再说，你要是出了事，别说我和你爸受不了，也没法儿跟小方交代。”

“没事儿，就一点儿小伤口。再说，我的眼总比您二老的好使。”

费霓有些后悔，昨天她真不该叫方穆扬走，他要是在，她还能骑着自行车去看看自己的姐姐。也不知道他现在怎么样了。方穆扬住在顶层，招待所的楼很有些历史，也不知道会不会出事。她想应该不会那样惨，总不能可着一个人让他倒霉，他才过了几天安稳日子。但也说不定，人要是倒霉，总会有霉头自动触上来。

费霓虽然担心自己的姐姐，但理智尚存，见无法说服自己的父母，便以一种无可辩驳的语气说道：“我姐住的楼今年加固过，又是住二楼，我想应该跟咱们一样已经到了楼下，她那儿还有一个老人照顾不来呢，您去了，反而给他们添乱。您不是不放心我现在去吗？那天亮了我再去看，就这么定了。”

费霓的话在这个家里很有些分量，尤其是遇到事的时候，她的父母没再说别的。

费霓站在马路上，一颗心提着，惶惶然。几个小时前，方穆扬还在水房里洗碗。

她带着父母跑出来的时候听到了瓷片碎掉的声音，大概是碗被晃到了地上，那声音很脆、很刺耳。

混乱的时候，费霓的思维很清晰，就是要带着父母脱离危险，而现在暂时脱离了危险，她的脑子却很乱。

在一片混乱中，她听见有人在叫她的名字。声音越来越近，她深呼吸去辨别这声音的音色，喊她名字的人声音已经哑了，但仔细听，还是她熟悉的那一个。她意识到这是真的，一颗心放下了一半，但因为确定了声音的主人安然无恙，又开始觉得丢脸，一条街避震的人都听见他在喊她的名字。喊一下她的名字，就按几下车铃，车铃声又急又脆，与他沙哑的声音形成鲜明对比，不允许被叫的人听不见。即使觉得丢脸，也不妨碍费霓上前招手，大声喊：“我在这儿，我在这儿！”她真怕他再喊下去，声带就坏掉了。

车铃终于不再响。因为按车铃的人找到了他要找的姑娘。

费霓几乎有些讨厌方穆扬了。她并不比路上的谁穿得更不得体，毕竟周围还有只披一张床单的人，但现在因为方穆扬，人们都看着她。天还暗着，可方穆扬拿着一只手电筒，像给她打了一束追光，她毫无防备地成了舞台上的人。比灯光更让她不自在的是他的眼睛，他的眼睛已经红了，死死地盯着她，把她钉在那里，好像最吝啬的人去买东西，立志找到一点瑕疵去讨价还价，唯恐有一点没注意到。方穆扬就这么看着她，确认她还是昨天他见到的那一个。费霓穿着无袖的裙子，里面没有穿胸围，刚才走路时皮肤和布料摩擦的疼痛这时找上门来。其实早就疼了，但因为当时想别的也就忽略了，此时疼痛和羞臊一起涌上来。

此时，各种情绪汇聚到一块儿，她忍不住催促方穆扬：“赶紧把手电筒关了。”

方穆扬的手电筒光打在费霓的脚上：“你的脚怎么了？”

“你嗓子怎么这么哑？”

方穆扬说：“一会儿就好了。”

费霓也很轻松地回答方穆扬的问题：“一点儿小伤，早就包扎好了。”

“真没事儿？”

“骗你干吗？”

他冲她笑，她也忍不住笑了。他穿的并不比她好到哪里去。方穆扬穿了一件黑色背心，米白的短裤未及膝盖，脚上趿着懒汉鞋，露出脚后跟——还不如上次睡觉时穿得好，背心的下围卷起来，一点儿都不利索。

两人对视着笑。

过了好一会儿，费霓才想起方穆扬的手电筒没关，她去关他的手电筒，两个人的手碰在一起，费霓的第一反应不是缩回手，而是把手电筒关掉。

天还暗着，方穆扬握住费霓的手迟迟不松开，在她的手里偷偷画她的像，刺得费霓手痒。

费霓这时并没忘记她的姐姐，正好方穆扬带来了自行车和手电筒，她不用等天亮再去看了。

方穆扬说他带费霓去，费霓跳到了自行车后座上，手里拿着手电筒，同时按方穆扬说的，双手搂着他的腰。他的背心湿了个透，跟安全一比，其他的只能丢一边了。

方穆扬要跟她说话，费霓拦住了他："你还是不要说话了，也不知道什么时候才能喝上水，你还是省着点儿嗓子用吧。"

他仍用那沙哑的声音问她："我声音不难听吧？"

"难听死了。"

"你再搂紧一点儿，一会儿要是有余震，地一晃，把咱俩分开怎么办？"

"我已经搂得够紧的了。"

"我怎么没感觉？"

费霓知道他在逗她，拿手电筒杵了他的腰一下："这下你有感觉了吧？"

劲儿太寸了，方穆扬疼得"咝"了一声："你可真是能文能武啊。"

"你没事儿吧？"

"你说呢？"

"我不是故意的。"

"没关系，给我揉两下，我就原谅你了。"

费霓出于愧疚，真给他揉了几下："还疼吗？"

方穆扬很大度地表示可以了。

正如费霓所想的那样，费霓二姐家的楼房因为今年刚加固过，受损不如她家的楼那么严重，没有出现墙皮大面积脱落的情况。

费霓二姐的婆婆也被转移到了楼下。老太太虽然腿脚不能动，但一直在做些零工，晚上热得睡不着觉，在床上糊火柴盒，地震来了，老太太是第一个发现的。

费霓的心彻底放下了。

方穆扬在这种情况下第一次和费霓的姐姐、姐夫见面。

他仰头看了看天，问费霓姐夫："你家有帐篷吗？"

"没有。"

"那有钢管和油毡、塑料布吗？"

"钢管没有，有油毡和塑料布，你问这个干什么？"

"地震之后估计要下雨，总不能干淋着，得搭个棚子。我买的木料堆在咱们爸妈家楼底下，你要是需要木料，就赶快借个板车跟我去拉，回来赶紧搭防震棚。"

"我这儿还能找到些废木头用。"

"那行，趁着余震还没来，赶紧去楼里，把行军床、雨伞，一切用得着的东西都弄下来。跟你们楼其他人也说一声。"

方穆扬关于地震的经验并不是这几个月能够积攒到的，费霓怀疑他已经记起了以前，但现在有更重要的事，她暂时顾不得考虑这些。

方穆扬在插队的时候经历过一场地震，那场地震不大，他印象深刻的是震后的雨，连着下了几天，村里好多房子都坏了，他们知青盖的房子却好好的，雨停了，他去给人修房子，他一去，老乡就拿家里最好的东西招待他。那次地震后，他对地震多了一些认识，以至凌晨床抖动的时候，他第一反应就是地震。

他反应过来，马上从床上跳下来，抓着手边的手电筒就往外跑，边跑边声嘶力竭地喊"地震了"，生怕招待所的人听不到。他住在顶楼，再晚一点儿，楼道就会挤满了人。他在找到费霓之前，已经去了他们楼下一趟。在楼下，他发现了自己的木料。没看到人，他猜她到马路上避震去了，路上人太多，他怕错过她，只能边找边喊，喊得嗓子都哑了。

嘱咐完姐姐、姐夫，方穆扬又哑着嗓子让费霓跳上了他的自行车后座："咱们也该搭棚子去了。"

他们回到费霓避震的那条街，街上的人仍在那儿站着，等待着天意。

方穆扬找到一个戴红袖箍的大妈，跟她说地震后有大雨，让大家赶快找材料搭防震棚。大妈不信，方穆扬便哑着嗓子用他在书上看来的知识跟她分析地震后为何有大雨，大妈一脸“你在说啥”的表情，方穆扬认识到自己的方法错误，便给大妈举了几个地震后有大雨的例子。这次大妈认识到搭地震棚的必要性，便号召街上的青壮年赶紧搭棚子。

有些人家缺乏搭棚子的材料，方穆扬很慷慨地表示，没材料的，可以和他一起搭防震棚，他有木头，大家一起搭个大的，还快些。

没木料的人迅速响应了他的提议。

方穆扬有些抱歉地对费霓说：“家具恐怕得等这事儿彻底完了才能打了。”

“都这时候了，就别提家具的事了。有要我帮忙的吗？”

“有。”

“什么？”

“好好歇着。”

方穆扬去楼里取搭棚子要用的工具，问费霓她家工具在哪儿，又问家里吃的、穿的，还有擦伤口的红药水、雨伞、雨衣在哪儿。

“我和你一起去拿。”

“不行，你留在这儿。”

“现在不是暂时安全吗？别人不是也都去楼里拿东西了吗？”

“你跟别人不一样。”

费霓坚持和他一起去。东西太多了，就算她一一都告诉他，他也不一定记得住；记得住，一次也拿不下。就算记得住、拿得下，她也不愿当个局外人，袖手旁观。

“你要是敢去，”方穆扬凑到费霓耳边威胁她，“我就敢亲你。你搬多少件东西，我就亲你多少次。”

“你敢！”

“你看我敢不敢？”

等方穆扬进了楼，费霓也跟了进去，屋子里，两只手电筒都在发光发亮，她熟练地收拾要用的东西。五斗橱倒了，上面的暖瓶倒在了地上，好在暖瓶的内胆没碎，费霓找了三个杯子，每一杯都倒了水，放在地面边角凉着。

方穆扬发现了她，知道她的坚持，再赶她也没用，手里忙着收拾东西，嘴里不忘表达不满："你就这么想让我亲你？"

"我知道你就是开玩笑，你不会的。"

方穆扬气急反笑："我不会？你可真了解我。"

东西收拾好了，费霓把她凉好的水递给方穆扬，一杯接一杯，方穆扬一连喝了三杯。

两人没再客套，就拿着需要用的东西一前一后下了楼，费霓在前，方穆扬殿后。

方穆扬把药水递给费霓，让她赶快消毒，就去搭棚子了。费霓在裙子外套了件刚拿出来的衬衫，系上扣子。

棚子卡在下雨之前搭好了，很大一个棚子，用上了方穆扬买来的所有木料。

雨越下越大，费家老两口坐在木板上休息，费霓和方穆扬站在棚子边沿，费霓把饼干筒递给方穆扬，里面是前两天买的饼干。"吃点儿吧。"这是她家全部的点心，她的父母刚才吃了些，她还没来得及吃。

费霓眼前是一片巨大的水幕，她听着哗啦哗啦的雨声吃饼干。

她问方穆扬："咱们这里是震中吗？"

"我也不清楚。一会儿我去培训班，问问别人。"

"你今天还去培训班？"

"不行再回来，我去看看傅伯伯怎么样了，不过他们那楼挺防震的，应该没问题。"

这么大的一个棚子是不允许吃独食的，旁边的小孩儿大概没吃早饭，眼巴巴地望着她，费霓拿出两片饼干分给孩子。

很快她的饼干筒就分空了，别人也拿出隔夜的馒头和酱菜同他们分享。

这一年大事一件接着一件发生，如今又来了地震，费霓看着雨，陷入了对未来的担忧，方穆扬把馒头夹酱菜凑到她嘴边："鸡肉炒笋丁，真挺好吃的，尝尝。”

他送过来的一半是没咬过的，费霓尝了一口，确实不错。

方穆扬干脆掰了一半给她：“你脚还疼吗？”

“早不疼了。”

方穆扬去看她的脚：“怎么还用这布包着呢？”

没等费霓说话，方穆扬就问防震棚里的人：“大家谁有纱布，借我用用。”

还真有人从楼里抢回了纱布。

他低声对费霓说：“这是正常的伤口处理，没必要不好意思。”

方穆扬的嗓子都哑成这样了，费霓一点儿都不想跟他争，虽然当着别人的面由一个男人握着她的脚很难为情。看着他几乎全湿的乱发，想到他沙哑的嗓子，费霓想自己还是大意了，应该把药也拿下来的。

方穆扬让费霓坐在木板上，握着她的脚踝给她取下之前包伤口的布，又用药水给她消毒，很是小心。费霓低着头看地面。她和方穆扬是合法夫妻，就算是看不惯的人看了，顶多说他们一句“黏黏糊糊”。

方穆扬旁若无人地问费霓：“你疼吗？”

“不疼，你怎么弄都行，就是不要再说话了。”

29

接到通知，为防止地震后有余震，所有人都要在室外待着。

“你的背心都湿了。”费霓从拿出来的包袱里，找了一件她爸爸的旧衬衫递给方穆扬，“先穿它吧。”

方穆扬很痛快，费霓还没低头，他就在费霓的眼前脱下了背心，二话没说，塞到费霓手里，迅速换上了他岳父的旧衬衫。

雨一直淅淅沥沥地下着，不仅方穆扬要去培训班，费霓也要去上班。

“你脚伤了，还是明天再去吧。”

费霓坚持说自己的脚没大碍，她分了厂里的房子，自然要在有事的时候出现在工厂一线。伤口不能沾水，她坐在自行车后座上难免溅到水，于是选择坐公共汽车去上班。

方穆扬送她上车，上车前，她又对方穆扬说："你今天不要回招待所了，就算回招待所也要住在外面，这里有现成的防震棚，你今天在这儿住吧。"她想，住在一起也有个照应。

方穆扬掐掐她的左脸，很干脆地说好。

"你的手。"

方穆扬笑着对她说："我的手刚用雨水洗过了，非常时期，你就凑合凑合吧，等事情过去了，我一定给手打三遍香皂。"

"我不是那个意思。"好像她对他的不满，是因为嫌弃他的手不够干净，他的手若是好好洗了，这样便很正当了。

"不用解释了，我现在知道你不嫌弃我了。"方穆扬又掐掐她的右脸，还用拇指揉一揉。

费霓刚要骂他，方穆扬的手已经回到了裤兜："上车吧，车来了。"

她瞪了方穆扬一眼，合上伞，上了公共汽车，方穆扬挥手，笑着同她说再见。今天车上人不多，费霓找位子坐了，隔着窗子看外面，方穆扬在她的视野里越来越小。费霓的眼盯着窗外，马路上到处都是人，一个小棚子挨着一个小棚子，不过大都不如方穆扬做得好，有的是用几根木棍支起一张塑料布。

只一会儿的工夫，她又在车窗里看见了方穆扬。他也看见了她，他披着雨衣，一只手握着自行车车把，另一只手挥手同她打招呼，大约透过车窗发现了她的不高兴，他又老老实实地双手骑车。

地震之后有余震，工厂车间又来了一次强烈震动，为保护厂里职工安全，领导决定提前下班。食堂开着，为职工提供馒头，需排队购买，轮到费霓时，馒头限额已经从十个变成了五个。

费霓从厂里出来就坐公交车奔了糕点铺，一来看看她未来大嫂梅姐，梅姐住一楼，按理说不会出事，但不确认，终究有些不放心；二来买些饼干，饼干这东西最适合储存，以备不时之需。

糕点铺已经转移到了帐篷里，外面挂着一块牌子，上面不断在已经售罄的点心后面画"×"，饼干售罄，果子面包售罄，槽子糕售罄，油糕售罄……

剩下的东西越来越贵，而且也不易储存，但没有人有要走的意思，排了这么长时间的队，不买点儿什么，总觉得亏了，于是继续等着。

轮到费霓的时候，点心只剩下不多的几样，她刚要开口，梅姐低声对她说："饼干我已经提前给你买下了，等别人走了，你再来拿。"她伸了一个巴掌，是买了五斤的意思。

这时，雨已经停了。过了会儿，帐篷外没了排队的人，梅姐走出来给费霓一个油纸包："我们职工的限额就这么多，不能帮你多买。"

"这已经很好了。"

"我看这地震一时半会儿不能完，要不给你哥打个长途电话，让他等咱们这儿地震结束了回来？"

"你又不是不知道我哥，你和我爸妈都在这儿，他办完了手续肯定会马上回来的。再说现在邮局已经被挤爆了，都是打长途、发电报的。"

梅姐叹了一口气："我老盼着他回来，这会儿他真回来了，又出这么一档子事儿。"

"过去了就好了。"费霓是对梅姐说，也是对自己说。

费霓回去的时候，已经有人在开火做饭了，有人把自己家的煤气罐搬下来埋到土里熬米粥。

老费看着有人开了火，也起了要做饭的心，起身往防震棚外走："我去把家里做饭的家伙什儿都拿下来，借一楼的灶台做个饭。"

费霓走到防震棚外看了看天，雨停了，一时不像有余震的意思，但她还是不放心。"做饭的事还是明天再说吧，今天就先凑合凑合。"

方穆扬回来的时候，费霓早已经吃完了，她还很贴心地给方穆扬留了两个馒头。

方穆扬已经换上了他之前的衣服，看样子应该回过招待所。他胸前挎着一个包，自行车后座上放着一个行李袋，车筐里放着一只大西瓜。

他对防震棚里的人说："路口有卖西瓜的，一毛八一个，晚了就买不着了。"说完还补了一句，"明天卖西瓜的人还来，用不着多买。"

听了他的话，好多人都跑去买西瓜。

方穆扬单手将西瓜劈成两半，一半大的，一半小的，大的他给自己的岳父母，让他们分着吃，小的则交给费霓。他又从行李袋里掏出一只饭盒，从里面拿出两把勺子，一把插在费霓的西瓜上："你吃吧，补充补充水分。"

费妈说："我们吃不了这么多，要不借个刀把它切开？小方，你也吃一点儿。"

"我今天肠胃不好，吃不了西瓜。"

费霓忍不住问："怎么了？"

"没怎么，就是我现在比较适合吃馒头。"说着，方穆扬狠狠咬了一口馒头，"这谁买的馒头，怎么这么会买？"

老费为其解答："这是费霓在食堂买的。"

费霓制止了方穆扬对馒头的赞美："好好吃饭吧，小心把你噎着。"又低声对他说，"别着急，不够还有饼干。"

"够了，你买的馒头就是不一样，扛饿。"

"别贫了，赶快吃吧。"

费霓紧着西瓜的最左边吃，给方穆扬留了大半截。她看方穆扬吃馒头的样儿，就知道他的胃口好得很，不可能吃不下西瓜。喜欢吃，又只买了一个，大概是因为他想着西瓜是有限的，他多买了，别人今天就买不着了。

费霓把剩下的西瓜给方穆扬，方穆扬也没推辞。

费霓刚要拿水瓶里的水冲自己用过的勺子，勺子就被方穆扬抢走了。

方穆扬告诉她，非常时期，要节约用水。

下午，方穆扬不用去培训班，帮着其他人搭棚子。有人搭得太简单，一下大雨就七倒八歪了。

快到晚饭点，方穆扬把费家做饭的工具从楼上搬下来，拿到一楼，借了个灶台。他特意选的靠出口的位置，随时可以逃。他跟费霓说要给她露一手，给她煮西红柿面吃。他今天去粮店抢到了五斤挂面，回来路上又碰上有人在卖西红柿。

"费霓，你知道怎么做地道的西红柿面吗？"

“怎么做？”

“多搁西红柿。”

面煮好了，方穆扬挑了一绺放在碗里，让费霓吃第一口。

“怎么样？”

“挺好的。”虽然比他吹的差了一些，但老实讲味道并不差。

方穆扬最擅长煮挂面和各种乱炖。他最开始在知青点当大师傅给人乱炖的时候，考虑的不是味道，而是调和在一起的色彩，没想到吃起来也还不错。

“那你就多吃一点儿。”

晚上，二十多号人挤在一个地震棚里，费霓嫌空气闷，独自出了棚子，方穆扬跟上去。

“今晚你先凑合一宿，明天我给你搭一个小的，你就不用跟人挤了。”

30

晚上，大家睡在一起，最中间的是一楼的老太太，老太太相当于分割线，将男女隔开，左边都是女的，右边则是男的。老太太左手边是她的儿媳，右手边是她的儿子，也很方便照顾。其他家的人都打散了，费霓睡在最左边，方穆扬则在最右，中间隔着二十号人。

费霓醒得很早，防震棚和外面只隔着一层透明的塑料布，塑料布搭在顶子上，垂到地面，用来防雨，外面还一片混沌。这样一种夜色，并不妨碍费霓发现她左侧还睡了一个人，那人就睡在她旁边，和她隔着一层布。她的心猛跳了一拍，她下意识地往防震棚最右看了一眼，寻找方穆扬，可这个点，防震棚里还很暗，是墨慢慢溶于水的那种灰黑，她根本不可能用肉眼发现方穆扬。

她拿起手电筒往外照，睡在她旁边的不是别人，正是她要找的那一个。他平平稳稳地睡在一块很窄的木板上，那块木板的宽度仅能容纳他身体的二分之一。手电光打在方穆扬的脸上，因为隔着一层透明的布，像沾染上了一层柔光。他五官并不是柔和的那一种，但现在显得很安详。

费霓拿着手电筒照他，从眼睛、睫毛照到鼻子、嘴巴，也没把他照醒。

在这并不算寂静的夜里，耳边时不时传来别人的鼾声，可这鼾声离她越来越远，她只能听见方穆扬的呼吸声和她自己的心跳声。

大概是太累了，她慢慢感到了一阵困倦，无心计较棚外的人，迷迷糊糊睡去了。

天刚亮，费霓感觉左边有人用指头捅了她胳膊一下，她知道是方穆扬，也不去搭理他，他又捅了捅她，她还装不知道，直到这个人的手指钻进塑料布去戳她的脸，她才急了。

她拿手去赶他，手指头却被钩住了。大概是露天睡的缘故，他的手很凉，衬得她的手指越发地热。她第一时间去看旁边的母亲，发现她还睡着。

她隔着塑料布小声警告他，他却一直在冲她笑，手指头在她的掌心画画。他画得很轻，刺得她手痒，无非是画她恼羞成怒的样子，她生气时眼睛反而是半合着的，不像有些人是瞪着。

见费霓真恼了，方穆扬才放开她的手，用一种只有她才能听见的声音说："出来。"

费霓轻手轻脚地出了防震棚，她身上穿的还是昨天的衣服，大概她很有睡相，衣服也没怎么皱，但她觉得自己哪儿哪儿都不自在，身上黏腻腻的。尤其是头发，她本来准备昨天早上洗的，可到现在还没洗。

费霓本要骂方穆扬，却听他说："我给你烧了洗头水。"

费霓想，他一定是昨天晚上摸她的头发时发现她该洗头了。没准儿他前天晚上就发现了。

"谢谢。"

"不用谢，一会儿我找你帮忙的时候你不要拒绝我就行了。"

费霓昨天从家里抢救出了洗漱用品，此时她拿着洗漱要用的东西走在方穆扬后面，方穆扬脖子上搭着一条毛巾，顺手拿过费霓手里的东西，放在自己盆上。他身上的衬衫皱巴巴，却完全不以为意。

两人一前一后向着楼里走。

方穆扬问费霓："昨晚睡得好吗？"

怎么会好？和那么多人挤在一起，外面还有一个他。

费霓问方穆扬："你为什么去外面睡？"

"里面太闷。"

可这也无法解释他为什么非要绕个远儿，特意绕到她旁边。

费霓没继续问下去，隐约觉得这答案会将她引入更尴尬的境地。

费霓问他："你怎么起这么早？"早到把水都烧好了。

"睡不着。"

费霓猜测他大概是被蚊子叮醒的。他的衬衫袖子撸到胳膊肘，露出的小臂上有蚊子叮的包，不止一个。她在心里骂他傻，在外面睡觉还要把小臂露出来，是生怕蚊子不来找他吗？

一楼的水房临近出口，水房门不知被谁给拆了，大敞四开的。水房旁边就是一个个的单间，每家都在自己门外的走廊做饭，费霓看到了灶上的水壶，正呼呼地冒着热气。

方穆扬轻松地提起水壶进了水房。

费霓将水盆放在水池的最外端，弯腰将头发浸在水里。她的手指白而细长，这样一双手插在乌黑的头发里，揉出一头泡沫，泡沫落到脖子上，又慢慢滑进脖领子。费霓感觉到了一阵痒，下意识将沾了泡沫的手浸在水里，准备去掸脖子后面的泡沫。方穆扬拿毛巾擦她沾了水的手，理由是怕她把衬衫不小心弄湿了。牙刷还在他嘴里，他忘却了他在刷牙，两只手抓着费霓的手帮她擦，连手指缝都给擦到了。

"够了，别擦了。"他这样好意，费霓却被他弄恼了。

方穆扬解释说，他本来想直接帮费霓掸掉泡沫的，但又担心费霓怀疑他另有所图，宁可这么费事。

费霓不说话。

她担心有人进来，洗得很快，她洗完第一遍，用手拧头发，方穆扬已经领会精神，把水盆里的水倒了出去。洗第二遍的时候，方穆扬在水壶里兑了凉水，他提着水壶，让里面的水轻轻落在费霓的手背上，问她水温合不合适，水流顺着费霓的手背流到指缝。

费霓说可以。

她闭上眼睛，任水流落到她的头发上。费霓的耳后有泡沫，温水缓缓地滑过她的耳朵，泡沫慢慢消散。

她在一旁擦头发，擦到六分干，问方穆扬需要她帮什么忙。

“我想洗个澡，你在门外帮我看着，要是有人来了，你就让人家等一会儿再进来。”

方穆扬见她有疑问，又进一步向她解释：“要是有女同志进来看了不该看的，怪罪于我，说我耍流氓，影响我的名声。”

他说的倒也有道理，费霓催他：“那你赶快洗吧。”她看方穆扬盆里没洗发膏，问他，“你的洗发膏呢？”

“我不用那个，这不是有肥皂吗？”

费霓把自己的洗发膏留给了他。她并没站在水房门口帮方穆扬看着，而是多走了几步到了楼道。

方穆扬倒没骗费霓，他有天天冲凉的习惯。昨天从凌晨忙到晚上，出了一身汗，他怀疑自己都要捂馊了，可楼里不安全，街上都是人，他只能在这里洗。

费霓站在楼门口，以防有人进来。

方穆扬的嘴却没停下来：“要不是因为你，我倒是不怕被看。”

“跟我有什么关系？”费霓只相信后半句，他确实是不怕被人看的。她又想起他那一大册子人体画。

“跟你关系大了，要是有人骂我耍流氓，咱们是夫妻，我名声坏了，对你也没有好处。你说是不是这个道理？”

费霓又催他：“别说话了，赶快洗吧。”

“女的里面，我只允许你看，够意思吧？”

费霓根本不领他的情：“谁想看你？”

“我是说你有这个权利，你可以随时行使你的权利，也可以不行使。”

时间一点点地过去，费霓忍不住问：“怎么还没洗完？”

“快了。”方穆扬掀开锅盖放挂面。

她在心里骂他磨蹭，远远地看到一个人走过来，催他：“有人来了！快点儿！”

“我的西红柿面好了，过来尝尝。你在想什么？我这面条这么香，你怎么一点儿味儿都没闻见？”

方穆扬把面条凑到费霓嘴边，让她吃。费霓从他身上闻到了一股肥皂味，他的胳膊刚冲过水，并不怎么干。

但有一点可以确定，他早就洗完澡了。

她自己也纳闷儿，这么浓的一股西红柿味，她怎么没闻见？

31

方穆扬看了内参，才知道震中受灾情况比他想象的要严重得多。

傅社长告诉他，社里要派人去灾区，培训班也要出人到一线去，选人的首要要求是思想和身体素质过硬，其次才是业务水平。创作水平再高，身体不行，去了还不够给震区人民添乱的，更何谈创作救灾作品？

方穆扬说：“您看我行吗？”

“条件比你想象的恐怕还要艰苦。”

方穆扬直接问：“明天什么时候走？”

方穆扬骑车回地震棚的时候，车筐里放着一个矿工帽，他往空地上的一小堆木板多看了几眼，那堆木板是他准备搭新棚子的。街道有一批木板，用于居民搭设地震棚，昨天该搭的都搭完了，他早上去的时候还有剩，打了招呼就弄了回来。

费霓站在防震棚外面，远远就看见了方穆扬，等他骑过来，才问：“你怎么带个矿工帽回来？”

“我晚上搭棚子，没矿灯看不清。”

“你昨天搭了一天，今天就别搭了，有空再说。赶快吃饭吧。”

费霓拿出一个饭盒，递给他，里面有两个馒头和西红柿炒蛋。馒头是费霓从食堂带回来的，昨天方穆扬买的西红柿还有剩，费妈做的西红柿炒鸡蛋，五只西红柿配一个鸡蛋。今天老费去抢鸡蛋，轮到他时只剩下一斤。鸡蛋很少，只能省着吃。不过看方穆扬的饭盒，会以为今天炒菜放了两个蛋。

“我们都吃过了，你吃吧。”本来费家老两口要等方穆扬回来再吃的，费霓说不要等了。她把做好的菜拨了一些到饭盒里，便和父母一起吃了。

“怎么这么晚才回来？”

费霓从没见过方穆扬表情这样凝重，他昨天搭防震棚，手上起了许多水泡，小臂上的血养活了好些蚊子，今早还有心情戏弄她，可今天晚上回来，就变了一张脸。

“我明天去震中。”

费霓听到“震中”两个字，语气控制不住地激动起来：“你去那儿干吗？”她的同事有亲戚在震中，现在给那里发电报都发不出去，长途电话也打不过去。

“我知道。”他比费霓要了解得更多，看了报道，眼前的饭都觉得难以下咽，其实这馒头和昨天是一样的。

费霓问：“单位派你去的？”他短短的二十来年太波折了，她私心不想让他去冒险。

“我也愿意去。”方穆扬说完就埋头吃饭，一句话也不说。

“一定要去吗？”

方穆扬没直接回答，而是说：“我晚上给你把棚子搭好，明天你就可以住进去了。家具，等我回来再打。我走的这段时间，你可以再想想自己想要什么家具，你要是想换样子，我也可以按你想的改。”

好像她挽留他，是为了留下他现在给她搭棚子，未来给她打家具。她又不是黄世仁。

“你不用给我搭棚子，现在这个也没什么不好。”

“我想给你搭，不行吗？”

“你明天几点走？”

“早上五点多。”

“这么早走，你晚上还搭什么棚子？要不要睡觉了？”

“搭这个挺快的。”

方穆扬并不理会费霓，戴着矿工帽，按照他脑子里的图纸开始一个人搭建理想中的木棚，有人要来帮忙，他说不用。

倒不是怕麻烦人家，而是不信任。

费霓叫他不要再搭了，方穆扬根本不听她的。

他一边搭棚子一边告诉她，他不喜欢半途而废。他说这话的时候，一点儿商量的余地都没有。

费霓平常恼了，他都会哄她，而今天，他甚至都没正眼看她，只留给她一个背影。

费霓宁愿他还是那个嘻嘻哈哈的样子，笑着说一切都听她的。她在他面前做惯了主，他一旦不听她的，她很有些不习惯。

她固然生他的气，但因为他明天要走，还是忍不住给他收拾东西。他有什么东西，她比谁都清楚。需要准备的太多了，首先是吃的，好在她爸今天又去糕点铺买了五斤饼干，家里昨天买的还剩了不少，可以都给他装上。毕竟在家里买吃的还算容易些。但这些饼干也吃不了几天，她有些后悔今天没多买些馒头。现在这个点，想买什么都买不着了。

方穆扬仍在那儿搭他的棚子，费霓在心里骂他傻子，手表都没有，为什么要把袖子卷到手肘，是怕蚊子血不够吃饿死吗?

她拿着风油精去找方穆扬，用一种很冷淡的语气说："风油精，擦一擦吧。"

"等一会儿，你先放下吧。"

费霓心里嘲笑他：你不就是在搭一个棚子吗，至于这么当回事儿吗？然而她最终还是看不过去，打开风油精瓶，倒在他的小臂上，拿瓶底给他蹭匀。她能感到他皮肤下的神经在跳。

方穆扬终于说了声"谢谢"。

"你先别搭这棚子了，骑车带我去我姐家一趟。"

"什么事儿？"

"回来你就知道了。快点儿，再晚他们就睡觉了。"

费霓抱着空饼干筒跳上了自行车后座，她给方穆扬擦胳膊时，风油精倒多了，她现在鼻子里都是风油精味。为了不沾染上那个味道，费霓的手攥着车后座，和方穆扬始终保持着距离。

他不主动找她说话，她也懒得搭理他。

快到费霓二姐家住的防震棚前，费霓跳下了车，让方穆扬在外面等她，最好离她远一些。

姐夫那天听方穆扬说了，马上就找东西搭了防震棚，他们一家三口住一间，虽然挤，但一切井然。

费霓来的时候想得很好，一见到姐姐却变得不好意思起来，她跟老太太问了好，按捺住不好意思，问姐姐家里有多少饼干，方穆扬要出远门，走得急，她想借一些饼干给他带着，明天她就去糕点铺买来还给二姐。

"小方去哪儿？"

费霓知道，如果说方穆扬去震中，肯定会让家里人担心，便随口编了一个别的城市。

二姐见她这么着急，说家里刚囤了五斤饼干和一些面包、罐头，家里稍微留一点儿，剩下的都给她。

费霓说罐头就不要了，饼干和面包分她一半就行，明天她肯定还。现在不比之前，家里总要备点儿东西。

费霓有备而来，打开了她的饼干筒，那只饼干筒很大，姐姐给她的饼干和面包装进去正合适。

她跟姐姐、姐夫、老太太说了再见，抱着饼干筒出了门，跳上了方穆扬的自行车后座。

回自己家的路上，费霓才开口跟方穆扬说话："你不要说你去震中，我爸妈会担心的。"

方穆扬答应了，便不再说话。

"你准备食物了吗？"

"我买了馒头。"回来的时候，一袋馒头被扣在矿工帽里，费霓没看见。

"多少个？"

"够吃几顿的了。"

"你在那儿又不是只待一两天。"

"应该有压缩干粮可以吃。"

他的每句话都可以作为谈话的结束语，可费霓忍不住继续说："你回去不要搭棚子了，影响大家休息。"

"影响就影响吧，也就一会儿的事儿。"

"你这人怎么这样？"

费霓下了自行车，方穆扬继续去搭棚子，费霓拿着饼干筒回了防震棚，对父母说，方穆扬要出差，她在给他准备东西，除了吃的，她还给他准备了藿香正气水、碘酒一类的药，两把军用水壶，预备着明早装上水给他带走。她以前在报上看到过这类知识，知道干净的水很重要。他态度好的话，她或许会给他缝一个口罩。但现在，她完全放弃了这个打算。

她走出防震棚，去管方穆扬要行李袋，他还戴着矿工帽搭棚子，与其说是棚子，倒不如说是三角形的小木屋。只不过由于木头不够，框架有些稀疏。

这回是方穆扬主动跟她说话："看看这个怎么样？还满意吗？"

方穆扬头顶的矿灯打在费霓脸上，在夜色中衬得她脸色很柔和。

费霓想到他明天一早还要走，不再计较他刚才对她的冷淡态度，说："挺好的，你赶快休息吧。"

"这是半成品，我还得再弄弄。"

"这个是你住还是我们住？你要是不住，你怎么这么多意见？"

然而方穆扬认为费霓在住进去之前无权发表意见。

"你的行李袋在哪儿？"

"要它干什么？"

"我给你装些吃的。"

"不用，你自己留着吧。"

费霓坚持："那里食物肯定短缺，你就算自己吃不了，也可以分给别人。多带点儿东西肯定没坏处。"

防震棚里人太多，费霓干脆把收拾好的行李袋搬到方穆扬搭的小木棚，省得他明天再去拿一次。

方穆扬伸手去掐费霓的脸，没掐到，又塞回了裤兜。他想说的话有很多，话到嘴边变成了："你早点儿去休息吧。"

32

费霓很早就醒了，棚里憋得她喘不过气，她拿着枕边的手电筒轻手轻脚钻出防震棚，去外面透气。

她不用担心安全问题，一条街上都是人，没人敢在这时候做坏事。

她出来本来是无目的的，但手电筒一照，她就看见了今天她要住的小木棚。那小木棚里也传出微弱的一点儿光。

因为今晚她就要住这间小木棚，忍不住走近仔细打量。这个小棚子留了一扇小门，门开着，她看见方穆扬仍戴着一顶矿工帽，手里握着一只手表。

费霓的手电筒打在方穆扬脸上："你怎么还不睡？过会儿你就该走了，到时候想休息都休息不成。"

方穆扬冲她笑："现在还不到十二点吧，我还能睡上四五个小时。"

"怎么会还不到十二点？天都快要亮了，你出来看看这天。"

"我看不出来。"

"你不是要了我的闹钟吗？闹钟呢？"

"你看看这个，"方穆扬把刚刚修好的手表递给她，"到底几点了？"

费霓接过表，表上的时针指向四点，方穆扬又在开她玩笑。

她没说话，方穆扬对她说："戴上吧，以后别猜点了，直接看。"

"你哪儿来的？"她知道，这样一只表，即使买的是旧货，也要不少钱。方穆扬有多少钱，她比谁都清楚。

"这表坏了，买的时候就一壳子，连里面值钱的小零件都被拆了，也就一盘冰激凌钱。我用的零件都不是原装的。"方穆扬说，"你要是不问，我都不好意思说，怕你知道了价钱，嫌弃不戴。"

别人送礼要充大头，就算不值钱也要吹成值钱的，他倒好，每次都要力证他是个勤俭的人。

"我倒觉得这表的样子很好。"费霓不是安慰他，她是真心这么觉得，"你为了修表，到现在还没睡？"她想起他看的《钟表维修手册》，这表他估计花了好长时间才修好。

“我睡了一觉，又醒了。”这是真的，他昨晚搭好棚子，耐不住困倦直接躺里面睡了，他是被费霓的闹钟叫醒的。

“那你再睡会儿吧。”

“我给你把表戴上。”方穆扬没征求费霓的意见就用手表圈住了她的手腕，戴好了，握着她的手指打量，“比我想象的还要合适。”

费霓想要抽出来，却被方穆扬握住了手腕，方穆扬掏出一个信封，拍到费霓手里：“这是我预支的钱，两个月的。”

“你自己留着用吧。”

方穆扬笑：“我留着，我也没处花啊，你不是嫌我不会花钱吗？以后我挣了钱都交给你管。”

费霓握着信封，一时说不出话来。

方穆扬又说了东城一个馆子的名字，让费霓过几天去吃里面的清蒸鲈鱼。他自己总觉得这时候的鲈鱼才好吃，过段时间味道就差了些意思。当然他上次吃这道菜已经是几年前的事情了。

他对城里的馆子比一般人要了解。他姥姥几乎不带他下馆子，总觉得那些饭馆既不卫生，味道也不好，先不说大厨的手艺，上一道菜用的铲子不刷，下一道还用，就破坏了菜原本的味道。姥姥自然不知道，方穆扬红薯干蔬菜粥吃多了，是很愿意去饭馆的，就算后厨不洗菜，他也是愿意去的，他才不在乎铲子是否炒完一次刷一次。每当他装得像个老实的好孩子，父母带孩子下馆子时，便把他也一并带上，他的吃相因为被严格地教育过，不能狼吞虎咽，不能发出声音，所以只能在咀嚼速度和夹菜速度上下功夫。手疾眼快，一半是在饭桌上练的。

下乡插队那年，他拿了将近一百块的知青补助，一下子拥有这么多钱，自然是要吃的。这补助是一次性的，别人都用补助买未来的生活用品，他则是一家一家馆子吃下去。饭菜味道不如他小时候，可也是好的。他想起给他一块钱的费霓，便去费霓家找她，邀请她和他一起吃。费霓很干脆地拒绝了他，可能是怕他请客却让她买单。

他告诉费霓他有知青补助，这几天足够请她吃饭。费霓则是一脸惊讶地看着他，好像他拿补助吃饭是什么十恶不赦的事情，她建议他去买些生活用品。她说无论如何，她是不会和他一起吃饭的。

方穆扬觉得费霓这人没劲，自己去馆子吃了清蒸鲈鱼，那天鲈鱼味道很鲜，他为费霓感到遗憾。下乡前他去邮局给她寄了五块钱，算是感谢费霓之前借钱给他的好意。然后他用剩下的五块钱稍稍置办了些东西，一身轻松地下了乡，不像同车厢的其他人，家里花几百块置办生活用品，牙膏和香皂就装了一箱。

也不知费霓怎么打听到了他插队的地址，又把这五块钱给他寄了过来。既然寄了来，他自然不会再寄过去，还不够手续费的。他拿着钱到了县城，好好洗了一个澡，又到面馆要了一碗烂肉面，狠狠出了一身汗。

“你既然觉得好，你昨天为什么不吃了再回来？”

方穆扬笑：“我去了，但这几天是非常时期，人家不卖。”方穆扬本来想买一条回来让费霓尝尝的，无奈没有。

费霓想，这么爱享受的一个人，今天又要去吃苦了。他本人倒是不怎么在乎。

“你不是希望我追求进步吗？我还以为你会非常支持我。”

“我当然支持你。”

方穆扬知道她口是心非。费霓不愿他去震中，倒在方穆扬的意料之外。

费霓一向是希望他上进的，他不去才是不上进。他若是真出了意外，回不来了，她固然会为他感到伤心，可也并非全无好处，房子是她一个人的，她作为他的家属，没准儿还能如愿上大学，费霓在替他惋惜的时候未必不会感激他。

彻底恢复记忆之后，费霓为什么来照顾他，又为什么和他结婚，方穆扬都再清楚不过。但他这个人和其他人不太一样，他是只看结果，不问动机的。他喜欢费霓，费霓愿意跟他结婚，当然再好不过。至于费霓喜不喜欢他，他倒是不怎么在意。他以前喜欢拉小提琴，从来不问琴愿不愿意被他拉。

可她现在宁愿他不进步。方穆扬因为费霓眉间的那一点儿愁容竟多了些不舍，这在以前是从不会发生的，他习惯了离别，随口就来的俏皮话昨晚到了嘴边却说不出来。

“别担心，我过些天就回来了。”

费霓进了小木棚，眼睛却仍往外面看，方穆扬把矿工帽从头上摘下放到一边。木棚里的光又微弱了些，只剩费霓的手电筒径自发着光。

“大概多久？”

“超不过两个月。”方穆扬拉住费霓的手在她手上写了一个地址，他写得很慢，一笔一画，好像生怕因为撇捺不到位，费霓认不出他写的是什么，“你有事就去找出版社的傅伯伯，我已经跟他打了招呼。万一我回不来，你想要什么就直接跟社里说，不用不好意思提要求，他会帮你解决的。”方穆扬又开起了玩笑，“要求也不要提太高，你要是想让他帮你弄辆红旗车开，他也做不到。”

其实他早已把地址在信封背面写好了，此时为了让费霓加深记忆，他又写了一遍。可能是觉得自己的字不错，方穆扬握着她的手指打量。

“你能不能正经点儿？”

“我还不够正经？”

“净说些晦气的……”

“咱们都是无神论者，有什么晦气不晦气的？我就算在家里待着，不是也有万一吗？”

费霓从方穆扬手里抽出自己的手，拿手背去捂方穆扬的嘴。

她的手伸出去，想收回来倒是不能了。

33

费霓想要捂住方穆扬的嘴，让他不要再说了，可他偏要说。

他说话的声音很低，低到费霓不清楚自己是用耳朵听到的，还是用手指和手背感受到的。

声音越小，人越会集中注意去听；声音大了，反倒成了背景。费霓的全部精力都集中在她的手上。费霓感觉到自己指尖的神经在跳，一直跳到手腕。她不知道是自己的手还是方穆扬的嘴唇温度更高些。

她的手指感受到了方穆扬的声音，他说，他喜欢她。

他喜欢她，她倒是信的。但她是他喜欢的几分之一就不好说了。一个对艺术敏感的人，情感上往往也很丰富，甚至喜欢上个把女孩子对他们而言并不是难事。她几乎要脱口而出问他以前交过几个女朋友，她甚至觉得凌漪未必是唯一的那一个，但那话并没有从她的嘴里出来。她以什么立场问他呢？而且方穆扬也没问过她之前的相亲史。

想到这儿，她用力抽回了自己的手。方穆扬也没纠缠，仍是看着费霓笑，重复刚才的问话，问她，她是不是舍不得他。

方穆扬对她舍不得他看上去极有把握，费霓知道，她说是，他自然得意；她说不是，他便认为她口是心非，舍不得他还掩饰，越发得意。

她既不肯说是也不肯说不是。耳边传来蚊子的嗡嗡声。

屋门没彻底地关上，一只蚊子越发靠近方穆扬的胳膊，费霓伸手替他拍蚊子。

她对这些小飞虫好像一直没办法，一巴掌拍红了方穆扬的小臂，蚊子却飞了。

费霓还没开口，方穆扬便握住了她的手，问她的手疼不疼。她打了他，他却怕她痛了手，费霓不好意思地笑笑。方穆扬一边揉她的手心，一边说：“你的手不大，倒是比我想象的有劲儿。”

他说话的时候，刻意放低了身子，同她的脸凑得很近，鼻尖险些凑到她的鼻尖，眼睛一直看着她。费霓被他盯得不好意思，鬼使神差地闭上了眼睛，方穆扬偏过脸用鼻尖去蹭她的鼻尖、唇珠、嘴角，很亲昵的样子，一点儿都不见外，好像他俩以前天天这样。

费霓的嘴角被刺得发痒，身体不自主地向后仰，手向后扶在木墙上，木板的毛刺让她恢复了理智，她重新睁开了眼睛。睁开眼睛时，他俩的嘴唇大概只隔着一毫米的距离。她伸手去推方穆扬，方穆扬完全没有强迫她的意思，双手马上识趣地放回了裤兜，一脸无辜地看着她笑：“你刚才闭上眼睛，我还以为你在暗示我……你知道，在这方面我一向很听你的话。”

他很坦然地打量着她，目光集中在她鼻尖到嘴唇的区域。

倒是费霓被看得不好意思，先低下了头。天热得出奇，她整个人都是烫的。照方穆扬的说法，她完全没有指责他的立场，因为他并没有强迫她，如果硬要追究，他还可以说是她先闭上了眼睛，他出于礼貌不得不去亲她，而且还没亲到。

费霓可以解释她为什么闭上眼睛，却无法解释她为什么过了好一会儿才睁开，放任他对自己的亲昵。她将这归结为方穆扬太有经验，他交过女朋友，又是那样一种人，肯定是不满足于只拉拉小手的，她能想象的、不能想象的，恐怕他都做过了。遇到他这样一个人，她自然不是对手。

她揉了揉自己的眼睛，有些恼羞成怒地说："我眼里进了小虫子，你以为是怎么回事？"

她这恼，也不知道是为方穆扬太有经验，还是为自己的没经验。

因为是说谎，为了证明自己说的是真的，她的语调反而比平常要强硬些。

"哦，原来是这样。"方穆扬的脸又凑过来，盯着她的眼睛看，"好了吗？我给你看一看。"

"不用了。"

"何必这么客气？我帮你吹一吹。"

小木棚太窄了，费霓实在是躲不过方穆扬的气息，几乎是逃了出来，刚出小木棚，就被方穆扬拉住了手，原来她忘了拿方穆扬给她的信封。

"我送你回去。"

费霓把自己的手指从方穆扬手里抽出来："不用，这么近，马上就走到了。"

"我想和你多待一会儿。"

"你赶快歇着吧，等你回来了，"费霓顿了顿又说，"咱们有的是时间一块儿待着。"

然而他还是走在她旁边，短短的一段路，两人并排走着，费霓的双手在背后拧着，她昨天给方穆扬擦多了风油精，现在仍没散，还把那味道染到了她的手指上，信封上恐怕也是这种味道。

到了费霓住的防震棚，方穆扬同她说："你再好好睡一会儿，我走的时候就不跟你道别了。"

方穆扬伸手去摸她的头，费霓下意识退了一步。

他的手悬着，又回到了裤子口袋，笑着同她说："你放心，如果没有人联系你，就说明我没事。不用为我担心。"

费霓"嗯"了一声，看着方穆扬的背影，他回转身来冲着她笑笑，费霓的视线马上转到了天上。等他转过身，费霓的眼睛才又回到了地面。

天太热了，费霓根本睡不着，她想起家里还有几个鸡蛋。

她煮好了鸡蛋又去了方穆扬的小木棚，方穆扬正双手枕着胳膊躺在地上，往嘴里送饼干。

"这鸡蛋你也带着。"

"你不会把你们家东西都洗劫了吧？"

"我们这里买东西方便。再说，你不吃，也可以给别人。"

"你对我这么好，我以后怎么报答你？"

费霓刚要说"不就是这点儿吃的吗"，就听方穆扬说："要不我以身相许吧？不对，咱俩都已经结婚了。你好好想想，有什么要求，等我回来你再通知我。"

费霓嫌他太贫，恨不得用吃的堵住他的嘴，她递了一个鸡蛋给他让他自己剥。

方穆扬接过鸡蛋，剥了上面那半边壳，递到费霓嘴边，蛋白擦着费霓的嘴唇："你吃吧，我刚才吃过了。"

"我不饿。"

方穆扬也没客套，咬了一口鸡蛋尖："你煮的鸡蛋有点儿老，煮的时间太长了。"

费霓没想到方穆扬现在还挑三拣四的，她辛苦煮了鸡蛋，得到这么一个评价，自然谈不上高兴。

"等我回来了，以后咱们家鸡蛋都由我煮。"

方穆扬说了好多以后：费家墙面因为地震有了裂缝，等他回来再修；家具等他回来再打……

费霓家的墙缝并没有等方穆扬回来修，费霓的哥哥回来了，他不仅修了费家的墙缝，还修了窗户，抹平了地面。

市里组织给震区捐物资，费霓拿着钱和粮票买了十斤饼干，装好，送到捐赠点。

震区那么多人，方穆扬是多少万人之一，她的饼干到他嘴里的概率是很渺茫的。不过到别人嘴里也是很好的。楼里王大妈烙了热腾腾的大饼，刚出锅就用塑料袋包好，要拿着去捐，费霓委婉地提醒她先把大饼凉一凉，否则东西还没送到就长了毛。

方穆扬最初盖的防震棚拆了，木料又堆成了一堆。

厂里的新房盖好了，有资格住公寓房的人们从老房子里搬了出去，把旧房留给了费霓这些年轻人，费霓分到了属于她的房子。

这房子并不比她之前住的房子更新，厨房仍在走廊，洗漱也要到水房。

但因为这是属于自己的，费霓觉得房子很不错。

新房光秃秃的一片，什么都需要置办。费霓的爸妈主动提出由他们出钱，用方穆扬的那些木料给女儿先打一套家具。

费霓拒绝了，倒不是因为钱。毕竟她答应了方穆扬，等着他回来打家具。

34

费霓没想到会和汪晓曼做邻居。汪晓曼搬入新居的计划失败，只能住在原来分的老房里，不过她家比费霓分到的房子要宽敞，有里外两间。

费霓趁着下班去看房，正碰见汪晓曼在做红烧排骨。她家用的是煤气罐，这时候煤气罐未完全普及，还有许多人家烧煤做饭。费霓迅速扫了一眼走廊里各家的灶台，放弃了在家做饭的想法。

汪家的房门开着，屋里的电视机在放《卖花姑娘》。当时的电视节目很匮乏，除了新闻，就是放些老电影和戏剧节目，那台电视机是用费霓给的电视机票买的。作为回报，费霓的哥哥进了制帽厂宣传科。

汪晓曼也没想到会和费霓做邻居，她以为费霓的丈夫很有能力，最起码有独立住房。现在看来，她高估了费霓的丈夫。可是以费霓的职级和工龄是分不到房子的。

她带着这个疑问上下打量费霓，费霓手上的腕表吸引了她的注意，她熟悉市面上所有手表的样式，样子和费霓戴的都不一样。

“费霓，你这表是哪个厂出的？”

“不知道，这是我爱人送我的。”

“也是外国货？”

“我不太清楚。”

费霓拿钥匙开门看她的房子，白墙被时间给熏黄了，窗户边框上的漆脱落得厉害。汪晓曼在门外跟她说话，是个探寻的语气：“以后你就住这儿了？”

费霓说了声“是”，脑子里规划着房间的布局，这么小的一间房，用墙隔是不现实的，就算分两小间，也只能用帘子隔开，而且只能容纳两张单人床。就算她拦得住汪晓曼这样的邻居来参观自己的家，但自己的家人，她总不能拦着不让他们来。新婚夫妻分床总是会引起怀疑的。

还是得有双人床。

因为方穆扬迟迟不回来，费霓只能将他去震中的事情据实相告，父母不放心方穆扬，更心疼她，让她先在家里住着，等方穆扬回来，她再搬家。

费霓想不出不搬到新房子的理由，新家得及早布置，况且家里太挤了，有她在，她的哥哥只能在外屋睡行军床，大家都不方便。

费霓本想自己刷墙的，可她还没得来及动手，费霆就买了泥子粉，一下班就去给她刷墙，窗框的白漆，也是哥哥帮她漆的。她家小，很快就漆完了。

费霆给她包了一个红包，算是迟来的贺礼，费霓摸着红包里钱的长度和厚度，猜这是她哥哥刚发的全部工资，还没焐热，就给她了。费霆刚工作一个月，这恐怕是他的全部积蓄。

费霓又把红包还给他："别想着偷懒儿，我不要钱，你得给我买东西。"费霓当即提了要求，要费霆给她买白亚麻布，她要做窗帘还有床帐。

父母可怜小女儿，准备拿出积蓄先给她买几样家具暂时用着，又列了个单子，都是灶上的用具：钢精锅，炒菜铁锅，水壶，各种碟子、碗，切菜刀，水果刀……这些东西看着不起眼，加起来钱就多了。

费霓并没有做饭的打算，做饭的环境太逼仄了，又麻烦，成本还高，远没有食堂方便。如果偶尔想改善伙食，买个小电炉就足够了。

但她自知无法说服自己的父母，他们顽固地认为，一个家庭，如果不开伙，就不能称之为一个家。

她对掌管家庭财政的费妈说："您把钱给我，我自己买东西，您买的未必称我的意。"

费妈觉得女儿说的不无道理，把自己给女儿办嫁妆的钱全数给了费霓。

费妈说："这个收音机你也带走。"

"您和我爸听吧，我总不能回趟家，把家里都扫荡空了。"

"这个收音机是小方买的，他让你爸转交给你，你爸……"

不用母亲说完，费霓也猜出来了，当时她和叶锋正在交往，为了不破坏她的好姻缘，她的父母撒了谎。

可那时候即使她知道收音机是方穆扬送的，也不会改变什么，她顶多会把收音机还回去，这样方穆扬也不至于穷得把呢大衣都卖了。

方穆扬留下的东西都被她放在一个铁皮箱子里，她尊重他的隐私，没有看，但东西一掂量，她就知道呢大衣没了。

费霓又数出了一台缝纫机的钱还给费妈："我把我原来的缝纫机带走，您再买一台新的。"

"不用，我还有钱。"

"我哥今年也要结婚了，您有的是花钱的地方。"

礼拜天，费霓一大早先去了趟银行，把母亲给她的钱留了三十块，剩下的都存了活期。这钱是她打算应急的，并不打算马上用。出了银行，她就去了旧货市场，挑了两张上下铺的单人床，又花一块钱买了一张掉了漆的条案，请人搬到她的新房子。两张床拼在一起，长的那一面靠墙。

费霓的新家很快布置好了，费家老两口去参观，无法抑制地失望，尤其是费妈，恨自己把钱给了费霓，如果自己帮她置办东西，绝不会如此简陋。

费霓的家都是白色，她这样小的房间，色彩稍微重一点儿，就会显得压抑。

白色亚麻的窗帘，白色亚麻的床帐，费霓给上下两张床都做了床帐。下铺是蓝白格子的床单，蓝白格子的枕头，因为有父母参观，费霓把蓝白格子的防尘罩拆了，露出姜汁黄底子的栀子花被面。上面那张床放着费霓自己从家带来的床单被褥，还有梅姐送她的枕巾枕套。

“你怎么弄了个上下铺？”

费霓解释：“我们这儿地方小，上面的床用来放东西。”实际上，上面那张床才是属于她的。

费妈接着叹气：“你就算不要衣柜橱柜，总该有一套桌椅。”

“桌椅等方穆扬回来再做。现在这样也挺好的。您看见我从家带来的这樟木箱子了吗？打开箱子可以放衣服，合上就可以当凳子。缝纫机不用的时候完全可以当桌子，写字吃饭都可以。”

费妈实在笑不出来，费霓提醒费妈这房子的优点：“妈，您不觉得这房子很敞亮吗？”

费妈在心里说，什么都没有，可不敞亮吗？

这个家除了床，就是樟木箱子和缝纫机，靠墙摆着一张掉了漆的条案，条案上盖着一块白色的桌布，桌布上面放着一个托盘，托盘里有一只玻璃壶和四个厚底玻璃杯。托盘旁边就是一个大玻璃瓶，里面插着几枝花，是这房间里为数不多的亮色。

窗台上也是花，长在白色的花盆里，花都是费霓从家里移植来的。抬头，房顶也是白的，正中间是玻璃灯泡，费霓新换了一只瓦数很高的灯泡。

费妈对这房子实在说不出个“好”字：“要是你邻居过来看你的新家，背地里不知道怎么笑话你。”

费霓说：“艰苦朴素还有错了？他们就算议论，也不敢当着我的面。我要是不知道，他们爱怎么想怎么想。”

费霓可以不在乎别人的看法，却不能不在乎自己母亲的，她不得不安慰费妈，等方穆扬回来，做了新家具，这个家肯定会换个样子。

虽然费霓觉得现在也没多差劲。

“小方什么时候才能回来啊？他给你来信儿没有？”

“快回来了。”方穆扬走了一个多月，费霓一个电报也没收到。电报在这种状态下是稀缺资源，她知道，收不到才是好事。

费妈心里也为女儿着急，这才结婚几天，就分开了，无心收拾也是可以理解的。

唯一不该的是把新房子都弄成白色，费妈虽然是无神论者，但觉得新房还是喜气一点儿好。

费家老两口又参观了费霓的灶台，发现这灶台对于费霓完全没有存在的意义。

他们将这理解为方穆扬不在，费霓无心开伙。

费霓送父母出门，费妈说：“跟我们一块儿回去吧，妈给你做好吃的。”

“我还有点儿事要处理，晚上再回家。”

费霓送父母上了电车，就骑车去了糕点铺，离中秋还有好几天，买月饼的人已经排了队，很多都是买提浆月饼的。费霓爸妈都爱吃自来红、自来白，她自己爱吃翻毛儿月饼，家里没一个人爱吃提浆月饼。但她不知道方穆扬喜欢什么口味，就翻毛儿月饼和提浆月饼各买了半斤。她只有一斤月饼的限额，没资格多买。

店员拿油纸裹了月饼，再用一层草纸包了，最后覆上一层红色的贴纸，用麻绳系成“井”字，留个绳扣递给费霓。费霓嫌月饼不够分量，又买了两个大石榴。

她买完了直奔傅社长家，方穆扬交给她的地址她已经背熟了，不用再看。

她知道方穆扬这时候肯定是吃不到月饼的，万一他的同事最近还去震区，她可以请人帮她带。如果不能，她便当礼物送给傅社长。她想，方穆扬是因为工作去的震区，这段时间肯定要给单位发电报的。傅社长关于方穆扬的信息总要比她多些。

傅家住三楼，费霓确认门牌无误后，敲响了傅家的门。

在开门前，费霓已经准备好了微笑，即使看到对方是凌漪，这笑容也没收回去。

35

工农兵大学生的学制从两年到三年不等，凌漪读的学校两年就毕业。她最近刚毕了业，分配到美术出版社工作，她的父母不在本市，一到礼拜天就来傅家。

凌漪还是从傅家知道方穆扬结婚了，结婚对象是在医院照顾他的那一个。她听到消息的那一刻，只觉得方穆扬太过仓促，他们还年轻，何必这么早就把前途和另一个不甚了解的人绑在一起？她为方穆扬惋惜的时候何尝不为自己惋惜，按常理，她应该恭喜他们，再送他们一份礼物。但她做不到祝福他，尤其他结婚的对象是费霓——这个人曾请她去医院看方穆扬，可她一次都没去，现在不知道在背后怎么说她，或许还会添油加醋。迟早有一天，费霓会毁掉方穆扬对她所有的好印象。

费霓在衬衫外单穿了一件米白色的坎肩，现下已经入秋，单穿一件衬衫总有点儿冷，费霓的穿着和她的长相都给人一种柔和的感觉。凌漪受过以貌取人的苦，知道人的长相和品质应该分开看。

凌漪对着费霓也挤出一个笑，她有点儿怕费霓，不想得罪她。她固然有苦衷，可被费霓宣扬出去，旁人只会觉得她自私，傅伯伯、傅伯母没准儿也会这么以为。

费霓头脑里马上闪现了方穆扬给她的地址，是这儿没错。

她第一反应是，方穆扬和凌漪又有了联系。假若他俩旧情复燃，方穆扬同她离婚，从她的房子搬出去另结良缘，她也不反对。她在结婚前便想好了这一步。

他们现在有没有联系，都并不影响她的来意。

凌漪对着费霓多少有点儿尴尬，但费霓看上去颇为坦然。

“这是傅社长家吗？”

傅伯母走到门口，问她：“你是……”

“我是方穆扬的爱人。”

“你就是小费？快进来坐。”

费霓进了客厅，被傅伯母让到沙发上。虽然是礼拜天，可傅社长仍在工作，并不在家。

傅伯母对费霓很客气，倒不仅是方穆扬的缘故，她也觉得费霓很不容易，终于把方穆扬照顾醒了，两人结婚还没几天就又分开。

傅伯母一下就洞明了费霓的来意，劝慰她：“小方前天还给社里发过电报，他很好，你放心。”

“您知道他什么时候能回来吗？”

“这个我说不准，回头我帮你问问你傅伯伯。”

费霓直接说明了来意：“我倒是不担心他的安全，就是天凉了，他只带了两件单衣去。不知道咱们社有没有人还去震区，帮我把这衣服给他带过去。”她在服装店给方穆扬买了一件线衣、一件绒衣，虽然贵，但不得不买，自己做来不及。

“小方有你真是好福气。”傅伯母从果盘里挑了一只苹果给费霓削，顿了顿又说，“可是培训班应该不会再派人去了。你也不要太担心，我想他在那儿一定不会冻着。”

费霓知道月饼也不可能给方穆扬送去了，便留下月饼和石榴当礼物，拿着衣服包准备告辞。

傅伯母按住了费霓的肩膀，让她继续在客厅坐着，把削好的苹果送到她手里。“费霓，先吃个苹果。”她又对费霓介绍凌漪，“凌漪是和穆扬从小玩到大的，你们年龄相当，肯定聊得来。”

傅伯母对凌漪说：“你们在客厅聊会儿天，我去拿个东西。”

两人都没有要聊的，便陷入了沉默。

费霓进门也就一会儿的工夫，便发现凌漪和傅家人关系匪浅，她想，大概很早之前就有交情。

她的眼睛盯着茶几上的报纸，看今天的新闻。

寂静把时间越拉越长，傅伯母进来，秒针才又恢复了刚才的转速。

第五章

欺负

36

傅伯母拿出了一个盒子，里面装着一对天青釉堆白带盖茶杯。这一对茶杯本是送给方穆扬和费霓的结婚贺礼，但因为方穆扬早早离开了本市，她一直没拿给他们，这次直接送给了费霓。

费霓道了谢，傅伯母倒很愿意费霓再留一会儿。她说费霓来得正巧，她刚才还和凌漪谈到方穆扬，说他小时候画画就好，刚开始他学的是国画，后来就改学了油画，偏爱画活物。为了画画的时候他家的狗能维持一个固定姿态，他抱着狗爬到了楼顶上，小狗在楼顶上瑟瑟发抖，方穆扬嚼着冰块在那儿画画。那狗最后安然无恙，被方穆扬装在篮子里缓缓送到了一楼，还得了两根小泥肠吃。倒是方穆扬被他爸爸拎着进了自己家，也不知道挨没挨打。

傅伯母记起来那是一个冬天，那时他们和方家住楼上楼下。本来方家捐了大宅子后分到了一层房子，结果又让了半套给别人，格局便跟他们家一样了。她印象里的老方是很有风度的，除了在教训他家小儿子的时候。她倒是很感念方家的好处。困难时期，多亏了方家送他们的侨汇券，他们才能渡过难关。

她让费霓不要太担心方穆扬，她记忆里的方穆扬向来是怕热不怕冷的，从来没见过他冬天穿棉袄，反倒是一年四季都在吃冰的。

傅伯母说：“不信你问凌漪，他们从小玩到大的。”

凌漪笑着说："我可以做证，他确实不怕冷，还最喜欢冬天，恨不得长在溜冰场里。有一次，为了换一双德国溜冰鞋，把家里的皮褥子给卖了，挨了好一顿打，可就是不长记性。

"他好像除了画画，最喜欢溜冰了。"

这聊天没有目的性，费霓从这聊天中得知凌漪毕业后在出版社工作，以后或许还可能和方穆扬产生一些工作上的联系。

凌漪惋惜："早先他还给我画过一张像，可惜我弄丢了。其实这批年轻画家里头，很少有人比他画得好。"她抱歉地笑笑，是真觉得弄丢他的画很可惜。

费霓倒不意外，方穆扬连不熟的小护士都画了那么多张。

她笑着劝凌漪不必惋惜，既然她和方穆扬交情这么好，等方穆扬回来了，可以再找他画一幅。

傅伯母问费霓坎肩上的菱形花是怎么织出来的。费霓的坎肩是费妈给她织的，她自己怕麻烦，织的都是平针，不过毛衣的织法她倒是懂的，还给傅伯母织了两针打样。

费霓看了眼自己的手表，说时间不早了，她也该回家了。

傅伯母留她吃晚饭，费霓说已经跟父母说好了，傅伯母也没强留，又提了一盒苏式月饼给费霓，说是饭店的大厨今天新做的，让费霓拿回去给父母尝尝。

费霓没推辞，道了谢便出了傅家。

她这一趟不算白来，既确认了方穆扬的平安，还从凌漪嘴里得知方穆扬并不怕冷。幸亏她没买黑绒线，方穆扬大概是不需要她织毛衣的。就算他需要，她也不会给他织，平针那么简单，既然他能画年轻姑娘，未必不能像年轻姑娘那样给自己织毛衣。

九月结束了，方穆扬还没回来。

隔壁汪晓曼问费霓，怎么搬过来这么多天，一次都没见过她丈夫。

费霓说他出差了。

汪晓曼追问去哪儿了。

费霓说是附近城市。

汪晓曼又问她的丈夫在哪个厂工作。

费霓说是画画的，再问细一点儿，就不说了。

她的表情告诉汪晓曼：你问得够多了。

汪晓曼猜费霓的丈夫大概在什么小集体企业画螺丝，肯定不是大国营厂，要是的话，费霓早就说了，而且小集体企业不分房，才会住他们制帽厂的房。总之，肯定是很平常的一个人，而且对费霓不怎么好。费霓房子的陈设，她参观过了，从没见过这么简陋的房子。至于费霓为什么放弃无线电工业局的那个，而选择现在这个，十有八九是被人给甩了。汪晓曼并不感谢费霓送她电视机票，因为她如果把费霆的工作机会给别人，她照样能买到电视机。相反，她觉得费霓应该感激她，但费霓并不是个知恩图报的人，碰上了也只是同她点点头，不咸不淡的。她觉得自己被费霓给骗了，但木已成舟，后悔也晚了。

周二和周六的晚上，费霓会定时定点地想起方穆扬。

他们这墙不是很隔音，住在这里的第三天，隔壁传来一阵断断续续的抽泣声，那抽泣声混合着其他的声音。她一开始误以为汪晓曼挨了她丈夫的欺负，等到汪晓曼拖长了音调，费霓才意识到这声音的实质，她的脸一阵发烧，隔壁的人恐怕也不会有她这么不好意思。过了三天，她又听到了这声音，这次比上次更大，她猜想，汪晓曼一定不知道这堵墙这么不隔音，如果知道，一定会收敛一些。她被打扰了，却又不好意思同他们直说，两周过后，费霓摸清了规律，每周二和每周六，她需要插上耳机听收音机。

收音机一开，隔壁的声音就被遮过去了。戴耳机的时候，她会想起方穆扬，因为这收音机是他买给她的。

方穆扬回来的时候，街上的人已经换上了秋装。他先到社里交了画稿。傅社长差点儿没认出方穆扬，他比去之前瘦多了，衬衫明显宽大了许多。这样的天，他还穿着一件单衣，脸都缩了腮，头发长了，眼里有血丝，胡楂儿明显没刮干净，上唇还有几个小红点，大概是不知道用什么刮胡子的时候刮破了皮肤。

这些画稿都是方穆扬在晚上画的，白天他都在干活儿。

傅社长低头翻着画稿，刚想夸方穆扬有觉悟，方穆扬就很没觉悟地提到了钱，要求预支稿费，今天至少给他一半。

拿了钱，傅社长请方穆扬到自己家吃饭。方穆扬说改天，他得马上回家。

费霓本来不打算给方穆扬买绒线织毛衣，但因为她今年也要给自己织新的，便多买了几团黑绒线。

从店里出来，费霓看见前面一个男人，背影很像方穆扬，身形虽然比他瘦了些，但不只是身高，就连走路姿势都是从方穆扬身上复制下来的，最重要的是他身上的衬衣，是她放在行李袋内的那件。

她的嘴先于脑子反应，清清脆脆地叫了一声“方穆扬”，那声音足够大，足以让前面的男人听见。

她以为前面的人会回头，但那人毫无回应。

她又喊了一声，那人依旧没有任何反应。

费霓揉了揉眼睛，怀疑自己认错了，然而她马上又坚定了自己的想法：这样的天，只有他不怕冷，只穿一件单衣，还把袖子撸到手肘。

两人也就几步路的距离，她刚想踩上自行车去追，就见那人进了大众浴室。

37

费霓匆匆停了自行车，追了进去。方穆扬拿了号牌刚转身，就对上了费霓的脸。他知道这会儿再也躲不过去，只能冲着费霓笑。

这是一个较为能省钱的方穆扬，他瘦了很多，做衣服时布料能省一点儿，但能省的有限，因为身高还是那个身高。费霓看他时有种熟悉的陌生感，她决定去医院照顾他的那天，他跟现在差不多，或许比现在还好些，至少眼里没血丝，嘴唇也没现在干裂，看上去像好几天都没喝过水。

“你什么时候回来的？”

“今天，我刚从社里出来，准备洗个澡就回家。”他澡没洗，头发没理，就碰上了费霓。

“我刚才叫你，你怎么没理我？”

“你真叫我了？”其实第一声他就听到了，他从没听过费霓这么大声说话，他甚至能根据这声音判断费霓离他的距离，就像费霓隔着不远的距离认定他一样。

“那么大声你没听见？”

“咱们出去说。”

因为要和费霓说的话不适合让第三人听见，他说的声音很低：“我前些天梦到你叫我，醒了发现那全是我的幻觉。刚才还以为在做梦，我怕我一回头，你的声音就散了。”

他的话真假参半，说起来就像真的一样，语气之真诚让人无法怀疑他在撒谎。

方穆扬一面说这些话，一面看着费霓，他知道，费霓被看得不好意思了，便不会盯着他现在这副尊容看了。然而费霓并未如他想的那样低头，依然仰头看他，方穆扬索性破罐子破摔，任费霓看个彻底。

两人对视着，还是费霓绷不住了：“你笑什么？”

“我现在才发现，你这么喜欢看我。”方穆扬仍不改嘴角的那点儿笑意，放低了声音，“你先走吧，我洗完澡就回家，回去让你看个够，你想看哪儿就看哪儿。”

费霓嫌弃地说：“这是在外面，你能不能正经一点儿？”

“这种话以后咱们只在家说。”方穆扬的脸色果然严肃正经了许多，他冷着一张脸跟她说第三人听不见的话，“你赶快回去吧，我没带结婚证，万一有人把我当成调戏妇女的流氓抓起来，你还得去领我。”

费霓也纳闷儿，他现在这副样子还有心情说俏皮话？

“你有换洗衣服吗？”方穆扬现在的衣服要是洗干净了，把掉了的扣子缝上，将裤腿破了的洞好好补一补，还是能穿的。其实裤腿的洞不仔细看也不太看得出来。

“我身上这套是今天新换的。”他总共带去了两套衣服，另一套已经被他给扔了。现下穿的这套是之前洗过，今天才换上的。

他因为没有布票可用，只能又去信托商店买旧衣服。在旧衣服里拣一件干净、没污渍、没补丁又合身的衣服并不容易，裤子不是肥了就是短了，看来看去还不如他身上这套，他当即决定，明天拿钱换些布票买新的，眼下先将就了。

“你不冷吗？”

方穆扬笑笑说：“不冷，要不是看别人换了秋天的衣服，我还以为现在是夏天。”

“咱们的新房子下来了，我已经搬过去了。”

“家具不还没打吗？”

“我买了一些旧的凑合用，你回去看了就知道了。”费霓看了眼自己的手表，“你去洗澡吧，我先回我爸妈家一趟，一会儿再来找你。你洗完在门口等我，咱们一起去馆子吃饭。”

她没再给方穆扬说话的机会，踏上自行车就奔了父母家。

费霓自从搬出来住，每周日都要回父母家吃饭。要是方穆扬比现在再胖上几斤，她便会带他一起回家吃饭。可他现在过分瘦了，父母看了方穆扬这样子，没准儿还会担心她。也不知道他怎么就瘦成这样，听他说话的声音并不虚弱，也不像是饿的。

费霓回父母家之前，先去食品店买了萨其马和槽子糕。她拎着买来的点心先去了二楼的胖老太太家。老太太喜欢吃，对衣服不甚讲究，经常拿布票换粮票。老太太看了点心很开心，拿了布票给费霓，可布票上的尺寸并不够给方穆扬做一条裤子，要是方穆扬的腿再短一点儿，她便不会这么为难了。他的身材是最不经济的一种，有的人高，但高在了上半身，这是会长的，因为上半身的衣服长度是有伸缩性的，没布便可以做短一点儿；可腿长就没办法了，裤子少半寸都是很明显的。

可她也不能跟父母借布票，他们的布票早在给她置办结婚用品的时候就已经用完了。如果她当初坚持用姐姐厂里的瑕疵布给方穆扬做被面，现在也不会这样发愁。

费霓到家的时候，她爸妈正在择菜。因为方穆扬迟迟不回来，费妈上了火，这几天吃饭都没胃口。得知女婿回来了，她一颗心终于落了地，问费霓：“小方怎么不和你一起回来吃饭？”

费霓只好撒谎："同事知道他回来，特意请他吃饭，我也一起去。下礼拜天我再带他过来。"

"那你回来这是为什么？"

"我就是来告诉您一声。"

费霓到大众浴室门口的时候，方穆扬已经出来了。浴室提供理发、刮脸服务，他出来后便是崭新的一个人，虽然眼里还是有血丝，嘴巴依然干裂着。

方穆扬离开了这么多天，不变的是仍把费霓的车当自己的，他一脚踏上车，费霓很自然地跳上了自行车后座。

方穆扬点菜点得很大方，费霓看他这么瘦，也觉得他应该多吃一些。

费霓吃菜时只拣着素菜夹，方穆扬给她夹了一只茄汁虾："怎么吃东西跟个兔子似的？"

"不用管我，我自己会夹。"

"我也想吃点儿青菜。费霓，做人不能够太自私，你也应该给我留一点儿。"方穆扬又把剔好刺的鱼肉放到费霓碟子里，给自己夹了一筷子青菜，"我要是只想吃肉的话，就会全点肉菜了。"

费霓瞪了方穆扬一眼，随即咬了一口鱼肉。

费霓去夹白菜，被方穆扬用筷子截了和，方穆扬吃了这口白菜，夸赞费霓："你可真会挑菜，你夹的这一筷子就比我选的好吃。"

方穆扬吃了费霓的菜，出于补偿心理，又给她夹了一只虾。

费霓本以为方穆扬见了吃的会十分高兴，恨不得把点的菜全吃完，毕竟他瘦成这个样子，但现在并没看出他对肉食的迫切需要。

方穆扬一边剔鱼刺一边说："我在那里吃得并没有你想象的那样差。"

"那你怎么变成现在这样了？"

方穆扬盯着费霓，冲她笑："我是哪里让你不满意了？说来听听。"

"我有什么不满意的？你还是多吃一点儿吧，太瘦了，你睡觉都会觉得硌。"

方穆扬这次从善如流，说："我自己硌倒没什么，就怕硌着别人，你说得很有道理。"

他这话很有些别的含义，费霓一时间联想到了不该想的，她嫌他太过轻佻，可要骂他，他肯定说自己想歪了，何况又是她自己引起的话头。

费霓不再说话，低头吃饭，她伸手夹豆腐，方穆扬直接拿勺子把豆腐送到了自己碗里。

看费霓皱着眉，方穆扬把他抢来的豆腐一分为二，一半自己吃了，另一半送到了费霓的碟子里。

“也是奇怪，我总是觉得你夹的菜更好吃。”

费霓不耐烦地把虾肉、丸子、鱼之类的都往他盘子里夹：“你不是愿意吃别人给你夹的菜吗？那你就赶快吃吧。”

方穆扬很感谢她：“你对我这么好，我真是无以为报。”

“你要是真想报答我，就不要说这些肉麻兮兮的话了。”

方穆扬又把剔好刺的鱼肉送到费霓的碟子里，让她吃。

“我说了，我自己会弄，你不用管我。”

方穆扬说：“你要是喜欢吃青菜豆腐，我给你做。我不会做鱼，虾我也嫌麻烦，你最好在这里多吃一点儿。”

“你就算会做饭也做不了，咱们家既没煤气罐也没煤球，我偶尔用小电炉煮煮挂面。咱们还是吃食堂吧。”

“总吃食堂也太委屈你了。”

“我不委屈。你要是觉得委屈，倒是可以自己开伙。不过我劝你还是算了，你费劲弄出来的，恐怕还不如食堂。鉴于咱家连一把刀都没有，灶上用品全部置办成本太高，你还是把钱留下来置办衣服吧。”他秋天、冬天的衣服都没有，从头到脚置办实在是一笔很大的费用。

费霓又夹了一些菜给方穆扬，催他赶快吃。

买单时，方穆扬先于费霓付了钱。

“你哪儿来的钱？”他走之前预支了两个月的津贴，都给了她。

“我今天支的稿费。”方穆扬留了十块钱，剩下的一并给了费霓，“以后我的钱都归你管。”

费霓并没拒绝，她估算了一下数目，这些钱加上方穆扬之前留给她的，倒是够置办下两季的衣服了，还可以做好一点儿。

秋风总有些凉，费霓坐在车后看方穆扬的衬衫被秋风吹得蓬起来，几乎要鼓胀到她脸上。

她对方穆扬说：“我那儿有针线，你回去把衬衫最上面掉的扣子缝上。”

“缝它干什么？反正又不系。”

“随你的便。”

费霓怕方穆扬想得太好，见到新房子未免要失望，提前给他打了预防针。

方穆扬安慰费霓：“你布置的家，怎样我都喜欢。”

费霓并不相信他的话，只说：“不过很实用是真的。”

方穆扬跟在费霓后面上了楼，一进门，就看到了双层床。

费霓告诉他如何使用这床：“我睡上面，你睡下面。每层都是用两张单人床拼在一起的，我建议你睡外面那张床，里面的可以放衣服和其他东西，能放的东西不比一个衣柜要少。”

38

费霓又指了指床底的搪瓷盆：“这两个盆都是你的。”两只盆摞在一起，下面那只是方穆扬之前用的，上面的白色搪瓷盆是费霓给他买的，盆里有新的搪瓷牙缸、牙膏、毛巾、肥皂。盆旁边是一双黑色海绵拖鞋，也是新的。费霓告诉方穆扬，这些东西都是用他临走时给她的钱买的，买东西要的购货券是她之前攒的。买了这些后就没多余的券再买锅具了，好在她并不怎么需要那些。

费霓告诉方穆扬，要是他以后有了购货券，最好先还给她。她一个月也就发两张购货券。

方穆扬说好。

费霓又补了一句，什么时候还她都行，她并不急着用。

二姐送她的两个暖壶，费霓也分给了方穆扬一个。

“我给你做的睡衣，压在你枕头底下。”

之前的蓝白格子布，她做完被罩、床单还有剩，就给他做了睡衣。

她知道，在同一间屋里住着，他不穿睡衣在她眼前瞎晃悠，尴尬的是她。

方穆扬拉开床帐，移开枕头，果然看到了一套叠得整整齐齐的蓝白格子睡衣。被子和床单有一种被阳光熨烫过的味道，大概这两天刚晒过。

除了睡衣，还有一件绒衣、一件线衣，都是费霓买给他的。

“我给你的钱，是不是都给我花了？”他在培训班，没有工资，只有补助，一个月的补助有限，远不如费霓这个有着好几年工龄的正式工拿的工资。他知道，这钱很不禁花。他对这个家不仅毫无贡献，还用了费霓不少购货券。

费霓说：“你的钱，不给你花给谁花？再说，也没全花完。”费霓心里说，谁叫你什么都没有呢？她也想把方穆扬的钱花在两个人的新房装修上，但她总不能在方穆扬连块像样的毛巾都没有的情况下，拿他的钱去买地毯。他的行李袋那么瘪，里面恐怕没什么东西。现在天又越来越冷，他自然也要添置衣服。他身上这套衣服，就算不嫌脏可以一直穿下去，也总不能穿到冬天。以后还有诸多要花钱的地方。总之，他的钱太过有限，只能花在他自己身上，好在他在补助之余还能拿些稿费，否则她恐怕还要将自己的钱借给他用。

看费霓的表情，方穆扬知道之前的钱剩得很有限。

费霓和他结婚，确实是为了房子，除了房子，其他的她一概没得到。她这样，很难说她是赚了还是亏了。

方穆扬决定今后让费霓少吃一点儿亏。

他的手指放在床上的姜汁黄底子的被子上，欣赏着上面的针脚，想象着她做被子的情形。

方穆扬很有自知之明：“既然我暂时在钱上出不了力，只能贡献些体力了。家里有什么活儿，你直接让我干就可以。”

费霓说好，其实这个家也没有什么体力活儿可以干，因为吃在食堂，连米面都不用买。不过打家具可以算是体力活儿。

因为房里没有独立的卫生间，两人只能去水房洗漱。

方穆扬洗漱得很快，他习惯了每天都要冲一个冷水澡，今天在浴室里洗过，他在洗完脸、刷完牙后，就只用水冲了冲自己的脚。

费霓和方穆扬不一样，厂里的浴室一周开放三天，不能洗澡的时候她便每天在自己房间简单擦洗一下。为了擦洗的时候避开方穆扬，费霓特意让他把带回的行李袋和里面的东西都好好洗一洗。

费霓刚准备系扣子，就听见有人往里推门。擦洗之前，她插上了门，她觉得方穆扬有好几件东西要洗，再快也得用些时间，没想到会这么快。

“等一下。”

情急之下，她忘了擦手，湿着一双手就去系扣子，等意识到了，衣服上已经有了手指印，她又擦了双手，匆匆去系扣子。

方穆扬没问费霓为什么这么久才开门，光看她的衬衫就明白了。她的衬衫扣子错了位，一张脸微微有些泛红。

“你怎么这么快？洗干净了吗？”

方穆扬道歉得很及时：“我错了，我应该晚点儿再回来。”

“我不是这个意思。”

“我明白，你要是想让我晚点儿回来，可以直接告诉我，我就算洗完了东西，也可以到楼下散散步。”方穆扬很是善解人意，“下次你想让我在外面待多长时间，我绝对不会早一分钟回来。在你的房子里，你可以要求我做任何事，我如果不听你的，你随时可以把我赶出去。”

他说这话的时候盯着费霓的眼睛，显得很真诚，费霓被他盯得有些不好意思。

费霓客气道：“虽然是我的房子，但你也有使用权，你这样说倒显得……”显得她剥削他一样。

方穆扬却不同意：“如果不是你，我连张床都没有。别的我不敢保证，但在这小房子里，一切都由你说了算，你同我不用不好意思。你让我出去，连理由都不用告诉我。”

他嘴上这么说，脚却没有挪步的意思，一面微笑，一面指了指自己衬衫上的扣子。他的眼睛落在费霓系错的扣子上，她衬衫上的扣子比他的指甲盖还要小很多，方穆扬发现费霓锁骨上的痣因为沾了水越发红了。

费霓一时不明白，方穆扬笑着同她说：“你的扣子系错了。不过系错了也没关系，反正要睡觉了。”

费霓低头看自己的衬衫，果然系错了，她伸手去解第一粒扣子，猛地意识到方穆扬还在，就背过身去。

这时屋外传来了敲门声，本来极简单的一件事，却越慌越出错，等到系好了，费霓已经憋红了脸。

“用不用我帮你？”

“好了。”她哪有那么笨。

方穆扬见她系好了扣子，便去开门。

敲门的是隔壁的汪晓曼，跟费霓来借碘酒。

“你是小费的爱人吧？”汪晓曼笑着自我介绍，“我是你们的邻居。费霓的哥哥就在我们宣传科工作。”

方穆扬马上明白了，他弄来的电视机票给了这个人。他礼貌地笑笑。

汪晓曼只上下打量了他几眼，便发现了方穆扬裤子上的洞，直接断定他工作的厂子和职级不会好。但这么一身衣服穿在他身上却没寒酸之气，和眼前这人一样坦荡。

方穆扬向来是不怕被打量的，反倒是汪晓曼看了他几眼，不好再直接看他，毕竟他是一个年轻的男人，又长得不难看。汪晓曼虽然平素不喜欢费霓，但仍肯老实地承认费霓的优点，她认为费霓嫁给眼前这个男人亏了。女人的脸对应的是男人的事业，况且眼前这个男人的脸也不怎么好，很少有领导会认为这是一张稳重可靠的老实脸。他唯一的优点大概是高大。

费霓找了碘酒交给汪晓曼，汪晓曼接过去，眼睛在费霓的脸和衬衫之间打量了一下，笑着说：“我是不是打扰你们了？早知道我就跟别人借了，你们忙，我这就走。”

等汪晓曼走了，费霓去端盆里的水，方穆扬拦住她：“我去倒吧。”

“我自己倒。”

“你要是出去，别人又要误会了。”

“误会什么？”

“你刚才那位邻居不就误会了吗？我倒是无所谓，就怕你不好意思。”

“她误会什……”费霓这才咂摸出汪晓曼话外的意思。

方穆扬安慰她：“我们结了婚，她这么想对咱们没有任何影响，她要是知道咱们分床睡，才麻烦。”

“她爱怎么想就怎么想。再说，除了咱俩，外人怎么会知道？”

“你这么聪明，外人确实看不出来。”

费霓疑心他在反讽，但终究没理他。

汪晓曼看见方穆扬去水房倒水，关上房间门同丈夫抱怨：“人家费霓的丈夫刚回来，就伺候老婆洗澡，还给倒水。你，不让我给你倒洗脚水就是好的，你也学学人家。”

“男人没本事才这样，他不这样，谁跟他结婚？以后别拿这种男的跟我比。”

“你有本事？你有本事，咱们不是一样和他们做邻居吗？”

“你住多大房子，他们住多大房子？你前两天不还说他们房子寒碜？今天就羡慕上了？你要是真跟这种人结婚，现在只有后悔的份儿。”

费霓并不知道方穆扬的归来引发了隔壁一次小小的争吵。方穆扬的呼吸声吵得她睡不着，她只好戴着耳机听收音机，半夜才睡着。

她醒来，从帐子里露出一个头往外看，方穆扬已经穿戴好了，坐在她那口樟木箱子上，拿着笔不知道在画什么东西。

方穆扬也看到了她：“还早，再睡会儿吧。”

“你不觉得你这话很没说服力吗？”

费霓又合上帐子。等她穿好衣服下来，方穆扬已经在用酒精炉煮挂面了。

费霓洗漱回来，方穆扬问她：“咱家的碗在哪儿？”

“咱们家暂时没碗。你不是有饭盒吗？”

挂面最终盛在了两只铝制饭盒里，一人半个鸡蛋。

费霓坐在樟木箱子上，拿缝纫机当桌子，吃方穆扬煮的清汤挂面。

方穆扬问费霓：“你觉得我的鸡蛋煮得怎么样？”

“很好。”

39

方穆扬打家具倒是很有热情，他每天在楼下打家具的时间恐怕比睡觉的时间还要长。

除了吃饭的时候，费霓很少看到方穆扬。

很快，费霓的家里多了两把椅子。椅子刷的清漆干了，晾一晾便可以坐了。

椅子的样式很简单，但费霓很喜欢，当然，这跟椅子的靠背上有她的小幅雕像无关。雕像那么小，不仔细看根本看不到。

隔壁“芳邻”参观他们的椅子：“小费，你爱人的手真巧。今天还有人跟我借券买电镀折叠椅，其实要是没券，赶那个时髦干什么？像你们这样自己打一对椅子，既结实又省钱。”

言下之意，方穆扬做的椅子还是比电镀椅差了一等，是买不了电镀椅的第二选择。

费霓笑着说：“我倒觉得她还是应该买电镀椅，电镀椅哪儿都能买，无非就是多攒几张券，我们家这椅子，一般人还真做不了，看起来简单和做起来简单是两码事。”她并不是维护方穆扬，只是捍卫自己的审美。

她这么不谦虚，汪晓曼只认为她是吃不着葡萄嫌葡萄酸，电镀椅是哪儿都能买得到，可那要用券、要有钱啊。买得起电镀椅，谁会自己打椅子？

然而汪晓曼只说：“你们感情真好。”意思是费霓被感情蒙蔽了双眼，看不清真相。

在打了两把椅子后，方穆扬便准备打沙发。

费霓并不赞成打沙发，因为沙发和椅子的功能是一样的，有了椅子，便不再需要替代品，而且沙发太占地，以后再打一个矮柜，再放一架钢琴，屋子里就太挤了。

方穆扬问费霓：“你准备什么时候买钢琴？”

费霓不说话。她在银行里的那笔钱足够买钢琴，但隔壁的叫声告诉她这墙是多么不隔音。她弹什么别人都能听到，她就算买了钢琴，一年到头也就只能弹那么几首曲子。前些天，厂里还有人因为在家听姚莉的歌被通报批评，奖金也没了。举报他的不是别人，正是他的邻居。花这么多钱买了琴，放在那儿，不能弹，更难受。因为这个，她一直没下定买钢琴的决心。

“你买琴还差多少钱？”

“不是钱的问题。”不过跟钱也有些关系，要是她有个几千块，随便买架琴当摆设也不会怎么心疼。

费霓建议方穆扬：“你先打矮柜吧，咱们现在非常需要矮柜。沙发以后再说。”

矮柜是很必要的，既可储物，也可以当写字台、饭桌。缝纫机用来当饭桌太窄了，两个人吃饭的时候手经常会碰到一起。

然而方穆扬并没有听费霓的，他没有打矮柜，而是先打的沙发。费霓知道的时候，他已经连夜把沙发架子打出来了。

周五晚上，费霓从食堂打了菜回家，和方穆扬面对面坐着吃饭。

三样菜：土豆、白菜和排骨。排骨一个饭盒，土豆和白菜一个饭盒。

费霓夹白菜的时候又和方穆扬的筷子碰到一起，如果打了矮柜，就没有这个烦恼。每次都是她的筷子先缩回来，她讨厌这样，这次她没缩筷子，方穆扬也没缩回去，抢先夹了她筷子底下的白菜送到自己嘴里。

方穆扬给费霓夹了一块排骨到碗里，费霓说：“我自己会夹。”

“那么久也没看你夹。”

“管好你自己，别人看见你这样子，还以为咱家每天都吃不饱呢，连带着还同情我。”

夹菜的时候，两人的手又碰到一起，费霓忍不住说：“沙发先放一放，你虽然打好了框架，有了弹簧，可沙发布和沙发垫也没着落。先打矮柜吧。”他有木头，有弹簧，可是沙发布，他就算有钱也买不到，得用布票。费霓很了解他的根底，买条裤子还要用她辛辛苦苦凑来的布票，哪里有多余的做沙发。

方穆扬沉默，费霓默认他听进了自己的话。

费霓问他：“我给你的布票，你买毛呢料了吗？”费霓准备用布料给方穆扬做条裤子，方穆扬说他自己买，她不仅给了他布票，还给了他买料子的钱。

“我前两天买了裤子，先不做了。”

“你那裤子……”不提也罢。他那裤子是在信托商店买的旧货，太肥了，还是她帮着改的。改完倒是合身，只是太单薄了，不适合现在穿。费霓又说：“你要是没买料子，把布票给我，我去给你买。”

“布票我用了，你不是说沙发需要沙发布吗？”

“你是说你把我给你的布票买沙发布了？”费霓的声调不由自主地变高了。

方穆扬又给她夹了一筷子菜：“你真聪明。裤子等另一半稿费到了再说。”

费霓被他的从容给激怒了：“方穆扬，你怎么能这样？谁允许你用我的布票买别的了？”他腿长，做裤子用的布料多，和老太太换的布票不够用，她又拿钱偷偷跟别人买，就为了他能穿得像样一点儿。可他不做裤子，非要做家里并不需要的沙发。她本来想让他先做矮柜的。

当然这并不是最重要的，重要的是，方穆扬嘴上说听她的，说得那样好听，可实际上并不是那么回事。他根本拿她的话当耳旁风。

方穆扬仍是那个语调：“别生气了，我以后还你还不成吗？”他又夹了一块排骨给她，“再吃一点儿。”

“你每月的补助还没我工资高，连裤子都只能买旧的，你拿什么还我？你就是嘴上说得好听。”

也不知道是谁传的，说她的丈夫什么都没有；高高大大，看上去瘦，但可有劲儿了，搬木头、打家具都一个人。今天下班后她在浴室里洗澡，有人提到了她，说她选丈夫就是看中了男人高高大大，有劲儿，她从那笑声和语调里被迫听出了更深一层的意思。

她宁愿别人说她图钱、图房子。

有人问她和她丈夫身高差距有多少，男的和女人差太多了，也不是什么好事。白天还好说，晚上就……这句话应该也有别的意思，虽然她没听出来，可要是没言外之意，也不会有人笑。

她闭着嘴，一个字都不说。

她还不能恼，因为方穆扬确实高高大大，很有劲儿，这是事实，她恼了，别人只会说她想歪了，因为被戳中了心事恼羞成怒。而且，任何一个人在洗澡的时候同别人吵起来，只能把事情引向更尴尬的地步。不穿衣服的人是没资格发火的，沉默一分钟，她不接话茬儿，别人就去说其他话题了；要是不想忍，发了火，整个浴室的人目光都会射过来，在这些目光下，一切更无从遮掩。下次再洗澡的时候，这目光还会跟着她，捕捉高高大大的那个人在她身上留下的痕迹，除非她再不去公共浴室洗澡，可家里又没洗澡间，她不去浴室去哪儿？

她的沉默果然换来了话题的转移。

又有人让另一些人严肃些，说浴室里还有没结婚的呢，别什么都说。

言下之意，要是只有费霓这种结了婚的，便可以大说特说了。

她结婚确实是自愿的，却没想到还有这副作用。她没结婚的时候，其他人嘴再荤些，也很少开她的玩笑。但她结了婚，别人默认她一夜之间就变成了另一个人。

想着回到自己家就好了，没想到他也不让她舒心。她在厂里被人调侃了，如今这难堪又被她想起来。她和方穆扬结婚，是图他的高高大大，图他有劲儿？她越想越羞。只有他的高高大大是能看出来的。她讨厌他这样高，不仅浪费布料，还为谣言提供了土壤。

本来她即使骂他，也不会揭他短处的。

她说完就后悔了，她本来是很占理的，何苦拿那句话来挖苦他？骂人不揭短，况且是他挣得少这件事。他确实有诸多可气之处，但才华不能转化成实际效益也不是他的错。

费霓的这句话造成了短暂的沉默。但她不想为这句话道歉，是他有错在先。

她的嘴唇闭闭合合，终究没说出一个字。

还是方穆扬先说了话："我不是还有稿费吗？等我的另一半稿费发了，都给你，好不好？"方穆扬看上去并不在乎这事实被指出来，伸手去摸费霓的肩膀，试着去安抚她。费霓一躲，他的手正碰到了她的脖子。

她立即站了起来。

“你自己留着吧。”费霓站起来去开樟木箱子，翻出一个包，拿出里面的钱直接放在方穆扬面前，“你的钱你自己管吧，我不该干涉你。布票算我送给你的，不用还了。”

她管他管得超出了界限，超出了他们本该有的关系。

方穆扬并不去拿自己的钱，而是拿起了两只饭盒。

“你干吗拿我的？”

“我吃了你的排骨，饭盒自然要我来刷。”

费霓抢过饭盒：“从今以后，咱俩各吃各的。”

两人一前一后进了水房，方穆扬只拿水去冲饭盒，手一点儿没有伸进去洗的意思，搁平常，费霓一定要叫他用洗碗粉，而他平时确实会用洗碗粉，就是总会搁多了。但现在他俩各管各的。

水花溅在他袖子上，费霓也当没看见，因为两人各管各的。

他俩向来是各刷各的饭盒，但在汪晓曼看来却是感情好的表现，两个连碗都没买的人，刷个盆都要凑在一起，真够腻味的。

汪晓曼最近口味清淡，看不了这么腻味的场面，她看也不看费霓和她的丈夫，拿着刷好的碗就离开了。

谣言能够广泛传播，费霓也有责任，倘若她把盆都交给方穆扬去刷，别人便会认为她和方穆扬在一起，是看中了他的勤劳肯干，毕竟他能打家具，连刷饭盒的事都揽了过来。但她偏要和他一起去。

40

周六发工资，二十块钱配一张购货券，费霓得了两张购货券。

中午在食堂吃饭，刘姐递给费霓一封信：“我拿信的时候看到了你的，就给你捎来了。”

“谢谢。”寄件人写着叶锋的名字，费霓只看了一眼就塞到口袋里，低头吃饭。

“这有什么可客气的。你往那边点儿，给我留个位置。”费霓还没来得及给刘姐腾地方，刘姐就给自己挤出了一片天地。

刘姐的丈夫在肉联厂工作，因为这个，刘姐在车间很有些地位，车间主任的儿子结婚还要请刘姐多弄些猪蹄、猪下水，刘姐顿顿有肉菜，此刻她把装着红烧肉的饭盒推到费霓手边，让费霓尝尝自己的手艺。

刘姐的红烧肉像刘姐一样大方，肉里还汪着油。

“关于你的那些风言风语，我都听说了，那些女的，也就会拣着你这种年轻的、脸皮薄的挤对。下次她们再说你，尤其是那个王霞，你就顶回去，问问她为什么一到礼拜天，就把孩子送走，买王八给她爷们儿炖汤，一整天的不出门，也让她羞臊羞臊。还有那谁谁……咱们不惯她们那毛病。”

见费霓不说话，刘姐又把饭盒往她跟前凑了凑：“你这么瘦，多吃点儿肉，我刚灌了肠，今天忘了给你拿来了。今天晚饭，食堂有汆丸子卖，你早点儿来排队。”说完这一桩，刘姐又说下一桩，“我想给自己织件四叶花的毛衣，明天我上你们家，你教教我怎么织。”

刘姐红烧肉的香味吸引来了车间的其他人，很快，她们这张桌子挤满了人。

同桌的一个女工小声说她的发现：“发工资的时候，我看咱们车间刚来的那个女大学生冯琳，拿了两张半购货券，工资估计有五十块。我干了这么多年，一个月也没挣到五十块。”

刘姐说：“我们要用二分论看问题，遇事不要只看一面，你不上大学，不是还比人家多挣了好几年工资吗？”

“我那几年多挣的，人家一年也就挣回来了。刘姐，你一个月挣六十块，根本不理解我们的苦衷。”

刘姐鼓励大家要用发展的眼光看问题：“你以为我刚开始就挣这么多？我也是从学徒工上来的，最开始，一个月也就二十来块，大家慢慢熬……”“熬”字被吞了进去，改成“慢慢努力”。

刘姐在谈及工作的时候，说话都很讲求科学，注意影响。

“我倒想上大学，也没人推荐我去上哪。我看那大学生还不如我呢，车间让小费协助那大学生办黑板报，结果都是小费在弄，那人就在一旁指指点点。小费，是不是这样？我看着都生气，也就是小费脾气好。”

“现在的大学生到了学校也不上课，天天不是开会就是学农学工，有的文化程度还不如中学生呢。小费也是没办法，脾气不好怎么办？那人的爸爸是劳动局的领导，管咱们厂长‘叔叔’长‘叔叔’短地叫着。你没看咱们主任对她那殷勤劲儿。”这声音越来越低，“一个四十多岁的人对着二十来岁的姑娘满脸堆笑，我都替他丢人。”

费霓很快就吃完了，留下这一桌热闹的人声，起身拿着饭盒往外走。

她在僻静处打开叶锋给她的信。

信里有一封请柬，请她下礼拜天去参加他的婚宴。随请柬还附赠一封感谢信，在感谢之前先是致歉，为他上次对费霓丈夫的不礼貌，为他忘记了人人平等。他既然能尊重拾荒者，也应该尊重费霓的丈夫。致歉之后便是感谢，感谢费霓让他明白了学识、家境，各方面、层次都不同的人是无法共同生活的，感谢费霓及早跟别人结婚，给了他重新选择的机会。他的未婚妻大学毕业，现在在外事服务学校工作，和他的父母相处融洽……

整封信，叶锋都在告诉她，他找了一个学历、工作远胜于她的女孩子，是她当初高攀了他。

费霓拿信纸的手越攥越紧，觉得叶锋完全没必要这样做，她要是找到了一个各方面都远胜前任的人，连前任的名字恐怕都忘了。

“费霓！”隔着老远，费霓就听见有人叫她。

那人正是食堂饭桌上提到的冯琳。她和费霓差不多的年纪，衬衫外面穿一件草绿色的开衫，银色毛呢料裤子，双手插在裤兜里。因为费霓被主任派去帮冯琳办黑板报，冯琳直接把费霓当成了她的下属。

“费霓，我不是叫你吃完饭就去和我弄黑板报吗？你在这儿干什么？”

费霓一字一句地说：“我的工作是做帽子，现在是我的休息时间。这个时间，我想干什么就干什么。”

“你也是车间职工，车间评比你难道没有责任？”

“黑板报我负责的地方我已经做完了。”

“可你负责的东西要改的太多了，就算是个中学生，也不至于错那么离谱。”

费霓心里蹿出一股火，她想看看自己做得到底有多离谱。

冯琳指着黑板上的“×× 牌羊绒帽甫一面世”这几个字说：“羊绒帽子你为什么要写成羊绒帽甫？这种低级错误以后请不要再犯了。”

费霓尽可能用一种平静的语调说：“‘甫一面世’的意思就是刚面世。”她解释的时候顺便示范了一下读音，是“甫一”不是“蒲一”。

冯琳脸上挂不住，眉毛气得向上拧：“那就写成‘刚面世’。办黑板报是为了给大家看的，一个字就能说明情况，干吗用两个字，还含糊不明。用‘刚’既简洁，也通俗易懂。”

费霓甚至觉得冯琳说的这句话是她说过的所有话里最正确的一句，就说：“你说得也有道理。那就改成‘刚’吧。”相比她的其他意见，这个意见甚至可以说得上珍贵。毕竟黑板报要让大家都看得明白，冯琳也是“大家”里的一个。

“什么叫我说得也有道理？你看你写的这些，我哪句不帮你改，你真是太让我失望了。水平不行可以，但你要端正态度，我让你中午吃完饭就过来，你在干什么？我要不是怕你没面子，早就让别人来帮我了。”

费霓直接抄起了黑板擦，去擦自己写的东西，边擦边说：“你也别改了，干脆重新写吧。”

“你……”

擦完了自己写的字，费霓拍拍擦黑板时落在自己手上的粉笔屑：“别怕我没面子，赶快找别人来帮你。”

“你就不怕我告诉主任？”

“请你马上去告。”费霓没再说一个字，转身走人。办黑板报一个月有五块钱的补助，但她不想要了。

“你一个车间女工，有什么可傲的？”

费霓听到这句话，定在那儿，转身盯着冯琳，把自己的话一字一句送到她的耳朵里：“你要是有勇气的话，把这句话去广播室再说一遍，让大家都听听。”

冯琳自觉失言，费霓要是闹大了，说她看不起工人阶级，她就麻烦了。

费霓轻蔑地看了冯琳一眼，转身走向了厂房。

费霓这一天诸事不顺，唯一幸运的是在食堂买到了汆丸子。因为还给方穆扬的钱他并没有收，费霓考虑到他或许没钱买饭，也给他买了两个馒头。

费霓本来想先吃的，但实在没胃口。她坐在方穆扬做的椅子上，看她从废品收购站淘来的书，是一本英文书，讲货币的。

等到晚上八点半，方穆扬还没回来。

这是他俩住在一起之后，方穆扬头次回来这么晚。她开始以为方穆扬因为跟她吵架而在食堂吃饭，可这一顿饭何至于吃到现在？或许他是去别人家吃饭了，现在仍在别人家聊天，这其实是很有可能的。但她终究还是不放心，拿了手电筒，去楼下等他。她开始是每隔几分钟才看一次表，后来发展到几十秒就看一次。她想去培训班找他，又怕他回来和他错过了，所以只能等着。

她想，自己不会如此不顺吧？被人当面嘲笑也就算了，难道方穆扬也要出事吗？

方穆扬在楼下打椅子的时候，她经常打着手电筒来看他。后来他自作主张打沙发，她就不来看了。现在，她宁愿他站在这儿打她讨厌的沙发。

方穆扬觉得面前的清汤鱼翅虽然味道算不得多好，但胜在大，选材好，最重要的是不用他自己花钱。培训班的袁老师找到他，请他画连环画的初稿，做做基础工作，稿费可以分一半给他，但署名必须是袁老师。袁师在连环画界很有名气，找他画的稿件太多，他推辞不过，但创作精力有限，无法一一亲自作画，这就需要别人的帮忙。袁师一本连环画的一半稿酬远胜方穆扬一本的全部稿酬。方穆扬之前画的连环画还没出版，算是一本作品都没有。他自觉给方穆扬一半稿酬已算大方。

方穆扬没直接说行还是不行，他说想去本市的外事饭店吃一吃清汤鱼翅。进外事饭店得有护照，买单得用外汇券，方穆扬都没有。

等袁师买了单，方穆扬从包里拿出他的饭盒，在袁师的注目下，把桌上没动的果盘装到饭盒里。

打包完果盘，方穆扬又说他很遗憾没吃到鲍鱼，问袁师可否用外汇券在旁边的商店给他买一罐鲍鱼罐头。

德高望重的袁师强忍着不耐烦又给方穆扬买了一罐鲍鱼罐头。方穆扬说画连环画的事他再考虑考虑，周一再给袁师答复。

他没管对方的脸有多难看，一脚踏上了自行车。

隔着老远，费霓手电筒的光照过来，方穆扬刚开始还拿着手遮，后来就迎着这灯光看过去。

他确认费霓在等他。费霓竟然在等他。

他冲着举手电的人笑，对方眉眼里也涌出一点儿笑意，可他刚捕捉到，那光就故意打斜了，费霓的脸变得模糊起来。

费霓在外面站了半个多小时，手和手电筒一样冰凉。

“你等多长时间了？”

“没多长时间。”

费霓确认方穆扬又全须全尾地回来了，问他：“你吃饭了吗？”要是没吃的话，还有丸子和粥。

“吃了。”

费霓“嗯”了一声，这一声嗯得很平。方穆扬并没有遇到别的什么事，只是真各管各的，去吃自己的饭了。这让她的等待显得多余。

“你也吃了吧？”

费霓又“嗯”了一声。

费霓加快了脚步，不再同他说话，方穆扬越追，她走得越快。

她开锁进门，没想到原先一打就开的门，这次却出了问题。

方穆扬攥住了她的手：“你的手怎么这么凉？”

费霓甩开他的手，这次锁打开了，她抢先走到缝纫机前，刚要把缝纫机上的饭盒转移到不被人注意的地方，饭盒就被方穆扬抢过去了。

掀开饭盒，方穆扬看到了半饭盒码得整整齐齐的丸子，旁边还有两个馒头。

缝纫机上还有保温瓶，里面是费霓从食堂打来的粥，仍旧温热。

“你一直在等我回来吃饭？”

“我只是去楼下看看，谈不上等。”费霓转过脸不看他，“至于饭，我今天没什么胃口吃。”

方穆扬去掐她的脸，被她躲过去了，但她的脸触上去是凉的：“你在外面等我多久了？”

“我不是说了吗，没多久。”费霓伸手去夺方穆扬手里的饭盒，“给我。”

方穆扬偏不要让她拿到：“我就爱吃氽丸子，刚才没吃到，我还得再吃点儿。

“我给你焐焐手。”

“不用。”

然而方穆扬并不听她的话，两只手把她的左手放在掌心有规律地揉搓。费霓恼了，要去踩他的脚，然而不知道是心疼他的鞋，还是心疼他的脚，终究没踩上去。

“你怎么这样啊？”

“我就这样，你又不是现在才知道。”

费霓的手被他搓红了，他又去搓她的脸，她的脸早已不像原先那样凉了，甚至还有一点儿烫。

“能不能拿开你的手？”

“你要是嫌我的手脏，我一会儿给你洗脸。”

方穆扬的手贴在费霓的脸上，眼睛直视着她：“你的眼睛怎么红了？怪我，没提前给你打电话。”其实一进门他就注意到她眼圈红了。

“不关你的事。”她也不知道到底关不关他的事，今天还有诸多不开心的小事，但她只觉得气愤，并不觉得怎样难过。

“那是因为什么？谁欺负你了？”

“没有人欺负我。”叶锋和冯琳的话确实给了她一些刺激，但那是因为挑起了她对前途的忧虑。对于他们本人，她并不是很看重。

因为他们，她觉得和方穆扬结婚也是好的，要是在以前的家里，还得掩饰自己的情绪。

“真没有？”

“有。”

“谁？”

“你。”

“我？我怎么欺负你了？”

费霓咬了咬嘴唇：“你知道。”

“那我怎么欺负你了，请你也怎么欺负回来。”

方穆扬的眼睛盯着费霓的眼，手指在费霓的嘴唇周围游荡：“我是说真的，我怎么欺负你，请你也用同样的方式欺负我。”

费霓努力拿手去拨开方穆扬放在她脸上的手指，小指却被他的手指钩住了，他的另一根手指在费霓的嘴角摩挲，费霓气得去咬，那手指刚到了她的唇边，费霓却失掉了刚才的勇气，想让他的手指出去。可他偏要让她含着，公平起见，请她也好好欺负欺负他。

见她不肯同样欺负欺负他，方穆扬倒有些失望，没有自知之明地问：“你的眼睛为什么要躲着我？”

费霓不理他，他便说：“如果你实在不想看见我的话，闭上眼睛就好了。”

直到方穆扬偏过头，轻轻碰了她的上唇，费霓的眼睛仍然是睁着的。

41

方穆扬并不急着亲她，他的双手贴着费霓的脸慢慢下滑，鼻尖亲昵地去蹭费霓的眼皮、鼻子……除她嘴之外的一切地方。偶尔他的嘴唇碰到费霓的嘴，也是似有若无的，转瞬又分开，他的大拇指抚着费霓的嘴角，费霓的嘴唇被碰得发痒，忍不住咬了咬自己的嘴唇，方穆扬把自己的嘴唇贴上去，去感受费霓唇上的温度。

她在楼下为他受了凉，作为报答，他又把她给焐热了。方穆扬的手滑到费霓的肩头，扶着她的肩膀，加深和她的接触。费霓的身体远比她的思想要软弱，情不自禁地向后仰，如果不是方穆扬的手及时扶住了她的腰，她几乎要滑倒在地上。方穆扬的手匀过来托着费霓的头，防止她的头撞到床的栏杆。两人的呼吸越来越急促，相比之下，门外的敲门声就显得舒缓多了。

方穆扬像没听到一样，继续同费霓亲着，费霓却因为敲门声马上恢复了理智，伸手去推方穆扬。方穆扬攥住了她的手，继续维持着刚才的姿势，费霓忍不住动了脚，然而还是舍不得下脚踢他。方穆扬凑在她耳边说："你也主动亲亲我，我就去开门。"

"爱开不开。"

"那就不开了。"

费霓拿他没办法，在他嘴上轻轻碰了一下。

汪晓曼上周借了碘酒，今天晚上看见了才想起来还。她敲了好久门，才等来了这家的男人出来开门。

方穆扬开了个门缝，把汪晓曼挡在门外，笑着问她："您有事儿吗？"

"我上周借了你们的碘酒，今天才想起来还。"汪晓曼探寻着望向门里，视线却被方穆扬挡住了，她马上说，"你们忙，我走了。"

方穆扬进门的时候，费霓正站在窗前开窗呼吸外面的新鲜空气。他刚凑近费霓，费霓整个身子都在躲着他，仿佛他是什么危险物。

"饿了吧？"

"还好。"

方穆扬翻出了他的饭盒。这时候饭店的果盘基本都是用罐头拼的，方穆扬拿回来的也不例外。他和费霓没有碗，只有两个饭盒，考虑到饭盒一会儿还要用，他把罐头倒在一个玻璃瓶里，拿勺子舀了一个荔枝，送到费霓嘴边。

费霓刚张嘴，方穆扬就把荔枝送了进去。费霓只得咬了一小口，她的目光转向方穆扬的饭盒，好几种罐头拼在一起，又不像什锦罐头。"你从哪儿弄来的？"

"有人请我吃饭，这个没动，我就装回来了。"

"这个是不是不太好？要是咱们请别人吃饭，剩下的带回来没问题，可……"

"请我吃饭的这位老先生，有糖尿病，这个是特地给我点的。"

“他为什么请你吃饭呢？”

方穆扬大言不惭地说：“主要是欣赏我的作品。”

“你以后会越来越好的。”她为方穆扬感到高兴，因为他的才华终于可以让他过得好一点儿，但这高兴不是很纯粹，因为她又想到了今天厂里的事。刚才她的脑子和脸一样被火点着了，今天不快乐的记忆都被烧了个干干净净，现在又带着余烬跑回来了。

“说吧，今天谁惹着你了？”

费霓又把窗户开大了些，让风吹进来，吹散她脸上的热意。

“我今天损失了五块的补助。”其实跟别的一比，钱的损失并不重要。

“不就是五块钱吗？以后我每月多交你五块。”

费霓笑：“你还给我钱呢？你先做条新裤子是正经事，天都凉了。”费霓看着窗外，侧眼扫到方穆扬的胳膊，“你赶快再添一件衣服吧。”

方穆扬今早是只穿着一件衬衫走的，费霓想提醒他多穿一件衣服，几次话到嘴边又咽了回去。

“可我现在热得很。”方穆扬凑到费霓耳边说，“不信你摸摸我的手。”

好在有风吹进来，费霓身上的体温很稳定。

方穆扬关上窗户：“别吹了，当心吹病了。”

在这密闭的环境里，费霓身上刚积攒的那点儿凉意又消散不见了。

方穆扬又用勺子将荔枝送到费霓嘴边，费霓闭着嘴，他拿勺子尖贴在费霓嘴边，一点点往里撬，费霓被他弄得发痒，只好张开嘴咬了一小半。方穆扬吃了另一半。

下一次，方穆扬再把勺子递过来，费霓说：“我不吃了。”

她一张嘴，那块桃儿又被送了进来。费霓只得又咬了一口，剩下的当然是他解决的。

见费霓要恼，方穆扬把饭盒递到她手里：“你自己吃吧。”

方穆扬点燃了酒精炉。方穆扬没回来的时候，费霓偶尔做饭都是用小电炉，她自己不太敢用酒精炉。方穆扬一回来，就改用酒精炉了，小电炉太费电。

“不是有粥和馒头吗？别煮面了。”

“一会儿你就知道了。”

方穆扬打开鲍鱼罐头，里面的鲍鱼倒是不小，他拿家里唯一的刀将鲍鱼切成片，连着汁一起倒进了面里。

“你怎么把一整罐一下子都放进去了？”费霓猜这大概也是别人送给方穆扬的，她知道这罐头不便宜，她一个人一顿饭就吃一罐，实在太奢侈了。

“快吃吧。”

“你今晚也吃这个了吗？”

“没有。”

“我吃不了这么些，你也吃一点儿吧。”

“我吃过了，你吃吧。”

“你不是说你没吃饱吗？天气凉，丸子放到明天也坏不了，你今晚先吃这个吧。”

费霓的饭盒盛了汆丸子，两个人只能用一个饭盒吃一份面。

费霓让方穆扬先吃，方穆扬让费霓先吃，最后方穆扬说：“咱们一起吃吧，你吃第一口。”

两人很有默契地吃两口就把饭盒推给对方，因为挨得近，脸和手指时不时就碰到一起，费霓及时地缩回去，也不说话，当作无事发生。

她想，明天她一定要去买一套碗，今天刚发了购货券，正好用上。

“喜欢吃吗？”

费霓点点头，面当然是好吃的，即使不好吃，方穆扬为此用了一整个鲍鱼罐头，她也得说好吃。

“那我以后还给你做。”

“先别说以后了，你先趁现在多吃一点儿吧。”费霓把饭盒推给方穆扬，“我吃饱了，剩下的都是你的了。”

“怎么吃这么一点儿？好吧，面条就算了，你把这鲍鱼都吃了。”

“我真不吃了。”

“我其实不喜欢吃鲍鱼，只是喜欢这鲍鱼汁，你要是不吃，就太浪费了。”

费霓觉得他未必不喜欢，又说："好吃不好吃的，你都多吃一点儿，这个你又没办法经常吃。"

方穆扬拿自己的筷子在水杯里涮了涮，夹了一片送到费霓嘴边："我怕你嫌我，特意给你涮了筷子。你吃了这个，剩下的都我吃。"

费霓信了他的话，真张开了嘴。方穆扬在她脸上捏了捏，又夹了一片给她。

费霓有了上次的教训，知道她一张嘴说话，方穆扬就会把吃的送上来，于是她紧闭着嘴，不看他。方穆扬看着她笑："你对我真好。真想不到你竟这么喜欢我。"

费霓刚要反驳，方穆扬就把筷子上的食物送到了费霓嘴里。

等到方穆扬再送第三片过来的时候，费霓拿着筷子把方穆扬筷子夹的鲍鱼片抢了过来，递到方穆扬嘴边："赶快吃你的吧。"

方穆扬并不拒绝她的好意，费霓又夹了一片往他嘴里送，把方穆扬对她用过的法子如法炮制。唯一不同的是，方穆扬倒比她坦然多了。

她发现这招确实很好用，怪不得方穆扬拿这招对付她。她越来越好奇，方穆扬这么些经验都是哪儿来的，在哪儿运用过。方穆扬到底和凌漪发展到哪种地步，男女知青住在一个知青点里，朝夕相处，两个人肯定做了不少事，她想得到的、想不到的，没准儿都做过。想到这儿，她把筷子一放，对着方穆扬说："你是什么时候恢复的记忆？"她总觉得，他在地震之前就恢复了记忆，他搭防震棚的经验只能是住院之前获取的。

此时方穆扬完全没有再欺瞒费霓的必要，他笑着说："你猜。"

费霓并没有猜，而是用一种很随意的语气问道："你还记得你以前画过多少女孩子吗？"

42

这个问题很危险，如果方穆扬如实说一个数目，费霓可能会说"你怎么记得这么清楚"；如果方穆扬说"记不清了"，费霓就会说"是不是多到都数不清才不记得"。

方穆扬笑笑说："你要问我画了多少人物画，我没准儿还能说一个数字，你要问我画了多少男的、多少女的，我可真不清楚。除了你，别人的性别对我并不重要。"

费霓也笑了："你对多少女孩子说过这种话？"

"我当然只对你一个人说过。"

费霓低头看手指，摇摇头："我不信。"

"这种话，我对你说是应当应分，不仅我有义务说，你也有义务听；可我要是对别人说，那就是耍流氓了，别人说不准还要举报我。你看我像耍流氓的人吗？"

"你觉得自己不像吗？"

"这么说，今天这个醋你是吃定了？"

"谁吃醋了？"

"刚才面里明明没放醋，可我怎么闻到了一股酸味？"

费霓马上反驳："你说的肉麻话才让人牙酸。"

"你牙真酸了？让我给你好好瞧瞧。"方穆扬凑到费霓的耳边，"我还有更酸的话说给你听，不知你允不允许。"

费霓不想再听他说话，催道："再不吃面，就凉了，你赶快吃吧。"

"你说这面加点儿醋，味道会不会更好？"

"你要是想吃醋，就自己买，别栽赃我。"

"我的意思是吃醋对身体好，我也愿意你多吃点儿醋。"

费霓被他这般栽赃，知道自己如果再问凌漪，方穆扬肯定会越发得意，认为这是她吃醋的表现。她不想遂了他的心意，起身欲去水房，刚起身，就被方穆扬拉住了手，方穆扬用他刚修剪过的指甲去挠费霓的手心："再坐一会儿，你想问什么，我都说给你听，我也想你多了解了解我。"

费霓被挠得发痒，羞得甩开他的手，她夹了饭盒里最后一片鲍鱼堵住他的嘴："谁想听你说？"

她低头看了眼方穆扬送她的手表，原来已经这么晚了。今天是周六，那个规律的、可怕的时间马上要到了。

那声音每周二和周六准时出现。周二，方穆扬在外面打家具，他没听到。今天，她也不想让他听到。下次再说下次的，今天无论如何不行。

费霓因为被说吃醋，本不想再理方穆扬，此时却不得不主动同他说话：“今天不是要绷沙发布吗？我陪你去。”

方穆扬不知道不喜欢沙发的费霓怎么会这么热心起来，笑着说：“你不用管了，我明天再弄。”

“明天还要去我爸妈家吃晚饭，咱们得早一点儿过去。”费霓不让方穆扬再有别的选择，直接说，“你那件线衣呢？赶快穿上，咱们一起下去。”

方穆扬发现了不对劲，费霓着急得不合常理，但因为他也想和她下去一起看看星星，便说好。

这晚的星星很多，费霓在路灯底下，帮方穆扬抻着沙发布，以便他固定。

这张沙发太大了，放下它，再放矮柜，钢琴根本没办法放了。

但因为沙发已经做好了，她只能欣赏起这沙发的好处。

“你什么时候学的木工？”

“下乡的时候。”

“很辛苦吧？”费霓猜他除了做木工活儿，还要下地干活儿，插队知青不比兵团知青，没有工资，只能靠工分吃饭。

“还好。”他倒不觉得自己有多辛苦，只是老在一个地儿待着，还不能离开，多少有点儿无聊。按规定，他在本市没房子，父母也没在，是不能回来探亲的；外地也不能随便去，因为买火车票也是要介绍信的。到了春节，别人休探亲假，他自己在知青点里待着，老乡倒是挺热情，邀请他一起过节。别人阖家团圆的时候，他和父母兄姐分隔四地。要不是凌漪自杀，他是真不愿意把上大学的机会让给她，上了大学，他起码可以换个地方待着。去年夏天是他第一次休探亲假，如果不是那次借同学的光偷着回来，遇上暴雨，他现在在哪儿还说不定。

“你好像在哪儿都能适应。”她一时甚至有些羡慕他。

“但我还是更喜欢和你在一起。”

费霓没想到他会这么说，他老是冷不丁来这么一句，让她不知道说什么好。

好久之后，费霓才说："你下乡学了那么多东西，怎么没学会洗衣服？"照他那么搓，一件衣服的寿命至少得减少一半。

方穆扬没告诉费霓，他的衣服、被单都是点里女知青帮他洗的，被子也是她们帮他拆的。作为交换，他帮她们挑水下地干重体力活儿。有时，她们甚至会抢着帮他缝补衣服。这是一种很纯洁的互帮互助，但他怕费霓误会，只说自己手笨，洗了这么多年也没长进。

"你手笨？"费霓想说"你画画的时候手可太巧了，尤其画姑娘的时候"，但话到嘴边却变成了，"你的木工活儿做得不是很好吗？"

"你喜欢这沙发吗？"

都快要做好了，怎么能说不喜欢？费霓说沙发很不错。

"有了沙发，你的钢琴是不是没地儿放了？"

费霓心里说："我不是早跟你说过了吗，家里没空间放沙发，你不听，非要打。"但他既然要打好了，也不能再泼他的冷水。这房子，方穆扬也有使用权，他有权选择他喜欢的家具，怪只怪房子太小。而且这新家的意义恐怕对于他，比对她的还要重大。在拥有新家之前，她和父母住在一起，虽然局促，但毕竟也是自己家；但方穆扬比她还要艰难许多，他在异乡和别人住在大通铺上。

这么想着，费霓说："钢琴买回来，一年到头也就是弹那么几首曲子。"她看了看表，隔壁的事情大概已经办好了，她对方穆扬说，"咱们回去吧，明天再弄。"

方穆扬一把脱下线衣，垫在木料上，让费霓坐。

"赶快穿上，多冷！"费霓马上拎起了他的线衣，说，"放在这儿多脏。"

"坐会儿，咱们一起看看星星。"

"你不冷吗？"

"你靠我近点儿，我就暖和了。"

然而费霓并没有靠近方穆扬，只是他靠过来，她也没推开他。他的手握住她的手，要给她热一热。他的手倒是热的，虽然脱了线衣，但刚才因为干活儿，手上摩擦出的热气仍聚集着，很快就把这热传给了她。

费霓低声让方穆扬不要凑这么近，晚上有人巡逻，他们这样一男一女的组合是重点观察对象。

“咱们是夫妻，大不了请他们看看咱俩的结婚证。”

“何必找那个麻烦？”

“他们要是稍微有点儿观察力，就该知道咱俩是领了结婚证的正经夫妻。”

“要是没有呢？丢人的就是咱俩了。”费霓并没否认他俩是正经夫妻。

“我并不觉得丢人，即使我和你真有不正当关系，被抓了，我也丝毫不觉得丢人。”

费霓觉得他这话就够丢人了，但也没从方穆扬的手里抽出自己的手指。

也是在这天晚上，费霓以为沙发会在自己的房间待上很长时间。

周二下班回家，费霓发现楼下做好的沙发不见了，房里也没有。

这张沙发就像没存在过一样，但她清楚记得方穆扬为了这张沙发，将近一个星期没有好好睡觉。

费霓怀疑沙发被偷走了，却又觉得现在没人敢这么干。她匆匆下了楼，问一楼的住户有没有看见楼外刚打成的沙发去哪儿了。

问了好几户都说不知道，问到最后一户，大妈告诉费霓，沙发被费霓的丈夫用板车拉走了。

43

费霓在家等方穆扬，等他回来吃饭，顺便再让他解释解释把沙发弄到哪儿去了。

她没等到方穆扬，却先听到了他的声音。

这个点，走廊里聚集了做饭的人。她听见方穆扬说“请让一让”，有人问方穆扬“怎么买这么一个大家伙”，方穆扬跟人解释：“我们家费霓想在家弹《沙家浜》。”

有人感慨："《沙家浜》还能用钢琴弹呢？小费还真有两下子。"

费霓听见方穆扬的声音，又听见"钢琴"，心里的疑惑越来越多，她放下手里的毛线活儿，站起身去开门。

迎面正碰上已经到了门口的方穆扬，方穆扬冲费霓笑笑，费霓抬头就看见了方穆扬脸上的汗。她急忙让开身，让方穆扬进来。方穆扬和一个四十岁左右的中年男人侧着身，小心翼翼地把钢琴搬到了墙角。

费霓眼睁睁地看着靠墙的地方多了一个大家伙。

"霓，拿一块钱，给人家师傅。"费霓顾不上看琴，就拿了一块钱，又倒了一杯水给师傅。师傅仰头喝了一杯水，因为还有别的活儿等着他干，顾不上歇，拿着钱就走了。

送走师傅，方穆扬抄了一把椅子放在钢琴边上，对费霓说："你先凑合用这把椅子，我改天再给你打把琴凳。"

方穆扬没等费霓问他就直接交代了前因后果："特别巧，我把沙发送到信托商店，当下就有人买走了。正赶上有二手琴，就给你买了。更巧的是，沙发和琴的钱一样。这说明，这架琴就是为你准备的。"

这琴不知道经历了多少个主人，它的年龄远比方穆扬和费霓要大，在信托商店就倒了至少两手，几年前被卖到信托商店，让人低价买走了，如今又卖了回来。卖琴的人大概一直没给钢琴校过音，琴的音准稍微有些问题，但方穆扬并不以为这是个大问题，他准备买个音叉，改天学着帮费霓调一调。

费霓打量着眼前这架琴，因为想了好长时间，这时候看到竟觉得有些不真实。黑白琴键都让她觉得可惜，手指落在琴键上，弹出简单的几个音，音调很欢快，连带着她的心情都好了。

理智告诉她，房子不隔音，花好多钱买这么一架钢琴，一年到头只能弹几首曲子，很不合算，而且滞留在信托商店的旧钢琴音准也有问题，需要经常校音。种种理由都不支持她买钢琴，只有一个理由支持她买，就是她想要。最终理智战胜了欲望，她觉得买钢琴并不划算。但当钢琴摆到她面前的时候，费霓还是忍不住带着笑看琴，拿手帕轻轻擦拭落在琴键上的灰尘。

她终于拥有了一架琴。当她还是个孩子的时候，她就想拥有一架琴。那时候她还小，对理想生活有诸多设想：理想中的自己会读大学，会有属于自己的房子，在自己的房子里可以弹自己想弹的曲子，看自己想看的书，听自己想要听的音乐。

现实中的她没有读大学，并且看上去永远没有希望去读；想看书要去废品收购站淘，淘半天才能淘到一本想看的，淘好了还要藏起来，像做贼似的偷偷摸摸地拿回家。

然而她的现实生活并非完全和理想背道而驰，她还有一间属于自己的房子，虽然小，虽然不隔音，但毕竟是她自己的；现在她还拥有了一架钢琴，虽然需要校音，虽然能弹的曲子有限。

但她毕竟拥有了小时候想拥有却没拥有的东西，她的生活并不算原地踏步，还是有一点点进步的。这令她感到了一点儿希望，把之前的阴霾扫去了大半。

如果不是方穆扬把琴摆到她面前，费霓还没意识到钢琴对她这样重要，哪怕是一架老旧的钢琴。

她的生活太按部就班了，未来好像一眼就看得到。这琴对于她不只是琴，还有一点儿预测不到的愉快。

“你是为了给我买琴，把你的沙发卖了吗？”他为了做沙发还把做裤子的布料给用了，她还单方面同他吵了架。那时他没解释，她还以为他喜欢沙发。

“你这话就见外了，我是把咱们的沙发卖了，给咱们买了琴，这琴就只许你弹吗？”

“你也喜欢弹琴？”她以为他对钢琴没什么兴趣，小学的钢琴课他好像总逃。

“我不怎么会，但你可以教我。”

“我其实也就是随便弹弹，当不了老师的。”而且这琴有点儿走音，想找人校音也难，她自己可以接受音不够准，但拿它当教学工具，很可能把方穆扬教歪了。

“但教我总足够了。”

"那我试试吧。"教歪了就教歪了吧，两个人用一架钢琴，比一个人用总是值的。她想方穆扬是识谱的，教起来应该并不难。

费霓又看见了方穆扬鼻尖上的汗，把钢琴从信托商店弄到家并不是一件容易的事情，两个人把这么一个大东西抬到楼上，简直是个壮举。她拿了他的白瓷盆去水房打水，打回来又兑上暖壶里的热水，将毛巾放在里面，拧干递给方穆扬擦脸。

方穆扬拿毛巾的时候碰到费霓的手指，这手指又跟触电似的缩了回去。

方穆扬擦了脸，自己去洗毛巾。

"你怎么知道我会弹《沙家浜》？"

方穆扬低声说："我总不能说你喜欢莫扎特。"

"也对。那我弹个《沙家浜》的选段给你听听。"

费霓没有琴凳，便坐在椅子上，她的背脊挺得极直，在弹之前还扭头冲一旁的方穆扬笑了笑。

方穆扬本来只是看着她，后来便捞起一张信纸，随手画费霓的像。

一曲弹毕，方穆扬又请费霓弹第二首，紧接着便是第三首，都是时下大家都很欢迎的曲子。

在自己家总是比在外面弹过瘾，琴的瑕疵也可以忽略不计。

方穆扬很少见费霓这么快乐，他不去打扰她，只是忠实地记录他看到的一切，她的手指都透着愉快，他甚至也被这愉快给感染了。

两个没吃饭的人暂时都忘记了吃饭。

费霓弹完，看向方穆扬，他在画她，两个人对视笑一笑。

她弹琴的时候太过尽兴，完全没觉得不自在，此时却稍微觉得有些不好意思，因为他一直盯着她看。

方穆扬让她再弹一首。

费霓听从唯一听众的建议就又弹了一首。

弹完，费霓凑近方穆扬，去看画中的自己。

可他移了画架子，神神秘秘的，不让她看。

费霓威胁他："你不让我看，我也不让你画。"

“这个你可做不了主。”

“当我愿意看呢？”费霓转过脸，提议道，“你不是想跟我学弹琴吗？我现在教你吧？”

费霓很有做老师的样子，教得无比耐心，即使方穆扬的手指弓成一个很奇异的姿态，她没见过这么弹钢琴的人，也不嫌他笨，亲手去矫正他。

两人的手指碰在一起，方穆扬问：“你是不是觉得我笨？”

确实出乎她的意料，方穆扬会拉琴又识谱，以前也上过音乐课，怎么也不该是眼前这个样子。

但她很大方地宽容了他，毕竟能弹的就这么几首曲子，教他一年半载也没什么。

“不着急，慢慢来。”

方穆扬握住费霓的手，说：“你真好。”

汪晓曼听到隔壁弹奏的曲子，她的邻居——两个家徒四壁的年轻人，家里连煤气罐、炒菜锅都没有，却买了一架钢琴。

传来的曲子似乎昭示着他们对现在的生活很满意。这样都满意，未免对生活太没追求了？而且她觉得费霓的曲子还是差了些，真该给费霓听听她的唱片，让费霓知道什么叫弹得好。她从抽屉里取了唱片放到电唱机里，独自欣赏起来。

听着听着，汪晓曼就听出了不对劲，钢琴声能传过来，说明这房子还跟以前一样不隔音。以前隔壁也是住着一对夫妻，晚上时不时就闹出些声音来，闹得他们睡不着觉，晚上只能往耳朵里塞棉花。后来费霓的丈夫回来，汪晓曼以为会有过之而无不及，毕竟是新婚小夫妻，又没轻没重的，就算天天闹出声音，也不奇怪。可他也回来这么些天了，她准备的棉花一天都没派上用场，她还以为隔壁用了什么法子，让这房子突然变得隔音了。

一对小夫妻，结婚这么多天，愣是没弄出一点儿声音。

她拿手指戳了戳自己的丈夫：“这些天你有听见隔壁弄出什么声音吗？”

“没有，怎么了？”

汪晓曼越想越气："今天晚上你给我小声一点儿。人家刚结婚，都能没声音，怎么偏偏你每次都把床弄得那样响，多丢人，人家在背后不知道怎么想我！跟着你，我的脸都要丢尽了。"

"你的声音也不小。"

"不要脸！今晚离我远一点儿。"

"你以为不出声是什么好事呢？声音大有什么丢人？隔壁羡慕你还来不及。我看，那男的别看长得高高大大的，多半是中看不中用，谁跟他结婚，谁算是倒了霉了。"

"不可能吧，要是这样，费霓能愿意吗？"

"费霓也就面上精，实际上比谁都傻，当初多少人追她，她都不搭理，结果选了这么一位。还是你聪明，选了我结婚。"

费霓并不知道邻居在议论他俩，还一心一意地教方穆扬弹琴，快晚上九点，她才想起自己饭盒里的土豆牛肉。

因为钱掌握在费霓手里，现在晚饭都是她负责买。

土豆牛肉一周只能买一次，费霓抢来很不容易。今天她没买馒头，特意买了螺丝转儿。

现在他们有新碗了，方穆扬把保温瓶里的粥先倒进费霓的碗里，又给自己倒了一碗。

费霓把螺丝转儿递给方穆扬，方穆扬很自然地接过咬了一口，拿筷子夹了一块牛肉送到费霓嘴边，费霓张开嘴吃了，说："我自己会夹。"

"刚才你教我，辛苦了，也给我一个感谢你的机会。"于是他又夹了一块送她嘴里。

费霓吃了喂到嘴边的食物，拣了几块牛肉送到方穆扬碗里。

费霓说："你自己吃吧，这样也不知道什么时候能吃完。"

于是两个人各吃各的，手指偶尔碰到一起，也不说一句话。

吃完饭，两个人一起去水房洗饭盆。

如果不是怕打扰别人，费霓还想再弹一会儿琴。

洗漱完，费霓坐在椅子上给方穆扬织线裤，本来她想先教一教方穆扬，让他自己织的，但家里的家具都要靠他打，他匀不出时间织东西，她只能帮他。

方穆扬打沙发很着急，打矮柜就不那么着急了，费霓给他织线裤的工夫，他把自己床上的帐子拆了。

“你拆它干什么？”

“现在天凉了，我不能天天都去外面躲着。给你贴墙角弄个帘子，你以后在里面擦擦洗洗，我就不出屋了。”

费霓觉得方穆扬的话也有道理，但是……

方穆扬又说：“咱们晚上还是各睡各的，但是白天呢，你把枕头搬下来，放在我枕头旁边，这样就算别人来咱们家，也不会怀疑咱俩分床睡。”

费霓没说话，算是同意。

方穆扬说：“你别坐椅子了，椅子凉，咱们现在没沙发，你先凑合凑合，去我床上坐吧。”

“我没觉得椅子凉。”

费霓有了钢琴，几乎忘了今天是周二，方穆扬跟她提到床，她才想起今天是什么日子。

她看了一眼表，催促方穆扬：“帘子明天再弄吧，你早点儿睡。”

“一会儿就弄完了。”

费霓放下手上的毛线针：“我困了，想现在就休息，要是不关灯，我睡不着。”

方穆扬不知道费霓为什么此时一定要睡觉，但在这种小事上，他没必要让她不高兴。

在睡觉前，费霓问方穆扬要不要听收音机。戴着耳机听收音机，隔壁的声音就不那么清晰了。

方穆扬说好。

费霓一颗心落下。

费霓光着脚丫，踩着梯子爬到上铺，她的手穿过帘子，把收音机和耳机给方穆扬。

方穆扬接耳机的时候握住了费霓的手，费霓没跟他计较，由他焐热了，才回撤：“赶快听吧。”

过了会儿，她听见方穆扬同她说话：“费霓，把耳朵露出来。”

“你这是什么意思？”

“你马上就知道了。”

费霓并未只露出一只耳朵，她露出一张脸。方穆扬拿着手电筒，亮光打在她脸上，他把一只耳机塞到她耳朵里。

费霓的脸色开始很平静，慢慢眉间发生了变化，她的心脏怦怦地跳，方穆扬都能听到她的心跳声。

方穆扬调到了外国的古典音乐台。在这时，收听外国电台很容易被扣上“收听敌台”的罪名，轻则通报批评，重则……

费霓摘掉耳机，让方穆扬的耳朵凑近些。

她对他耳语：“你怎么调到这个台的？以后不要听了，这样很危险。”

方穆扬也把嘴凑到她耳边，嘴巴几乎要碰到费霓的耳朵：“戴着耳机，没有人会听到。我以为你会喜欢。”

费霓确实喜欢，但她说：“我并不喜欢。”她不能告诉任何人，她喜欢听外国电台，哪怕只有音乐，完全不涉及其他。这是一个很大的把柄，要是让别人知道了，影响她的前途。虽然她足够信得过方穆扬，但是万分之一的风险她也要杜绝。

“要是你不喜欢，那我就自己听了。”

“你也不能听，以后不要再听这个电台。你这样的出身，是不能出错的，干多少好事，只要被人举报收听敌台，你的前途就没了。”

这间屋子里只有两个人，但他们每次说话都要把嘴巴贴到对方的耳朵上，仿佛不这样，就会有其他人听见似的。

费霓继续说：“你千万不要告诉别人你听这种电台，要是别人知道了，你就麻烦了。”

“放心，我没那么傻，只有咱们俩知道。谁都可能举报我，但你一定不会。”他再不设防，也不会告诉第三个人。

“你怎么知道我不会？”费霓尽可能维持一个距离，她的嘴巴不会碰到方穆扬的耳朵，方穆扬也能听到她近乎唇语的声音，“我是有原则的，你犯了错误，我也会举报你的。”

“那你就去举报吧，全天下的人，只有你举报我，我是情愿的，我很愿意你从我身上捞点儿好处。你要是大义灭亲，没准儿能得到上大学的机会……”

费霓急了：“你把我当成什么人了？”她再怎样，也不会为了上大学去举报方穆扬。

“我当然知道你是什么人。”方穆扬去亲她的耳朵，“我要是不知道，怎么可能把我的把柄送到你手里？”

他请她收听外国音乐电台，最低也是一个通报批评。

费霓的心软化了：“今天听一听就算了，以后不要再听了。”

“要不要一起听？”

“你听吧，我睡觉了。”就一个收音机，怎么好一起听？还得凑到一块儿去。

费霓手里的耳机回到了方穆扬的耳朵里，他回他的床铺独享了。

那段旋律一直在费霓的脑子里游荡，逐渐生成一幅图画，但这幅画有些地方还是空的，这空白逼迫着她往下听。她越想越煎熬，迫切地想要看整幅图是什么样的。她拿着手电筒，光着脚丫下了床，床下的帐子撤了，手电筒打在方穆扬的脸和脖子上，费霓马上背过脸去，手电筒仍照着方穆扬。

“你怎么不穿睡衣？”

“我睡衣今天洗了，总不能穿湿的吧？”

“那你赶快穿件别的。”

方穆扬只好随便套了件线衣：“什么事儿？”

“把你的耳机给我一只。”

方穆扬比费霓想象的要大方，不仅给了她一只耳机，就连床铺也要分给她一半。

费霓拒绝了，她只想坐着听，于是方穆扬也坐起来。

耳机一人一只，两人并排坐着，凑在一起听一个收音机。

房间里只有手电筒亮着，耳朵里的音乐倒是很舒缓，让人想起透过树叶洒下来的斑斑驳驳的月光，傍晚拂过脸颊的晚风，以及恋人轻柔的吻。时间被拉得很长，一帧一帧的慢镜头，不仅留足了发生的时间，还给以时间回味。费霓的一颗心跳得厉害，她是第一次听外国电台，旁边是她的同谋，她还是第一次同另一个人做这种“坏事”。以前她自己从废品收购站淘了书，都是她自己一个人看，她连父母都不敢让知道，倒不是怕父母举报她，只是多一个人知道，便多一份麻烦。

现在她和方穆扬共同干了一件“坏事”，有了一个共同的秘密——即使是真正的夫妻，也未必会分享的秘密。

因为两个人都参与了进来，所以谁也不敢举报谁。

分享了这样的秘密，两个人的关系当然更亲密了一层。

第六章

烫

44

两个人挨得很近，方穆扬从书里翻出一片陈年的白羽，在费霓手心画。

费霓怕痒，他是在她的手心画，可她的脚心也在发痒，耳朵里的音乐好像也在搔人的痒，她伸出另一只手去拍方穆扬：“别闹了，怪痒的。”

可方穆扬偏不听她的。

她疑心他没听见，又把声音放大了些：“别跟我闹了好不好？怪痒的。”

他画得久了，费霓才意识到他在听曲写谱。

方穆扬落笔很急，画得没轻没重的，费霓简直痒得厉害，嘴唇都被她咬出了印子，两只脚忍不住拧在一起，恨不得用脚趾去挠另一只脚的脚心。她这么难受，方穆扬却没停笔的意思。她不仅痒，还残存着一点儿怕，因为听的东西毕竟是不被允许听的，一颗心也悬着。而耳朵里的音乐带给她的又是另一种感受。几种感觉交织在一起，费霓几乎要受不了了。她本来可以拔掉耳机就走的，但她又舍不得不听。费霓真恼了，气急道：“你这人怎么这样？就不能在你自己手心画吗？”

干什么要来折磨她，她都要被折磨死了。

可他俩现在做的又不是什么正大光明的事，她也不能同他光明地发脾气。

费霓的气恼里带着点儿央求的意味，怕他听不见，她的嘴绕到方穆扬的另一只耳朵边："在你自己的手心上画好不好？"

方穆扬说："我是想让你印象深刻一点儿，以后你也可以弹。"

"这么不隔音，怎么弹？"

隔壁的声音马上证实了费霓的话。

费霓知道方穆扬也听到了，他不再在她手心里画了。但她也没因此少受些煎熬。

汪晓曼家的床断断续续地在响，除了床响，还有另一种响，她第一次听到的时候以为是两个人在互相扇巴掌，仔细听，却差得远。

以往费霓在听到声音后，都会用棉花捂住耳朵，听得并不全面。这次她倒听得真切了。以前广播站选人，费霓落选了，汪晓曼选上了，理由是汪晓曼的声音更能代表工人阶级，可她现在的声音，绝对是代表不了工人阶级的。

费霓这次是真受不了了，拔了自己耳朵上的耳机，插在方穆扬的耳朵里，要回自己的床。有隔壁的声音，她实在不能好好听耳机里的曲子。

收音机的声音毕竟隔了一层，隔壁的却是真真切切的，她完全没办法装听不到。

还没起身，她就被方穆扬揽住了肩膀，耳机又被送了回来，只不过换了一只耳朵。原先插耳机的耳朵离他更近，此时空出来，大概是为了方便听他说话。方穆扬又把费霓揽近了一些，嘴巴搁在她的耳垂上，问她："以前就这么不隔音吗？"

费霓"嗯"了一声。

"你以前也听得到吗？"

费霓"嗯"的声音更小了一些。

"等我一下，我去拿个东西。"费霓挣脱开方穆扬的手，拿着手电筒，踮着脚去拿自己放在枕边的棉花。她撕了一团堵在方穆扬不放耳机的耳朵眼儿里，又往自己耳朵里塞了一团，然而隔壁的声音还是没有被棉团隔住。她不仅能听见隔壁规律的撞击声，还能听到自己的心跳声和方穆扬的呼吸声。方穆扬一说话，她的耳朵就烫得不得了。她的手紧紧抓着床上的被单，拧出一个印子，实在受不了，就说："这次我真是困了，我真的不听了。”

这次方穆扬没再拦她，费霓几乎是逃跑似的回到了自己的床。她用被子捂住自己的头，整个人蜷在一起，努力把隔壁的声音从自己脑子里赶出去，但是没用。她几乎要恨死汪晓曼了，干吗叫成这样？就算疼，不能忍一忍吗，干吗“啊啊”地叫？如果真这么难受，何必每周都做呢？如果费霓仔细听，将汪晓曼的声音和床响以及其他声音区别开，便知道汪晓曼的声音并不是因为疼的。但她不敢也不好意思去揣摩这声音的含义。伴随着这个叫声，她又回想起了方穆扬在她手上写谱的感觉，翻来覆去地睡不着觉。

费霓现下盖的这条被子并不厚，但她没来由地发热。

她在上面翻身，方穆扬在下面当然能感觉得到。他下床去倒水，仰头灌了半杯，问还没睡着的费霓：“你要不要喝水？”

费霓又“嗯”了一声。方穆扬倒了水，站那儿举着，让费霓喝。

“我自己来。”

“就这么喝吧。”

她露出一个脑袋，嘴唇贴在杯壁上，喝方穆扬给她倒的水。

“还要吗？”

“不用了。”

费霓喝了水，躺在枕头上，双手去捂自己的耳朵，而她越是想听不到，听觉就越是灵敏。

她听到自家屋门开的声音，门开后又闭合。过了好一会儿，她也没听到门再次打开的声音。

她不知道方穆扬为什么还不回来，一颗心提着，忍不住下床去看他。

她趿着鞋轻轻开了门，手电筒的光射过去，也没看见方穆扬的影子。她往前走，发现水房的门开着，一推就打开了，光打在方穆扬的背上，他正面对着窗外。

费霓关了门，轻手轻脚地走进去，走近了，方穆扬才转身，发现是她，问：“你怎么来了？”

“你在这儿干什么？”

方穆扬指了指窗外的月亮。

费霓也走过去看，还没到十五，月亮圆得不是那么规整。她看看方穆扬身上的衣服，他只穿着一件衬衫，袖子还撸了上去。“你怎么穿件衬衫就出来了，快回去吧。”

“我不冷。”

“怎么会？”

“不信你摸摸我的手，都是热的。”

费霓竟鬼使神差地真去摸。他刚洗了手，没用毛巾擦，还湿着，但一点儿都不凉。

她的手也不怎么凉。

方穆扬握住了费霓的手，凑近她耳朵说：“我没骗你吧？”

“别这样，万一一会儿有人进来呢？”

“这个点，谁来？再说，咱们结了婚。”

“结了婚，让人撞见了，也挺难为情的。”

然而她只是说说，并未把自己的手从方穆扬手里抽出来，想到隔壁还在发出那种声音，费霓也不打算马上回去，和方穆扬一起看窗外的天。很久没看到这么蓝的天，底下零零散散的建筑倒显得黑乎乎的。窗子开了半扇，外面的风吹进来，微微降低了两人身上的热度。

入秋了，还有蚊子，费霓看见了，伸手去赶，蚊子总能从她手里逃脱，这次也不例外。

“我记得以前你打苍蝇也是这样，总捉不到，瓶子老是空的。”

“是吗？都多久的事了，我都忘了。”难为他还记着，就不知道记她一点儿好。

“你还记得以前你桌子里多了一包苍蝇吗？你吓哭了，你同桌帮你告诉了老师。”

“没这回事吧？”怎么她的窘事，他都记着？再说，她怎么会被苍蝇吓哭了？

“那包苍蝇其实是我送给你的，我看你每天拿着个苍蝇拍打苍蝇，结果一个都打不到。”

那时候，方穆扬总见费霓拿着苍蝇拍寻觅苍蝇，她总是穿一件白衬衫，头上两边各梳一条辫子，用带子扎在一起，裙子有时是蓝的，有时是花的。费霓那时候是出了名的聪明孩子，每次考试，每门课都是五分，老师讲的，她没有不会的，但方穆扬觉得她有点儿呆。出于对她的同情，本着互帮互助的精神，他把自己打的苍蝇都送给了她。除了苍蝇，他还送了她一只活麻雀。他这样乐于助人，且做好事不留名，没想到把她给吓哭了，还要告他。

“谁一个都打不到？”费霓忽略了方穆扬的好人好事，直指她最关心的问题。

“那当然是我了。”

费霓本来对蚊子倒是不怎么在乎，此时却要赌一口气。

她越想拍蚊子却越拍不到，好不容易看见了，一巴掌又打在方穆扬的胳膊上。

费霓的脸一下红了，倒不只是因为坐实了方穆扬的话，还因为巴掌声让她想到了隔壁。某种程度上，这两种声音还挺像的。

她这一巴掌打得狠，把方穆扬的胳膊都打红了。

“对不起。”

“手疼不疼？我给你揉揉。”像前几次那样，方穆扬又给费霓揉起了手心。

她的手心被揉烫了，接着，方穆扬的脸离她越来越近，近得她几乎能数清他的睫毛，然后她的嘴也跟着烫起来。

45

费霓的精神要比身体坚强，仍全力抵制着方穆扬。这是在水房，外面的人随时可能推门进来，想到这儿，她整个人绷得很紧很硬，然而她的嘴唇是软的。

她伸手去推他，方穆扬握住她的手，同她交缠。她不光手使不上劲儿，就连话都说不出来。方穆扬堵住了她的嘴，那些“我想休息了”“你离我远点儿”之类的话都停留在了方穆扬的嘴唇上，他既没听到，也没感受到。

她一面抵抗着方穆扬，一面集中精神去听外面的声音，听是否有人会进来，她没有听到脚步声，只听到了自己的心跳声和方穆扬的呼吸声，还有外面的蝉鸣。都秋天了，怎么还有蝉？

她一心好几用，抵抗自然没什么效果，方穆扬越发得寸进尺了。

费霓开始不肯用劲儿去咬他的嘴，因为怕咬疼了他，他误会成这是亲昵，也以同样的方式对待她。不知道是厌恶他的得寸进尺，还是厌恶自己身体的软弱，费霓真用了劲儿，可方穆扬不喊痛也不停止，放开了她的手，捧着她的脸摩挲。她咬得越来越重，他手指的力度却越来越轻，轻得跟不存在一样。

费霓对自己失望了。她还是不忍心咬伤他，只能由着他来。就在他不顾她的意愿亲她的时候，她甚至还不争气地闭上了眼睛，一面迎合着他，一面留心外面的动静。

不知是发现她失望了还是怎样，方穆扬终于给了她一个说话的机会。他的嘴去找她的耳朵。

费霓并没有利用这个机会骂他，而是说：“咱们回去吧，要是一会儿来人了怎么办？”

那可就丢死人了。这楼里都是制帽厂的人，要是被人看见了，明天指定传得满厂都是，说费霓大半夜的，放着自己家不待，非要和她爷们儿在水房里搂搂抱抱，亲嘴摸脸。这是看见的，看不见的呢？谁知道会把她传成什么样。她可是要在厂里一直做下去的，这房也是要一直住下去的。

“来就来吧，咱们结了婚，一起看月亮不行吗？”

“回去也能看。”他和她，在这里，哪里只是看月亮。连她自己都不信，何况别人。

方穆扬凑近费霓的耳朵：“可我觉得在这儿看月亮比较好，你觉得呢？”

“你要是看月亮就好好看，我要回去了。”她才不陪他在这里丢人。

“可我就想和你一起看。”

费霓的肩膀被方穆扬用手按着，根本走不了，方穆扬揽着她的肩，偶尔凑过来亲亲她的嘴，有时候亲得潦草，有时候亲得细致。潦草的时候费霓更受不了，宁愿他细致一点儿，可他细致起来也够她受的。费霓的耳朵时刻留心着门外的脚步声，一颗心怦怦跳，比在家听音乐电台时跳得还要厉害。她从没觉得这人原来可以这么讨厌，怎么让她难受怎么来。

她这副样子要是被厂子里的人看到了，明天她还怎么去上班？

她整个人被他箍着，同他商量："回去行吗？"几乎近于请求了。

在这以前，她从没请求过他，她只要求他。

方穆扬拿手指刮刮她的鼻子："这么想回去？你是觉得从咱们自己房间看月亮比较好吗？"

费霓心里生了气：这又不是你们厂的房子，你不怕丢人，我还怕呢。

费霓仰头也碰了碰他的嘴，很快又低下头，拉拉他的衣角："回去吧。"

来的时候，他们是分别来的，回去的时候，却是挤在一起回去的。

一进门，方穆扬就抵在门上，搂着费霓让她转了个圈，他边亲她的嘴，边反手插了门。

46

费霓此时不需要再担心有人突然进来，一颗心松懈下来，抵抗得也不坚决。

她头也昏了，两只脚像踩在云上，轻飘飘的，可又没有腾云驾雾的本领，全靠方穆扬托着才没倒了，两人推着、抱着向着床走。费霓的头抵在床栏上，她暂时恢复了理智，趁着他的嘴搁在她下巴颏儿的时候，闭上嘴，拿手去推他。她本想说"我要睡了"，却怕他乘人之危，于是一个字也不说。方穆扬倒没强迫她的意思，随她的手怎么去推他，他都不理，只把他的手搭在她的肩头，也不使劲儿，继续做他要做的事。

费霓不说话，方穆扬的嘴贴在她下巴颏儿问她："不是要回来吗？回来怎么不说话了？"

她仍是不说。

“你是喜欢得说不出话来了吗？”

费霓在心里否认，知道他这是故意逗她，所以还是不说。

“我替你说了吧，你很喜欢我对你这样。”他揉揉她的耳垂，在她嘴上亲了一下，跟犯了馋病似的，一下一下地，也没个够。

在他嘴里，这是费霓欢喜得不得了的事。

费霓想着反驳他，却怕中了他的计。她的气力有限，怎么也推不开他，只能在这种小事上不让他得逞。

“你站累了，咱们到床上歇着去吧。”

费霓听到“床”这个字，终于忍不住了：“谁要……”

她刚一开口，就给了方穆扬可乘之机，之后的话再也说不出来。

她做的姜汁黄栀子花的被子倒是软和，倒下去的时候也不觉得头痛，两只拖鞋被踢落到地面，脚没了鞋，再去踢人力道就减了，方穆扬完全随她踢。

绸子被面被她来来回回给滚皱了，灯还亮着，没人关。

若不是扣子开了，费霓还迷糊着。她清醒过来，忙拿手去捂自己的衬衫，怎么就走到这步了，她一点儿准备都没有。他对她太游刃有余了，她也是不争气，轻易就让他给弄昏了。

费霓把精神上的软弱推给身体虚弱，每个月总有几天身体格外虚弱，比如，今天。

她整个人都是热的，头脑却稍微冷了些，好不容易才找出一个空当，低着声音说：“我来那个了，你别这样。”

她说完马上就后悔了，那意思好像如果她身体没问题，他对她做什么都可以。而且，她说得太含糊，不确定他能理解她的意思。

然而他竟然马上明白了：“你怎么不早说？”

她哪里知道会发生现在这种情况。

“哪天开始的？”

“跟你没关系。”今天是第一天，按往常的经验，明天她有的受了。她突然有些生气他会意得那样快。他一个男的怎么能马上就理解了呢？

她同他上的一个中学，他们学校可没讲这种事。不过这种东西也不需要别人教，只要有一个女朋友便全都了解了。

方穆扬重复她的话："跟我没关系？"

不仅跟他有关系，还跟他有很大的关系。方穆扬放开了费霓，拿手指拭去了她鼻尖的汗，把她松开的扣子又系上，手放在她的头上，帮她理乱了的头发："你歇着，我去给你倒杯水。"

方穆扬去倒水，费霓拿手去理床上铺着的被子，这绸子太脆弱了，一会儿就多了那么多褶子。

"别忙了，先用热水焐一焐。"

"不用。"费霓今天用不着热水，她的第一天和平常没什么不同，第二天才难熬。

方穆扬把水杯放在她手心里："你有热水袋吗？"

费霓并不感动，冷淡地说"用不着"。他懂得太多了，结合他刚才动作的熟练度，她不能不对他的感情史产生怀疑。

方穆扬把费霓的不高兴归于身体原因，并不觉得有什么不妥。以前他还和父母一起生活的时候，他母亲一个月总有几天特别暴躁，他父亲在妻子那儿受了气，也不好发泄在外人身上，他的大哥二姐又是难得的好孩子，只有他，随时等待着批评教育。赶上他爸爸生气，原本批评几句就结束的事情，必须得打上他一顿才解气。他有了经验，还没等爸爸解皮带，就跑得没影子了。

费霓被方穆扬弄得睡不着，现在他倒催她赶快去休息。

费霓喝了方穆扬倒的水，整个人更热了，可又怕自己受了凉，只能盖着被子。整个人翻来覆去地睡不着，刚才的事连回忆都不能回忆，因为回忆起来也是烫的。

方穆扬听到她翻身，问她："是身体不舒服吗？"

"没有。"

"你要是不舒服就跟我说。"

"我没事，你不用管了，赶快睡觉吧。"

方穆扬并不信她的话，立起身掀开帐子去探她的额头，手电筒的光打在费霓脸上，她脸上除了红一些，倒没别的问题，脸上有汗，倒像是热的，不像是虚汗。

方穆扬信了她真的没事，在她额头上亲了一下。费霓忙合上帐子："你烦不烦？我要睡觉了。"

可是怎么也睡不着。她想问方穆扬到底交过几个女朋友，又怕他说自己吃醋。就算真问了，他也未必会照实答。费霓觉得自己并不是吃醋，只是想了解方穆扬的过去。

她闭着眼睛，满心满眼都是刚才发生的事。她睁开眼，看着黑乎乎的屋顶，让自己什么都不去想。后来她睁得乏了，只得闭上眼，没一会儿就睡着了。

早上起来，她对方穆扬仍冷冷淡淡的，就连方穆扬在挂面里放了个溏心蛋，也是他过去感情史复杂的证明。

方穆扬倒像是对她的冷淡很能消化。

费霓有点儿不好意思，她和他结婚前就知道他的感情史并不是很纯洁，现在为这个生气很没意思。然而她还是控制不住地在意，她也拿自己没什么办法。

费霓的经验奏了效，这一天果然很难挨。

挨到下班，费霓去食堂打了饭。一到家，她把饭盒放在条案上，就脱掉外套去自己床上睡觉了。

方穆扬回来的时候，费霓正在床上躺着。

听到开门声，费霓同他说："你自己吃吧，粥给我留一点儿就行。"

方穆扬掀开帐子看她，她的脸是一种不健康的白。

"要不要去医院看看？"

"不用，以前也这样，我吃药了。"说着，她合上帐子，"让我好好休息会儿。"

过了会儿，方穆扬又掀开她的帐子："先喝杯奶粉暖暖胃。"

"奶粉？"费霓记得她家是没有奶粉的。

"我今天刚买的。"

费霓坐起来，接过杯子双手捧着，拿勺子往嘴里送了一口。

“你哪儿来的钱？”

“我另一半稿费发了。”

过了会儿，方穆扬又递过来一个灌好的热水袋，放在费霓怀里让她揣着，随热水袋一起递过来的，还有一包红枣。

“你上哪儿买的？”

方穆扬今天发了稿费，拿钱跟人换了外汇券，借了社里一位老师的光，去友谊商店买了些要紧的东西。里面买东西不用票，用外汇券就行。他在里面给自己买了一条裤子，给费霓买了一双鞋、两双羊绒袜，还有一件短大衣。他本来想给自己买大衣的，但一时没看到合适的，就给费霓买了一件，手上留了点儿钱，准备去信托商店淘件旧的。

费霓坐在床上，并不知道他买了这么些东西，一边喝奶粉一边叮嘱他：“你要是还有外汇券，别的都不要买，先给你自己多添置几件衣服是真的。现在入秋了，马上就是冬天，你现在的衣服根本就不够过冬。”

方穆扬答应得很痛快，告诉费霓他已经买了裤子，明天就去买件大衣来。

47

“你买红枣干吗？”费霓看了红枣，又气又笑，不知道方穆扬是真懂还是假懂，反正都够气人的。

“你不喜欢红枣吗？”

这跟红枣没关系，费霓双手捧着奶粉又喝了一口，想了想方问道：“你以前哪个女朋友喜欢吃红枣？”

费霓是故意这么问的，如果直接问方穆扬以前有几个女朋友，他一定不承认，但如果问“你以前哪个女朋友喜欢吃红枣”，就需要他反应一下了。他要是没反应过来，没准儿就说出了实话。

或许连说话都不需要，他若是多想一想，就说明他不止一个女朋友。

方穆扬马上悟到了费霓的意思。

“如果你愿意把咱俩结婚前的交往称为恋爱的话，那你就是我有生之年唯一的女朋友。如果你认为那不是，那我这辈子都没女朋友。”

“那凌漪是怎么回事？”她的嘴还是没忍住，把话泼出去了，坐实了吃醋的名头。

“凌漪可以算是我的朋友，并且是个女的，但跟女朋友没什么关系。”要不是费霓说，方穆扬从没把凌漪当成他和费霓之间的问题。

“你为什么把上大学的名额让给她？”

方穆扬笑道：“那是因为她的能力不足以支撑她在乡下生活。我的能力自然比她强，这个你应该有体会。”

费霓今天跟以往不一样，没有兜圈子的体力和精力，问的问题都很直接，不需要转弯。“能力不足的人恐怕不只她一个，你怎么单让给她呢？要是我也插队去了，说自己不能在乡下生活，你难道也让给我吗？”

“要是你，我倒真舍不得让。”

费霓冷笑：“你可真诚实。”她满以为他至少也会撒个谎敷衍她，没想到他这样说。

“你要是和我在一个知青点，我恨不得天天和你在一起，我不光舍不得自己走，也舍不得你走。假若是你十分想上大学，我也不是不能让你，可一定要和你做几次夫妻再放你走，让你以后一直想着我。我说的夫妻不是领证的那一种……”

“不要脸！”费霓羞得红了脸，幸亏帐子拉着，方穆扬看不见。

方穆扬倒不否认：“你现在才知道？”

费霓不同他说话，只捧着杯子喝牛奶，偶尔拿勺子在玻璃杯里搅一搅。

过了会儿，她主动跟方穆扬说：“照你这么说，她不是你的女朋友，你还把上大学的名额让给了她，她更应该感激了。可你出了事，也没见她来照顾你。就这样，你还把她当朋友？”凌漪做的比费霓说的更过分，岂止是不来照顾，连多来看一次他都不肯。这么怕担责任，怎么当初要人好处的时候不想着避嫌？

费霓的标准和其他人不太一样，她觉得如果方穆扬只是凌漪的男朋友，并未给凌漪什么好处，他出了事，凌漪不来看他，只能说凌漪感情淡漠，但这是人家的私事，与外人无关，轮不到她费霓在这儿说长道短；但方穆扬连凌漪的男朋友都不是，还把上大学的名额给了她，她连多看他几次都不愿意，那就是忘恩负义了，值得骂一骂。

“这事儿我倒是很感激她。她要是来照顾我，我现在怎么能高攀上你呢？就连我不上大学，现在想想，也是为了遇上你。”方穆扬对凌漪毫无期望，所以也没有任何失望。他当初但凡对她有所求，都不会把名额让给她，毕竟再大的好处都没他自己去上学的好处大。他们以前是朋友，她也没做什么令他失望的事，自然没必要断交。

“你就哄我玩吧，把什么都栽赃在我身上，你不上大学倒成了我的错了？”

“我的错。你准备让我怎么赔罪？”方穆扬知道她身体难受，钻牛角尖也是有的，不跟她计较。倒是费霓想象力这么丰富，从红枣联想到了他有女朋友，实在是他没想到的。

“你快点儿吃饭吧，要不该凉了。”

费霓把奶粉喝完了，方穆扬去拿她的杯子。“你想吃什么，我给你做。”

费霓心里笑，家里只有挂面，方穆扬能做的恐怕只有煮挂面。她没胃口，直说：“我不想吃，你给我留口粥就行了。”

过了会儿，费霓闻到了一股鸡蛋的香气，煮鸡蛋是没有这个味道的。

“我给你做了个鸡蛋羹，你是下来吃还是我给你端过去？”

费霓在心里说“不是让你留点儿粥就行了吗”，嘴上说：“我下去和你一起吃吧。”

他们家没有垫子，怕费霓受了凉，方穆扬直接把家里的缝纫机，也就是他俩的临时餐桌推到床前，让费霓坐在他的床上吃。

她拿勺子吃了一口，没想到方穆扬蒸得这么好，很嫩。不会蒸的人一不小心就蒸老了。

“你觉得我这鸡蛋羹怎么样？”

“很好，比我蒸得好。”

“就是有一点美中不足。”

“什么？”

“可惜家里没有醋，放一点儿就好了。你不是爱吃醋吗？我老是忘了买，明天我一定买点儿老陈醋回来。”

费霓知道他在讽刺她，急道：“谁爱吃醋？”

“我爱吃。你说我为什么就是想不起来买呢？”

费霓拿着勺子把鸡蛋羹送到方穆扬嘴边：“吃饭也堵不上你的嘴。”

她不愿意听他说话，一口气往他嘴里送了好几勺鸡蛋羹。

她自己吃的时候才想起来，刚才应该用他的勺子往他嘴里送的。

费霓不主动给他吃，他也就不吃了。

费霓说：“我吃不完，你再吃一点儿。”

“我不喜欢吃这个，我喜欢吃加了醋的，要不你临时说点儿醋话给我听，我也能就着吃下去。”

“爱吃不吃！”她嘴上这么说，手上免不了又往他碗里盛，同时叮嘱他，“你那被罩要是晾干了，就赶紧给被子套上，否则没几天被子就脏了。”

方穆扬洗衣服很快，在水里打遍肥皂再过两遍水就晾上。他不会洗，又洗得勤，一件衣服本来能穿上个三年五载，照他这么个洗法，能穿一年就得感谢布料好，被单床单也禁不住他这么祸害。费霓对他很无奈，这个人不光长得费布，样样都费布。

吃完了，方穆扬跟费霓说：“你别光着脚，把我给你买的新袜子穿上再睡。”

费霓看见方穆扬给自己买的新鞋、新袜子、新大衣，心疼地问：“不会把钱都花完了吧？”

“还有剩。”

他倒是会买，一看就知道要花不少钱。她想要埋怨他花钱大手大脚，又觉得他统共就这么些钱，还给她花了，花了钱还让他不高兴，实在是亏死了，他亏，她也亏。但他实在是不会计算，没过冬衣服的是他，不是她，有了钱就不会先给自己置办一些东西。她要说他今天买得好，方穆扬把这当成鼓励，以后再随便给她花钱可就麻烦了。

她心里纠结，最终还是决定跟从本心说他买的她都喜欢。至于劝他花钱要计算的事，明天再说。

她穿着方穆扬给她买的羊毛袜，抱着他给她买的热水袋，心里想着，等她明天好受了，得赶快把他的线裤给织出来，天越来越凉了，给他织毛衣还差些毛线，要不把她之前的一条围巾给拆了，反正她有两条围巾。他这么不会花钱，劝恐怕也没用，只能让他以后有了钱都交她一部分。

隔天晚饭，方穆扬用家里最后一个鸡蛋给她做了鸡蛋羹。

他仍然没买醋回来。

每月鸡蛋的供应就这么一点儿，费霓有点儿不好意思，这个月的鸡蛋都被她给吃了。她给方穆扬碗里盛了一勺，刚要盛第二勺，被方穆扬笑着拦住了："没想到你这么喜欢我，就一个鸡蛋……"

方穆扬本以为费霓会停手。

费霓竟也不否认，又给他盛了一勺，说："一人一半，买的时候你不也有份吗？"

今天费霓身体好多了，连带着头脑也清醒很多，说话也很注意，不像昨天，什么醋都往外泼。

她吃完了，打开收音机坐在方穆扬的床上听音乐，边听边织之前没织完的东西。方穆扬在缝纫机上画稿，跟费霓商定，礼拜天再打矮柜。

听着听着，收音机没声了。费霓心脏猛跳了一下，她调到另一个电台，一个可以外放的电台，取下耳机，外放，发现收音机没问题，再戴上耳机发现又没声了。耳机坏了便不能再听了，她只好关掉收音机，继续织手上的东西。

方穆扬画画的时候比一般时候要专心些，等他画完了手上的线稿，转过身来想跟费霓分享耳机，才发现耳机被费霓放在了一边。

"怎么不听了？"

"耳机坏了。"

"我看看。"方穆扬一时也拿这耳机没办法，对费霓说，"你把收音机声音调小一点儿，隔壁也听不到。"

"还是算了，没必要冒这个险。"

方穆扬看了看四周，问:“你还有多余的被子吗？”

“箱子里还有一条。怎么了？”

“棉被还能隔些音。”

费霓开了箱子，拿出了自己冬天盖的被子，比现下这条要厚。

方穆扬又把自己的被子贡献出来，两条被子在绳子的帮助下把下面的床围了起来。

弄好了，方穆扬同她说:“作用有限，不过你现在把声音调低，隔壁肯定听不到，我明天看有没有适配的耳机卖。”

“现在这样，搞得跟做贼似的。”其实可以忍到明天买耳机的，但她前天是第一次听，因为听得少，所以到了点就感觉有什么在挠自己的心，不听总觉得空落落的。

费霓还是不放心:“要是一会儿又有人敲门进来，看见现在这样子怎么办？”其实这种可能性并不是很大，就算有人敲门找她，也是可以不放进来的，虽然不礼貌。

“理由不是现成的吗？你就说这墙不隔音，夫妻俩做点儿什么事都能被听见，你不好意思让人听见，就弄了这个。”

费霓实在听不下去，嗔道:“你能不能说些正经话？”

“在自己家还要那么讲究吗？那不成睡觉还要穿鞋了？你跟我说话也不用有什么顾忌。”

费霓替他难为情:“可你也不能什么都说。”

方穆扬冲她笑:“我都说什么了？”

费霓哪好意思把他的话重复一遍，只好继续织自己手上的活儿，不理他。

48

整个床用被子围着，明明是秋天，却闷得厉害，费霓又喝了方穆扬给她冲的热奶粉，从头到脚都是热的，她只穿了一件单衣，坐着给方穆扬织线裤，方穆扬在她旁边不知在画什么。

费霓热得心烦，连收音机里的音乐都不能让她沉静下来，虽然那是很舒缓的曲子。

费霓想，方穆扬这样不怎么怕冷的，肯定是怕热的，他恐怕比她还要热。

她刚想说“要不把被子摘了吧”，就听方穆扬同她说：“这是咱们要打的矮柜，你看看有什么不满意的地方。”

同费霓设想的一样，她说很好。

“那我就按着这张图打了。”方穆扬拍拍她的背，“别织了，你要是想继续听收音机，就在这儿躺会儿，我去楼下看看做矮柜的材料，不跟你抢地方。”

“不是说礼拜天再打吗？”

方穆扬对着她笑：“我们培训班有人听说我娶了个才貌双全的老婆，非想来家看看你。我倒是很想让他们看看我有多走运，娶到了你，可总不能让他们站着看，至少得打俩凳子让他们坐着。要只在礼拜天打，恐怕冬天到了，凳子还没打成。”他们家只有两把椅子，再来一个外人便只能坐樟木箱子了。

“才貌双全？你可真会给我戴高帽儿。”

“你这话说得就没道理了，我又不是你们制帽厂的，哪来的帽子给你戴？”方穆扬起身掐掐她的脸，“你也累了，快点儿休息吧。”

“我不困。你把这挂着的被子摘了吧，我不听收音机了。”天这么凉了，方穆扬还穿着一条单裤，她得赶快把另一条腿给织完，让他尽快穿上。

方穆扬拿手去擦她额上的汗：“是够热的，那就明天再听，我明天肯定把新耳机给你带回来。”

第二天，方穆扬果然给费霓买了副耳机，听收音机不用再用棉被捂着。家里鸡蛋没了，方穆扬一大早去早市，从远郊进城卖鸡蛋的老农那里买来了二斤土鸡蛋，继续给费霓蒸鸡蛋羹。

自从鸡蛋限量后，费霓从没在这么短的时间里吃过这么多鸡蛋。

同事都说她结婚后脸圆了一点儿，以此作为她婚后幸福的证据。

如果以婚后体重的增减来判断一个人婚姻是否幸福，那么方穆扬肯定是不幸福的，因为他比结婚前还要瘦了。回来这些天，在费霓坚持不懈的努力下，方穆扬虽然胖了几斤，但还是没办法跟结婚之前比。

费霓决定让方穆扬吃点儿好的。

礼拜一一大早费霓就跟方穆扬说，他今天最好早点儿回来，她有重要的事情请他帮忙。

方穆扬问费霓："那事儿结束了吗？"

费霓很警觉："你问这个干什么？"

"今年再不吃螃蟹就吃不着了，螃蟹性寒，你要是没结束，我等等再买。"

费霓说："螃蟹过两天再买吧。"

晚上方穆扬一回来，才知道费霓请他办的重要事情就是片猪肉片。她让方穆扬把猪肉片薄一些。方穆扬做过木工，刀工也不差劲，片的猪肉每一片都让费霓满意。

芝麻酱、腐乳、卤虾油、土豆、白菜都是礼拜天备下的，只有猪肉是现买的，费霓本来想买牛羊肉，但太难买，只好拿猪肉将就。

她调好了蘸料，让方穆扬点燃酒精炉，把锅底烧开。她自己是不敢用酒精炉的。

猪肉片滚熟了，费霓便将肉片捞出来，往方穆扬碗里夹，告诉方穆扬，她不怎么喜欢吃猪肉，比较喜欢吃涮土豆片和白菜。

"你是兔子吗？怎么净吃素？"方穆扬笑着把锅里的肉捞到了费霓碗里。

费霓有些不高兴："不是跟你说了吗，我想吃自己会夹。"

"那你为什么给我夹？"

两人正说着，有人敲门，费霓马上停止了说话，快速打量了一下这个房间，第一反应就是看床上的枕头。她听方穆扬的话，白天把她的枕头拿下来和方穆扬的放一起。

方穆扬扶住费霓的肩膀，让她好好吃，他去开门。

49

敲门的是街道的陈副主任和一个姑娘。就在费霓住的这层楼，有一个女同志在生一胎后没有间隔四年就生了二胎，陈主任认为这是计生教育做得不到位，必须亲自上门普及。

和陈大妈一起来的是这片儿药店的工作人员。现在避孕产品在药店一律免费发放，但是领的人不多，店里的工作人员除下工厂发放外，为使工作能够尽快落实，还联合街道积极分子，将药品发放到户。

陈大妈进来的时候，费霓已经站起了身，锅里升腾的热气扑到她脸上，显得她的脸更白了，她的草绿色的毛衣和里面的白色衬衫都给人一种很柔和的感觉。

陈大妈看了一眼登记表，登记表上显示这户是一对新婚的小夫妻，两个人同龄，男的今年刚到结婚年龄，只比女的大几个月。其实不看登记表，以陈大妈多年的生活经验也能看出这是一对新婚的小夫妻，倒不是因为他们的脸看着都不大，而是他们太像一对刚脱离家庭出来过日子的小儿女。

两个人熟得都住一个屋了，但彼此看一眼，女的还有点儿不好意思。

费霓家里的矮柜没打好，椅子又只有两把，未免显得简陋些。陈大妈快速地扫了一眼房子的陈设后，便被酒精炉上的锅吸引了，以她多年涮锅子的经验，这蘸料调得还挺不错。

陈大妈想，这俩孩子还挺会享受。

方穆扬把自己的椅子让给陈大妈，陈大妈说："不坐了，跟你们宣传完了，还有其他家等着我们呢。"

陈大妈给了费霓一份宣传手册，又问她："小费，上礼拜街道组织给已婚育龄妇女办的宣讲会，你怎么没去？"

费霓听到"已婚育龄妇女"这几个字，一时微红了脸。幸亏有酒精炉在这儿，可以说是被锅里的热气给熏的。

"我不知道有这件事。"费霓确实看见了告示，但因为从没把自己当成育龄妇女，所以并不觉得自己需要去。

“以后街道再办宣讲会，你一定得去。如果你没时间，就让家属去，男同志接受一下教育也是有必要的。”

说完，陈大妈又问费霓关于生育有什么计划，不光工作要有计划，生育是人生大事，也要有计划。了解街道内已婚妇女对生育的规划，也是陈大妈工作的一部分。

费霓对此全无计划，勉强维持着笑容，以一种很平静的语气说：“我想先把精力投入工作中，暂时不打算要孩子。”搁别的事，她不会如此拙于言辞，但现下她也只能挤出这样一句话。

陈大妈肯定了费霓的想法：“年轻女同志对工作有热情是很好的，不过除了短暂的规划，还是要有一个长久计划。刚结婚的小夫妻，即使计划着不要孩子，孩子也可能自动找上门来，了解一些知识是很有必要的。”

陈大妈讲完了，那位药店的工作人员接着说，因为还有其他户需要走访，她只粗略地讲了口服避孕产品和其他产品的使用方法，具体的，费霓可以通过宣传手册了解。

工作人员很熟练地把东西递到了费霓手里。

“你们如果用完了，可以到药店去领，都是免费的。很多人不好意思领，其实完全没有必要。”

费霓此时想挤出一个“好”字，可硬生生憋红了脸也没挤出来，倒是方穆扬很自如，他说，这么晚还特地来他家做普及工作，真是辛苦了，要不要在这儿也吃一点儿。

陈大妈立即表示她们不拿群众一针一线，快出门的时候，又问费霓卤虾油是在哪儿买的，看着真不错。

得到了答案，陈大妈很满意地走了。

关上门，费霓的脸已经憋红了，以往单位发的都被她锁在柜子里，现在她难道要把这些东西当着方穆扬的面往柜子里放？可若是不放到柜子里，放到哪儿呢？

方穆扬关上门，看见费霓仍站在那儿，他拿手去戳费霓的鼻尖。“你怎么这么热？”又拿额头贴一贴她，“倒是没发烧。”

方穆扬低头看见费霓手里的东西，冲她笑：“你手里还拿着它干吗？现在又用不着。”

他很自然地展开费霓的手，把她手里的东西放在条案上，让她赶快吃，碗里的东西凉了就没办法吃了。

“怎么能放那儿呢？”这么光明正大的，别人一进门就看见了。

“吃完了再说。”

刚才的事情太尴尬，费霓一时不知道说些什么。她只低头吃自己碗里已有的，也不去看锅子，偶尔伸手去锅里夹菜，筷子碰到方穆扬的，马上抽回来。她随便夹了一片到自己碗里，仔细一看竟然是姜片。筷子又碰到一起，缩回来，这次以为夹的是土豆片，没想到还是姜片。

一无所获。她为这顿饭从昨天就开始准备，每年芝麻酱的供应就这么些，她今天就用了一季度的量。结果吃得魂不守舍的。

方穆扬把煮好的肉片拣了一些夹到费霓碗里。过了会儿，他又给她夹菜叶和土豆片。

“我自己会夹。”

“我知道。”

费霓吃东西的时候，脑子一直在想别的，以至于方穆扬时不时送到她碗里的肉片，都被她心不在焉地给吃了。

等她意识到，锅里的肉片已经不剩什么了。

这当然不符合她的初衷，她做这顿饭本来是想给方穆扬改善伙食的。

肉片和菜吃得差不多了，两人便开始下面，这次的面方穆扬吃得比较多。

费霓在捞面条的时候竟发现了一片肉，其惊喜不亚于洗衣服时掏出钱来，她马上送到方穆扬碗里。

这顿饭耗费了她不少心思，不光芝麻酱耗费了她的供应，腐乳也是专门骑车去东边腐乳商店买的，来回就是一个小时，普通副食店卖的腐乳不如这家专门的店铺品类多，味道也不地道，她特意买了好几种。结果蘸料倒是足够了，方穆扬却没吃上几片肉。

因为觉得太可惜，费霓一时忘却了陈大妈造访的尴尬，拿着筷子去锅里搜寻肉片，夹到一片就往方穆扬碗里送，偶尔见到的只有筷子尖那么大的，她也照样要夹到方穆扬碗里。

费霓的筷子一直停在锅里，方穆扬看着费霓拣肉片的手被蒸腾的热气熏白了，忍不住笑。

“你还记得你帮我保管了一个箱子吗？那个箱子还在吗？”

都十年了，不在也没什么奇怪的。

费霓想起那箱子唱片和画，还有那些不着寸缕的艺术品。她本意是想从方穆扬那里弄些书看看，能看的书太少了，她只能从他那里想办法。她没想到要来的东西完全不符合她的需要。她看到箱子里的画集时，心里虽然愿意承认那是艺术，可仍忍不住骂他，就藏了这么一箱东西，怎么好意思交给她？然而她固然不情愿，也没把东西扔掉。这些年她一直等着他来要箱子，结果等到了现在。

按理说得知他恢复了记忆，她就该物归原主了。可是家里又没电唱机，唱片也无用武之地。画集倒是用得着，可……不过既然他主动提出来，她当然要还给他。

“在呢。”费霓指指她的樟木箱子，“就在那里面，你现在就要吗？”

她搬家的时候第一时间就想到了那个箱子，绝对不能让它留在父母家。

方穆扬扭头看了看费霓的樟木箱子，问她：“如果我一直不找你要，你就一直替我存着吗？”

费霓心道，不然还能怎么样？

“一会儿吃完饭，我给你拿出来，你看看东西少没少。”

“我还信不过你吗？”

费霓心里说，即使她人品不佳，也不会偷藏这些东西，因为对她实在没有用处。唱片她倒是想听一听，可根本不敢外放。

这顿饭两个人吃得很干净，除了原先的锅底，放进去的肉片、菜叶，一点儿不剩。

酒精炉的火灭了，费霓把提箱翻出来，拿给方穆扬。

当年两个人是在天蒙蒙亮的时候接的头，鬼鬼祟祟，像做贼一样，方穆扬还记得费霓给了他钱，具体多少他都忘了，只记得他拿着钱去食品店买了一大块水果蛋糕。那天是他姥姥生日。

方穆扬把箱子放在缝纫机上，一一翻检，尘封了十年的东西又回到他的眼前。

他记得戒指和萨蒂的唱片一起放着。那枚戒指还在。祖母绿周围镶了钻，他记得姥姥有一套祖母绿的首饰，戒指是其中一个，留给了他。

50

周二一大早，方穆扬就告诉费霓，下班不用去食堂打饭，晚上有螃蟹吃。

方穆扬去出版社时遇见凌漪，凌漪的脸以往总蒙着一层忧郁，即使上了大学，参加工作，也没变过，今天却洋溢着一股喜气。凌漪悄悄告诉方穆扬，她的父亲有望恢复工作，又问他的父母怎样，方穆扬只说不了解。他前些天给父母邮了一些中药，今天早上收到一封信，信里劝勉他好好工作。他和父母书信交流有限，为数不多的几封书信都是父母鼓励他好好做一颗螺丝钉，其他的一概不提。

凌漪请方穆扬去她家吃饭，有人给她家送了一篓螃蟹。正是这篓螃蟹让凌漪感觉到了变化，这么多年第一次有人主动登门给她家送礼物。这是一个很好的征兆。

她本来和服务局的一个男青年正处于互相了解、接触的阶段，因为这个征兆，她对服务局的男青年完全丧失了了解的兴趣。

当她可能不用再为生存问题发愁的时候，她又重新发现了方穆扬身上的优点。

方穆扬感谢了凌漪的好意，但今天他和费霓约好了一起吃饭，只好改天再去她家叨扰。

凌漪脸上的喜气滑走了，勉强笑笑，说：“这样啊。”

她尽力克制自己的情绪，用一种相对自然的语调问方穆扬：“你和她有共同语言吗？”她很怀疑，出身不一样、经历不一样的两个人怎么聊得到一起去？她能理解方穆扬之前为什么娶费霓，费霓根红苗正，长得不错，即使她自己不喜欢费霓，也不得不承认费霓的脸不难看，而且有一份正式工作。虽然她为方穆扬惋惜，但也不得不承认出于实用性考虑，方穆扬娶费霓是一个很好的选择。她不能理解的是费霓为什么愿意嫁给方穆扬，他所有的优点只有画画一项能产生实际效益，但两个人结婚时效益还看不到，他甚至连一份正式工作都没有。

但假如……她想，假如方穆扬的父母能恢复工作，那情况就完全不一样了。

方穆扬笑着说：“我初中没毕业，她上完了高中，我最近正努力学习文化，争取能跟她交流。谢谢你提醒我。”

费霓一下班就奔了浴室，再晚一点儿，就要等下一拨了。每次在浴室，费霓都能全面了解厂里的大事小情以及最新的生活指南，大到厂部更换新领导，小到小萝卜的腌法——马上就要冬天了，菜少得可怜，只有冬贮大白菜和几样菜可以吃，为了冬天多点儿菜可吃，大家动用了很多智慧，其中之一就是把市面上能买到的蔬菜腌起来保存。当然在未婚姑娘少的情况下，也会夹杂一些有关男女之事的玩笑。

费霓以往为了避开这类玩笑，总是能洗多快洗多快。但今天她在浴室待的时间比往常要长一点儿，她有点儿怕见到方穆扬，她的生理期结束了，如果方穆扬提出进一步的要求，她该怎么办？她一时没想到有效的拒绝法子，却又联想到了隔壁的声音。上周六的情况告诉她，棉被的隔音作用是有限的，可以隔断收音机的声音，却不能阻断汪晓曼家的床响传到她的耳朵里。

费霓不光洗澡洗得慢，就连走路也走得比平常慢了些。她在楼下看见了自家的矮柜，已经打好了，刷了清漆，正在外面晾着。

刚进门，就听见方穆扬问：“怎么今天回来得这么晚？”

费霓随口说：“厂里有事。”

她的眼睛盯着方穆扬，怀疑自己看错了。

方穆扬坐在钢琴前，钢琴盖被打开了，他正在给钢琴校音。

费霓一直觉得这琴的音准有问题，但因为平生第一次拥有一架琴，对琴的缺点很包容。

方穆扬会打家具、会做鲍鱼面、会蒸鸡蛋羹，都让她小小吃惊过，但远没有眼前这幅场景让她惊讶。因为就在前几天，他还以一种很奇怪的姿势弹钢琴，她从没见过别人像他那个姿态弓手指的，每当她稍微流露出一点儿无奈时，方穆扬都会盯着她的眼睛看，问是不是觉得他笨，不想再教他，她当然说不是，还表现得更耐心了些。

但现在这个连弹琴姿势都不对的人，正在给她的钢琴校音。

“你不是说你不会弹琴吗？”

方穆扬说得很恳切：“我很希望我自己一点儿都不会，这样就能和你多接触一点儿。稍微会一点儿倒成了麻烦，我生怕我装得不像，被你发现，这样就丧失了一个和你接触的机会。”

他把自己说得这样可怜，费霓反倒失去了指责他的立场。

“我知道我装得不像，你好心，不肯戳破我。在你面前，我是不是显得很可笑？”

费霓觉得有必要纠正他的想法：“没有，我从来不觉得你可笑。”

“我本来想给你买架新钢琴，但手头的钱有限，只能给你买架旧的，你先用着，以后我再给你换。”

费霓忙说：“这架钢琴已经很好了。”她在一旁看着方穆扬，过了会儿忍不住问，“你怎么会给钢琴校音的？”

他在乡下插队，学会打家具也是可能的，但会校音，实在出乎她的意料。

方穆扬笑笑：“我以前只会给提琴调音，至于钢琴，我也是前几天从废品收购站淘了本钢琴调律书，现学的，不过我可以跟你保证，应该不会比之前音准更差。”他早就买了工具，连着看了几天书，在脑子里校了几次音，今天才敢下手。

“你什么时间看的书？”他这些天除了工作，还要打家具，每天还要给她做鸡蛋羹，她实在想不出他有时间去看书。

“你猜。”

这个时候还让她猜，费霓又气又笑，不知道说他什么好。

方穆扬想起螃蟹还没下锅蒸，便对费霓说：“你先等会儿，我先去把螃蟹蒸了。”

费霓看见盆里处理好的螃蟹：“你不用管了，我来吧。不过你得帮我点一下炉子。”

等方穆扬结束了校音，螃蟹也熟了。

方穆扬不光买了螃蟹，还买了黄酒和一包话梅。

方穆扬把酒放在热水里温，没问费霓要不要喝，直接就给她倒了小半杯。

“你尝一尝，要是不喜欢的话，剩下的留给我喝。”

费霓喝了一口。他这样破费，她当然不能说不好，而且她也不想把自己喝剩的酒留给他喝。

剥蟹的时候，费霓因为心不在焉，不小心刺到了手指，方穆扬看见了，拉过她的手指摩挲，费霓像触了电似的往回缩，却直接被握住了，等他确认她的手指真的没事，才放开了她的手指。

方穆扬盯着她的眼睛说：“你别管了，要是实在想干活儿的话，去那儿弹首曲子，我给你剥。”

51

螃蟹性寒，在方穆扬的建议下，费霓多喝了两杯温热的黄酒。

方穆扬没想到费霓这么不胜酒力，喝了两杯就不像她自己了，红着脸，乜着眼看着他。这样的费霓是他平常没有看过的。他擦了手去掐她的脸，费霓开始并不躲，只冲着他微笑。

方穆扬把剥好的蟹肉送到她面前，让她再吃一点儿。

费霓吃了蟹，伸手拿酒瓶又要给自己倒。

方穆扬觉得她这样可爱得紧，又怕她掌握不好分寸倒多，以致喝醉了，他拿过费霓的酒杯，倒了半杯，先自己喝了一口，才把剩下的小半杯递到她嘴边。

费霓的嘴唇抵着酒杯，不满道：“酒瓶里还有，你为什么要抢我的喝？”

她说着，仰头又喝了一大口，喝完还给方穆扬看看杯底，冲他笑笑：“我还要再喝一杯，这次你不要偷喝我的了。”

“再喝就要醉了，不要喝了。”方穆扬纵使喜欢她这副好玩、可爱的憨态，也不想她真醉了，醉了的滋味并不好受。

醉酒的人当然不会承认自己醉了，费霓的手指按着自己的下巴颏儿，摇摇头说：“我不会醉的。”

她说着去拿方穆扬手边的酒瓶，还要给自己倒。

“不能再喝了。”方穆扬把酒瓶收了，费霓再跟他要酒喝，他只拿筷子蘸自己杯里的酒，给费霓润润唇。方穆扬眼看着费霓的嘴唇越来越红，她的眼睛看着他笑，露出不满足的神气，那意思是“我还能再喝”。方穆扬忍不住又去掐她的脸，费霓嫌弃地说：“不要这样，你把我都给弄疼了。”

“那我再给你揉揉。”方穆扬给她揉揉脸，揉着揉着又不小心把她的脸给揉痛了，可他仍问，“这样好些了吗？”

“你又弄疼我了。”

然而他并不愿放手：“要不你也让我疼一疼？”

费霓有点儿生气，折了一只蟹脚，拿小爪去刺他的脸。

方穆扬很大方地让她刺。

费霓觉得没意思：“我不跟你一般见识。”

她不去吃方穆扬给她剥好的蟹肉，又折了一只蟹脚放在嘴里咬，仿佛被咬的是方穆扬。

方穆扬问：“你咬得动吗？”

费霓张开嘴，露出细密的白牙齿，给方穆扬证明她确实咬得动。

吃完蟹脚里的肉，费霓又说她还想再喝一点儿酒。

方穆扬又拿筷子蘸了一点儿酒送到费霓唇上。

费霓抿一抿，嫌不过瘾似的说：“小方，你能不能大方一点儿？”

然而方穆扬并不能大方一点儿，他只是蘸了一滴酒送到她嘴里，费霓趁筷子尖上的酒滴落下去前凑过去舔了一下。

她嘴里骂他小气。

“我有钱，酒没有了，你再去买。再给我喝一点儿。”

方穆扬笑着问：“你有多少钱？”

费霓微笑着摇头：“不告诉你。”

“那我怎么知道你有钱让我再买一瓶酒？”

费霓抬起头批评他：“你总是在该大方的地方小气，在该小气的地方大方。你有了钱，为什么不给自己多添几件衣服？要是你穿得好一点儿，我也不会那么丢脸。”

方穆扬没想到费霓会这么说，笑着问：“我怎么给你丢脸了？”在他的印象里，费霓并不是一个靠穿着或者家具撑脸面的人。费霓虽然重视实用性，但她的实用标准又与一般人不同。旁人觉得沙发摆在房里有面子，但费霓只觉得沙发没椅子实用，还占了她放钢琴的地方。

“你穿成这样子，别人还以为我是图你长得高高大大。”费霓越提越气，“高高大大有什么好，做衣服还费布料，我就不能图你的才华吗？难道只有被众人发现的才华才是才华吗？你连椅子都打得很好，我有时真想让他们看一看你做的东西。”费霓说了方穆扬的一串优点：会修表，会拉琴，会画画……实在是很好一个人。

方穆扬从不知道自己在费霓心里竟然这么好，他去刮费霓的鼻子：“既然我在你心里无一不好，你为什么不把我的好处告诉别人？”

费霓笑：“你会把家里有多少存款告诉外人吗？”她自问自答地摇摇头，又说，“我还想再喝一点儿酒，请你给我倒一点儿。”

她还强调了一下“请”字。

方穆扬没想到自己娶了个一碰酒就醉的酒鬼，此时他很想把酒鬼的头按在怀里揉一揉。

“明天再喝好不好？今天不能喝了。”

费霓冷笑：“你不是说事事听我的吗？我就知道，你没一句话是真的，都是哄着我玩儿的，让你倒杯酒也不肯。”费霓突然凑近他的脸说，“不会你跟我说之前没女朋友也是假的吧？”

方穆扬今天为了吃螃蟹，特意买了醋，这醋果然酿得很好。

他盯着费霓的眼睛说："真的。"

费霓与他对视了很长时间，大概确认了他说的是真的，便说："假的也没关系，我没那么小气。咱们再喝一点儿吧？"

方穆扬拿保温瓶往杯里倒了水，送到费霓手里。

"你又骗我。"

"想喝酒，我明天陪你喝。"

"可我想今天喝。你如果对我大方一点儿，我也会对你大方。"

方穆扬拿拇指摩挲费霓的耳垂，她的耳垂因多喝了两杯酒，已经红了。他笑着问她："你准备怎样对我大方？"

"你想听什么曲子，我给你弹。"

她的大方也不过如此。

费霓很警觉，即使喝醉了，给方穆扬弹的也是时下流行的曲子。曲子和现在的费霓一样，都比以往要活泼。弹完了，费霓扭头对方穆扬笑笑，那意思是"我已经大方完了，该你了"。

方穆扬把杯里的小半杯残酒喝了一口，送到费霓嘴里，费霓没想到他的"大方"也这样小气，还在嘴里和她抢酒喝。她竟然争不过他，但她偏要争一争。

这样送了几次，费霓浑身都没了力气，轻飘飘地倒在床上，手指贴在自己嘴唇上又麻又痒的地方，堵住自己的嘴，不让方穆扬再喂她酒。慢慢地，她的手指也沾染上了一些酒味，那酒味也不知道是她的，还是方穆扬的。她痒得厉害，气息也乱了，指尖好像有蚂蚁在爬，她受不了，只好同他说："你自己的酒自己喝吧，我不喝了。"

"真不喝了？"

"真不喝了。"

"你还嫌我不够大方吗？"

费霓摇摇头。

方穆扬拿她没办法，这个时候对她做点儿什么，很像乘人之危。他不屑这样做，因为没必要。可她现在这副样子也够他受的。

最终他只用手指揉了揉她的脸，便放过了她。他在乡下劳动过几年，回城也没闲着，指腹当然谈不上光滑。费霓被他这么一通乱揉，嘴里发出吃痛声。

他又拿他粗糙的指腹在她嘴唇上按了按，不知是他的指腹上残留了一些酒味还是什么味道，费霓竟然尝了尝。她的嘴唇很红，他的手指碰到了，也沾染了一点儿红。

方穆扬想，要是他的相机不卖掉，留到现在，就可以把眼前的她记录下来，她看了，以后势必不会再沾一点儿酒。当然，照片一定不能拿到外面洗，他可不能让别人看到她这副样子。

费霓不再说话，抱着枕头躺在那儿，呆呆地看着方穆扬笑。

方穆扬调了调枕头，让费霓把整个头放上去。她的眼睛一直睁着，方穆扬连着亲了几下，她的眼睛才闭上。

他打开暖壶，倒了一杯水，等水稍微凉了，他又把费霓扶起来，一点一点把水喂给她喝。

听说话梅能解酒，方穆扬拿了一颗放到她嘴里，费霓闭着眼睛，很乖顺地含了。

方穆扬掏出裤兜里的戒指，无奈地笑了笑，本来打算今天送给她的。他把戒指套在她手上，举起她的手指看了看，就像长在她手指上的。

他在她额头上亲了亲，准备让她就这样睡下去。

方穆扬给费霓脱了鞋，又去水房打了水，兑上热水给她擦了手和脸。她的衬衫外套着一件毛衣，穿毛衣睡觉肯定不舒服，方穆扬平时粗枝大叶惯了，此时尽管担着小心，褪毛衣的时候，手指也免不了碰到她。

费霓本来就怕痒，她在半睡半醒之间，感觉到有人碰到她的痒痒肉，忍不住打着滚儿去躲，一面躲一面笑。她把蓝白格子的床单都给滚皱了，仍在笑。

她一面笑一面说："求你了，别这样。"

那笑声很脆，透过墙传到了隔壁。

汪晓曼第一次听见隔壁发出这么大的声音，那笑和声音太放肆了，连带着她都有些不好意思。隔壁的上一家住户再怎么闹也没这样过，至于笑得这么轻狂吗？费霓平时看着不声不响的，私底下原来是这副样子。她扯了两团棉花塞到丈夫耳朵眼儿里。

方穆扬及时堵住了这嘴里的笑，他知道费霓明早肯定会为这笑声后悔。

第七章

倔

52

费霓半夜醒来的时候，灯仍亮着，她发现自己躺在方穆扬的床上，裹着方穆扬的被子。她下意识地去摸自己的嘴角，她下唇有点儿痛，是一种被啮咬的痛，手指滑到衬衫的第一粒扣子，衬衫仍然在。

手指抚在领口，她没办法不注意到手指上的戒指，那是一枚祖母绿戒指，周围镶着金刚石，把她的手指衬得越发细了。

身旁没人，只有一个空枕头。白天为了防止有客人来，两个人的枕头是放在一起的。

环顾四周，方穆扬正背对她坐着，大概在画些什么。

费霓一时有很多问题：她为什么躺在方穆扬的床上？为什么手指上多了戒指？她只记得方穆扬给她剥蟹肉，她多喝了两杯酒。

在提问之前，她掀了被子从床上坐了起来，去找自己的鞋子。她隐约知道是怎么回事，大概是她喝醉了，他又没办法把她弄回上面的床，只能由着她把他的床给占了。

她多少有些不好意思。因为她醉了，方穆扬现在还没睡觉。如果他去睡她上面那张床，她也不会说他什么的。费霓觉得之前误会了方穆扬，他并没有她想象中那么危险。她醉了，他非但没有趁她酒醉的时候同她做什么，非但没有和她睡一张床，甚至因为没经过她的允许，连上面的空床都没去睡，反而这么晚了还在画画。她一瞬间涌现出许多情绪，她昨天在浴室的时候还想着要不要拒绝他进一步的要求，现在为自己的多虑感到脸红：她到底在想些什么？然而因为酒意已经退了，那微微泛出的红色比之前还是差了些。

方穆扬听见了趿鞋的声音，知道费霓醒了。他转身看见费霓脸上的红稍微褪了色，头发仍乱着——之前被他揉的——他想她一定忘了，所以并不准备承认。他笑着对费霓说："还不到四点，你再睡会儿。"

费霓又从上到下打量了一眼他的穿着，他只穿了一件衬衫。这么冷的天，还穿这么少。费霓走到他旁边，发现他正在临摹画册上的画："别画了，赶快去休息吧。"

手指上的戒指由不得她想不起："这戒指是哪儿来的？"

"就在箱子里，十年了，你一直没有发现吗？"

她发现箱子里只有唱片和画册，没有她想看的书后，就没再仔细地看过，只等着物归原主。

方穆扬伸手去摩挲费霓手上的戒指，慢慢摘了下来。

就像费霓不清楚为什么方穆扬趁她酒醉给她戴上戒指，现在也不清楚方穆扬为何要把戒指摘下来。

他的指腹滑过自己手指的时候，费霓感到了一股凉意。

在费霓醒来前，方穆扬刚刚冲了一个冷水澡，他整个人都比费霓要凉很多。

方穆扬握着费霓的手，同她说话："这个戒指是我姥姥留给我的，说我结婚的时候用得上。"

那时候他对结婚只有个朦朦胧胧的概念，他想这个东西可能一辈子都用不着了，结婚多不自由啊，像他爸那样受他妈妈钳制。他一点儿都不愿意结婚，小时候被父母、老师管着都够他受的了，可这是人生的必经之路，没办法，等他大了，能做主了，绝对不会主动给自己找罪受。

没想到他还是结婚了，竟然还是自愿的。

他问费霓："你后悔和我结婚吗？"

费霓下意识地摇摇头。她找不到后悔的理由，她不光收获了房子，竟然还因结婚收获了一些自由。她在爸妈家，凡事自己做主，也是自由的，但跟现在的自由是完全不一样的。

而且，方穆扬明显也从这婚姻中获得了一些好处。

她喜欢这互利互惠的婚姻。

“那你就是愿意跟我结婚了？”

费霓觉得他的“愿意”和自己的“愿意”不是一回事，但没办法否认。

他又说：“我给你的时候，没想到能有机会亲手给你戴上。”

戒指又回到费霓手上。

“这次我们算是真正的结婚了吧？”

费霓听懂了方穆扬的话，她找不到否定的理由，唯一的理由大概是太快了，她还来不及适应。可这个理由不足以让她张口说“不是”。

她没直接回答，而是低头看了一下自己的手表：“都四点了，你赶快去睡吧，明天……今天还要上班。”

“可我睡不着。”方穆扬的手去抚被他揉乱的头发，他的手滑过费霓耳侧的时候，费霓又感到了那股凉意。

她忍不住问：“你的手怎么这么凉？”

“麻烦你帮我焐一焐。”

53

方穆扬又问一遍：“咱们算是真正的夫妻了吧？”

费霓不说话，她很懂他的话外之音。她是愿意和他结婚的，结了婚也从未后悔过，可现在她并未做好和他做真夫妻的准备，母亲教导她的话以及过往隔壁固定传来的声音，充斥着她的脑子。如果做真夫妻，就是每周固定发出那样的声音，她并不觉得比现在好，也不向往。

“你不说话，我就当你默认了。”方穆扬找温软的地方去焐自己的手。

“给我点儿时间让我再考虑考虑。”

“你觉得我还有哪些地方需要改进？”方穆扬的手没一会儿就被焐热了。

费霓感觉自己的上衣越来越紧，几乎要绷得喘不过气来，她的脸都要给憋红了。

“咱们原来那样不就很好吗？”

“可我觉得咱们还可以更好。”

方穆扬的手指既谄媚又放肆，费霓从未领教过这么谄媚的手指，好像连指纹都在讨她的好，想要把她伺候得舒服，但所有的谄媚都是有目的的，是为了取悦之后能够更好地在所触之处尽情地撒野。方穆扬越来越放肆，越来越强硬，但又伪装成一种带迎合的强硬，仿佛在说“你应该也是愿意的”。

不一会儿，他不光把自己的手焐热了，也让费霓的体温升高了。

这并不在费霓的经验里，他对她做的这些她既没在电影里看过，书里也没的见。大概他的所作所为和主题还有距离，结婚那天妈妈跟她交代的那些话更是派不上用场。

她不知道他是从哪儿学来的这些，专为着整治她。

她热得难受，也痒得难受，不由得质问方穆扬：“你这都是从哪儿学来的？”

方穆扬一时没理解费霓的意思，等到明白了，笑着说：“遇到你，就无师自通了。”

他喜欢一个人，自然要同她亲近亲近，能有多近有多近，哪里用得着学？

费霓不说话，方穆扬继续说：“你放心，在你之前，我从没跟别人这样过。”

“我没有不放心的。”她说话的声音有点儿发颤，却是不容置疑的口吻。

“可我怎么闻到了一股醋味？”

“你又栽赃我。”

方穆扬很诚恳地赔不是，又说：“我之前没经验，有不对的地方，你随时提醒我，我好改。你现在不满意也多担待一点儿，以后就好了。”

费霓红着一张脸，气息都混乱了，说话的声音虽低却很强硬：“够了。”她的声音是身上除了牙齿最坚硬的部分，方穆扬的手指感觉到了她的软弱，所以并不把她的话太当一回事。

“可我的手还是凉，得再焐一会儿。”他仍坚持着不肯走。

“那你去别的地方焐。”费霓说不出他的手已经够热的了，虽然这手早就不凉了。

方穆扬很把费霓的建议当回事，手稍稍移了一下位置。他凑近费霓的耳朵问：“你觉得这儿可以吗？”

费霓骂：“不要脸。”

方穆扬并不生气，耐心同她商量：“咱们结了婚就是一家人，这脸我不要了也不能便宜了外人，都给你好不好？”

方穆扬偏着脸去碰费霓的嘴唇，那样子好像她在亲他。

他一副很慷慨的样子，把整张脸都要奉献出来，随她处理。

费霓一个劲儿地躲，可还是碰到了，两个人的嘴唇碰到了一起。方穆扬偶尔也给她一个说话的机会。

要说的话断断续续地从费霓嘴里溜出来：“今天还要上班。”

他凑过来同她说话：“要是不上班就可以了吗？”

费霓闭上嘴，不说话。就算不上班，难道她就能默许他对她做任何事情吗？费霓自己也不知道。但今天是一定要上班的。而且他昨天一直在忙，到现在还没睡觉，再不休息对他一点儿好处都没有。

方穆扬越来越放肆：“那咱们今天就不上班了。”

“那怎么……”她话还没说完，就被方穆扬乘虚而入了。

费霓暗骂自己不争气，又中了他的计。她的嘴原先还有一点儿疼，现在却好了。他的嘴比他的手要温柔许多。他的手一点点加深着对她的理解，仿佛要在上面来来回回拓个指印出来，费霓被迫感受到了他五根手指的不同。

平常她讨厌他老拿话取笑她，此时却愿意他多说一点儿话。只有他说话，她才能说话，否则嘴就只能被堵着。她想利用这仅剩的理智告诉他，他们俩都应该休息了，独自休息一会儿。

过了好一会儿，方穆扬把下巴搁在费霓肩膀上，给她留了说话的空隙。

“天很快就要亮了，你赶快去睡一会儿。”

方穆扬说了声“好”。

对于方穆扬来说，抱起费霓并不算费力。

费霓猛地被抱起来，下意识地喊“不要”。

费霓的头又枕在了原来的枕头上，方穆扬扯过被子，给她裹紧。他躺在另一个枕头上，嘴巴凑在她耳边问：“不要什么？你不是要休息吗？怎么就不要了？”

费霓往上扯了扯被子，盖住自己的脸，不理他。她又误会了他。她不禁怀疑起自己来，是不是潜意识里真的想和他做那种事，才会一而再，再而三地怀疑他。这个猜想让她难为情。

方穆扬并没有费霓想象中那么坦荡，他之所以躺在那儿不做别的，不是因为他心无杂念，完全是时间不允许。他和费霓还要上班。

他翻了个身，隔着被子抱住费霓。

费霓说：“我去上面睡吧。”

方穆扬笑：“还不放心我？”

“你不盖被子，不冷吗？”他床上就一条被子，正被她盖着。她又不敢把被子让给他一半。

“有你在旁边，我一点儿都不冷。”他抱得又紧了一些，凑过去亲她。

搁以前，费霓或许是要躲的，但现在因为有了更深一层的接触，亲吻就显得平常了。又因为裹着被子，也不用担心会发生什么不可控的事情，所以她由着他去。因为今早还要上班，方穆扬只亲了亲她的耳朵。

空气突然安静下来，静得费霓能听见自己的心跳声。她觉得方穆扬不盖被子是对的，她都要被热死了。闭上眼睛，方穆扬的手指仍在不安分地跳动，才一会儿的工夫，她就熟悉了他的手指，他刚才的动作连带着自己刚才的感受又在她的回忆里重现，回忆如此具象，好像又重演了一遍。但她知道，他现在的手很规矩，非常规矩。有方穆扬在旁边，听着他的呼吸声，她根本别想睡着。

她根本无法想象以后两个人睡一张床的情景，大概会夜夜失眠，所以这个时间来得越晚越好。

"让我出去一下。"她在床里面，下床必须经过他。

"嗯？"

"我想喝水。"

"我去给你倒。"

方穆扬知道费霓是想趁这个工夫回到上面自己的床铺，他倒水的时候刻意放慢了速度，等费霓回到她原先睡的床才转身。

她回去也好，两个人挤在一起，他一分钟也别想睡了。

费霓还是在方穆扬的注视下喝了他倒的水。

她躺在床上睡不着，又不敢翻身，怕翻身的声音打扰方穆扬睡觉。

他因为打家具，睡的时间本来就少，这次天快亮了才睡着，她想让他多睡一会儿。

直到天亮，费霓也没睡着。她轻手轻脚地从上面的床铺下来，方穆扬仍躺在床上，他的眼睛闭着。费霓看他睫毛长，忍不住吹了吹，想看看会不会被吹动。刚开始离着远，睫毛没动，她靠近他的眼睛又吹了一次。她靠近他的脸，拿自己的手指轻轻去拨动，又拿她的小手指去戳他的鼻尖，怕把他戳醒了，只轻轻地碰了一下。

结婚之后，她从来没有像今天这样观察他，上次看得这么仔细，还是在医院他没醒的时候。

那时候，她看他的眼神里总是含着对未来的期待，想着他好了，她没准儿就能评先进、上大学了；现在虽然她没上大学，但有了一个伴儿，这让她觉得日子还是很有些兴头、值得一过的。当然，在很多时刻，她还是为自己不能上大学、不能换工作而遗憾。

她就这么静静地看着他，看了好一会儿才去水房洗漱。

在水房里遇到汪晓曼，汪晓曼看见费霓，忍不住问："小费，你的嘴唇怎么肿了？"

费霓下意识地咬了咬自己的嘴唇，回想起之前的情景，随口编道："喝热水烫的。"

汪晓曼看费霓耳根红了，没好意思戳破她。昨天费霓笑成那样，大概是没想到房间有这么不隔音，被她给听到了。费霓的嘴哪是被水烫的，分明是让人咬的。干什么能咬成这样?

费霓回去照镜子，手指按在嘴唇上，上唇果然肿了。她没法儿不怨方穆扬。

方穆扬看费霓一直拿着镜子照，凑过去在镜子里看她，伸出手指去摸她的上唇:“这儿怎么肿了？疼不疼？”

费霓白了方穆扬一眼:“不关你的事。”

方穆扬并没因费霓的不耐烦而停止关切:“是不是今天喝水时烫着了？我去给你拿药膏。”

费霓没接方穆扬的话，让他点了酒精炉，她去煮挂面。早饭他俩轮流做，今天轮到她。

挂面煮好了，她从饼干筒里翻出两块酥皮点心装到碟子里，放到方穆扬手边，又把饼干筒盖上，低头吃挂面。

方穆扬把酥皮点心掰成两半，一半给费霓，费霓没拿:“你自己吃吧，我不喜欢吃这个，看你瘦的。”

其实他这样子比刚回来那会儿还是好多了。

方穆扬笑着问她:“昨天没硌着你吧？”

费霓假装没听见，继续低头吃面。她心里骂他怎么什么都好意思说，不过他确实没硌着她，再瘦，肌肉也是有的。

54

上班的时候，刘姐也关切地问费霓的嘴唇怎么有点儿肿，费霓说是吃东西烫的，刘姐半信半疑。

费霓因为这一小小的事件，晚上方穆扬再要亲她，她拒绝得比以往还要坚决。

方穆扬并不正面否决她，只说不能亲嘴，那亲亲脸总可以吧。费霓不说话，算是默认。他得了允许，便去亲她的眼睛、鼻子、下巴颏儿，之后便在她嘴唇的周围徘徊，碰一碰她的嘴角，又贴着她的嘴说话，偶尔呵一口气，说一个小笑话。费霓想笑又不能笑，忍不住咬自己的嘴唇，方穆扬这才去碰碰她的嘴，因为亲得并不重，她也就没反对，慢慢地他便得寸进尺，费霓却忘了应该反对。

费霓不光纵容方穆扬的嘴，对他的手慢慢也变得宽容起来，由着他撒野。但当方穆扬去咬她的扣子时，费霓便又强硬起来，她的声音比牙齿还要硬，没办法，除了声音和牙齿，其他的地方都很不给她争气。方穆扬意识到了她的外强中干，却也不勉强她，又给她系了扣子。因为是系扣子，费霓觉得他还是尊重自己的，就不去追究他为何系得这么慢以及其他不合适的地方。方穆扬的手在她身上转了几个弯儿，可她从床上起来时，衣裳还是齐齐整整的，就是有一点儿褶皱。同样皱的还有床单。

费霓抚了抚乱蓬蓬的头发，红着一张脸又回到了上面的床上。她是不肯和他同床的，她信不过他，也信不过自己。

她不知道是害怕那件事本身，还是害怕那件事会制造出的声响。在和方穆扬越来越亲密后，费霓对房子的隔音越来越关注，她发现不光墙壁不隔音，就连地面和门也不是很隔音，站在走廊是可以听到房间里面的声响的。

听到隔壁固定发出的声音时，在不好意思之余，她又多了一层好奇。是每对夫妻都会发出那种声音吗？还是有例外？在猜想她是不是例外时，她的脸烫得厉害，虽然没人知道她这么想，但她还是为自己的想象不好意思。

费霓并没把自己的担心告诉方穆扬。她不觉得方穆扬会理解她。一个男的，只要不是搞腐化，他弄出多大的声音，都不会有人嘲笑他，没准儿还会觉得他有本事；对于女的，话就不那么好听了，要是传出去，等于制造了一个话柄给人家，吵架时随时可能被别人翻出来攻击。

好在方穆扬很尊重她，之后再没解过她的扣子。因为这个，费霓收获了一种安全感，随便方穆扬的手和嘴怎样撒野，她也不去抵抗他，只压抑着自己不去发出声音。

其余发泄不尽的精力，方穆扬都用在了画画上。

费霓睡觉的时候，方穆扬仍在临摹画册上的名画。屋顶上的灯太亮，怕妨碍费霓睡觉，他买了一个旧台灯。

他晚上临摹普桑的画，白天的时间继续用来画连环画。

天越来越冷，走廊里摆满了冬储大白菜，费霓仍坚持和方穆扬分床睡，虽然两个人睡更暖和一点儿。

方穆扬给了费霓一本英文原版小说，让她看完了有空给自己讲讲。方穆扬上初中的时候，文化课是教育中最不重要的一环，他的初中跟没上也差不多，所以英文也会得有限。

费霓有了新书看很高兴，但她只在床上打着手电看。其他时间她要给方穆扬做衣服。

费霓发了工资，把一部分钱跟人换了布票，买了布料。方穆扬的衣裳都需要现做。

同样发现方穆扬没有正经衣服穿的还有苏瑜。

方穆扬正在画的连环画主要是描绘钢厂工人如何在一线奋战的，这个故事就来源于苏瑜在报上发表的一篇文章。苏瑜比方穆扬大两岁，大学毕业后就在出版社工作，经常在报上发些文章，反响都很好。她的家庭和她的才华都是她骄傲的本钱，她表现出的骄傲和她的本钱也很相配。

在画这本连环画时，方穆扬虽然已经画了一本，但因为没有正式出版，他仍算是一个九分新的新人。苏瑜对于自己的得意文章交给这么一个新人来画，自然不是很满意，和方穆扬沟通时也爱搭不理，话里话外很有些贬低的意思，她希望方穆扬能够知难而退，把她的作品留给其他更有名望的人来画。她受人尊敬惯了，钩心斗角、阳奉阴违一概没学会，表达不满从来都很直白。

方穆扬很会提取关键信息，把苏瑜的语气和情绪全部忽略，只在脑子里记住了她的要求。

不过，因为她的要求里，有七分的地方不合理，他便只留下了另外三分。

在听完之后，他照样奉送了一个微笑，脸上一点儿都不觉得难堪。他打小被父母磨炼惯了，极少有觉得难堪的时候。

苏瑜看他的神色，疑心没有把自己的不满表达到位。但他这样脸皮厚，大概是不会知难而退的，她便只能认了。

直到她看了四张初稿，才对方穆扬消除了偏见，决定给他一个好脸色。

55

苏瑜对自己看不上的人很少有好态度，如果这些人又来巴结她，这看不起便又加上一层。她原先以为方穆扬是个关系户，可看了他画的东西，知道他很有点儿底子，于是变换了一种态度。

对于她看得起的人，她一向是慷慨的。

趁着方穆扬来社里，苏瑜递给他一个信封，里面是自己没用完的布票和购货券，她很大方地让方穆扬拿去用。

方穆扬打开信封，看到一沓布票和购货券，这券上有专供的标志。

他抽了两张购货券，感谢这购货券送得及时，他爱人买雪花膏就差这两张购货券。拿了购货券，方穆扬又把信封送还给了苏瑜。为感谢她的好意，方穆扬提议："中午我请你吃饭吧？"

方穆扬竟然有爱人，这并不在苏瑜的意料之内，他看起来并不像一个结了婚的男人，倒不是因为年龄小，而是气质。她觉得已婚男人是另一种气质。

因为惊讶，苏瑜的表情有一瞬间的失控，但她很快控制住了，又把信封递过去："你留着用吧，有困难就说话，我或许可以帮得上忙。"

苏瑜听说方穆扬结婚后，努力表现得比之前更慷慨，她不想让方穆扬以为她送他东西是因为对他有别的想法。

方穆扬并没接过信封，因为他的爱人正在给他做衣服，他暂时用不着布票。不过为了感谢苏瑜的两张购货券，他还是在食堂请她吃了饭。

饭间，苏瑜随口问方穆扬他的爱人做什么工作。

方穆扬如实答了。

方穆扬早早结婚，娶了一个制帽厂的女工，这个答案多少让苏瑜意外。她虽然写的文章都是关于工厂的，但她对工厂工人实际上并没有多了解，也不知道一个车间女工到底过着怎样的生活。她不觉得制帽厂的女工不好，只是觉得很难和眼前的人联系在一起。

“你怎么这么早就结婚了？”怕方穆扬误会，苏瑜又解释道，“我没有别的意思，只是好奇。社里的人，无论男女，都很少有你这么早的。”

方穆扬笑着说：“遇见她，我突然觉得结婚是特别好一件事儿。”

方穆扬的回答并不切题，但苏瑜从回答里得知他对他现在的婚姻是很满意的。她不由得对方穆扬的妻子多了几分好奇。

有了这两张购货券，方穆扬便给费霓买了一瓶雪花膏。

偶尔方穆扬也会沾染上费霓脸上的雪花膏味。费霓做衣服的时候，方穆扬便会请她讲讲她前一天晚上看的书，费霓此时便会思考一下，再给方穆扬复述情节。

方穆扬问：“就只有这么些情节？”

费霓把其中谈恋爱的戏份都给省略了，只讲了里面的战争情节，但偏偏这并不是一本讲战争的书。

费霓撒谎撒得很纯熟：“就这些，不信你自己看，我难道还能骗你不成？”

方穆扬笑：“我也想自己看，我不是看不懂吗？你就可怜可怜我这个半文盲，把情节给我翻译翻译。”

费霓想了想说：“那好吧，不过得等我把衣服给你做完了，我现在没时间。”

天越来越冷，前些天就已经开始供暖，而方穆扬只有一件毛衣，他太需要一件厚外套了。

尽管如此说，费霓睡前还是会特意在方穆扬床上坐一会儿，拿着书轻声给方穆扬翻译。翻译的时候，她经常会把自己不想翻译的部分省略。

有时方穆扬听费霓把书翻得这么快，便问：“怎么一页就那么几句话？你不会骗我玩吧？”

费霓把书给他，笑着说：“就讲了这么多，我总不能再给你编几句出来。”

方穆扬笑：“那你把英文念给我听。”

“你不是听不懂吗？”

“听不懂就更要学了。放着个现成的老师在身边，我要是不学，可真是一种损失。”

费霓只好给他悄悄地念。怕别人听见，两个人离得很近，近得可以听到彼此的呼吸。念到让人脸红心跳的段落，因为方穆扬听不懂，费霓也没有略过去，照样给他一个单词一个单词地念。

“你的发音真好听，能不能念慢点儿，再重新念一遍？”

费霓只好又给他念一遍，而且这一遍又故意放慢了语速。

方穆扬偶尔也会在她念的时候看一看书，他指着“kiss”问费霓：“这个是不是‘吃’的意思？”

费霓不知道他是真不知道还是假不知道，便说：“你连这个单词也不认识吗？”虽然这是很有可能的。

“你也知道，我初中跟没上一样，这个单词的意思难道不是‘吃’吗？我隐约有这个印象。”

“当然不是，你就知道吃。”费霓戳戳他的额头，“你自己去查词典就知道了。”

“身边就有一本活词典，我才懒得去费那种功夫。”方穆扬的手指去摩挲她的嘴唇，“快点儿告诉我，这是什么意思，也让我学学。”

费霓低声给他解释，可方穆扬的听觉此时却丧失了灵敏，请她再讲一遍。

费霓骂了声“真笨”，在他脸上飞速地亲了一下，说：“就是这个意思，你明白了吗？”

方穆扬搂过她的肩膀，笑着说：“可我觉得这个单词有时和‘吃’的意思也差不多。”

“怎么会差不多？差得远了。”

方穆扬在她嘴上啄了一下，问费霓这个单词是不是也可以解释为“吃”。

费霓不理他。

方穆扬把费霓的嘴唇当成夜宵“吃”，“吃”一会儿便请费霓继续给他翻译。

费霓给他念一段，方穆扬又请费霓解释。有时候费霓刻意错过了一句话，方穆扬便特意请她解释那一句话的意思。

费霓疑心他在逗她，便说："你自己看吧，你不是懂得挺多吗？"

"我哪里有你懂得多，就认识几个单词，还不会念。你多教教我。"

费霓并不中他的计："你要是真想学英语，先去背词典吧。再说，英语会不会的，也不影响你的工作。"她才不上他的当。

不过费霓的后一句话却是真的。自己虽然看得懂原版小说，但她并不认为这对她的前途有什么作用，只把它当成一个消遣。她觉得方穆扬就算真不知道"kiss"是什么意思，也不影响他的生活。

"你再读一页吧，我不打扰你了。"

"真的？"

"真的，至于这么信不过我？"

费霓确实很信不过他，但还是又给他读了一页。费霓读的时候，方穆扬果然不再去打扰她，只是向她证明那个单词确实是可以解释为"吃"的。

费霓拿手指去挡方穆扬的嘴："我们明天开始合唱排练，嘴肿了很不好看。"

"不会肿的。"

费霓很坚持："等会演结束了再说吧。"

厂里组织会演，车间也要出节目，车间的节目由冯琳负责，定了合唱，费霓也被选为合唱演员之一。费霓因黑板报的事情得罪了冯琳，冯琳在排练的时候对她很注意。费霓平常说话的声音不大，唱歌的声音自然也不突出，冯琳大概是发觉了，便说某些人滥竽充数，毫无集体主义精神，只想着占集体的便宜，该出力的时候不出力，拿荣誉的时候却冒上来了。她说着又点了费霓的名字，让费霓单独来一段。费霓虽然是做帽子的，但"没集体精神"这种帽子被扣下来可够受的，唱的时候也就顾不上保护声带了。冯琳挑不出她的错，就说希望费霓合唱时也要这么卖力。

费霓因为合唱的事情每天都要比平常晚回来一小时，她给了方穆扬钱和粮票，让方穆扬先吃饭，不要等她。但方穆扬每天都会等她一起吃，怕她嗓子不舒服，还特意给她准备了润喉糖。

费霓回到家便很快吃了饭，放下碗就给方穆扬做衣服，小说也不读了。

距离会演还有三天的时候，合唱出了问题。合唱指挥冯琳突然崴了脚，去了医务室，看那架势，几天之内根本好不了，明天又要表演，必须有一个指挥。讨论了一阵没讨论出结果，刘姐站出来提议费霓，她说费霓之前就是合唱团的。

费霓本来是不想上的，冯琳指挥了这么多天，到了关键时候，她代冯琳上场，冯琳未必不会对她有意见，她俩之前又有矛盾。但明天就要演出，大家又排练了这么长时间，她也顾不得这些了，只好硬着头皮上。

她并没把这件事告诉方穆扬，即使没有人想着找她的错处，嘴肿了也怪难看的。

会演的前一天，费霓把方穆扬的裤子、外套做好了，她在收音机里听到明天有大雪，一边感慨雪来得突然，一边庆幸：要是大雪再早一天，方穆扬就会难过了，只有毛衣怎么能承受得住大雪呢？

会演结束的时候，按照天气预报说的那样，下起了雪。

费霓车间的节目获得了厂里一等奖，作为指挥，费霓比其他合唱演员多领了一块毛巾和一块肥皂。

但多出来的毛巾和肥皂并不能让费霓高兴。今天发工资，她一分奖金都没有。

费霓开始以为是财务发错了，结果财务告诉她，她的奖金被扣了。

下了班，她去找车间主任，姚主任告诉她，这次扣她奖金是因为她没有完成车间交给她的办黑板报的任务，不经允许就撂挑子，对集体起了很坏的示范，如果不惩罚她，大家有样学样怎么办？只要她以后都像合唱这样为集体考虑，奖金肯定是不会少发给她的。

费霓并不认同姚主任的这个说法："奖金只跟我的本职工作挂钩，

办黑板报那是冯琳的工作，并不是我的本职。我没有办好，所以我不能拿那五块钱的补助，但奖金您必须发给我。我工作一次都没失误过，该加的班也都加了。”

为了这没到手的奖金，费霓第一次忘却了她在厂里的为人之道，要求姚主任拿出明文规定证明不发她奖金的合理性，要是拿不出，她就不走了。

方穆扬的第一本连环画出了，傅社长请他到家小聚，方穆扬感谢了傅社长的好意，但他爱人今天过生日，只好改天请傅社长吃饭。

雪越下越大。方穆扬在家等了费霓半个小时，也不见她回来，骑了车就去厂门口等她。

56

姚主任没想到，一个年纪轻轻、看起来文文静静的女孩子，比厂里那些泼辣的中年妇女还要难缠。但她的难缠不是他想象中的那种难缠。他开始怕费霓在他面前哭闹，下了班，一个年轻漂亮的女孩子在他一个中年男人面前哭，传出去是很不好听的，而且他也怕自己心软。

但费霓一滴眼泪都没掉，她的声音也不比平常说话的声音更大。

“办黑板报是冯琳的工作，她是主要负责人，她认为我做得不好，想换人，我为了黑板报能办得更好，选择主动离开，把时间花在我的本职工作上，这难道不是为了大局考虑吗？请问您，为什么要扣我的奖金？”

费霓和冯琳说的是两个版本，姚主任本能地相信费霓的这一版。费霓在车间这几年，工作从没出过纰漏，也没和谁发生过矛盾。但是冯琳的父亲是劳动局的，他侄女回城要是想找到理想工作，还要请冯家帮忙。费霓还是稚嫩，得罪谁不好，非把这位得罪了。

姚主任也不那么理直气壮，语气缓和了许多：“其实小冯并不是真要你离开，只是想鼓励你做得更好。遇到苦难要知难而上，不要逃避。你这次合唱就做得很好嘛，下次给你加奖金。”他也是为费霓好，她办黑板报得罪了冯琳，合唱又抢了冯琳的风头，让冯琳这次出口气就得了，否则以后麻烦可要没完没了了。这次扣了，下次补回来就是了。

但费霓并不领姚主任的情。她开始一条条念厂里的规章制度，念完一条就问姚主任她到底违反了没有。

姚主任看了看自己的手表，他的妻子还等着他回家吃饭。

“你要是实在缺钱，我把我的钱给你。”姚主任不想跟费霓再耗下去了，今天刚领了工资，他掏出信封，拿了五块钱给费霓，“这样可以了吧？小费，快回家吧。”

“我不要您的钱，我要我的劳动所得。”如果不给她应得的那份，就得给她一个足够合理的解释，不然明天她要去厂长办公室要个说法。

姚主任被费霓逼得没办法，就说他再考虑一下。费霓说：“您就在这里考虑吧，我等着。如果您要回家考虑，我也跟着您一起回去。”

费霓的声音不大，但语气很坚定，姚主任相信，如果他不把奖金给费霓，费霓真会跟着他回家。

他本来是很不耐烦的，但他抬头看了一眼费霓，发现费霓的头仍然微微仰着。他开始以为这是不服，现在才发现费霓这个姿势是为了避免眼泪流出来。

流泪代表示弱，但她不能示弱，因为她在讨一个公道。虽然其他人的经验表明示弱更容易要回奖金，但费霓要的不只是奖金。

姚主任突然意识到，对于费霓而言，这并不只是钱的事情，而是事关尊严。哪怕费霓的奖金不全被扣完，只被扣了一分钱，她也会找过来，逼着他把应得的钱给她。

她的尊严不允许他和稀泥。

在明白这一点之后，姚主任决定把费霓应得的奖金补给她，为了成全她顽固的自尊心。

作为车间里的老人，他理所应当要维护车间里认真工作的人，他近来因为家务事忘了这件事，但费霓提醒了他。

他写了一张字条给费霓，承诺奖金会补给她。

字条的白纸黑字也是为了提醒他自己。

费霓的眼泪是见到方穆扬才流出来的。方穆扬打着一把伞，这伞和夜色融为一体，上面落满了白色的雪花。

见到费霓，这伞便移到了她的头顶。

费霓去摸自己的眼睛：“你怎么来了？”

“你要是再晚出来一分钟，我就进去找你了。”

方穆扬注意到了费霓的眼泪。

“谁欺负你了？”

“我是感动的，谢谢你来接我。”

方穆扬揽过费霓的肩膀：“咱俩还客气什么？怎么今天这么晚才下班？”

“厂里有些事，我们车间拿了一等奖，我得了毛巾和肥皂。”

“够行的啊你，能把肥皂给我用用吗？”

“你要是听我的话，我就考虑考虑。”

方穆扬推着自行车，两人步行回自己的房子。费霓用她的长围巾将整个头包裹起来。

方穆扬的鞋底印在白雪上，费霓擎着伞，偶尔去踩方穆扬的鞋印，仿佛在跟他的脚比大小。她这样走，伞还举在方穆扬头上，雪花便落在了她身上，她也并不在乎。

方穆扬伸出一只手去揽费霓的肩膀：“别只顾着给我打伞。”

费霓笑：“我跟你不一样，我有围巾遮头发，而且我不只有一套衣服。”

停好车，费霓把雨伞给方穆扬，低头揉了一个雪球，发狠地往外投。

“想打雪仗吗？”

费霓摇摇头，笑着说：“你只有一套衣服，我不跟你打。你自己打伞吧，不用管我。”

方穆扬给费霓打着伞，让她尽情地朝着远处掷雪球。

他知道她受了委屈，但她的自尊心不允许她往外说。

方穆扬把伞扔到一边，自己也揉了一个雪球往外掷，慢慢就变成了两个人互相打。两个人对着扔，身上落了半身雪，但谁也没把雪球砸在对方身上。

费霓打累了，方穆扬俯下身，让费霓上来，他背着她回家。

搁平常，费霓肯定会推托，但今天和以前不一样。

费霓的手指落在方穆扬的肩膀上："衣服湿了怎么办？"

"烤烤就干了。"

"要是烤不干呢？"

"那就穿你的，你不是有好几套衣服吗？"

"没个正经，我的衣服，你要穿得下就好了，我也省得给你做新的了。"

费霓伸手去摸方穆扬的头发："傻子，你的头发也湿了。"

"头发少，好洗。"

费霓去拨方穆扬的头发："你只有洗头发不糊弄，洗衣服的时候，你简直笨死了。"

到了他们的楼层，方穆扬才放下费霓。他们才分开了不到一分钟，到了房间里又在一块儿了。

费霓头上遮着一条长围巾，方穆扬帮她取下来，雪花被抖落在地面。费霓去找方穆扬外套上的雪花，外套脱了，她便去看他毛衣上还有没有。

她拿干毛巾踮着脚给方穆扬擦湿了的头发，踮着脚吻他的嘴。

方穆扬的手指落在费霓脖子上，费霓感到了一阵凉意，但并没说出来。

她知道不一会儿两个人就会一起热的。

起先费霓是主动的，但她慢慢又成了被动的那个。两个人的手都很冰，可拧在一块儿没多久就变热了。费霓不再骂方穆扬笨，因为这个时候的他一点儿都不笨。他们亲着亲着就变成了简单的拥抱，她有很多话想跟方穆扬说，但有时沉默比言语更能表达心意。她的头埋在他怀里，她终于可以放肆地哭一会儿，如果方穆扬发现了，她就说是他身上的雪花化了，她才没有哭。

在她偶尔对未来丧失希望的时候，幸而有他在她身边，让她觉得现在并不算太坏。

在这个时候，方穆扬对她做什么她都不会反对。

但方穆扬说，她该去换衣服了，换好了他们好一起吃饭。

方穆扬点燃了酒精炉。他今早买了两条鱼拿到食堂，一条送给大师傅，另一条请大师傅给他处理、切片，他准备给费霓改善一下伙食。

费霓在矮柜上发现了一只小的水果蛋糕。“今天怎么买这么多吃的？”她又在矮柜上发现了方穆扬新出的连环画，猜测这蛋糕是方穆扬为出书买的。她忙打开连环画看，画这本连环画的过程中，方穆扬掉了将近二十斤肉，虽然并不是为画画掉的。

“你这本连环画都在哪儿卖啊？”

“不用买，你直接看桌上这本就行了。”

“我不是自己看，咱们不得买来送人几本吗？你爸妈，你姐姐，你哥哥，还有我爸、我妈、我哥、我姐，厂里的人我也准备送几本。”

方穆扬此时手已洗过擦干，他用干燥的手指去摸费霓的耳朵：“买这么多本，你可真够败家的。”

“这跟败家有什么关系？救灾这么不容易，大家不得都学习学习吗？”费霓站那儿翻连环画，并没吃饭的意思，“要是卖得好，以后你的机会不会更多吗？”

她为他能有更好的前途感到高兴，虽然这勾起了她对自己未来的一点儿怅惘。但两个人里有一个有前途，总比两个都没前途要好得多。

方穆扬心里笑，就算买一百本对总销量也没什么影响，但他还是很感谢她。

“别看了，你是忘记今天是什么日子了吗？”

“什么日子？”

“连你的生日都忘了？今天不是你二十二岁生日吗？”

尽管过了年费霓就称自己二十二岁，但她今天才正式过二十二岁生日。

费霓想起今天确实是她的阳历生日，不过她以前一直只过阴历生日。

“你怎么知道今天是我生日？”

“结婚证上不是写着呢吗？”

费霓把涮好的鱼片拣到方穆扬碗里：“你多吃一点儿。”

“我中午在食堂吃得够多了。”

“那你怎么也不见胖？”

方穆扬笑着说：“你现在是看不出来的。”

方穆扬告诉费霓，涮鱼片于他并不是什么珍贵的食物，以前插队的时候，他去邻村的河里经常能钓到不小的鱼。他会好多种鱼的做法：烤鱼、蒸鱼……

他把回忆稍稍美化了，他确实经常能钓到鱼，但那些鱼都算不上大，小河沟子里的鱼能有多大呢？不过那时有的吃就觉得很好了，根本没工夫挑三拣四。

两人凑在一起吃涮鱼片，胳膊偶尔碰到一起，谁也不以为意。

虽然已经供暖了，但屋里的温度并不算高，是锅气把两人给熏热了。

费霓继续给他夹：“我吃不了这么多，还得留着肚子吃蛋糕。”

费霓说是要吃蛋糕，但她只切了一小角给自己，她胃的容量是有限的，剩下的蛋糕，都给了方穆扬。

“我生日，你就帮帮忙，多吃一点儿。”

两个人捧着蛋糕看窗外的大雪，外面的一切都裹上了一层白，费霓伸出手指去碰碰窗户，冰得她马上缩回来。以后天会越来越冷，她今天发了工资，还得换些票买点儿棉花，给他做件棉衣。今年辛苦些，都备齐了，明年就好了。

“你有什么生日愿望？”

费霓闭上眼许愿，希望明年的今天还能和方穆扬一起过。

她觉得这个愿望比较容易实现一点儿。她希望两个人能够共同进步，要是差得太远了，恐怕就要靠对方的责任心来迁就了，那可够没意思的。

她说出口的是另外一个愿望：“我希望我明年能上大学。”

她说完就笑了：“这个希望太渺茫了。”因为渺茫，也就不在意说出来破戒。

“没准儿就成真了，谁也不知道未来怎么样。”方穆扬掐掐费霓的脸，“去年这个时候我还在病床上没醒，哪里想得到能和你结婚？”

费霓在心里说，我也想不到。那个时候她在想什么？大概在想怎么才能上大学吧。

“去年你的愿望是什么？”

费霓笑：“上大学。”她笑着笑着就流出了眼泪，“我从来没跟别人说过，年年愿望都是这个，年年都没实现，够丢人的。其实我也知道上大学改变得有限，但我实在想看看人生的另一种可能。”一种她自己选择的，而不是被命运推着走的人生。

方穆扬对上大学并没有多少执念，他家里的人，只有他自己没有上过大学，在他父母对他的规划中，也没有上大学这个选项，他父母觉得家里的知识分子太多了，要从他起，改变改变成分。

但他能理解费霓的想法。他亲亲她的头发：“去年只有你一个人许愿当然不灵了，今年我和你一起，概率就大多了。”

“那我希望咱俩都能上大学。”

方穆扬笑：“都去上大学，咱俩的房子就没了。”

费霓在心里笑话方穆扬，希望这么渺茫，他还当真讨论起来。

她嘴上说的是另一句话：“房子就算一时没了，以后也肯定会有的。”

方穆扬说今天要给费霓画一张像，以后每年的今天都要给她画。

方穆扬画费霓，费霓低头看方穆扬的连环画。

她决定，明天去书店一定多买几本，送给自己的亲朋好友，让他们再帮着多宣传宣传。她觉得他画得很好。

方穆扬走过来，凑在她耳边说了句话。

费霓的耳根一下子红了。

费霓不说话，方穆扬的嘴巴又凑得近了一点儿，仍低声问她：“可以吗？”

费霓没说“可以”，也没说“不可以”，她沉默着，伸手去解自己的第一颗扣子，解完一颗又解第二颗，解完第二颗，低头看锁骨上的那颗痣。

他说画上不能缺了那颗痣。

费霓答应了，她也是头一次发现，那颗痣竟然那么红。

“一颗扣子就可以了。”方穆扬的手指滑到扣子前，很郑重地把第二颗扣子给费霓系好，又往下扯了扯。跟他的手指一比，费霓的扣子显得格外地小。他的掌心略微有些粗糙，隔着一层衬衫，费霓都能感觉到。

方穆扬的神情和手指的走向都是很正经的，反而显得费霓的脸红很没有来路。

他退回到画架前，给费霓画画。

费霓很知道方穆扬眼睛的厉害，即使和他相处了这么长时间，她仍然会被他的目光弄得不好意思。她的手去翻还没看完的小说。

方穆扬问费霓："你看到哪里了？能不能给我讲讲？"

费霓拿起包着书皮的硬壳书给方穆扬读，读得很慢，每一个单词她都力图清晰地传到方穆扬耳朵里。

他是她的唯一听众，她也只敢让他当听众。有这么一个人在身边，听不听得懂，都是好的，有时她也宁愿他听不懂。主角的剖白有时念出来怪难为情的，虽然是书中人的话，但好像是她说给他听的。

她只给方穆扬读那些话，并不翻译出来。

等方穆扬收了画架子，费霓凑过去看自己的画像。

看了一眼，费霓便转过了头，打开窗户，伸手去接窗外的雪花。

方穆扬走过来，拿着费霓沾了雪花的手贴在自己脸上。

费霓的手往回缩："多凉啊！"

"一会儿就热了。"

57

窗外的雪把天给衬亮了。

方穆扬手上的雪花还没化掉，他就用冰凉的手去触碰费霓的鼻子、嘴巴、耳朵……费霓不是很怕冷，但怕痒，因为冰凉便格外地痒。她只好躲，身体忍不住向后仰，却被方穆扬一只手揽住。她没处可躲，痒得忍不住笑，那笑声太放肆，顺着开了的窗户传到外面白茫茫的世界里，隐约还有回声。

费霓捂住自己的嘴，防止笑声溢出来。那手指被方穆扬一根一根掰开，方穆扬用两只冰手把费霓的脸固定住，费霓提前闭上了眼睛。

外面亮，里面的灯泡更亮。

窗户开了半扇，费霓任方穆扬亲着，空出来的手缓慢地去推窗户，外面的凉风送进来，有点儿冷。

两人推着挤着就到了那张蓝白格子床单上，两人面对面，脸离得很近，鼻尖彼此蹭着，恰巧方穆扬的鼻尖还被费霓抹了化了的雪，凉得她发痒。费霓忍笑忍得很辛苦，紧咬着牙齿，不顾发红的耳根，和方穆扬对视着。方穆扬把她的嘴巴当夜宵，偶尔咬一口，但“吃”得一点儿不心急。方穆扬的嘴去碰费霓的嘴角，费霓没忍住，微微张开嘴，几乎要笑出来，那点儿笑被堵住了。床单一会儿就皱了。不过费霓已经习惯了，她知道怎么把皱了的床单理平。

方穆扬却不太会。他的手会画画、打家具，会在她身上随便放肆——费霓甚至怀疑方穆扬把她当成了一张纸，每次都要在她上面先打一个线稿。有时候费霓怀疑方穆扬不是画画的，而是搞雕塑的，非要把她重新雕出个形状来。他什么都会，却不会把他弄皱的床单理平。

所以费霓要想着这些。

她的手指去戳方穆扬的耳朵：“我想听收音机，外放的那种。”

市面上售卖的微型耳机普遍一副只有一个听筒，方穆扬只买了一副，要想两个人听，就得外放。为了双保险，他们在调低声音之外，经常在墙上挂一条被子，虽然作用有限，但多少起到了一点儿安心的作用。被子只挂一条，把床都围住就太闷了。

方穆扬听懂了费霓的意思，却不着急，跟她亲了一会儿才放开她。

费霓理了理乱了的头发，去翻箱子，把厂里和前些天药店发的那些东西找出来，她拿了一袋，一袋两个。

方穆扬在挂被子，费霓很严肃地阅读纸袋包装上的说明，她的表情和阅读电器说明书时没有任何差别。看说明书的时候，费霓一颗心怦怦跳。方穆扬凑过来看，费霓马上背过手去。

灯光太亮了，可他们没有经验，不能没有光，于是费霓把台灯拿到床前，开了台灯，把屋顶上的灯关掉。

方穆扬觉得费霓实在很有意思，她在把即将发生的事当成一门功课来做，红着一张很认真的脸。他按捺住冲动，随她去做课前准备。

床上的收音机声音很微弱，甚至可以当作不存在。

费霓把那个小纸袋子放在方穆扬枕头旁边，然后越过方穆扬，躺到了自己的枕头上。她躺得很规矩，好像这不是她自己的家。毕竟在自己家是不需要那么规矩的。

她仰头看着上铺的床板，以一种微不可闻的声音对方穆扬说："一会儿你记着用那个。"

方穆扬拿手指头刮费霓的鼻子："那个是什么？"

"就你枕头边那个。"

方穆扬见费霓的表情很像迎接一场考试，忍不住笑道："你是不是有点儿紧张？"

"没有。"

"可我有点儿紧张。你是不是能听见我的心跳？"

费霓只能听见自己的心跳。

往常，费霓已经习惯了和方穆扬亲热，现在却像第一次和他那么近，方穆扬贴在她的心口听她的心跳。

费霓有些僵硬地躺在那儿，方穆扬扳过她的脸，在昏黄的灯光下，两人面对面看着。方穆扬一直看着费霓的眼睛，手指滑过她的鼻尖，一路向下，滑到费霓的嘴唇，费霓咬了一下他的指尖，她的眼睛不再和方穆扬对视，心不在焉地咬着方穆扬的指头。

方穆扬听见了她的心跳，另一只手伸进她的头发里为她梳着。他的指腹有些粗糙，动作却很柔和，柔和得让费霓忍不住闭上眼睛。他拿费霓的一根发丝去搔费霓的耳朵，由浅及深，最后固定到一个位置，费霓痒得咬住嘴唇，咬住了齿间方穆扬的手指。方穆扬并不把手指抽出来，任费霓咬着。费霓的两只手忍不住拧在一起。

方穆扬就这么打量着她，费霓做了很多准备，却紧张得忘记了拉窗帘，雪天的月光透进来，和台灯下昏黄的光交会在一起，把她的脸衬得更加柔和，也更加红。他的五个指尖交替体会费霓牙齿的厉害，但她对他很留情，不肯咬痛他。

费霓的眼睛一直闭着，方穆扬继续拿她的发丝去搔她的耳朵，同时凑近了她的嘴同她说话。

“今天谁惹着你了？”

“没有谁。”

她这么一出声，方穆扬的手指便被吸吮着。

“跟我也不能说吗？”

“并不是什么大事，而且我已经解决了。”

“不是大事，更要找我了。我大事解决不了，小事还能帮得上你的忙。”

费霓笑，她的手握着方穆扬的手指，将他的手指从她的齿间拯救出来。她睁开眼睛，越来越靠近方穆扬的脸，碰了碰他的嘴唇。

两个人碰一碰嘴唇说一说话。

费霓去摸方穆扬的头发：“头发过几天又该剪了。”

“要不以后你给我剪吧，把钱省下来。”

费霓笑话他：“难为你想出这么多省钱的地方。”方穆扬总能说出一堆乱七八糟的省钱方式，那些钱就算都省出来，加一起，也不及他给她买的鞋贵。

两人说一句，嘴唇碰一碰，过了会儿，便不再说话了。

费霓刚抚平不久的床单又皱了。

方穆扬扯了被子给费霓裹上，隔着被子抱着她，和她亲着。他不准备马上进入正题，虽然他的身体并不是这个想法。

费霓整个人被圈在被子里，只露出一个脑袋瓜，她越来越热，忍不住去踢被子，但整个人被箍得紧紧的。她的两只手伸出来抱住他，加深了两个人之间的吻。

方穆扬的一只手滑进了棉被，去往他熟悉的地方。

他也没想到自己和费霓会这样熟，也没多少天的工夫。

方穆扬对费霓说：“你的腰眼上有一颗痣。”

他并没看到过。

但他的手指感受到了，和他画上的那颗痣是两种感觉。

他的手指放在他的新发现上，低声跟费霓讲两颗痣的区别。

费霓堵住了他的嘴，请他不要再说了。

外面的雪越下越大，白底子的地，湛蓝的天上悬着一轮月亮，雪花纷飞着。

窗帘没拉，隔着窗户可以看见外面纷飞的雪花。

月光被这地衬得有些凄寒。若打开窗户，寒气便会告诉他们外面怎样地冷。

但窗户关着，屋里仍是温暖的，屋里的人便更加温暖了。

那个姜汁黄底子的棉被只有四斤重，按理说这个天气盖是绝对不会感到热的。

但费霓热极了，她不知道方穆扬的手为什么这么不知疲倦，白天画了一天的画，现在还画得起劲。

画笔不会关心画纸是什么感受，更不会问这纸怎么起笔，笔尖哪儿轻哪儿重，在哪儿该停顿，停顿多长时间。

但方穆扬会问费霓，他关注她的感受甚至到了事无巨细的地步。

费霓断断续续地说出她要说的话："别问了，你怎么着都行。"

方穆扬便很放肆了，此时他的手指比拿笔时更灵活。费霓从没在方穆扬脸上看见过谄媚这一表情，但方穆扬的手指告诉费霓，他其实是可以很轻佻，很谄媚，很没骨头的。你如果真觉得这人没什么骨头，他又会马上强硬起来，告诉你刚才他所做的一切都是装的。

费霓能听到自己无意间流出来的声音，但她控制不住。

时间一点点地过去，外面的雪越下越大，结婚那一天费霓母亲跟她说的事情仍然没有发生。

费霓的头脑里还有一小块地方保持着清醒，她克制着轻喘，问方穆扬："你知道接下来怎么做吗？"

"是这样吗？"

"不是。"

"这样？"

费霓咬着牙说道："不是的。"

费霓找到方穆扬的耳朵，用一种第三个人绝对听不到的声音跟他说了几句。几句话说得断断续续的。

“这样对吗？”

费霓这次忍着没说话，混乱中去找她放在方穆扬枕边的小纸袋，一个袋子里有两个。

她拿了一个给他。

“我不会，你帮帮我。”

“你又哄我。”

“我真不会。要不你给我念念说明书，我照着做？”

费霓只好颤抖着手去帮他：“你的手老实一点儿好不好？要不我什么都做不了。”

她说的话是祈使句，但因为带着哭腔反倒有祈求的意味。

她按照说明书上说的那样去做，手一直在抖，但步骤没有错，她疑心是因为自己紧张而做错了，但重来一次还是不对。她颤抖着手指一次又一次重来，却越来越艰难，从手指到掌心都浸出了汗。

方穆扬的汗珠落在费霓的额头上，他大概是疼的，他的手握住费霓不停颤抖的手指，凑在她耳边同她说了一句话。

她又羞又想笑，又觉得生活实在喜欢和她开玩笑。

厂里和药店发的，以及刘姐给她的，都是标准型号的，而方穆扬不仅不合标准，还和标准差得有点儿大。

那些东西他根本没法儿用。

唯一值得庆幸的是，方穆扬并不比她好多少，再无师自通也是没经验的人，所以和她一起犯了一个尴尬的错。

外面的雪纷纷下着，这个夜晚可太难熬了。

58

雪越下越大，没有停的意思。

谁也不知道这雪会下到什么时候。

这是今年的第一场雪。一年无论下多少场雪，第一场总是有点儿不同的。

费霓的脸上蒙上了一层雾，像在窗户玻璃上哈了一口热气，而费霓的脸贴在玻璃外层。

她的眼睛也有点儿潮。

她用这双眼睛看着方穆扬："反正也做不了了，那咱们把灯关上吧。"

"你想做吗？"

费霓的手指拧在一起，用一种很低的声音说："不做也可以的。咱们现在这样不也很好吗？"

她虽然很难受，但不认为跟做不了有关。

方穆扬拿着费霓的手指去握自己："可我想。"

她很想缩回来，却被方穆扬握住了。

她的手，被迫知道他有多想。

"你摸摸。"

费霓不情愿地说："你自己摸吧。"

"可它喜欢你，你要不要亲亲它？"

"你真不要脸。"

方穆扬也不反驳，握着她的手，头发去蹭她的下巴颏儿，去蹭被他画在画上的那颗痣，蹭得费霓连脚底都在痒。他的动作并不强硬，甚至有点儿可怜的意味。

费霓知道他在哀求她，但她的心肠很硬，对于这种要求，她是绝对不会答应的。她被他弄得痒死了，按照他的要求，手上稍微用了劲儿。

费霓见识到了方穆扬有多么"欺软怕硬"，哪儿软他就欺负哪儿，在那儿逞凶斗狠。方穆扬的头发并不柔软，可他的头发偏往柔软的地方扎；他的牙齿很硬，什么硬东西都能嚼，可他偏去咬那最温软不过的东西，咬一下又亲一下、吮一下，仿佛打一巴掌给一个甜枣。

费霓被他欺负得都要哭了："别这样好不好，我难受。"并且她也不知道怎么解决这难受，只知道这难受是方穆扬给她的。

可方穆扬并不听她的话。

她气得手上又用了一点儿劲儿:“做不成又不是因为我，你就知道欺负我。”

都是因为他，她想不想又能怎样呢?

这根本不是想不想的问题，而是能不能的问题。谁叫他不够标准?

方穆扬拿手去安抚她:“怪我，别生气了。”

费霓因为他的安抚更难受了。

“我没怪你。要不我上去睡吧? ”离了方穆扬，她应该就没那么难受了。

“可我想和你在一块儿。”方穆扬握着费霓的手，凑过来同她说话。费霓咬了咬嘴唇问:“这样真的可以吗? ”

方穆扬碰碰她的嘴，费霓也和他碰一碰。

方穆扬的汗落在她的脸上，费霓觉得他也很难受，她愿意帮他好受一点儿。

她也学着方穆扬，拿脸一点点去贴他的嘴唇，蹭蹭他的鼻尖，再亲亲他的嘴。她觉得他是有一点儿可怜的，他之前很想做成这件事，但现在失败了，而且以后不知道什么时候能做成。相比之下，她就好一些，她之前对此没有什么渴望，只把它当成一个正式结婚的仪式，但结婚证、戒指都是仪式，并不缺这一个。

她很难受，她以为是被方穆扬折磨得难受，并不认为这是渴望没有得到满足造成的。所以她觉得可怜的只有方穆扬。

费霓的手随方穆扬握着，他让她怎么办，她就怎么办。尽管她觉得那些动作很让她难为情。

手上做那些的时候，她仍和他亲昵着，还用另一只手摸摸他的头发，一根根地数着，每次数不到五就忘了。他的难受可以跟她说，她却是不愿意告诉他的，而且她觉得他也没办法。

费霓的手感到了不对劲，她还没说些什么，方穆扬就很用力地抱住了她，蛮横地堵上了她的嘴，费霓便跟他一起亲着、啮咬着。她的牙齿很用劲儿，仿佛只有这样才能稍微缓解她的难受。虽然这无异于饮鸩止渴，只会让她更难受。

想到方穆扬还要上班，费霓不肯在他的嘴上留下痕迹，啮咬的地方换成了会被衣服遮着的地方。

她太难受了，至于床单、被子皱不皱，并不在她的考虑之中。

之后，她的手又由方穆扬握着，放到之前去过的地方。这次方穆扬没手把手教她怎么做，只是亲亲她的头发，拿脸去贴她的嘴，拿鼻尖去蹭她的鼻尖，再碰一碰她的嘴角，说上一些不正经的话。

费霓便红着一张脸再重复一遍。

她的手指一直发颤，一向强大的记忆力在此时失了效，做的和刚才哪儿哪儿都不一样。

但方穆扬并没有纠正她，他说："我真不知道怎么喜欢你好。"

他喜欢得很没有章法，嘴和手做的完全不是一回事。

两个人抱得很紧，但越紧越觉得不够，也不知道怎么缓解这不够，亲亲咬咬只会让这不够更不够。

凌晨三点，灯还亮着，费霓的眼睛睁着，看窗外的雪纷纷下着。

方穆扬去水房冲凉，她也很热，准备等他回来就去水房洗洗脸、洗洗手。

门"吱呀"响了，方穆扬进来，和他一起进来的还有一盆水。

方穆扬拧了毛巾给费霓擦脸，费霓的脸很红很烫，他擦得很慢，很讲究顺序，耳后的汗也一并擦去了。毛巾再次被放进水里，拧干，方穆扬又用拧干的毛巾给费霓擦手，一根手指一根手指地擦，连指缝都擦到了。

等擦完了，方穆扬又从保温瓶里倒了水，一点点喂费霓喝下去。

费霓确实口很渴，渴得忘了喝水。

等费霓喝完了，方穆扬便给她掖好被角，露出她的脑袋瓜。

做完这些，方穆扬扯下上面床铺的棉被，他把姜汁黄底子的棉被给费霓，他盖费霓的。

两个人，两条棉被。

他在费霓额头亲了亲，便关了灯。

费霓很规矩地躺着，假装自己睡着了，装着装着就真睡着了。

她说不清是自然醒的还是被方穆扬亲醒的，因为他亲她头发的动作很轻。

费霓把被子向上抻了抻，盖住自己的头发，不让方穆扬亲。

她隔着被子对方穆扬说："你先去洗漱吧。"

她总不能当着他的面穿衣服。

方穆扬这次没逗她，把被子拉到她的下巴颏儿，就出去了。

费霓穿好衣服，就迫不及待趿着拖鞋去照镜子。

嘴唇倒是不肿，可惜脸是红的，她准备多擦一点儿雪花膏。

昨晚真是太难熬了，今天一定不能再和他一起睡了。

她甚至有些羡慕方穆扬，培训班是临时单位，不像制帽厂每月都固定发些用不着的东西，那些标准型号的给了她也是浪费，她又实在不好意思问有没有别的型号的。领了两个月标准型号的，突然问有没有别的，别人会怎么想她?

早餐是奶粉和点心，费霓抱着饼干筒又分给方穆扬两块："你多吃一点儿。"

她低着头，低声说："你别这么看我。"

方穆扬只是打量她，老实说，他的眼神要比他的为人正经许多。

但费霓总觉得别有意味。

搁以前，方穆扬一定要问费霓"'这么看'是怎么看"，但这次他只说："下了班，你在厂门口等我，我接你去看电影。"

"什么电影？"她最近没听说有新电影。

"《魂断蓝桥》。"

"哪国片子？"

"美国。四十年代的老片子，最近重译了。"这部片子他的爸妈年轻时还看过。

"怎么会有美国片子？"外国电影以前看苏联、波兰的，现在看罗马尼亚、阿尔巴尼亚的，美国片子怎么会被允许在电影院放?

"内部片子，不对外放映。下班我去接你。"

"好。"

方穆扬伸手触到费霓的嘴唇："你这儿有奶粉末儿。"

“我自己来。”

出门前，费霓比以往多擦了一倍的雪花膏，好像这样能把脸上的红遮住似的。

地上堆满了雪，费霓找了一块干净的地方，揉了一个雪球，贴在自己脸上，方穆扬和她一块儿出来，正站在不远处看她的笑话。费霓把雪球掷向了他，怕打湿他的衣服，只向着他的裤脚扔去。

姚主任说到做到，费霓又领到了她的奖金。

中午休息的时候，费霓借了刘姐的车直奔附近书店，把奖金都买了连环画。

二十多本连环画都是一样的。

和费霓一个组的同事，都收到了她买的连环画。

同事们都很给费霓面子，说连环画画得太好了，这么多人物，得画多少笔啊。

费霓把这夸奖一并收下，不管夸得恰不恰当。

她说：“要是喜欢，也可以给别人推荐。”

刘姐说：“要是推荐，还是报纸推荐有用，咱们厂四车间的老于在报纸上发过文章，你送他一本，让他帮你写一写。”

另一女工说：“老于也就在报上发表过一个豆腐块，那水平，我看还不如小费呢。要不，小费，你就亲自写？”

刘姐说：“那不成王婆卖瓜——自卖自夸了吗？”

“谁知道小费跟他是两口子？要是怕人知道，小费，你就用我们的名字，也让我们露露脸。”

费霓没说话，心里却觉得这个办法可行，她准备今晚回家就写一篇观后感。

她没再提这事，而是问大家有没有多余的布票可以借给她或者卖给她，她想做一件棉袄。棉花她可以拆一条棉被，但布总不能用棉被的。

因为刚刚收了她的连环画，大家也只好大方一点儿。积少成多，布票竟然凑够了。

这天唯一让费霓不太高兴的，就是厂里又发计生用品。

她红着脸，几乎要问有没有别的型号的了，但那话连嘴边都没到就被消化了。

要是刚结婚时就问，别人最多笑话她图方穆扬“高高大大”，但她夏天结的婚，冬天再问有没有别的型号的，有人就该怀疑她作风有问题了。

她又领回了四个没用的东西。

然而这只是一个插曲，当她从厂里出来看见方穆扬的时候，眼睛里不由得又带出了一点儿笑。

第八章

待业青年

59

那时候，电影里的一个拥抱都能引发轰动。好多日常中保守惯了的人，就为了看一点儿肢体碰触的戏份，买票进电影院。但在费霓看的这场电影里，拥抱、接吻都是很平常的事。

长这么大，费霓头一次在电影院看见这样的戏份。

昏暗中，方穆扬握住了费霓的手，在她手上画画。费霓的手越来越热，她想挣脱出来，但被握得很紧，根本动不了。

费霓一颗心怦怦跳，但眼睛没有一秒钟从屏幕上移开过。从电影开始，费霓就在数女性角色的帽子。虽然她对她的工作谈不上多热爱，但多年来工作形成的习惯让她不得不关注这一点。她刚工作的时候，全国还在流行那种羊剪绒帽子，谁有一顶那种帽子，谁就走在潮流的前沿。她在厂里工作，可以不用券，直接拿钱买帽子，刚拿到工资，她就给自己远在内蒙古插队的哥哥买了一顶羊剪绒帽子寄去。她那时还很年轻，一心想进步，却完全不懂进步的标准，虽然为上不了大学苦恼，但很有工作热情，甚至因为帽子种类单一给厂长写了一封长信建言献策，信的末尾她还画了好几种帽子式样，都是她根据书和电影中的帽子绘制的，画工比方穆扬差得远，但足以让人明白。那封信最后没有回音。

那些亲热的场面确实够让人脸红心跳的，尤其在她手发痒的时候。但费霓并不关注戏里的爱情，她要关注的太多了，爱情是最微不足道的部分。

电影配了音，字幕也是中文，费霓一听到配音的中文台词，就去猜原来英文说的是什么。一句接一句，她脑子里都是哪个英文句子更接近原版。当没有台词的时候，她的眼睛便会贪婪地看戏里的衣服装饰。

她对于这个世界的了解，只能通过电影，尽管这是二十世纪四十年代的电影。

又是亲热戏份，费霓不看亲吻的两个人，只拿眼睛去捕捉里面的背景和女主角穿的衣服。

她发现自己已经被多年来的观影经验约束住了，她之前看的电影里即使涉及爱情，也不会谈到“爱”这个字，更不会有这些表达喜爱的动作。她看的小说表达感情当然要热烈很多，但文字和视觉冲击是两回事，当电影里的一对男女抱在一起时，她第一感觉是想要回避。

礼堂里的人好像对电影里的场景很习惯，尤其是身边的人。她不经意地瞥了一眼方穆扬，他镇静得简直过了分，这种亲密戏份看在他眼里，仿佛和喝酒吃饭一样平常。看电影的时候，不妨碍他去捉弄她的手。

这个只为少数人放映电影的礼堂很不争气地断电了。

屏幕一下黑了。

费霓感觉有人碰了一下自己的右脸，一下不够，又碰了一下。她的指甲去抓方穆扬，让他老实一点儿。

他的指头握着她的手，在她的掌心越发放肆起来。

左右前后都是人，费霓一颗心提着。

好在电又恢复了，其他人的注意力都集中在电影上。

屏幕上的人又开始拥抱亲吻，费霓继续拿眼睛去捕捉背景。

英文单词在她脑子里飞速滑过，来匹配翻译出的中文。

当女主角丢掉工作，费霓的注意力终于转移到了剧情上。

女主角失了业，生活无着，阴错阳差地误以为爱人去世，为了生计，不得已沦落风尘，最终压垮她的不是和各类男子的交易，而是她又和爱人重逢了……她一面投入爱人允诺给她的美好未来，又一面觉得自己不配，最终在自我厌弃中选择了了断生命。

出了礼堂，费霓仍为女主角选择自杀而惋惜。她认为女主角的悲剧都是从失去工作开始的。而且无论如何，活着总是好的。

电影讲的是爱情故事，费霓却理解成了失业恐怖片。

费霓用长围巾将自己的头罩上，跳上了自行车后座，她的两只手插在方穆扬的上衣口袋里。

北风呼呼吹着，吹乱了费霓额前的头发，道路两旁的积雪还没化掉。虽然环卫工人清理过，但地面仍有冰迹，洒在地面的月光也处处透着凄冷，费霓放在方穆扬口袋里的手又揣得紧了些。她问方穆扬："你的手冷吗？"

"不冷。"

但费霓想，这么冷的天，他连双手套都没有，不可能不冷。她还有一个毛线帽子，可以拆了毛线，给他结一双手套。

方穆扬同费霓说："老美传统起来，拍的片子跟咱们几百年前的传统戏剧是一个路子，还是贞洁烈女那套。下回我带你看点儿不一样的。"

"你的票从哪儿买的？"

"找人要的。这个不对外卖。"

费霓问方穆扬，也是问自己："什么时候这种电影能在电影院正式放呢？"

万恶的资本主义，真该被放到全国的电影院去，让大家都批判批判，凭什么只有少数人才能批判？

费霓想起来了，她以前对方穆扬的微妙感觉就来源于这个。她对于方穆扬住大房子，以及跟乐团首席学提琴并无意见，她有意见的是方穆扬能看少数人看的内部电影，去只有少数人才能去的商店买东西。看电影还分三六九等吗？商店里的东西她买不起，还不能看一看吗？

但方家失去这些权利，她也没有任何的高兴。她是希望像自己这种普通家庭的孩子能和他们看一样的电影、去一样的商店，并不是想大家都看不到。

她患寡也患均贫。

别人过得和她一样不好并不能给她任何安慰。

方穆扬说："以后肯定可以。"

寒风中，方穆扬突然来了一句："我爱你。我从未爱过别人。"

费霓偏过头去看路边，一颗心跳得很快，过会儿想起这是电影里的台词。

方穆扬又将这台词重复了一遍。

费霓将这句话还原成英文，轻声念了一遍。

风声呼啸而过，费霓自己都没听清自己说的到底是什么。

虽然费霓穿得并不少，但当西北风吹过的时候，她还是紧紧抱住了方穆扬。

一到家，费霓就翻出了纸笔，伏在桌上写东西。

方穆扬凑过来看，费霓拿手捂住了自己写的字。

"写什么，还怕我看？"

"很快你就知道了。"

"现在不能让我知道？"

"不能。"

费霓伏在桌上写连环画的观后感。

方穆扬在一旁临摹画册上的画。

写完了观后感，费霓翻出自己的毛线帽在那儿拆毛线。方穆扬骑车需要一副手套。

她对方穆扬说："我要给你织一双手套，还要给你做一件棉袄，接下来会很忙。以后早饭都是你做。"

方穆扬很干脆地说"好"。他今天发了补助，按照约定，他把一半的钱给了费霓。

晚上，两个人躺在一张床上听收音机，方穆扬把胳膊伸过来给费霓当枕头，时不时亲亲她。

"能不能把你之前说的英语再说一遍？"

"我今天什么时候说过？"

方穆扬又重复了那一句："我爱你。我从未爱过别人。"

"我才没说过这话。"

“是我说的，你之后说了一句什么来着，我当时没听清。”

“你记错了，我什么都没说。”

方穆扬冲着掌心哈了一口气，去找费霓的痒痒肉，费霓痒得直打滚，伴随着控制不住的笑声。

她滚着滚着，到了方穆扬的怀里，被方穆扬搂住了肩膀。

费霓笑得喘不过气，下意识地去捂自己的嘴，防止笑声再流出来。方穆扬去吻她的手指。

他一面吻她，一面试探着还要去搔她的痒。

“别闹了。”

“那你把你刚才说的话再说一遍。”

费霓用英文说：“你很不要脸。”

方穆扬说：“不是这一句。”

费霓又用英文说：“你就是个笨蛋。”

方穆扬说：“也不是这一句。”

费霓偏偏不肯如他的愿，她用英文说方穆扬就知道欺负她。

不知道是方穆扬听懂了费霓的话，还是费霓道出了他的本性。

他又在掌心哈了一口气，费霓这次没法儿打滚儿，她被方穆扬箍住了，只能在他怀里挣扎。而他的手并没停下来，她哪儿痒，他就去抓哪儿。

她痒得发笑，方穆扬偏要亲亲碰碰她的嘴角，碰得很轻，她就更痒了，他还握住她的手，不让她捂住自己的嘴，笑声不可抑制地传出来。

费霓忍不住告饶：“求求你，别闹了。”

“叫声好听的。”

“流氓！”

方穆扬又轻轻搔了她一下：“还是不够好听，你再想想。”

“笨蛋。”

“可以，但还差点儿意思，你再好好想想。”

费霓实在受不了了：“没人比你再好了，别闹了。”

方穆扬的手又轻轻碰了费霓一下：“我不是要听这个。”

“你放开我，我就说给你听。”

“我不信你，你要是不好意思，那就在我耳边说。”

费霓没有办法，凑过去，压低声音给他叫了声好的。

方穆扬并没信守诺言，他抱着费霓打了个滚儿。

费霓刚才笑得厉害，此时忍不住咳嗽，方穆扬去拍她的背，等她不咳了，又去给她倒水。

“你就知道欺负我。”

“你也欺负欺负我。”

“我才不像你这么无聊。”

费霓本来不理方穆扬，可禁不住他示好，又开始跟他说话。

方穆扬告诉费霓，他今天发了补助，和人换了外汇券，但友谊商店主要面向外国人开放，国人要是想进去，要么有护照，要么有国际海员证。他既没海员证也没护照，要想进去，只能靠费霓假装华人留学生了。

“你开玩笑吧？”

照方穆扬的设定，费霓的新身份是父母生活在国外的华人，她仰慕母国文化，又来祖国留学，但至今仍不能说一口流利的普通话，只能用英语跟人交流。

“我是认真的。”

“这个不是要证件的吗？”

“你就用英文说你没带证件，而且咱们手上还有外汇券。相信我，你的英文足够让人相信你是个留学生。”

费霓早就听说过友谊商店，但不曾去过，她确实很想进去看看。

见费霓犹豫，方穆扬便说：“咱们手上有外汇券，去友谊商店也是为祖国外汇收入做贡献。”

“你觉得人家会相信吗？”

“你身上有一股让人甘愿受骗的气质。”方穆扬没说的是，费霓始终有一种女学生的气质，她去假装留学生很合适。

他没有护照，只能用这个法子带费霓去逛逛。

费霓笑：“你又在讽刺我。”

“我哪儿敢讽刺你？”

方穆扬最终还是说服了费霓，她决定去试一试。

一大早，费霓就换上了方穆扬给她买的短大衣，方穆扬给她一粒粒系上扣子，又把围巾给她围好，拿镜子凑在她脸前让她看：“看看，我就说像吧。”

费霓比她想象的还要会说谎，说谎的时候她的心跳加速，一张脸却很平静。加上身边有一个说谎说得非常纯熟的方穆扬，两人很轻松地就进了友谊商店。

费霓和方穆扬先去二楼看服装。

费霓看得很有兴致，虽然他俩手上的外汇券一件衣服都买不起。她很快进入了自己的新身份，用英文跟店员交谈。

费霓的眼睛被一件苏绣吸引住了。

方穆扬问她：“你喜欢这个？”

费霓又仔细打量了一遍。

方穆扬问她：“先问问价，等有了钱再来。我第二本连环画马上就要画好了。”

费霓笑着说：“喜欢就多看一看，干吗一定要买？看看这里有没有手套卖，要是有卖的，就买一双，我不想织了。”

她不再看苏绣，转而去看手套。方穆扬并未跟她一起过来。

店里有许多外国人，有留学生，也有外国因公来华人员，最近还诞生了一个新群体，就是外国游客。来国内旅游的外国游客要经过严格审批，人数并不算多，但一拨游客聚在一起，数量也很可观。

费霓选手套的时候，一个金发碧眼的年轻人过来跟她说话。照她的阅读经验，那话很像是搭讪。

60

眼前的男人可以称得上英俊，但费霓不太能欣赏西方男人。她很礼貌地回了一个微笑。

多年的教育使得费霓在面对外国人时非常具有防范意识，但这防范只体现在她几乎不透露自己的个人信息，面上仍是笑着，拣她愿意回答的回答。

对方夸费霓的口语很好，费霓说“谢谢”。她读中学时，学校的英语老师更换很频繁，其中一位姓陈的女老师对她影响很大。陈老师是教会女中毕业，后来去英国留学，讲一口标准的英音——费霓的发音便是跟陈老师学的。陈老师教了她半年就被派去打扫学校的卫生了，在陈老师打扫卫生的早晨，费霓往往会偷偷给陈老师一块奶糖或者一块橘子瓣儿糖，然后一个字不说，装作没看见陈老师一样，目不斜视地奔着教室走。这种行为十分隐蔽，她不想让其他人发现她和陈老师有瓜葛，但有一天还是被人发现了，发现她的是方穆扬。费霓忐忑又庆幸，庆幸的是，像方穆扬这样出身的人，即使他说出去，也不会有谁相信他。而且费霓觉得方穆扬也不会说出去，按理说，他这种出身，更应该旗帜鲜明地表明立场，和自己的父母以及同他一样出身的人划清界限。但他破罐子破摔，偶尔有倒霉孩子向着陈老师扔石子，方穆扬还去踢那倒霉孩子一脚，让那人滚远点儿，别碍他的眼。

那时候方穆扬因为吃不饱，瘦得跟个猴儿似的，但他就连骑破自行车的姿势也牛气哄哄的，好像他祖上八代都是贫农，谁也没他根红苗正。

他这样，别人也拿他没办法。他出身虽然很不好，但决定他出身的老子经常动不动就打他也是大家都知道的。打他的原因很多样，有时是他偷拿老子的钱请他从胡同新认识的穷孩子吃饭，有时是因为他偷拿他爸的中华烟请门卫抽。开始还有人争取他，后来见他不肯大义灭亲也就算了。他自暴自弃的后果就是招工没他的份儿，去农场也没他的份儿，他只能去插队。

方穆扬插队没多久，陈老师就去乡下了，费霓再也没见过她。

费霓用从陈老师那里复制过来的发音和眼前的人交流。

对方对她的夸奖，她一并笑纳，出于礼貌，她也很真诚地称赞了对方两句。

费霓一面微笑着同对方说话，一面拿眼去寻找方穆扬。

她心里纳闷：这人去哪儿了？

没过多久，费霓便通过交流对对方有了一个大致的了解。哈克在纽约生活，一个人去过许多国家，但还是第一次来中国，他想脱离旅行社独自看看，问费霓是否愿意当他的向导。

哈克本想说他愿意提供酬劳，又怕冒犯到眼前的女孩子。从眼前女孩儿的举止和言谈看，哈克猜测她不会，也不需要为了酬劳给他当导游。

费霓礼貌但果断地拒绝了。他们刚认识，对方又是外国人，一起出行会引发很多不必要的麻烦。

哈克稍微流露出些许失望的神色，但很快又换了一个话题，他还想和她多聊一会儿。他说他想在这个商店里买一些有东方特色的东西带回去，问费霓有什么推荐。

费霓正介绍着，方穆扬过来了。方穆扬揽住费霓的肩膀，很亲昵地同她说话。

费霓问方穆扬："刚才你去哪儿了？"

"晚上你就知道了。"

方穆扬仿佛这时才注意到了对面的外国人，笑着同他打招呼。

哈克问费霓："这位是你男朋友？"

两人一望即知地亲密。

哈克在本国人中也算得上高大的，但方穆扬身高比他还要高一点儿。方穆阳的做派和他想象中的中国人很有区别。

费霓还没说话，就听方穆扬用英文回答："我是她的丈夫。"

方穆扬的口音比费霓的英音更让哈克感到亲切。费霓的英文甚至让他生出点儿畏惧，她的词汇量异常丰富，有些她脱口而出的词汇平时很难听到，一般美国人都未必认识。她说得太不口语化了，一般谁这么聊天啊。但那些话从她嘴里说出来，又那样自然，一点儿都不拿腔拿调。哈克不知道怎么形容费霓，最后他想到了一个词：文雅。这个词形容她的语言和气质都很合适。

方穆扬在自我介绍时擅自拔高了自己的身份。他本来没有正式职业，却称自己是一名工人。哈克也很意外，中国的普通工人讲外语如此自然——不算流利，但是自然——那感觉就跟本国人讲母语一样。

费霓、方穆扬又和哈克聊了会儿，他们虽然不能给他当向导，却为他介绍了几个他一定要去看的地方。方穆扬建议他带刺绣回国，又给他讲解了一下刺绣的历史。方穆扬用的单词都很简单，没有一个复杂的词汇，组合在一起却轻松表达出了他要说的意思。

这一对男女勾起了哈克的好奇，他们的语言和姿态如此不同，但他们竟然是一对夫妻。

哈克同他们聊得愉快，说如果他们来纽约，可以来找他。

费霓以为只是客套，没想到哈克甚至要写一个联系方式给他们。

费霓本能地想要拒绝。过往别人的教训告诉她，和外国人交流是很危险的，这种场合说几句也就罢了，真留了联系方式，就算对方清清白白，没有别的企图，也可能有不怀好意的人给她扣帽子。

没等费霓说话，方穆扬便先婉拒了："我们国家有句老话，有缘千里来相会，咱们要是有缘，以后一定能再见面。"

说完，两人就辞了哈克去三楼。

费霓还想在二楼看看，但她怕哈克仍要和他们说下去。哈克能通过种种审核来国内旅游，个人历史应该没问题，但两个中国人和一个外国人用英文长时间交流是很可疑的。这个冬天，氛围缓和多了，可要是换到去年，她是绝对不敢和他交谈的。他们已经说得够多了。

费霓问方穆扬："你不是一个不懂英语的半文盲吗？"方穆扬说的句子虽然简单，但费霓也够惊讶的，这个人又在哄她，他说他初中时二十六个字母只记了一半，下乡这么多年，连这一半也忘掉了。

"跟你比，我不就是个半文盲吗？"

"也不知道你哪句话是真的。"

"我对你的心是真的。"

费霓嫌他肉麻，不再理他。

三楼有许多电器，里面的东西，两人一件都买不起，却不妨碍费霓看得很有兴致。

费霓仔细观察电视机的时候，听见有人跟方穆扬打招呼："穆扬，你也在这儿？”

她抬头看见了凌漪。凌漪旁边还有一个中年妇人，看样子是她的母亲。

费霓还不知道，凌漪的父亲刚刚恢复了待遇，补发了工资。但她知道的是，凌漪脸上的表情早已不是当时她在医院看到的那一种，那时的凌漪脸上有散不开的哀愁；也不是她在傅家看到的那种，那时凌漪看见她还有点儿讪讪的，有点儿不好意思。

费霓不知道怎么形容现在的凌漪，她唯一可以确定的是，凌漪对现在的生活很满意。

凌漪和她的母亲对方穆扬很热情，邀请他去家里吃饭。凌漪很想跟方穆扬谈谈他父母的情况，但眼前是公众场合，并不适合问。

费霓被忽略了，她得以继续观察眼前的电视机。

方穆扬偏偏不放她清静，非要向凌漪母女俩介绍他的爱人。

费霓只好冲她们笑着点点头。

“穆扬，你来这儿买什么？”

方穆扬很坦荡地说只是看一看。

“穆扬，如果需要帮忙的话，随时跟我说。以咱们的交情，我如果能帮，一定帮你。”如果现在的凌漪遇到正在住院的方穆扬，她一定会天天去医院看他。因为无论她看他几次，她的生活都不会发生变化。生活对她实在太残酷了，总是变着法儿地考验她，让她不得不露出不太美好的那一面。她又重新发现了方穆扬的美好，这些美好在她为生存发愁的时候一点儿用处都没有，但现在，有用没用不再是她评价一个人的标准，她不再需要考虑一个男人什么工作，工资多少，有没有住房，是不是根红苗正。

“穆扬，今晚来我家吃饭吧？”

“今晚我和费霓要去爸妈家。”

“方伯伯回来了？”凌漪不得不惊讶了。方穆扬的爸妈回城了？这么大的事情，她家怎么一点儿风声都没听到？

“没回来，老头子还在老地方待着呢。我不是结婚了吗？我去我岳父母家。”

“这样啊……”凌漪的笑容一瞬间凝固，“你哪天有时间，我家随时欢迎你。”

这一声声“穆扬”叫得费霓心烦。

费霓说：“方穆扬，我们去二楼看看吧。”“方”字被咬得格外重。

方穆扬没再给凌漪说话的机会，直接同她告了辞，很配合地和费霓去了二楼。

“我以后努力攒钱，给你买台电视机。”

费霓说：“电视机多没意思啊，一年就那么几个节目，屏幕又小，看得人眼疼。”

“那你想要什么？”

“把券给我，我自己买。”

费霓看了好一会儿漆器和刺绣，却迟迟没有选定一件，方穆扬拣了一件她一直盯着的，问了价钱，不出意料，他们暂时买不起，不过方穆扬让费霓不要难过，他们可以等他下次发了稿费换了券再来。

费霓笑着说：“无知了吧你，你是不是觉得我盯着哪件看就是想买哪件？错了，正是因为不买，才要多看一看。”

她没骗方穆扬，她最后买的都是她一眼就看上的东西。一双皮手套和一双靴子，都是给方穆扬买的。

出了商店，费霓把手套给方穆扬：“赶快戴上吧，你刚才骑车来的时候，手都冻红了。”毛线手套毕竟不如这双手套暖和。她准备用之前拆下来给方穆扬织手套的毛线，给他织一条围巾。

“你不是说要给我织一双手套吗？”

“织手套多麻烦，我懒得织。说真的，要是你能换来券在这里买一件棉衣，棉袄我都不想给你做。”费霓仰头看方穆扬，“你能不能再换一些券啊？能换多少换多少。我现在的钱比你想象的要多一些，你不用担心钱。”

现在做棉袄，至少几天才能做好，可费霓觉得方穆扬现在就缺一件棉衣。

方穆扬笑着问她："你现在有多少钱，可否透露一下？"

他那样子很像要靠富婆接济的小白脸子，一心想知道人家的财产数目。

费霓摇摇头："无可奉告。"

费霓跳上自行车，脸贴着方穆扬的后背："你穿这么些，真不冷吗？"

"冷，你能不能再贴紧些，让我暖和暖和？"

费霓嘴上"哧"了一声，将他又抱得紧了一点儿。

方穆扬骑车去副食店，买了三个午餐肉罐头，准备给他父母邮过去。

那三个罐头包起来也不大，看起来不值得辛辛苦苦邮一趟。

费霓问："你要不要再买一些点心？我还有粮票。"

"差不多得了，我爸妈现在已经能拿工资了，挣的不比咱俩少。我能有余钱给他们买罐头，对他们已经是意外之喜了，惊喜太大，我怕他们承受不住。"上次，他爸来信告诉他，他们已经能拿工资了，不用再每个月只领十来块的生活费。虽然这工资远比不上十年前，但比他和费霓是只多不少。

方穆扬没告诉费霓，打小他父母对他最大的期望就是不要惹是生非，败坏门风，除此之外，别无所求。他下乡的第三年，终于能跟他父母取得联系，他把原来准备自己享受的豆腐干、咸鸭蛋，连带着从老乡那儿借来的小米、红枣，给他父母邮了过去，他爸马上回信一封，极其委婉地劝诫他不要偷老乡家的东西。随信一起来的还有一张汇款单，大概是让他补偷东西的窟窿。

因为他父亲的来信都要经过审查，所有措辞都是斟酌再斟酌过的，一般人看那封信，只能看出让他追求进步的意思，但方穆扬受他老子教育多年，一眼就看出了深意，想到老头子都这工夫了，还有心情磨炼字句，让他好好做人，说明并没有被生活打倒；还有脑力猜度这小米、红枣是不是他偷来的，说明也没怎么受饿——饿到极致是顾不上这些的。于是他心安理得地取了钱，还了小米和红枣的账，又去公社下了顿馆子，吃完给他老子寄了一封信。信上说，寄去的东西都是老乡为感谢他画年画送给他的，感谢父亲从牙缝里挤出钱来让他改善生活，公社饭馆的烂肉面和干炸丸子很不错，丸子他一个人吃了两碟。他父亲大概觉得逆子比自己过得要好得多，再没给他寄过钱。

“你啊，一句正经话都没有。”费霓从自己大衣的兜里拿出钱和粮票，又买了一些面包，“你这次多邮一点儿，省得下次再跑一趟。”

“你这个儿媳怎么比我这个儿子还孝顺？”方穆扬笑着说，“我并不会少跑一趟。你给他们邮这么些东西，他们便不好意思不给咱们邮了，到时候我还得来邮局取包裹。”

费霓不理他。

出了邮局，便到了饭点，费霓跟着方穆扬进了一家小吃店。这家店一到冬天就卖芝麻汤圆，来吃的人很多，座位几乎都挤满了。方穆扬终于发现了一个座位，他让费霓坐着，他去前台买汤圆。他买了一大碗汤圆放在费霓面前，让她趁热吃。

“你呢？”

“我吃螺丝转儿。”他说着便站着啃了一口。

费霓不顾汤圆烫嘴，一个一个地往嘴里送，吃了几个，又喝了几口汤，便对方穆扬说：“你吃吧，我吃饱了。”这时候费霓旁边的人走了，又多了一个座位，费霓挪过去，让方穆扬坐在她原来的座位。

方穆扬又去拿了一把勺子，和费霓分吃一碗汤圆。

“你要是不吃，等位的人就该请你出去了。”

费霓这时候才开始细品汤圆的味道，刚才她只记得又甜又烫嘴。

两个人在小吃店狠狠出了一脸汗。

“咱们去溜冰吧？”

费霓说：“我不会，而且咱们俩连溜冰鞋都没有。”

“租呗。我巴不得你不会呢，你要什么都会，不是更显得我一无是处了吗？也给我一个展现自己的机会。”

61

方穆扬下乡之前经常来这儿溜冰，溜冰场的小流氓好像比别处多一些，许多男孩儿把这儿当成追女孩子的绝佳场所，变着法儿地引人注意，生怕自己的风头被别人盖过了。方穆扬会很多高难度的动作，不过他那时年龄太小，来这儿的女孩子都比他年龄要大，其他的男孩子只把他当成一个技术很好的小孩子，并不拿他当对手，由着他在场里炫技。

方穆扬发现费霓并非谦虚，她是真的不会。

他炫技的心思收了，一心教她。大概因为紧张，费霓一直没什么进展，方穆扬为了让费霓能够放松，便搀着她一起滑。

这在不知内情的人看来，方穆扬很像一个初学滑冰的菜鸟，跟女孩子一起搀着滑，更是娘得让人无法忍受。

一个男青年熟练地绕着费霓滑了一圈，凑到她面前说："让我教你吧，包你一学就会。"

那人不屑地看了一眼比他高不少的方穆扬："就你这水平，还教人呢？一边待着去吧。"他对方穆扬如此蛮横，转向费霓却有点儿不好意思，几乎要红了脸，用一种轻佻但不熟练的语气说，"我叫苏竟，你……你是哪个学校的？"

苏竟明年高中毕业，这是他有生以来第一次主动同女生搭讪。他会打架，父亲级别又高，在男孩子里很有些号召力，加之长得又不错，他的许多同伴都认为他对付女孩子很有经验，他也愿意配合这种谣言，觉得这样比较有男子气概。

他和几个同学一起来这里滑冰，先看到了费霓，又看见了和她一起搀着滑冰的男的。他们一致认为女孩儿被男的给忽悠了，要拯救她于水火，可谈到谁去拯救，这帮人就退缩了。费霓看着并不是中学生的气质，不是上大学，就是已经参加工作，虽然看着温柔，但因为年龄，他们不由联想到了家里凶悍的姐姐，又怕姑娘拿他们当孩子，不理他们，到时丢份儿，于是他们一致推选对女孩子经验最丰富的苏竟去。苏竟被架到那儿，又实在好奇，就溜了过来。费霓的长围巾堆在下巴颏儿下，露出清俊的一张脸，苏竟因为自家姐姐太横，看见这样温柔的一张脸顿感亲切，亲切中混合着不知所措和兴奋，猜她正在上大学或是已经参加工作，但他还是学着同伴们搭讪别的女孩子那样，问她是哪个学校的。因为是头一次搭讪，他说话甚至有些磕巴。

费霓读中学的时候遇到这种男孩子还会恐惧，她那时候为了躲避这种浑孩子，总戴一大口罩，把大半张脸遮住。但现在她参加了工作，又结了婚，身边还有方穆扬，碰见这种比自己小很多的男孩子搭讪，只觉得幼稚。

她笑道："我早就参加工作了。你中学还没毕业吧？"

对方不把自己当成年人看待，苏竟自尊心有些受挫。

"这并不重要，我小学就会滑冰了，我比你旁边这人教得好多了。"苏竟忽略了他中学没毕业这一事实，坚持问费霓的名字，"你还没告诉我你叫什么名字呢。"

方穆扬上下打量了一下眼前人，也就十七八岁的样子，他的冰鞋一看就花了大价钱。方穆扬虽然也就二十出头，但眼前这人在他心里就是一个小毛孩子。一个毛孩子竟也跑到他面前拔份儿，还要教他媳妇儿，他想笑的心情远大于气愤。

他心道：哥哥在冰场上叱咤的时候你丫还穿开裆裤呢，上我这儿装什么大尾巴狼？

但有费霓在旁边，方穆扬表现得很文明，对着眼前的男孩子笑道："我的水平是够差劲的，可多少比你强一点儿。"

苏竟冷笑："你比我强？别吹牛了。咱们比比。"苏竟不屑地又拿眼把方穆扬扫了一遍，眼睛定格在方穆扬租来的冰鞋上，这么一装备，真入不了他的眼。他这个年龄的男孩子对比他大的男的，尤其是只大几岁的男的，只有两种情感，要么崇拜，要么轻蔑，没有第三种可能。现在他对方穆扬只有轻蔑。个子这么大，派头看着还挺足，却和女孩儿搀着滑冰，也不嫌丢人。

跟一个中学生比，赢了也够丢人的。但人家挑衅了，方穆扬也不好不接招，笑着问："你想比什么？我陪你玩玩。"

费霓对方穆扬笑道："你跟一个孩子比，赢了也不光彩。"她又对那男孩子说，"同学，你去别的地方滑吧，我们还要再练一会儿。"

眼前两个人的亲密让苏竟看了很是不得劲，他对着费霓抢白道："我才不是孩子，我马上要成年了，而且我比你高那么多。就他这技术，还想赢我，你也太看不起人了。”

虽然费霓上中学时男女已经同校，但她并不理解这个年龄男孩子的心理，她本想劝架，结果却把苏竟的胜负欲勾起来了，一心要在费霓面前证明自己。

他对方穆扬说：“别的你也不会，咱们就比速滑吧，看谁快。输了，你当着冰场其他人的面大声承认你是我的手下败将，可以吧？”

方穆扬勾起嘴角，笑道：“行啊。那你要是输了呢？”

“我输了？”苏竟自信不会输，“我要是输了，你想怎么办怎么办。你这冰鞋太破了，我让你先滑。”他又对费霓说，“你给我们当个裁判。裁判，你叫什么名字？”

苏竟的同伴着急看他进展到哪一步，先是踩着冰鞋在苏竟附近兜圈子，苏竟使了个眼色，这些人便滑远了，在一边冲着苏竟做鬼脸。

“她当裁判对你不公平。”方穆扬看着远处看热闹的人，“那些人是和你一起的吧？我抓个人过来当裁判。”

话音刚落，方穆扬已经滑走了。苏竟的同伴还在观察苏竟的进展，方穆扬脚下的冰刀已经横在距其中一个男生冰鞋不到十公分的地方。冰刀和冰面急速摩擦，冰面瞬间飞溅起的冰末儿齐落在那人的鞋面上，给别人看惊了。这些人对于方穆扬的到来没一点儿心理准备。

方穆扬笑着说：“苏竟跟你们是一块儿的吧？他请你们去做个裁判。”

在同伴和一帮无聊观众的见证下，苏竟输得毫无悬念。他主动跟人家比，又输得这样惨，恨不得找个地缝钻进去。

愿赌服输，他问赢了的方穆扬有什么要求。

当着费霓的面，方穆扬也不好有什么过分的要求，于是假装正经人把苏竟一伙人随便教训了两句，便让他们赶快滚。当然有费霓在场，他说得更加委婉，把“滚”字说成了“离开”。

苏竟的这帮同伴中学都还没毕业，虽然喜欢逞凶斗狠，但遇着真有水平的，便不由得佩服起来。看方穆扬穿着这么一双不合脚的破冰鞋还滑得这么好，来冰场还有一个漂亮女孩儿陪着，之前的不服气变成了欣赏，看他比自己大不了几岁，便装着大人的样子跟他攀交情，问他是哪片儿的。

苏竟觉得自己的同伴真不够意思，吹捧着让自己过来，结果和方穆扬攀上了交情。他问费霓："我们去冰球场打冰球，你去看吗？"他想着让费霓看看自己在冰球场有多厉害，把丢了的面子挣回来。

费霓拒绝得很干脆："你们去玩儿吧，我们还得练滑冰呢。"

又是"我们"。

苏竟又问："那你下周还过来滑冰吗？"

费霓看向方穆扬："下周咱们还来吗？"

苏竟看两人这么亲密，一时觉得丢脸又没意思。他的同伴看方穆扬对他们爱搭不理，没再跟他攀交情，互相使了个眼色，一起滑向了冰球场。

同伴安慰苏竟，输给那人也不丢人。全冰场恐怕没一个人比他滑得更快。

苏竟觉得他们没志气："看吧，总有一天我要超过他。"

等这帮人走了，方穆扬继续教费霓滑冰。刚才他俩的比赛吸引了不少人看，此时费霓仍感觉有人在看他们，但方穆扬对这些目光毫不在乎，好像冰场里只有他们俩。

太阳快落山的时候，费霓的练习已经颇有成果，她对方穆扬说："咱们也该回去了。"

途经冰球场，此时比赛已经发展成了互殴。方穆扬很习惯这种场面，以前他精力无处发泄的时候也会在冰场跟人家打冰球。场上允许的正常冲撞很容易引发肢体冲突，冲突着就打起来了，单打到最后发展为群殴也不稀奇。

一拨人在打群架，还有一个人在一挑二，费霓认出一挑二的男孩子是刚才跟她搭讪的苏竟。苏竟因为滑冰丢了脸，正一腔怒气没处发，有人主动跟他挑衅，他正高兴找到了出气的机会，打得人家毫无还手之力。苏竟打得正酣，丝毫没注意背后有一个人爬起来冲着他后脑勺儿挥冰球杆。

方穆扬正准备牵着费霓的手滑走，结果正看到这个场面，不由得骂了句脏话。

"你在这儿待着，我去看看。"方穆扬牵着费霓的手松了，脚下的冰刀迅速刻出两道清晰冰痕。

真是世风日下，冰球比赛打架竟然用上了冰球杆搞偷袭，当年他打架可从来都是徒手。

他喊了一声引起苏竟的注意，踩着冰刀滑过去，直接把挥球杆的人撞倒在地，溅起的冰末儿落了那人半脸。那拨打群架的人也恍过闷儿来，过来支援。

苏竟刚要说谢谢，方穆扬已经滑走了。和摔倒的人一队的见来了个挑事儿的，把方穆扬围住，不让他走。对付这种堵截于他是家常便饭，他轻松就出了包围圈子。

费霓手表上的秒针也就走了三圈，她却觉得格外漫长。

方穆扬滑过来牵住她的手："一会儿不见我就望眼欲穿了？"

费霓否认："才没有。"

她问方穆扬："你以前经常来冰场？"

"经常来，不过我跟他们不一样，就只是滑冰。"他完全罔顾自己下乡之前在冰球场也经常跟人互殴这一事实。

看见联防队在巡逻，方穆扬作为一名正义群众直接举报道："冰球场有帮小流氓正在打架，快去教育教育他们吧。"

出了冰球场，有一个老大爷正在卖冰糖葫芦。

山楂很大很红，看着很好吃。

方穆扬给费霓买了一串，费霓说："你不吃吗？"

"不吃。"不过当费霓把她那串冰糖葫芦递到方穆扬嘴边的时候，他一个拒绝的字都没说，直接咬了一口。

费霓回家的时候，费妈正在灶上做鱼。费霓把自己在副食店买的松仁小肚儿和牛肉罐头给费妈，便问："我哥呢？"

费霓的连环画观后感写完了，但她觉得自己写的和时下流行的文风不太一致，想让她在宣传科工作的大哥给润色一下。

"你哥和梅子出去了，今天不在家吃。"

这次周日家里的聚餐，只有费霆不在。

饭间，方穆扬一直给费霓剔鱼刺，费霓觉得家里人看着，怪不好意思的，瞪了他一眼，说她自己能来，方穆扬却完全无视她的意见。费霓伸脚轻轻碰了他一下，那意思是让他不要再剔了，不料方穆扬的膝盖和她碰在一起，却没有退避的意思，反而迎上来，时不时和她撞一下。

当着家人的面，费霓不好说让他不要这样，只能忍着，装作无事发生。

她又怕人发现自己耳根红了，伸手把耳后的头发拨到前面来。

一顿饭吃得费霓分外难熬。

要走的时候，费霓从包里翻出她带的连环画，分给妈妈、姐姐，还给她哥留了一本，家里人都很买账。费妈不知道夸什么，便说："画了这么多页呢，得费多少功夫？我一定得多买几本。"

费妈很高兴，往常别人问她小女婿在哪个厂上班的时候，她便语塞，这次有了连环画，她终于不用像以前那样没底气。

方穆扬看了费霓一眼，那意思是：你从哪儿弄来这么多书？

费霓因为桌下的事，现在一个眼神都不给他。

到了楼下，费霓跳上自行车，也不去搂他的腰，只抓着车座。

"吃饭的时候，你为什么要那样？"

"我怎样了？"

她说不出口。其实要是说出来，他也没怎么样，但有家人在场，她脸热心跳的。

方穆扬问她："你怎么买了这么多本？"

"我愿意买，你管得着吗？"

"你这么喜欢我，我都不好意思了。"

"别不要脸了。"费霓气得在他腰间掐了一下，风吹过来，费霓的手指掐在他的外套上，又捏了一下他衣服的厚度，"你不冷吗？"

"你再多掐几下，我就不冷了。"

他脸皮这么厚，费霓拿他一点儿办法都没有。

一到家，方穆扬就把费霓抵在门上，去找她的嘴，费霓左右躲他，偏不要他得逞，方穆扬的下巴搁在费霓的颈窝，鼻尖去蹭费霓的嘴角，费霓痒得没办法，只能让他如了愿。

费霓慢慢地也开始配合起来。但当两人推着、挤着到床上，方穆扬去咬费霓的纽扣时，费霓躲得很坚决，她的脸红了，不是羞涩，而是羞恼，并且“恼”更多一点儿。

她这么羞恼仿佛还是很久以前的事，方穆扬只能忍住冲动，亲亲她的头发，放开她。

“怎么不高兴了？”

“没有。我要去洗漱了。”费霓的语气有点儿干。

她可不愿和他滚到床上去，昨天和前天晚上她都难受坏了，方穆扬倒好像很餍足，还弄得她越来越难受。他在这种事情上多少有点儿自私，可她又不能指责他，而且她不知道他怎样做才显得不自私。

两人一起去刷牙洗脸，挤一条牙膏，用一块香皂。

从水房回来，费霓躲在帘子后面擦洗身子。

虽然有帘子遮着，但费霓擦洗的心情并不轻松。她知道方穆扬不会不经她的允许进来，可擦到方穆扬隔着衣服碰到的地方，一颗心不上不下的，只想着快些洗完。

脑子里正乱着，屋子里突然有了琴声。

曲子陌生又熟悉，费霓想起这是她和方穆扬一起从收音机里听来的，方穆扬拿着羽毛在她手上写过曲谱。虽然现在的氛围比以往松动了许多，但费霓多少还是有些恐惧。

她刚要提醒方穆扬，曲子马上就换了，又换成了时下流行的曲子。

费霓的一颗心稍稍放下，之后她的大半注意力都集中在琴声上。他弹的曲子不伦不类的，一会儿这个，一会儿那个，几首曲子交杂，和她的心一样乱。费霓发现方穆扬并没放弃弹奏第一首曲子，他只是用其他的把它分开了。

她就是在这混杂的琴声中擦洗完毕，换了睡衣。屋里的暖气不够热，费霓又在睡衣外披了件棉衣。

费霓披着棉衣走到方穆扬跟前，捏捏他的肩膀：“怎么就穿一件毛衣？我去帮你把外套拿来。”

方穆扬回握住她的手：“先让我看看琴谱。”

“哪儿有琴谱？”

方穆扬拉了费霓一下，费霓便跌坐在他的腿上，方穆扬给费霓调整了一下位置，让她在“新椅子”上坐得更舒服一些。费霓并不喜欢这个“新椅子”，虽然“椅子”并不是很硌得慌，好像还很有力量。

屋顶上的光太强烈了，昨天她和他离得这么近时，屋里一点儿亮光都没有。

费霓想站起来，又被“新椅子”的“扶手”给箍住了，箍得很紧，让她动弹不得。

方穆扬打开费霓的掌心，去看她手上只有他一个人才能看懂的琴谱；费霓自己除了掌心上的线，什么也看不到。方穆扬看了会儿，手指又回到了琴上，有费霓隔在他和琴中间，他弹得并不如之前那么轻松，他不看琴键，只凭着手指的记忆在琴上弹着。

他的嘴巴搁在费霓耳边，问她：“我是不是弹错了？”

费霓的一颗心跳得没有章法，哪里听得出他错没错，他弹的是什么她都没听太清。

“我弹累了，换你弹。”

费霓感觉这“椅子”有什么东西顶着她，让她很不舒服，她挣扎着要站起来，却怎么也动弹不得。这么一挣扎，那种不适感就更明显了。

方穆扬的下巴搁在她的肩膀上：“我冷，让我暖和一会儿。”

“我去给你拿外套。”

“外套不管用。”方穆扬凑在她耳边呵了一口气，“你随便给我弹首曲子吧，弹完了我就放你走。”

“真的？”

“真的，可你不能敷衍我，弹错了我可不能放你走。”方穆扬的手插在她的两肋下，放她的两只胳膊自由。

费霓第一次感觉弹琴原来是真难熬的事情。方穆扬的手指把她当成了琴，随意弹着，他弹得这样熟练，反倒衬出费霓的生疏来。

方穆扬平常的话并不少，此时他竟然变得沉默起来，他的口舌有更重要的事情要做。

费霓宁愿他说一句话，可他一个字都不说。

房间里只有费霓的琴声。

她又弹错了。

越焦躁越出错。

偏偏方穆扬去搔她的痒，费霓实在受不了，扭动着去躲，偏偏被人箍住了，活动的范围很有限。然而她太怕痒了，躲不过也是要躲的。

她这么躲着，拖鞋就被踢了出去，她重心稍稍前倾，伸出脚尖去寻她的拖鞋。

方穆扬终于开了腔，轻声在她耳边说话：“别动了，好不好？”

有请求，有焦躁，也有点儿不耐烦。

他凭什么不耐烦?

可费霓羞得连骂他的话都说不出。

明明是他的错，到最后总要栽赃成是她的。

身下的“椅子”让她越来越难受，然而她知道，如果她去调整位置，方穆扬也没准儿会找出话来说她。

他捏准了这么干扰她，她弹不出一首完整的曲子，可她偏不肯如了他的愿。

她这次再弹几乎是赌气，弹得也不能说出了错，可听起来好像她跟琴键有仇一样。

她的身体越来越软弱，可这琴声完全相反。

费霓马上就要成功了，可方穆扬的手变换了位置，费霓落在琴键上的手指被迫移了一点儿位置。

费霓真生了气，她的手指在琴键上狠敲了几下，像她的心情，乱七八糟的，没有一点条理。

她回过头来，在方穆扬下巴上狠狠咬了一下，咬得很用力，一点儿都不心疼。

方穆扬一点儿没跟她计较，一面吻她，一面将手从温热的地方拿出来落在琴键上：“这声音像不像你的心跳？”

这次费霓是真恼了。她偏不肯如了他的愿。就算弹不出完整的曲子，她也要弹。

她决定这次让他也不好受。两个人都难受，比一个人难受要好一些。要是这次她缴了械，他以后不知道会拿出什么法子折磨她。前两晚就够她受的了。

他下巴仍搁在她的肩膀上，拿鼻尖去蹭她的鼻尖，费霓的手指落在琴键上，仍坚持弹着曲子。好不好、对不对，全然不重要，弹才重要。偶尔她回过头碰碰方穆扬的嘴，只是碰一碰，她知道他也难受。

“楼下也该睡觉了，再弹人家就要找上门来了。”

“找就找吧。”

方穆扬不再劝她，他扳过费霓的脸，堵上她的嘴，费霓的眼睛不能再去看琴键，只能看着他。

琴键不甘心地响了几下，最后没了声响。

他们彼此能听得见呼吸声和心跳声。费霓从没感觉到方穆扬的胳膊这么有劲儿，他又给她变换了个坐姿，两人得以面对面。他们前两天都很有原则地不在彼此嘴上、脖颈上留下痕迹，但费霓这次被戏弄恼了，一时也就忘了，方穆扬被她刺激得也忘了。

费霓的棉衣还好好地披着，睡衣的后脖领子却一点一点滑了下去，袖子把她整个手都遮住了，还长一截。她低头便看见了方穆扬的头发，很黑。在这样强烈的灯光下，费霓还是第一次觉得自己平常不见天光的皮肤是那样白，她自己因为太习惯了，所以一直不觉得，前两个晚上台灯的灯光太温暖了，把她皮肤的色调也衬得暖了一些，今天猛地一看，黑白对比过分刺眼了，她索性不再看。他今天用的洗发膏是她买的，这个人惯会恩将仇报，她咬着牙齿去数方穆扬的头发，努力不发出一点儿声音。

她转头去看窗外，这天没有月亮，只有满天的星星。窗帘又没拉，所幸这附近只有这一栋楼，屋里发生什么，外面也不知道。

方穆扬又牵着费霓的手往那不标准的地方走，费霓不再由着他。

她也要让他难受难受。

她今天这样吝啬，他反倒对她慷慨起来。

“别闹了！”

她给他买手套保护他的手指，不是让他用指头欺负她的。

他问她，喜欢吗？

她当然是不喜欢的，可她一个字都没说出来，如果齿缝漏出别的声音，他便会怀疑她撒谎。

费霓没有心思再看星星，忍不住闭上了眼睛。她以为她已经熟悉了他的手指，可没想到还有些陌生之处。

方穆扬突然问她要不要去看星星。

费霓没说话，方穆扬把这当成是默认。

费霓的棉衣本是披着的，扣子松着，方穆扬说："到窗前看星星，衣衫还是要整齐一点儿，这个点备不住有人抬头往窗子里面看呢。我知道你这个人，最容易不好意思。"

其实外面根本不会有人看，也看不见。但他此时突然变成了一个无比正经、保守的人。

睡衣怎样他是不管的，他只管给费霓系棉衣扣子，并且要给她系到最上面一颗，可他总是系错。

他这种系法，对费霓反倒是种折磨。她宁可他跟昨天一样，可今天的他好像一点儿都不急。

"我根本不想看星星，你自己去看吧。"

方穆扬反问："那你想干什么？我陪你一起做。"

费霓咬紧牙，不说话，眼前这个人说的话，乃至脸上的表情，都很正经。

但他的手指暴露了他。如果他的手指头再老实一点儿，她就要相信她嫁的是一个正经人了。

正经人又说话了："你要是嫌累，不想去窗前看星星，我抱你去床上看，那儿也能看得清楚。"

62

费霓并没有在床上看到星星，但她也不想专门开窗去看。

不知为什么，解扣子总是比系扣子更快。原本笨拙的手指一旦去解扣子，马上变得灵巧起来。

没一会儿，她手腕上的表带都被除了，那是她身上最后的饰物。

“你能不能帮我一个忙？”

费霓“嗯”了一声，她以为是昨天那样的要求。

她伸手要去关灯，方穆扬握住了她的手指：“我想看得更清楚一点儿。”

不知是怕费霓不明白还是怎样，方穆扬又把刚才的意思表达了一遍：“让我仔细看看你。”他说得很直接，因为直接，反而没有一点儿那方面的成分。

费霓去扯被子：“那些画，你还没看够吗？”

“什么画？”

“箱子里的那本画册。”多的是不着寸缕的人。

费霓误会他了，那本画册是他上小学的时候爬到家里书房顶柜上翻出来的，翻了几页，自以为拿到了自己父亲的把柄，当面威胁他爸，要求他爸马上给他买一双溜冰鞋，否则他将在家庭会议上揭穿父亲道貌岸然的本质……老头子听了逆子的威胁，顷刻丧失了风度，当面就骂：“孽障，亏你还学画画，画人体是绘画的基础，不懂人体，你画个屁的肖像画？”说罢就要打这个不学无术的混账。方穆扬逃得快，免此一打。画册自此也变成他的了，理由是既然画人体是绘画的基础，他也要学学。

他当时并没有学，画册藏在床底下吃了很长时间的灰。他是下乡之后才意识到打好基础的重要性的。只是那时候画册已经在费霓那儿了。

方穆扬把这件事玩笑似的讲给费霓听。

没想到费霓的重点完全偏了：“你爸经常打你？”

“也没有经常。”大部分时间都是他爸想打而打不着。即使小时候被打对于方穆扬是家常便饭，他也知道打孩子并不是件普遍的事情，不去看其他家，他自己的哥哥姐姐就从来没挨过一次打。这倒不是因为偏心，像他兄姐那样的好孩子，他爸还要去打人家，简直是没有人性。

费霓把偷画册的事和方穆扬以前跟她借钱的事情联系到一起。

“你爸不会因为这个才把你送去住校的吧？”

“好像是吧。你这么早就关注我了？”

“谁关注你了。”费霓想，这么久了，他大概把跟她借钱的事情给忘了。

方穆扬去扯费霓的被角：“你不是已经答应了吗？”

“我不知道是这个。”

“那你以为是什么？”

“你还是去看画吧。”

方穆扬拒绝了费霓的提议：“相比艺术，我更喜欢活生生的人。”

一语双关。

他又说：“就算画上的复制品全都变成真迹，堆满整个房间，也不如现在你在我旁边。要是哪天我快死了……”

“你说的都是些什么？”

“真话都听不得吗？那我说假话？”

“真的假的，我都不想听。”

“我就看看，什么都不做。”方穆扬去扯费霓的被角，这次她没抗拒。

两个人面对面侧躺着。

没有任何肢体的触摸，只有眼神在流动。这眼神是单方面的。

费霓并没去看方穆扬，灯光太强烈了，她不由得闭上了眼睛。她不知道方穆扬是以一种怎样的眼神看自己，是以画画的人对他的模特，还是丈夫对妻子，抑或……

因为这种猜想，她感觉皮肤下的神经又在跳动，一下，两下……她想象现在的自己在方穆扬眼里是什么样子，但她只想了个开头，并没再继续想下去，光是想便足够让她难为情了。她闭着眼睛，仍感觉他的目光靠在她身上。

暖气并不够暖，有的怕冷的人家还特意在屋里又生了一个炉子。费霓此时不知道自己是热还是冷。

“可以了吧？”她又去扯被角。她那又细又长的胳膊原本交叉着，遮在最不想让他看到的地方，她扯被角的时候，不小心露出了一点儿，但她没发现，一心要把自己都盖上。方穆扬的眼睛定在费霓的鼻尖上，连呼吸都透着紧张。她的脸原先离他不到十公分，现在已经快二十公分了。

方穆扬握住她的手:“再等一会儿。”

“我有点儿冷，想盖被子了。”她不想在这种强烈的灯光下被他审视，这忙帮的时间已经够长了。

“你太紧绷了，其实你没必要这样，我什么都不做，就只是看看。”

他这么一说，她反倒绷得更紧了。

“那我把灯关上? ”

费霓说“好”，她巴不得如此，答应的时候仍闭着眼睛。

“睁开眼睛看看。”

灯仍开着，只不过换了台灯，光线一下子没有那么强烈，之前的羞耻感变成了另外一种感觉。

“我想看看不同光线下的你。”方穆扬摁住被角，“就一会儿。”

方穆扬给费霓讲两种灯光下她的不同。

他遵守了他的承诺，只是看看，什么都不做。费霓两颊都是红的，像在玻璃上呵了一口气，雾蒙蒙的，鼻子被脸颊的两片红夹着，她的鼻子和她的脸一样，都是小一号的，此时正在急促又紧张地呼吸。

方穆扬促狭地去按费霓的鼻子，她毫无防备地张开了嘴，两个人便很自然地亲吻了。这次费霓一点儿都不扭捏，好像已经等这一刻好久了。只是她一时有点儿紧张，上下排的牙齿粘在一起，磕了方穆扬的嘴唇好几下，回亲的时候因为闭着眼睛，把自己的嘴唇又给磕到了。她不好意思地笑了笑，又睁开眼睛。即使眼睛蒙上了一层雾，也黑是黑，白是白，清明得很，她用这双黑白分明的眼睛，把自己的鼻尖对准方穆扬的鼻尖，嘴巴对准嘴巴，对准了，又把眼睛闭上了。

闭上眼睛的同时，费霓轻轻吐出温暖的舌尖。他们的牙膏是柠檬味的，方穆扬买的，刷牙的时候两人用的是一支牙膏。此时他们彼此分享着嘴里的柠檬味，费霓伸出她的细长的胳膊去搂方穆扬的脖子，因为不熟练，所以手指有点儿抖。

方穆扬用被子将费霓裹住，手掌去寻她的骨头，他说他要把她的所有骨头都摸到，他要比任何一个人都更熟悉她。他摸得很用力，好像要透过皮肉在她的骨头上留下印记。

费霓紧张地利用他说话的间隙换着气，也就忘了戳破他，不是所有骨头都能被摸到的。

费霓很主动地亲着他，因为这样她就不用回答他摸的是她的哪块骨头了。

他俩生平第一次和另一个人这样要好，恨不得融成一个人。这么要好了，还觉得不够，还想要更近一点儿。

在触到某一处的时候，费霓睁开了眼睛，她的眼神和整张脸的神态是完全冲突的，如果把她此时的脸如实地复刻在画上，便能发现不和谐之处。

费霓的眼神里写着拒绝，但连她鼻子上的汗珠都在反对这种拒绝。

方穆扬发现了这种不和谐，说："这次不用担心。"

费霓没问那个纸袋里的东西是怎么来的，只是说："这个可以吗？"

"你试试。"

费霓颤抖着双手去试，方穆扬第一次发现一个人的睫毛也是可以发抖的，她的长睫毛在脸上投下一片阴影，她手上的动作和她为人一样认真，可手指比平常笨了十倍。因为手上的动作不得法，又着急，她鼻子上浸了一层汗，微张着嘴巴，紧张地呼吸着。方穆扬在等待中把她的皮肤都给揉疼了，费霓忍着疼低头继续，她终于抬起头看了他一眼，那意思是好了。

她的眼睛依然黑是黑，白是白。

方穆扬的耐心在这一刻终于耗尽了。

费霓在这个关节突然想起了什么："要不要挂被子？"

"咱们不会有声音的，不是每对夫妻都会有声音。"

费霓信了。

事情并不像费霓预想的那么轻易，她疼得全身都被汗浸着，手指头紧紧扣在方穆扬的皮肤上，他也都是汗。她开始一直咬着牙，可方穆扬非要去撬她的牙缝，那些声音便不可避免地漏出来了。

她不怕疼，但怕突然的停顿，一直疼痛她知道总会有完的时候，但她受不了现在这样。话从她的牙缝里挤出来，她对方穆扬说：“快一点儿，不要怕我疼。”

在她很小的时候，她也对护士说过这种话。她生来体弱，时不时就要去医院打针、输液，她的血管很难找，一般技术不熟练的护士要好几次才能成功，她当时便总结出经验，越是怕疼越是小心，就越容易失败，也就会越疼。

她的话起了作用，在连续不间断的疼痛下，他俩终于在一块儿了。

两个人的好又进了一步，脸也贴得更近了，说不清是谁先碰谁的嘴，反正两人就亲在一块儿了。

费霓发现即使她自己不出声音，也会有别的声音。她没法儿让方穆扬把声音弄小一点儿。好在接吻有麻痹作用，她的听觉被麻痹了，慢慢地，她觉得那声音也不那么大了。

两个人经历了前所未有的亲密，关系又进了一层，结束后还维持着之前的姿势，方穆扬用手指去理费霓贴在额前的湿发：“刚才是不是弄疼你了？下次就不会疼了。”

费霓误解了方穆扬的意思，以为他是在道歉，便说：“其实真正疼的时间并不长，结束了就没那么疼了。”

“你是不是觉得快了？”

“没有。”费霓不懂方穆扬为什么这么问，快总比慢好。

费霓睡不着，又让方穆扬拿画册看，看的画都是很老少咸宜的。

两个人挤在一起，看同一本画册。

他俩看画的角度很不同，但方穆扬觉得好的，费霓也觉得好。费霓看画耽溺于细节，画上的一把椅子都要看好久，看着看着便想要自己也拥有一把。

方穆扬说：“以后我也给你做一把一样的。”

“不着急，什么时候做都行。”半晌她又问，“你说咱们什么时候能看到真画呢？”

“总有一天会的。”

又看了一会儿，方穆扬问费霓：“要不要再来一次？”

费霓“嗯”了一声，把画册放到一边。

这次他们俩比上一次都要娴熟一点儿。

有了上次的经验，费霓以为这次会更快一点儿。可方穆扬并不像上一次那样着急，他突然变得很有耐心，问费霓：“第一次时你有什么感觉？”

费霓不说话，因为感觉并不是很好。值得欣慰的是，他们今晚终于做了别人新婚第一天就做的事。

在方穆扬再三追问下，费霓终于说：“其实也没什么感觉。”

“这次会长一点儿，你可以有时间体会一下。”

“仓廪实而知礼节”似乎也可以用在这里。方穆扬第一次时，像一个饿了许久的人，好不容易吃上饭，只会尽可能地吃饱，囫囵地吃一气，到嘴里都不管什么味道，哪里顾得上管别人怎么样？现在的方穆扬虽然还没吃饱，但到底吃了一些，并且还有食物等着他再吃，他不用再那么急，不仅可以好好体味一番，还可以同人分享。

费霓便是那个他要与之分享的人。

方穆扬现在太知礼节了，礼貌得让费霓简直受不了，在逐渐往里推进的过程中，每有一点儿进展，方穆扬便要问问费霓的感受，费霓不说，他便要让她重复感受一番。

费霓一开始评价的时候主要说“不疼”，到后来这评价就变成“流氓”“不要脸”了，方穆扬将这评价照单全收。大概是觉得之前的表现配不上费霓如此评价，方穆扬越发努力。

等到他终于配得上她的评语，费霓反而骂不出了，她紧咬着牙缝，防止别的声音流出来。

可方穆扬并没忘记他的礼貌，费霓不说，他又叫她重新体会了一遍。

费霓没办法，只好堵住他的嘴，让他不要再说话。

费霓努力不发出任何声音，她的手指甲陷在方穆扬的背上。但方穆扬并不是很争气，他并不知道什么叫动作小一点儿。因着她的沉默，这种声音便显得更大了。

这声音她不光不愿意别人听，就连自己听也觉得不好意思。

可她也只能由着他，她现在不仅没有挂被子的力气，连把棉花塞进耳朵的力气恐怕都没有。

这个声音结束不久，她就睡了。

她没过多久又醒了，不知是饿醒的还是被旁边的人亲醒的。

这时天还没亮，远没到吃早饭的时候。

费霓注意到方穆扬的耳后有自己的指印，她拨了拨他的头发把指印挡住。

方穆扬也去帮她理头发。

两个人就这么对视着，最后是费霓忍不住笑了，方穆扬看她可爱，又要去亲她。

费霓说："我饿了，我想吃东西。"

"我也饿了。"

费霓知道两个人的"饿"不是同一种饿法，急道："我是真饿了。"

"难道我是假饿不成？"方穆扬嘴上逗她，具体到行动上却匆匆穿了衣服，打水帮费霓擦了手，把饼干筒拿到她手边，让她吃。

费霓披着衣服坐在床上，捧着饼干筒往自己嘴里送饼干，方穆扬看她吃得急，又给她倒了一杯水。费霓吃一口饼干，他往她嘴里送一口水。

费霓问："你怎么不吃？"

"我不怎么饿。"

费霓并不信，他比她更应该饿，大概是因为饼干筒见底了，他才这么说的。

费霓自己吃一块，又递给方穆扬一块，饼干很快就没了。

方穆扬又给她冲了一大杯奶粉，费霓胃口小，有饼干垫底，喝了两口就不想再喝了。她让方穆扬把剩下的喝完。方穆扬不信，费霓说自己真饱了，方穆扬去揉她的肚子看她是不是真饱，揉了好一会儿还是不信。

费霓生怕他碰到自己的痒痒肉，去抓他的手："傻子，除非我撑死了，你才能摸得出来。"

天还早，方穆扬问费霓要不要再来一次。

费霓说："你怎么没个完？"

然而她还是答应了，因为天确实还早。

方穆扬在药店领了三个，一晚上便用完了。他这次做得比上次更久，因为下一次还不知道是什么时候。

63

培训班结业后，方穆扬便成了真真正正的待业青年，也就有充足的时间打家具。

他跟费霓说，他要打一张新床。费霓不同意，理由是现在的房间太小，双层床更实用，不仅可以用于休息，还可以放东西。拒绝的原因不只是这个，费霓还有一点没说：如果换了新床，她只能每天和方穆扬睡在一起了。而两个人躺在一起，是很难单纯地只是睡觉，有时她上床前已经很倦了，恨不得倒在床上马上睡着，但方穆扬亲她一会儿，她便不困了。但客观条件并不允许他们每晚做那事，不只是因为避孕。

每次做完那事的第二天，汪晓曼看她的眼神就很复杂，费霓虽然面上平静，心里也有点儿不好意思。因为汪晓曼吵她的时间是很有限的，而方穆扬能折腾大半个晚上。那几个晚上加起来的时间，几乎要和隔壁几个月制造出噪声的时间持平了。她也是在经过这事后才知道为什么隔壁会把时间固定在周六晚上，这是一个最善解人意的时间，即使在晚上吵到人家，被吵到的人也可以在礼拜天补个觉。此外，她的皮肤比一般人要脆弱，方穆扬轻易就能在上面留下痕迹，虽然不疼，痕迹一两天也能消下去，但在消下去之前，她是不能去公共浴室洗澡的。

总之，种种理由都不支持她换床。不过最容易说出的便是双层床能放东西。

方穆扬好像料到了她会这么说，马上拿出了一个更实用的方案，之前逛商店的时候他特意翻了外国家居杂志，这个方案便是受杂志启发：上面依然有床，下面换成衣柜和书桌。

因为家里难免来客人，还是要有一张专门的饭桌，家里有两把椅子，原来的樟木箱子靠墙摆着，加个坐垫，便也可充当坐具。

这样一来，屋里便不需要矮柜了。靠墙放的矮柜是两个拼在一起的，一个卖掉，一个放在走廊，装些锅碗。别人都在门口搭了橱柜、煤炉做饭，他家门口是空的。因为是空的，近来有人想要在他家门口放煤饼，费霓拒绝了，理由是她也要在门口堆东西。她既然说了，便不好不放。

方穆扬这样一说，费霓也觉得很好。

但她说："打家具的事情，还是过年时再说吧。"虽然家里还有木料，但是打家具还有许多别的花销。

方穆扬现在的收入完全靠稿费，而稿费和工资不一样，是个很捉摸不定的东西。

眼下，最关键的还是攒一些钱，以备不时之需。

方穆扬看出费霓的担忧，说："你不用担心钱的事，我现在有稿费。"

"我不担心。"因为方穆扬在家待业，没有固定职业，费霓格外注意他的自尊心，反倒比以前待他还要温柔一些。

方穆扬坚持打家具，费霓也就由着他。

方穆扬晚上不再缠她，专心画画，白天便在楼下打家具。

一个青年，工作日不去上班，有时间大大打家具，那么只有一种可能：他没有工作。

楼里的人都是费霓的同事，没几天，厂里的人就都知道费霓的丈夫失业了，看费霓的眼光不由得带着三分同情。

这么漂亮的姑娘找了一个男人，没正式工作，住在她分的房子里头，怎么论怎么亏。

方穆扬对这些目光很迟钝，坦然地在楼下做着木工活儿。

他并没有先打床，而是又打了一张沙发。他准备先用沙发去信托商店换点儿钱。

汪晓曼下班回家，看见在家待业的方穆扬快打好的沙发，忍不住多打量了几眼。

上次方穆扬打沙发是在夜里，白天把沙发遮起来，很少有人看见沙发的真容。

汪晓曼还是第一次见方穆扬打的沙发。她自己家有对旧沙发，样子不如这个。

她对方穆扬说："小方，你这沙发样子是从哪儿看来的？"

方穆扬说了一个木器行的名字。

汪晓曼想起来了，她结婚的时候去那家国营木器行看过家具，和这个差不多样子的沙发要小两百块，几乎跟九寸的电视机一个价钱。

"这沙发是给自家打的？"

方穆扬当然不能说他打了是为了卖的，便说："给亲戚打的。"

"你打这样一个沙发要花多少钱啊？"如果便宜的话，汪晓曼也想打一个。虽然现在帮人打家具的都是从郊区农村来的木工，但汪晓曼想，方穆扬要是再找不到工作，靠给人打家具挣钱也是迟早的事情。

"我没算过。"

方穆扬这么一说，汪晓曼便放心了。她猜花不了多少钱，以她的经验，要是很贵的话，对方肯定是要说的。她准备等方穆扬过不下去，靠打家具挣钱那天。

方穆扬没工作的事，刘姐也听说了。虽然刘姐知道费霓的丈夫是画画的，还出了连环画，可以拿稿费，可没有正式工作，总是愁人。因为费霓又帮她织了一副漂亮的手套，作为报答，刘姐让自己在肉联厂工作的丈夫想想办法，看能不能为小费的丈夫解决下工作。刘姐的丈夫和刘姐一样效率惊人，很快就为费霓的丈夫谋到了一个屠宰车间的空缺。

刘姐是把这件事当成喜事跟费霓说的，费霓很感谢刘姐的好意，一时不知道怎么拒绝。

在肉食匮乏的时期，屠宰车间无疑是一个人人艳羡的好去处。据刘姐讲，屠宰车间一个姓王的大姑娘就因为这个好工作，如愿嫁给了话剧团一个浓眉大眼的英俊小生，而王大姑娘本人长得实在不算美。正因为不算美，越发显得这个工作是多么富有吸引力。

如果方穆扬没有稿费，费霓一定很干脆地替他应下来；但他现在有稿费拿，费霓便觉得他这双手还是画画比较好，宰杀的事情还是留给别人干。

但刘姐好心给方穆扬找了工作，费霓总不能说方穆扬想找别的工作，宁可在家待业也不去肉联厂，毕竟在刘姐心里，肉联厂的屠宰工是一个非常好的差使。

费霓只好说方穆扬现在的稿约很多，除了画画，没时间去做别的。

刘姐向来有什么说什么：“可我听说你们家小方天天在楼下打家具啊？稿约多是你们家小方跟你说的吧？男人都要面子，他说有，未必有。这个工作多少人想去还去不了呢，你好好考虑考虑。”

费霓只好继续撒谎：“他白天打家具，为了画画，晚上都不怎么睡觉的。”方穆扬虽然晚上都在画画，但并没到不睡觉的程度。

“那你可得让小方注意身体，家具什么时候都可以打，身体是革命的本钱。”

费霓笑着说“好”，中午在食堂特意打了份肉菜请刘姐吃。

刘姐笑着把菜往费霓这边推：“我爱人在肉联厂，我天天吃得到肉，倒是你，这么瘦，多吃点儿才是真的。”

见费霓还跟自己客气，刘姐又说：“小费，能拿稿费当然好，但有一句话，我也不怕你不爱听。今天能拿稿费，不代表以后都能拿，找份正经工作才是真的，肉联厂的工作多好，天天都能吃上肉。我看你这么瘦，心里都疼得慌。”

方穆扬并不知道好心的刘姐给自己找了这么一份好工作，沙发一做好，他便又借了板车，拉到信托商店卖了。

靠打家具挣个木工费，哪儿有卖沙发挣钱，即使是以旧沙发的名义卖。

沙发卖了，方穆扬便又有了钱，他手里向来是存不住钱的。他把得来的钱一分两半，一半准备交给费霓，另一半在买了打床用的材料后，又自己做主买了一个二手电唱机。

他箱子里的那些唱片，不放太可惜。

64

费霓一早就知道方穆扬手里的钱存不住，沙发一卖，钱还没焐热，定要买了别的。

回来的路上她还猜方穆扬买了什么回来，一进家门就看到了矮柜上的电唱机。

现在可以播放的音乐多了些，隔几天就有之前解禁的歌曲被放出，因为这个，费霓也动了买电唱机的心思，但也只是想想。电唱机对于他俩多少有点儿奢侈，尤其方穆扬现在在家待业。

除了电唱机，方穆扬还买了一兜苹果，费霓不喜欢太面的苹果，方穆扬特地买的国光。饼干筒的盖儿被新买的点心顶出来了，今天早上饼干筒还剩个底儿，费霓本准备明天买些饼干放里面的，结果被方穆扬抢了先。他买的这些点心可比饼干贵多了。

费霓看着桌面上的东西对方穆扬笑："又发财了？"说着，她展开了掌心，"这么有钱，我给你做衣服的工钱也该结了吧？这个月的房租是不是该交了？"要不是他俩已经熟到了一定地步，费霓是不会拿房租开玩笑的。

方穆扬拿着她的手背，放在嘴上亲了亲，又拿牙齿去咬："这样算结了吗？要是不够的话，我还有。"

"你脸皮也忒厚了，谁要你这个？"费霓努着劲儿缩回自己的手，"别这样，手还没洗呢，你也不嫌脏。"

"我不嫌。"

费霓看着自己手上的牙印，笑道："你不嫌，我还嫌呢，罚你马上去刷牙，否则不准吃我带回的饭。"

"那咱们就一起刷吧。"

方穆扬抓着费霓的手，在她手心抓挠着，一张脸凑过来，要吻她的嘴，费霓身子下意识地后仰，咬着牙齿，努力憋笑。方穆扬托住她的腰，两个人的脸越来越近，越来越近，费霓的眼睛闭上，那熟悉的嘴却没凑上来，她感觉自己的掌心多了个东西。

睁开眼睛，便看见了薄薄一沓纸钞。

那是方穆扬交给她的钱。

她用眼睛一数便知道多少钱，制帽厂财务科不用她实在可惜。

"你就逗我吧。"他一天不逗她，好像日子就没法儿过下去一样。费霓把钱收了，和方穆扬一起去水房。

方穆扬很听她的话，在水房刷牙。费霓洗完手，就回了房间。仔细看的话，方穆扬的牙印还留在她的手背上。她打开饭盒，把保温瓶里的粥盛在碗里，等方穆扬回来吃饭。

过了会儿，方穆扬从水房回来。

他对费霓说："牙刷好了。"

"快点儿吃吧。"

"你不检查检查？"说着，方穆扬便凑过去让费霓检查。费霓本要躲，却被他给箍住了，不得已潦草地检查了一下，检查的结果是，她的嘴唇也沾上了柠檬牙膏味。

"怎么样？还满意吗？"

费霓拿手去遮自己的嘴，羞道："好好吃饭吧。"

今天厂里食堂有土豆烧牛肉，费霓一下班就跑去抢，去的时候，牛肉已经差不多没了。

牛肉的供应量远不如猪肉，副食店里好不容易有了牛肉，也是突击供应，刚得知消息去排队，队已经排了老长，终于排到自己，牛肉已经卖完了。食堂里每次有土豆烧牛肉，还没开始卖，窗口已经挤满了人。

食堂师傅本来都已经给费霓捞了一大块牛肉，大概是觉得牛肉大了，手熟练地一抖，勺里的牛肉又没了，只剩下沾了牛肉味的土豆。费霓坚持要师傅把掉在餐桶里的牛肉给她捞上来，师傅捞得很不情愿。

饭盒里的土豆渐渐没了，但牛肉没人去碰。最后牛肉孤零零地剩在饭盒里，方穆扬把牛肉轻轻一夹，分成两半，一半夹到费霓碗里，另一半自己吃了。

"你第二本连环画什么时候能出版啊？"

"快了吧。画稿我这儿有，你随时都可以看，不用等出版。"方穆扬已经把第二本连环画画完了，稿费还没结清。他现在正在画的是古代科技丛书中的一本，不署名，但有稿费拿。

费霓并没有跟方穆扬说肉联厂的事情，她并不打算让方穆扬去肉联厂工作，虽然去肉联厂能天天吃肉。方穆扬的父母被解除了监管，有了工资，让费霓看到了新的可能。方穆扬在出身很差的情况下都能被推荐上大学，现在出身已经不再是一个大的阻碍，加上他自身历史又清白，还出版了作品，再被推荐上大学并不是不可能。他现在唯一要做的就是多创作作品，等着美院招生。

他大学毕业后自然能分配到工作。

费霓今天洗漱得格外早，她从水房回来，就把门窗关严，窗帘拉好。方穆扬笑："今天不用这么小心，这个被别人听见也不要紧。"

"你确定吗？"

"确定，放心吧。"第一张唱片是贝多芬的《田园交响曲》，虽然贝多芬的作品并未被全部解禁，但他的《田园》几年前国外交响乐团来华演奏过，报纸上有过报道。

费霓躺在床上，枕着胳膊听这尘封了十年的唱片，这音乐推着她往梦里走，她却始终睁着眼睛，她一会儿还有围脖要织，不能就这么睡着了。

方穆扬在一旁削苹果。

费霓笑："咱们还没到吃苹果削皮的阶段。"

"那你吃苹果，我吃皮儿。"

方穆扬削的苹果皮很好，完整的一圈。他把苹果给费霓，自己把苹果皮儿放在碟子里，拿叉子一叉，叠了一层送到自己嘴里，两口便吃完了。

"你这样，好像我多苛求你似的。"费霓坐起来，把自己没咬过的另一半苹果递到方穆扬嘴边，"我吃不了这么多。"

两人分吃完了一个苹果。

费霓坐起来便再没躺下，听音乐的同时手也没闲着，她在给方穆扬织围脖，原先预备给他织围脖的毛线给他织了一件坎肩。昨天她搞到了半斤毛线，得以把围脖继续织下去。

"别织了，老老实实听会儿音乐不好吗？"

"织围脖并不妨碍听音乐。"她要再耗着，没准儿冬天过去了，还没织好。

"我不着急戴。"

费霓并没听进去他的话，继续在他旁边织着。

见劝不动费霓，方穆扬便扯了把椅子坐在她旁边画画。

费霓瞥了一眼方穆扬的画，方穆扬遮着，不让她看。

“有什么见不得人的？还藏着。”

费霓心里已经猜出了五六分，趁方穆扬正画着，偷着看过去，她织围脖，他画她织围脖的速写。

“方穆扬，我觉得你手这么巧，自己织围脖也不成问题，没准儿比我织得还好。”

“我不会织，更别说比你织得好，不光我，谁也没你织得好。”

“你不试试怎么知道？”

“你不是鼓励我多画画吗？我还是画画吧。”

她是鼓励他多画，可没鼓励他画她。

费霓笑：“既然你这么听我的，那我现在鼓励你织围脖。”

费霓把毛线连同毛线针丢给他：“你先试试看。”

毛线针没防备地扎在方穆扬的睡衣上，正是他腰的位置。

费霓听见方穆扬吃痛地闷哼了一声。

“你没事吧？”

“没事。”

费霓看他不像没事的样子，伸手掀开他的睡衣一角，看被毛线针扎的地方。

她刚一掀，方穆扬就势把她拉倒在床上，费霓没防备地倒在方穆扬怀里，方穆扬一手抚她的肩膀，另一只手去摩挲她的头发。

“歇会儿吧，你给我做的衣服足够我过冬了，用不着再织围脖了。”

费霓被迫贴在方穆扬的胸前。她能听见心跳声，不知是他的还是她的。

方穆扬又帮费霓换了一个姿势，让费霓枕在他的胳膊上，他去亲她的眼睛。不出所料，费霓把眼闭上了。

他侧卧着，用另一只手的手指去给她梳头发。

音乐声灌到费霓的耳朵里。

他们始终维持着这样一个姿势，直到音乐声突然停止，房间也陷入了黑暗。

电力供应不足，停电是经常的事情，他俩都已经习惯了。费霓起身去摸手电筒，方穆扬按住了她的手："别忙了。"

两个人就这样躺着，谁也不说话。

唱片停止了转动，费霓耳朵里的声音便更加单调。

灯泡重新亮时，费霓已经睡着了，方穆扬慢慢把自己发麻的胳膊从她头底下撤出，给她盖好被子，掖好被角，又重新坐在矮柜前，画起画来。

方穆扬先打的桌子，桌子打好，便开始打床，等他的床有了个基本的样子，楼里的邻居便时不时走到附近来看。

楼里的住户大多每家只有一间房，像汪晓曼这样有两间房的已经算是少见。空间不够用是大家普遍面临的问题。这样一个占地面积不大，却集齐了三种功能的床，恰恰暗合了他们的需要。

于是方穆扬每天打床的时候，都有人来观摩。

床打成的那天，街道办也给方穆扬带来了一个好消息。

他的工作解决了，据街道的王大妈说，这个工作简直是专门按照方穆扬的条件定制的。

鉴于方穆扬历史清白、思想过硬，身材高大、相貌端正，虽然初中未毕业，但在初中学习过英语且成绩良好，街道推荐他去外事宾馆做服务生。

65

街道推荐的不只方穆扬一个人，但只有方穆扬被选中了。

从宾馆回家的路上，方穆扬给费霓买了二两红糖还有一小包红枣，回家拿小炭炉熬红枣粥。小电炉太耗电，他回来后这电炉就没用过，他直接把电炉卖了，换了小炭炉。炭炉比家里的酒精炉适合熬粥。

费霓双手捧着碗，喝着方穆扬熬的红枣粥，听他说街道推荐他去外事宾馆做服务生。

街道给他推荐这么一个工作，费霓真不知道说什么好。

她打趣道："别说，你还真适合做这工作。"

"咱俩真是心有灵犀，我也这么觉得。"

费霓以为方穆扬是在开玩笑，毕竟平时他没少逗她。

没想到方穆扬真打算去外事宾馆做服务生，明天就要去接受培训。

费霓这时不得不认真起来："家里还有钱，你画画也有稿费，不用这么急着去工作。再等等，没准儿有更好的工作等着你。"

"要是真有了好工作，我再调。现在有什么就先干什么，再说，我觉得这外事宾馆的工作也还行。"

"你去当服务生，哪有时间画画？"

方穆扬笑："你现在和我分床睡，我晚上有的是时间。我这一腔热情你又不要，只能把它投注到画纸上了，否则我这一天天的可太难熬了。"

"怎么你又引到这个上面来了？"费霓拿勺子在碗里搅着，声音也低了些，"你又不是不知道，我现在身体不方便。"

"我知道。"可她身体方便的时候也是躲着他的，但方穆扬并不提这些事，只说，"我等着你身体方便了。"

费霓随意地把耳后的头发拨到前面，掩饰她红了的耳根，她不接他的话茬儿，而是问："你想好了，真去当服务生？"

"想好了，先干两天玩玩，不行，大不了不干了。"

"哪儿像你说的这么简单。你可以不去，但去了又不干了，街道以后肯定不会再给你介绍工作了。"

"我看以后街道给我介绍的工作不会比这个更好了。要是真没工作，我就好好在家画连环画，挣稿费。"顺便打点儿家具赚钱，这句话方穆扬留着没说，因为费霓不见得同意。

费霓知道方穆扬认准的事劝也没用，倒不如让他试试，最坏的结果无非就是街道不再管方穆扬这个待业青年了。方穆扬有句话说得对，这应该是街道能给他安排的最好的工作了。

高架床连带底下的柜子、桌子都做好了，刷了清油，在楼下晾着。

待业青年方穆扬不再在楼下打家具，楼里人便知道他有工作了，再一细打听，知道他进了外事宾馆，当服务生。

这事传到了刘姐耳朵里。方穆扬放弃肉联厂的工作，不是在家画画，而是去服务老外了。

刘姐刚得知这一消息，第一想法是小方这是昏了头了，外事宾馆的服务生怎么比得上肉联厂的工人？

虽然服务生也属于工人阶级中的一员，但刘姐作为工厂里的正经工人，并不把服务行业人员引为同类，理由是他们并不创造具体价值。外事宾馆的服务生更别提了，跟为本国人民服务的服务员也比不了。

刘姐心直口快，心里想什么就直接说出来。

“小方到底怎么想的，屠宰车间多好的事儿不去，倒去什么宾馆当服务生，还是外事宾馆？对年轻人来说，什么最重要？学门技术最重要。当服务员有什么技术？上次小方一说不去，工作马上就给别人了，现在肉联厂也没空缺。这样吧，我再让我们家那位帮小方留意留意。”

“谢谢，这事儿您就甭为我操心了。”刘姐的好心难却，费霓只好继续撒谎道，“我一直没好意思跟您说，我们家小方晕血，没法儿去屠宰车间工作。”

刘姐叹了一口气：“原来是这样啊。看着高高大大的，怎么还能晕血。”

“您千万别把这事儿跟别人说。”

“你放心吧。”刘姐又劝费霓，“晕血也不是什么大事儿，你也不要太难过。”

费霓没想到外事宾馆的培训还调动出了方穆扬的学习热情，方穆扬管她借了英文词典，晚上除了画画，就是在查词典，边查边在纸上写。

晚饭的时候，费霓就着馒头吃炒白菜，方穆扬用刚学来的英文给她介绍蚕丝鱼翅、蝴蝶海参、鸽蛋船盘、蟹黄豆腐……

费霓从白菜里拣了一条肉丝夹到方穆扬碗里：“别画饼充饥了，快点儿吃吧。”

“这可不是画饼充饥，我这是在给你念菜单，你想吃哪个？”

费霓笑："别开玩笑了，菜都要凉了。"一般的馆子里，炒肉丝已经算得上好菜了，哪里有这些吃？方穆扬就算去了宾馆的客房部工作，餐厅里的菜也和他没关系。

为防止女同志被个别意图不良的人骚扰，宾馆客房部是清一色的男服务员。女服务员一般在餐厅工作。方穆扬的名字一早就被预订到了普通客房部。

方穆扬在培训中表现出了很强的学习能力，不仅看了几遍把守则上的内容就熟背下来，短短几天，他就能够用英语熟练地跟人进行日常对话。负责培训的宾馆领导看出这是一个可造之才，外貌条件也好，又仔细看了一遍他的档案，发现他历史清白、思想过硬，父母虽有问题但已被解除监管，便觉得把方穆扬派到普通客房部服务太可惜。这样的人才，必须去特等客房服务重要外宾，也给那些外宾看看我国服务员的风范。

特等客房部的外宾有时会出现在报纸和电视新闻里。

方穆扬家里没有电视机，对这些可能出现在电视新闻里的人物也缺乏兴趣。他并不想去服务什么重要外宾，只想去宾馆的餐厅部工作。

为了证明自己确实适合在餐厅部工作，方穆扬合上菜单，用英文为领导介绍了几道菜式，简单且准确。

强扭的瓜不甜，方穆扬对餐厅部这样热爱，又表现出了在餐厅部工作的能力，领导只好同意了他的要求。

培训的最后一天，方穆扬带着西红柿和自己在宾馆商店买的牛肉罐头回了家。

费霓刚开个门缝，就闻见了一股西红柿和牛肉混合的味道，推开门就看见酒精炉上的小锅冒着热气。那味道正是从小锅里传出来的。

"你哪儿弄来的西红柿？"现在是冬天，副食店根本没有西红柿卖，楼道里能闻到的西红柿味都是来自夏天做的西红柿酱。但西红柿酱淡得很，根本没有锅里的西红柿味道浓郁。

"餐厅有规定，厨房的蔬菜如果用不完，员工可以买回家，西红柿是我在后厨买的。放心，我绝对遵纪守法。"

"你不是在客房部工作吗？"

“领导认为我更适合在餐厅工作。”

费霓发现上铺的床跟以前不一样了，叠得好好的被子被铺开，还掀了一个角，上面放着一朵花。那花是真花。

新打好的床还在外面放着，这两张床他们准备周日卖掉，再把新床换进来。

费霓指着床问方穆扬：“这是怎么回事？”怪洋相的，还在床上放花，那切花估计也是从宾馆弄来的。

方穆扬解释道：“我如果在客房部工作，按规定，天天要为客人开夜床，但现在我被调到了餐厅，在客房部学的东西没有用武之地，我又不甘心丢掉。好在还有你，我可以天天为你服务，请你给我个机会，让我把所学展示一下。”

除了费霓，方穆扬没心情为任何人开床。但他现在说的，好像他很愿意为客人开夜床，只是很不幸，他被迫失去了这个机会。

66

西红柿的味道很好，比玻璃瓶里的西红柿酱的味道要好得多。

方穆扬很舍得放西红柿，他拿回来的西红柿都被他放到了锅里。

费霓见惯了食堂大师傅勺子里的牛肉，见到这么多牛肉还有些不习惯。

方穆扬夹了一块牛肉送到费霓碗里：“以后下班不要再去食堂抢土豆烧牛肉了。”

费霓并不搭他的茬儿。牛肉罐头难道能老吃吗？食堂的土豆烧牛肉虽然只有一些汤汁，但多少比醋熘白菜强一点儿。

这一顿饭吃得很好，因为牛肉和西红柿很多，并不需要怎么谦让。

费霓洗漱完，关上门，拉了窗帘，窝在床上听收音机。方穆扬的过冬衣服做完了，她终于可以闲下来靠在枕头上看会儿书。

方穆扬在一旁画画，过了会儿，凑过来和她一起听收音机，他不知从哪儿弄来一支润唇膏放在书页上：“给你的。”

费霓拿着唇膏粗粗打量了一眼："你这是在哪儿买的？"

在方穆扬回答之前，费霓心里已经有了答案，唇膏外包装上都是英文，还能是在哪儿买的。

"你今天一天花了多少钱？"

"我的稿费发下来了。该交你的那份，我已经放到了你的枕头下面。"

费霓一时忘了追究方穆扬花了多少钱，问："书什么时候书店有卖？"

"过两天就能买到了，你节省一点儿，别跟上次似的一本连环画买二十多本。"

费霓笑："你这么大手大脚，有什么资格说我？"

方穆扬只好表示："我没资格。"

费霓看方穆扬嘴唇有点儿干，挤出唇膏，凑到他面前便要给他涂。方穆扬很迅速地偏过脸："你还是自己用吧。"说着他跳下床，走到矮柜前，拿起保温壶给自己倒了一杯水，几口就喝完了。

费霓这时才仔细读了一遍包装上的字，这是一支有色唇膏，怪不得方穆扬躲她。费霓之前被方穆扬捉弄惯了，这时也想着要捉弄捉弄他。他越不想涂，她越要帮他涂。

等方穆扬重躺回床上，费霓又拿着唇膏凑过去："你的嘴唇有点儿干，我给你涂一涂。"

"你见哪个男的涂这个？"

"男女平等，你不知道吗？不要搞特殊化。"费霓半个人压在他身上，脸离他越来越近，近得能数清他的喉结跳动的频率。她含笑看着他，仔细观察他的唇形，他的唇形很好，费霓实在想象不出他的嘴唇涂上这种有色唇膏会是怎样。带着好奇，她的手指贴近方穆扬的嘴，唇膏还没到达要涂的地方，就被方穆扬抢走了。他笑着对费霓说："不麻烦你了，我自己来。"

费霓的下巴被方穆扬捏住，他拿着唇膏往她嘴上搽。方穆扬不像在给她搽唇膏，倒像在画画，也不知道是哪种路数，他先在她唇上打了一个线稿，再仔仔细细地描画。

这个唇膏搽得很漫长，搽好了，方穆扬拧紧唇膏盖，从矮柜上拿了镜子让费霓看镜中的自己："你觉得满意吗？"

费霓偏过头去不看："你不是说你自己涂吗？"

"你一会儿就知道我没撒谎了。"

唇膏是一种类似于柠檬的颜色，她的唇色比之前亮了很多。

方穆扬捏住费霓的下巴，把她的嘴唇当成了唇膏，一点点地搽，他整个人压过来，推着费霓往床那边走，费霓被推到床上。他给她涂唇膏的时候先打了遍线稿，现在把她嘴上的唇膏抹到自己嘴上，也要打遍线稿。费霓被他蹭得嘴唇发痒，痒的不只是嘴唇，他的手指也在她身上打线稿，她一发痒，就忍不住笑出声来。费霓听见了自己的笑声，抓住被单，死咬着牙齿不让这笑声再泻出来。最终她这笑声滑到了方穆扬嘴里。

费霓的嘴被堵住了，但她的前几声笑很有穿透力，汪晓曼和她的丈夫徐科长也听到了。

徐科长感叹道："小费平常挺文静一个人，怎么笑得这么轻狂？真是近朱者赤，近墨者黑。"

汪晓曼说："你怎么知道他们不是一路人？不是一路人，能结婚？照你这么说，好像谁都配不上费霓。我看这个小方配费霓就绰绰有余。"她对徐科长提起方穆扬打的沙发和床，"小方还有两下子，费霓嫁他不吃亏，能打家具，还知道心疼人，床单、被罩都自己洗。我告诉你，以后你的衣服自己洗，我可不给你洗。"

"你怎么就知道比这个？庸俗！他现在干什么？服务员！还是外事宾馆的服务员，就跟旧社会的伙计一样，你拿他跟我比？"

"你爱怎么说就怎么说，反正从今以后，你的衣服你自己洗，我可不管。"

徐科长越想越气，自从隔壁搬来新邻居，汪晓曼一天天喊着要罢工，一会儿说不做饭，一会儿就要不洗衣服。

屋子突然黑了，又停电了。

汪晓曼想起上次停电时跟费霓借了蜡烛，还没还。她点了蜡烛，便趿着拖鞋去敲费霓的门。

费霓被抱着在床上打了几个滚儿。她的眼睛一直闭着，要不是听到敲门声，她还没注意到屋顶的灯黑了。

又停电了。

敲门的声音很规律，一听就是隔壁在敲。上次汪晓曼借了他们的蜡烛，这次怕他们急用，特意送过来。

方穆扬对着门外说：“你留着用吧，不用还了。”

“那怎么行？我们不是那占便宜的人。”

方穆扬骂了一声，去咬费霓的耳朵，说：“别理她。”继续抱着她亲。

费霓从方穆扬怀里挣扎着坐起来，去摸床上的手电筒，对着门外说：“等一会儿。”

她用手指下意识去摸自己的领子，扣子还老老实实地系着，又去理自己乱着的鬓发，确认自己没问题，才去开门。

开了门，汪晓曼递给她一根红烛。

上次她借给汪晓曼的是白蜡烛。

汪晓曼手电筒的光打到费霓脸上，费霓的脸上蒙着一层淡淡的红。汪晓曼注意到费霓嘴的颜色和平时不一样，大概是涂了什么，马上她又注意到费霓的两颊、下巴颏儿，以及衬衫第一颗扣子上方也有同样颜色的印子，她又从局部看到整体，那印子，和费霓的脸红以及刚才房间里传来的笑声对上了号。

怪不得迟迟不开门呢，原来是在房里……

作为过来人，汪晓曼马上领悟到刚才发生了什么。

一个多月前，汪晓曼头一次被隔壁的床响吵得睡不着觉。之后，大概每隔一个礼拜就闹一回，一回就是大半个晚上。每次她以为要完了，结果不一会儿又听到了动静。她纳闷儿怎么能折腾这么长时间，拿这个问题问自己的丈夫，她丈夫徐科长直接说：“肯定吃了药了，要不前几个月怎么一点儿动静都没有？一晚上折腾这么长时间，也不知道吃了多少药。我年轻的时候比他强多了。他吃了药，一个礼拜最多也就弄一天。”汪晓曼觉得自己的丈夫不可理喻。这么折腾，一个礼拜弄一次还不够，要弄个几次，他们还睡不睡觉？她虽然不满，但也不好说些什么，毕竟是新婚小夫妻，而且最近已经有十来天不折腾了。

汪晓曼问费霓她嘴上的唇膏是哪儿买的，她很喜欢这个颜色，也想买一支。

“不是我买的，我帮你问问。”

费霓的脸更红了一点儿，她这才想起自己涂了唇膏，方穆扬亲她嘴时蹭的唇膏到了她的脸上，也不知道看不看得出来。

汪晓曼向费霓笑了笑，又回到了自己房间。

关上门，费霓打着手电筒走到床前，去拿镜子，可还没拿到，就被方穆扬牵住了手。

她的手从方穆扬手里挣脱出来，去抢镜子。昏暗的房间里，镜子里的自己也显得很模糊，但她还是看到了自己脸上、脖子上的印子。她想汪晓曼一定看出来了。

她用手指去擦脸上的印子，方穆扬望着她笑。

她手里的手电筒光打到方穆扬脸上，他的嘴和刚下班的时候没什么分别。他从她嘴上蹭来的唇膏又被完完全全蹭到了她脸上，他相当于一点儿都没沾到。

一时间，她竟觉得他的嘴有些可恨。

费霓对方穆扬说：“时候不早了，你也早点儿休息吧。”

“现在休息未免太早了吧？”

“那你就再画一会儿。”费霓走到矮柜前，翻出火柴，点燃了红烛。

方穆扬走过去，把头搁到费霓肩膀上，去吻她的脸。

“我困了。”

“那我陪你一起睡。”

“用不着。那天不是说了，只在周六那天一起吗？”刚才她被方穆扬亲晕了，差点儿忘记了之前说过的话。幸亏敲门声提醒了她。

方穆扬去亲费霓发红的耳垂：“上周六就没有，我不想欠你的，不如今天就补了吧？”

“不用了，我明天还得上班呢。”

“就一会儿。”

“你就会拿‘一会儿’哄我。上次……”甭说说出来，光是想想就难为情。

“上次怎么了？”

“你知道。”

“既然你今天不愿意，我只有周六再补给你了。”方穆扬捏捏她的脸，“那你现在就去睡吧。”

他的手正碰到她脸上留下的那一块唇膏印。

费霓的脸更红了点儿，伸手去打方穆扬的手指。

她躺进方穆扬为她铺好的被子里，枕边放着他的花，掀开帐子，方穆扬正在烛下画画。

他的背影很让她安心，没一会儿她就睡着了。

周六费霓下班，手里抱着一堆连环画。

今天书店里卖方穆扬的第二本连环画，她一气儿买了二十本，买回来，放在樟木箱子里，等着明天送人。她一贯节省，在这方面难得大方。面上只留了一本，她正靠在椅子上翻这一本。方穆扬自从去外事宾馆工作，每天都比她回来得晚。

因为早就看过，这次她只粗粗翻了一遍，就伏在桌上写观后感。她希望这本书不仅能给方穆扬带来稿费，还能带来一个新的机会。

她并不觉得方穆扬适合当服务员，即使他开床开得越来越熟练。

听见门响，费霓把稿纸收起来，夹在书页里。

方穆扬进来，手里拿着一盆水仙。

费霓笑：“你要是不带回来，我还不知上哪儿去买呢。”

过年总要有一盆水仙花。

方穆扬把水仙放到窗台上，又从包里翻出饭盒放在桌子上，饭盒里是清炒虾仁，他让后厨师傅帮他做的。

费霓看着虾仁说：“你刚工作几天？天天往家里带菜，这样不好吧？”

方穆扬笑：“这是我买的，你放心吃。”方穆扬自认绝对遵纪守法，每次客人给他的小费，他都按规定上交。他的领导很纳闷，他才工作几天，怎么收到的小费比别人工作一个月收到的还多？为此领导还跟他进行了一番长谈，问他和客人都交流了些什么，确认方穆扬没有泄露机密给不轨分子，才放了心。

“你要是天天带菜回来，你这月工资都不够吃的。”

“我向你保证，明天肯定不带了。”

费霓刚要说好，才想起明天是礼拜天，他自然不能往家带菜。

方穆扬把虾仁夹到费霓碗里：“你多吃点儿，我中午比你吃得好。”

方穆扬自从去餐饮部工作，就省了一顿饭钱，中午管饭。

因为每天省了一顿饭钱，方穆扬花钱越发大手大脚，稿费交了费霓一半，留在他手里的一半基本都被花在吃上。

67

洗漱完，费霓披着棉衣伏在矮柜上写连环画观后感。

炭火烧得正好，里面的栗子越来越烫。

火熄了，方穆扬走到费霓身后，费霓把纸扣上，手肘撑在桌面上，防着方穆扬看。

方穆扬看着扣在桌子上的纸说：“写什么呢？让我也看看。”

“跟你没关系。”

“跟我没关系？跟我没关系，那你为什么怕我看？”方穆扬已经猜出了七八分，他的上一本连环画出版，有一个叫田雪英的人在报上发表了一篇观后感。方穆扬觉得这个名字耳熟，他的岳父有时就称呼他的岳母为“雪英”，而这位热心读者的原单位就是制帽厂，他的岳母之前就在制帽厂工作。但他的岳母并没有写任何东西。

“有你看着，我写不了，快去忙你的吧。”费霓坚持不肯让方穆扬看，也不当着他的面写。

过了会儿，方穆扬拿夹子取了栗子，又到了费霓身后，费霓这次没把纸扣住，而是双手抵在纸上，把字给盖住了。方穆扬拿着剥好的栗子往费霓嘴边送，费霓微微张开嘴，等着方穆扬把栗子送到她嘴里。可方穆扬只是在她下唇磨，费霓被他给弄恼了，干脆闭上嘴不吃了。

方穆扬这会儿倒说话了：“我辛辛苦苦给你烤了栗子，你赏个脸吃一口。”费霓不理他，他仍拿着栗子在她嘴边磨，费霓被磨得发痒，只得张了嘴。

连着几次，方穆扬用栗子把费霓的嘴磨开了，费霓张了嘴，他又偏不往她嘴里送，等她不理他了，他又去撬她的嘴，把栗子送到她嘴里。

连着好几回，费霓终于受不了了：“我自己有手，你去忙你的吧。”

“我今天有事情请你帮忙，怕你不答应，想讨讨你的好。”

“有你刚才这样讨好人的吗？”

“那你教教我怎样才能讨好你，让你帮我的忙。”

方穆扬不再逗费霓，搬了把椅子坐在费霓旁边，剥了栗子送给她吃。

费霓一连吃了好几个，便说：“我不吃了，你直接说吧，让我帮你干什么？”

方穆扬双手交叉遮住鼻子和嘴，只露出一双眼睛看着她，笑容慢慢从他的眼睛里荡出来。费霓知道他的眼睛很毒，但有时仍不免被他欺骗。他的眼睛很会长，简直是配合着他的职业生的，就算他一直紧盯着某个女孩子，旁人和当事人也只会以为他是出于绘画前的观察，而没别的不可告人的目的。

即使如此，费霓仍被他看毛了。

方穆扬只是细细打量着她，并不说话。

费霓问：“你到底要让我干什么？”她心里猜着五六分，可又觉得如果真是那事，他绝对不会像刚才那样直白地说出来。

“你也知道，屋里不算暖和，我每天睡觉的时候都觉得凉。能不能请你在我睡觉前先去给我暖暖被窝，让我躺下的时候不那么冷？”

费霓听了他这话，脸上竟有点儿发烧，她低头不看他：“我还以为你不怕冷呢，你领了钱，也没见你给自己添件衣服。而且你每天不是还冲凉水澡吗？”

方穆扬笑：“冲了凉水澡就更需要热被窝了。”他起身站在费霓背后，手指顺着费霓的额头往下滑，慢慢滑到她的鼻尖。

“那你放一个热水袋。”

“我不喜欢热水袋，我喜欢活生生的人。”

“那你就冻着吧。”

“你舍得吗？”

“我有什么舍不得的？”费霓去拍方穆扬的手，“别闹了，你今天难道没事要做吗？”

“你觉得我怎样讨好你，你才肯答应？”

方穆扬的手去捏费霓的肩膀，从肩膀慢慢向下滑，滑到某个位置停下。他的手指头一边讨好她，一边问：“现在这样够吗？要是不够的话……”

费霓咬紧牙齿，去拍方穆扬的胳膊：“别闹了。”

方穆扬对费霓的“拍打”无动于衷，继续讨好她。

费霓拿他没办法，整个人软在椅子上，语气有点儿干：“等我写完了。”

方穆扬的手指又谄媚了会儿，才退回来画画。

费霓躺在方穆扬的被窝里，被子盖在胸前，她伸出两只手捧着小说看。方穆扬此时却不招惹她，只给她一个背影，他这会儿倒专心画起画来了。

被子洗过又晒过，现在还残留着一股淡淡的皂粉味，干净倒是干净，就是皱巴巴的。费霓躺在靠墙的枕头上，小说看得心不在焉，等着方穆扬过来。因为今天是礼拜六，他俩对这个日子很有默契。

看了会儿，她就把书放在一边，闭上了眼睛，假装自己睡着了。

方穆扬问费霓：“我现在可以睡了吗？”

费霓知道方穆扬是故意问这个的，他等着她专门叫他过来，她偏不让他得逞，不搭理他。

她不说话，方穆扬也没问下去。

费霓听见门响，知道方穆扬出去了，不知多长时间过去了，他又进来了。

她听见他的脚步声，越来越近，越来越近。

他坐在她旁边，用手指去描摹她的五官，他的手刚沾过冷水，很凉，费霓假装睡着了，没有任何反应。方穆扬剥开一颗话梅软糖的糖纸，在她的嘴唇上摩挲，费霓坚持着不张嘴，方穆扬便去按她的鼻子。

费霓只能用嘴呼吸，她微微张开嘴，话梅糖便进了她的嘴，她只得含着。方穆扬的手指很有耐心地去摹画她的嘴唇，等那颗话梅糖彻底消失在她的唇齿间，方穆扬的手指又把她的嘴唇撬开了，费霓像含糖一样含着他的手指。

费霓被方穆扬的耐心折磨着，甚至觉得他是在报复她前些天的拒绝，今天故意让她等着。

方穆扬躺到费霓身边，与她隔着一层被子，扳过她的脸和她亲着。费霓等着方穆扬进被子，可他一直在外面，费霓想他大概等着她邀请他进来。她偏不。方穆扬捏着她的下巴去撬她的牙齿，费霓不为所动，继续咬紧牙齿，然而方穆扬太知道她的软肋。他拿起费霓的手，在她的掌心和手指哈气，费霓的手指不受控制地抖了一下，他抓着费霓的手去挠费霓的痒痒肉，费霓一下子绷不住了，忍不住张开嘴说话："方穆扬，别闹了！"

"你这样连名带姓地称呼我是不是有点儿生分了？"方穆扬仍抓着她的手一点点去碰她的痒处。

费霓太怕痒了，只好把话说得软和了些，按他喜欢的叫。

方穆扬问她："被窝暖和了吗？我可以进去了吗？"

费霓不说话。

"你也给我挠挠。"方穆扬抓着费霓的手进了他的上衣，他大概刚用凉水冲过，身上还是凉的。

费霓的手指触到他，却还是热的。方穆扬握着她的手松了些，费霓终于把自己的手抽出来，忍不住去拍他。她本来憋了好大的劲儿，落下去的时候却不重。

方穆扬反倒嫌她打得轻了："再打重点儿，这样可以解痒。"

费霓低声骂他："不要脸！"

"我可以进去了吗？"方穆扬的手掌挤出了一条缝，钻进了被子，他的手指似乎也在问她。

费霓实在受不了他的手指，只好红着脸说："可以了。"

方穆扬凑近她的耳朵："可以什么？"

“爱进来不进来！”

顷刻间，费霓盖的被子里多了一个人。

费霓开始盖的是一床格子棉被，后来这被子换成了方穆扬。新“被子”太重了，因为重，她身上有许多的汗，好像现在不是冬天，而是夏天。她开始以为这汗是自己的，慢慢才发现大半是他的，他的汗淌在她身上，分不清到底是谁的。

他这么卖力，不可避免地会产生些声音。

费霓刚开始害怕声音被隔壁听见，但慢慢就忘了，因为实在没有多余的精力去关心这件事。

方穆扬因为经验太少，没有一天晚上让费霓完全满意。第一次他没什么耐心，只顾得上自己，没有余力去关心费霓的感受；第二次又过于讲究礼节，每个细节都要问费霓的感想，问得费霓一张脸越来越烫；只有在第三次时他才会达到一种平衡，不用问费霓，便知道她想要什么。

费霓醒来的时候天已经亮了，亮光透过窗帘的缝隙钻到她的眼睛里，她看见了她在方穆扬身上制造的痕迹——为了不叫出声来，她的指甲陷在了他的皮肉里。

方穆扬的眼睛闭着，费霓以为他还没醒，她的手指缓慢滑过她制造的痕迹。当时她完全不知道自己抓得这么用力。

她的手指停在那道鲜红的印子上，一直没离开，方穆扬握住她的手，费霓的手指仍在那附近滑着，她问方穆扬：“是不是很疼？”

“不疼。”

“咱们什么时候能换新房子？”费霓说完就觉得自己太贪婪了，多少人想分这样一间房也分不到。

或许等到她有三十年工龄的时候，能换一间更大的房子。三十年工龄，实在太难以想象了。

方穆扬拿手指去刮费霓的耳朵：“很快咱们就能换新房子了。”之前查封没收的私产最近有许多被归还，能租赁的房子一下子多了很多，不过要想租到一间好房子，必须得有钱。当务之急，就是多赚点儿钱。

费霓以为方穆扬说的“很快”是三年五载，如果方穆扬能拥有一个正式工作，过个三年五年没准儿也能分到一间小房，他俩可以拿自己的两间小房跟别人换一间大些的。

方穆扬的话又让费霓对未来多了些希望。

这样想着，她抱住了方穆扬。

两个人都觉得未来会越来越好。

番外

馋

少年时代的方穆扬，对周边的一切都很贪婪。他贪婪地看着天上的云，地上的树，各种颜色的花，要把这世间的一切都收进眼里去，落在画纸上。

同样贪婪的还有他的胃，刚吃饱，没一会儿就饿了。

这个年龄的男孩子一个月不见就长高一截，饭量也一天大似一天。

冬天要来了，方穆扬也跟其他人一样买冬储大白菜，借了板车拉回来，码在窗沿上，给他遮风挡雪。他父母去其他地方接受再教育了，现下他一个人住一间小平房，离着他之前的家只有半里地，但景象却大不同。院里住着许多户人家，厨房搭在外面，做什么饭他不光能看见，还能闻到。窗户玻璃被他给卖了，卖玻璃得的一部分钱让他买了画纸和颜料，画好的画糊在窗户上。白菜堆一天比一天矮，西北风透过窗户缝灌进来，和风一起灌进来的还有邻居的菜香，他一吸鼻子，就知道是虾皮白菜。虾皮白菜配他手上的窝头真是再好不过，他咬了一口窝头，仰头喝了小半杯热水，就着这股味道，在纸上画饱满的虾仁，画一个咬一口窝头，喝一口开水。

院子里住着许多人，谁家改善伙食他都知道，饭菜香总是顺着窗户缝钻进他的鼻子，有时是雪里蕻炒肉末，有时是小鱼熬咸菜，他闻着这些味道，可以多吃一个窝头。

他会蒸窝头，会把白菜剁碎了掺在米粒里，也会熬白菜，大多时候他熬的白菜跟煮白菜没什么区别，根本没什么油水。他每月的生活费很有限，买了画纸颜料，剩下的够他饿不死就是了。他拿着碗去买油，买完了又说不要了，油倒回去，碗壁上却留下了一层油，一分钱没花，把碗里的油一刮，够他炒一碗白菜。

他的冰鞋没了，骑车上学的时候，特意往冰上拐，在冰上展现他当年溜冰的技术。隔着老远看见费霓，费霓也看见了他，他冲费霓笑，费霓撇过脸，两只脚把自行车蹬得飞快，好像对他避之不及，大概是怕他跟她借钱，买螺丝转儿烧饼。方穆扬觉得费霓其实不必这么怕他，他早上往肚子里灌了许多白菜粥和窝头，并不需要跟她借钱买吃的。只是费霓骑得这样快，要与他保持距离，他便放慢了车速，放任他与费霓的距离越来越远。

直到拐弯时，费霓才回头，方穆扬离她很远，看不清模样。她因为箱子里的画册认定他不是什么正经人，而且她怕方穆扬跟她借钱，她攒下的一点儿零花钱连她自己都不够用，哪有余钱借给他？万一方穆扬向她借钱，她只能说没有。方穆扬一定会认为她是故意不借他的。虽然她有钱不借给他也很正常，他这么瘦，一看就是吃不饱饭的样子，根本还不了。

她去废品收购站淘旧书，淘到的书多是残品，一本小说看到一半，便看不到下文，剩下的只能她自己猜。她除了上学，偶尔给家里做些家务，剩余的时间就是看书。她的家这么小，人又这么多，大家都抢着做家务，根本轮不到她。她的时间充裕，但能看的实在有限，于是只能把看过的一遍又一遍地看。到后来，没别的可看，竟看起了钢琴谱，可她没有琴。

周末，费霓去信托商店，想去看看里面的钢琴，不弹，看看就好，没准儿以后工作了就有钱买了。她是在商店门口看到的方穆扬，方穆扬同时也看见了她，她想这次是没办法躲了。可方穆扬并没跟她借钱，他冲着她笑了笑，也没打算说话，就进了店。

方穆扬进去时棉袄外面还有一件罩衣，出来时就只剩灰扑扑的旧棉袄，棉絮从棉袄里钻出来，和雪一个颜色。棉袄里的棉花疙疙瘩瘩，很窘迫地套在方穆扬身上，衣服的主人却显得很坦然，他很坦荡地跟费霓打招呼，冲费霓笑。费霓看见他冻得发红的手指和越来越高的个子，以及棉袄上面的颜料，他都这样了，还在画画。她也冲方穆扬笑笑，彼此都没问对方来信托商店干什么。来信托商店还能干什么?

费霓在信托商店看琴，看着黑白琴键，之前弹的曲子在她脑子里回荡。费霓想起方穆扬的姥姥，上小学的时候，方穆扬的姥姥给学校捐了一架琴，她中午时常坐在琴前弹曲子。为了这个，方穆扬找她借钱，她借给他一毛两毛，他不还也没什么。

在店员长时间的注视下，费霓有些不好意思，不得不离开。出门风就往她身上刮，她的手戴着手套还觉得有些冷，她又想起方穆扬皲裂的手指以及棉衣上的颜料。她口袋里有两毛钱，如果刚才方穆扬向她借，她也会借给他，只是下不为例。

她骑着自行车往前走，围巾遮住了她的大半张脸，只露出一双眼睛。地上有冰，她怕摔跤，很小心地骑着。她听见有人叫她的名字，声音越来越近，那声音她很熟悉。她停下自行车，戴着手套的手指摸向自己的罩衣口袋，里面有两毛钱。

她转身，看着穿破棉袄的方穆扬嘴里咬着半个红薯，手里拿着另一个。她因为准备把口袋里的两毛钱借给他，主动跟他打了招呼。

方穆扬把没吃的红薯递过来给费霓:“吃吧。”

“谢谢，我不吃。”

“这么客气干吗，特别甜。”

“我真不吃，你自己吃吧。”

红薯在推让中掉到了地上，方穆扬麻溜捡起，擦都没擦就直接送进了嘴里，他转过身，留给费霓一个满不在乎的背影。

费霓用围巾捂紧了嘴，避免寒风钻进来，在风中看着前方越来越远的背影。天很阴，和方穆扬的棉袄一样灰扑扑的。她很想提醒他不要把颜料弄得衣服上都是。但她一个字都没说。眼前浮现起方穆扬给她的红薯，很红，拿在手里应该很烫。他都这么穷了，她哪能吃他当掉衣服才买来的红薯，而且，他请她吃了红薯，以后跟她借钱怎么办?一次两次可以，多了可不够她招架的。

方穆扬单手骑车，另一只手把红薯往嘴里送。红薯很烫，他整个人很暖和。脑子里闪过费霓的白围巾，和雪一样白。

他的小屋很小，小也有小的好处，冬天不会太冷。他听着外面的风声，在小屋里画费霓的眼睛和她的围巾，她的围巾把她的口鼻都遮住了。

费霓回到家，闻见了一股鱼味，她妈妈从菜市场抢到的小黄鱼，旁边是猪油烙的饼。她家并不是天天都能吃上荤腥，费妈见费霓往碗里夹鱼旁边的咸菜，让她多吃鱼。费霓说她在外面吃过了，现在不怎么饿。费妈问她吃的什么，她说是烤红薯。

原先教费霓英语的陈老师被派去扫大街，有人向陈老师扔石子儿，穿着破棉袄的方穆扬狠狠把那人教训了一通，费霓看见了，没跟任何人说。

这个冬天格外冷。在学校里，费霓隔着老远就能看见方穆扬，其他人整张脸被围巾帽子罩起来，只有他整张脸都露在外面。

上学路上，在结了冰的地面，他的双手离把，一点都不怕摔倒。

他不跟她说话，碰到了，点点头算是打招呼了。她的口袋里每天都有两毛钱，可以买四个螺丝转儿烧饼。但他从来没有开口向她借过钱。

方穆扬的衣服就这么几件，根本不够卖的。他想吃就得想别的办法。离他的小屋五里地有一个湖，湖水结了冰。夜里他把衣服都披挂上，骑自行车去湖边。在有月亮和寒风的晚上，他在湖面凿冰。凿着凿着就不冷了，湖面凿了洞，他的鱼钩伸进洞里钓鱼。等待的时候是最冷的，因为不能怎么动。

钓的鱼回到家里放在锅里煮，什么调料都没有，很鲜。他喝着热鱼汤看窗外的月亮，月亮很好，恰好他还有画纸，就在纸上画下来。

冬天过去了，湖水解冻，方穆扬画的对象变成了绿柳桃花，一切和春天有关的事物。没多久，夏天就来了，花开得更艳了，方穆扬又长了一截。

他的兄嫂姐姐还记着他，给他邮来了钱和白糖、黄油。这钱来得正是时候，他原先的衣服太小了。他虽然不是很在乎自己的形象，但是也没法儿接受衬衫外套只到肚脐眼。原来的鞋子也破了，平常鞋子总绑着根绳子，省得鞋底掉了。他收到钱马上买了新衣鞋子和画材。晚上，他用姐姐寄给他的白糖沏了一杯浓浓的白糖水，在灯下边喝白糖水边给亲人回信，信里说他过得还可以，不用再给他寄钱了。剩下的一点儿钱他买了糕点，给姐姐嫂子寄回去，让他们尝一尝故乡的点心。

他有了黄油，便天天拿来煎他买的小土豆，没多久就吃完了。他的胃口被养起来，就不愿天天吃窝头。他把被褥卷一卷拿到信托商店卖，至于没了被褥，今年冬天怎么办，他相信车到山前必有路。

他的被褥一到晴天便拿在外面晒，今天来之前又晒了一次，上面还残留着晒过的味道。店员只肯给他五毛钱，因为他的被褥太旧了，上面还染了颜料。方穆扬不肯卖，卷着他的被褥出了店，正碰上门口的费霓。他冲她笑笑，什么都没说，就把被褥放在自行车车架上，骑着自行车飘离了费霓的视线。

他依然双手离把，因为饿造成的瘦反倒使他显得更灵活了。

费霓进店问店员，刚才的男孩子怎么抱了一床被子出去。店员告诉费霓，男孩儿是来卖被子的，被子上沾了颜料，根本卖不出去。

费霓呆站在那儿，她想，都沦落到卖被子了，还要画画。这个人真是……

以前费霓都是故意躲着方穆扬，接下来的几天，她在上学路上特意等着遇见方穆扬，可她一次也没看见他。周五放学时，她特意在方穆扬回家的必经之路上等着他。在方穆扬冲她笑之前，她先叫了他的名字，方穆扬停下车，冲她笑笑，露出白牙齿。

她低着头，从口袋里拿出一块钱，告诉方穆扬，她在他给她的箱子里发现了一块钱。

其实这一块钱是她糊纸盒攒的。她不想让方穆扬误以为她有钱，以后再跟她借钱。她知道，这个年纪的男孩子花多少钱吃饭都不够，她根本没钱填他的无底洞。她至多给他一块钱。

方穆扬没接，费霓把一块钱塞到他的手里。他的手很粗糙，有许多小口子，她用一种很快的语速告诉他，要想继续画画，一定要保护好自己的手。没等方穆扬回答，费霓就跳上了她的自行车，两只脚把车轮蹬得飞快，好像一停，方穆扬就会追着她再管她要钱。

这一块钱在夏天买西红柿可以吃许多天，但方穆扬一个西红柿都没买。他把这一块钱换成了炸猪排和冰激凌。

后来他吃过许多好东西，但他一直认为这是他一生中最奢侈的一餐。

图书在版编目（CIP）数据

实用主义者的爱情 / 孟中得意著 . — 成都 : 四川文艺出版社 , 2023.5
ISBN 978-7-5411-6435-4

Ⅰ . ①实… Ⅱ . ①孟… Ⅲ . ①长篇小说—中国—当代 Ⅳ . ① I247.5

中国国家版本馆 CIP 数据核字 (2023) 第 031089 号

SHIYONG ZHUYI ZHE DE AIQING

实用主义者的爱情

孟中得意 著

出品人 谭清洁
特约监制 王传先
责任编辑 陈 纯 王梓画
责任校对 段 敏

出版发行 四川文艺出版社（成都市锦江区三色路 238 号）
网 址 www.scwys.com
电 话 028-86361781（编辑部）

印 刷 嘉业印刷（天津）有限公司
成品尺寸 146mm × 210mm 开 本 32 开
印 张 10.75 字 数 330 千
版 次 2023 年 5 月第一版 印 次 2023 年 5 月第一次印刷
书 号 ISBN 978-7-5411-6435-4
定 价 49.80 元